Sanna ist auf der Flucht. Vor ihrer Vergangenheit in Berlin und dem düstersten Kapitel ihres Lebens. Deshalb hat sie sich entschlossen, in ihren Geburtsort Marienbüren in Ostwestfalen zurückzukehren und eine Stelle in einem Rehazentrum anzunehmen. Doch schon kurz nach ihrer Ankunft passiert etwas Grauenhaftes: Sanna und ihre Tante finden die Leiche eines Kindes im Wald. Kommissar Böttger aus Bielefeld wird mit dem Fall betraut, und Sannas Tante hilft ihm bei den Recherchen. Und als bei Sanna im Heim kurze Zeit später ein verstörter Waisenjunge auftaucht, werden die Fragen lauter: Was ist mit den Kindern passiert? Besteht eventuell ein Zusammenhang zwischen ihnen?

Stefan Holtkötter, geboren 1973 in Münster, lebt als freier Autor in Berlin. Bekannt wurde er durch seine erfolgreiche Krimireihe um den Münsteraner Ermittler Bernhard Hambrock. Seine Arbeit wurde von der Kulturstiftung des Landes NRW gefördert. *Schlaf süß im tiefen Grabe* ist der Auftakt einer neuen Reihe um die junge Sozialarbeiterin Sanna Marquart.

Stefan
Holtkötter

SCHLAF SÜß IM TIEFEN GRABE

Kriminalroman

Berlin Verlag Taschenbuch

Oktober 2013

© 2013 Berlin Verlag in der Piper Verlag GmbH,
Berlin
Alle Rechte vorbehalten
Umschlaggestaltung: ZERO Werbeagentur,
München unter Verwendung eines Bildes von
FinePic®, München
Satz: hanseatenSatz-bremen, Bremen
Druck und Bindung: C. H. Beck, Nördlingen
Printed in Germany
ISBN 978-3-8333-0906-9

www.berlinverlag.de

Kroatien, drei Jahre zuvor

Hinter ihr der entfernte Knall einer Fehlzündung. Sanna drehte sich um und blinzelte gegen die Sonne. Im Gegenlicht sah sie ein paar Jugendliche mit ihren frisierten Mofas, sie standen ein Stück die Straße runter im Schatten einer Pinie. Halbstarke mit Lederjacken und betont machohaften Posen. Sie gestikulierten, Wortfetzen wehten herüber, offenbar gab es Ärger.

»Kaum zu glauben, dass wir morgen wieder in Berlin sind«, meinte Jannis, der mit ihr die Straße hinunterspazierte. Er hatte die jungen Männer offenbar gar nicht bemerkt. »Ich könnte ohne Probleme noch eine Woche dranhängen. Das war doch eine super Zeit hier, oder?«

Sanna warf einen weiteren Blick zurück. Ihre Vermieterin hatte vor einer Bande gewarnt, die in der Gegend unterwegs war, um Touristen zu überfallen und auszurauben. Aber diese Halbstarken da unter der Pinie schienen eher mit sich selbst beschäftigt. Die waren das bestimmt nicht.

Sie wandte sich ab. Jannis hatte recht. Es war großartig gewesen. Sie wollte diesen letzten Urlaubstag genießen. Den Himmel, das Meer, die flirrende Luft. Vor allem aber das Zusammensein mit Jannis, ihrem großen Bruder. Wenn sie zurück nach Deutschland kommen, wird für sie beide ein neues Leben anfangen. Dann wird alles ganz anders als zuvor.

Sie ignorierte die jungen Männer und hakte sich bei ihm ein. »Ja, das wäre schön«, sagte sie. »Eine Woche länger. Oder wir bleiben einfach für immer hier.«

Jannis lachte. »Was Georg Mascolo wohl dazu sagen würde?«

Er plante, nach Hamburg zu gehen, um als Redakteur beim SPIEGEL zu arbeiten. Beruflich ging es für ihn steil bergauf. Er war brillant in dem, was er tat, natürlich, aber trotzdem war Sanna überzeugt, dass er seine Karriere hauptsächlich seinem unwiderstehlichen Lächeln verdankte und der Art, wie seine meerblauen Augen aufleuchteten, wann immer er sich einem neuen Gesprächspartner zuwandte.

Sanna hatte zwar vor, in Berlin zu bleiben, aber auch für sie würde sich viel ändern. Sie wollte mit Bernd, ihrem Freund, zusammenziehen. Sie fühlte sich jetzt bereit dazu, es war die richtige Entscheidung. Und dann war da noch der Job als Sozialarbeiterin, der nach den Ferien losginge. Ihre erste feste Anstellung nach dem Diplom.

»Ach, Jannis. Ich weiß gar nicht, was ich ohne dich in Berlin anfangen soll.«

»Ach was. Ich bin doch nicht aus der Welt.«

Sie erreichten ihren Lieblingsplatz, einen großen flachen Felsen am Meer. Dahinter lag ein Hang mit ausgedörrtem Gestrüpp und ein paar Pinien, die Schatten spendeten. Unter ihnen die Brandung, die ruhig und gleichmäßig den Felsen umspülte. Sanna atmete die würzige Meeresluft ein und strich sich das schulterlange blonde Haar aus dem Gesicht. Es war wunderschön.

Wieder eine Fehlzündung. Sie sah sich um. In den Posen der Halbstarken lag Aggression. Plötzlich spürte sie ein deutliches Unbehagen. Als hätte sie eine Vorahnung.

»Was wohl in einem Jahr sein wird«, meinte Jannis, der sich gemütlich niedersetzte. »Du mit deiner Stelle als Sozialarbeiterin, ich beim SPIEGEL … Ich wüsste zu gern, wie es uns ergehen wird.«

Er ließ sich zufrieden die Sonne ins Gesicht scheinen. Sanna breitete ihr Handtuch aus. Etwas entfernt heulten Motoren auf. Es begann vielstimmig zu knattern, und Jubelrufe ertönten. Die Teenager sprangen auf ihre Maschinen, feuerten sich gegenseitig an, gaben ordentlich Gas und wirbelten eine Menge Staub auf. Jetzt fuhren sie direkt auf sie zu. Sanna fühlte sich plötzlich seltsam nackt in ihrem Bikinioberteil.

Nur widerwillig hockte sie sich neben Jannis.

»Was ist denn los?«, fragte er.

»Ach nichts«, sagte sie mit Blick zur Straße.

Doch die Jugendlichen hatten sie nun entdeckt. Sie stießen sich gegenseitig an und deuteten zu Sanna hinüber. Es wurde gelacht und gepfiffen. Die Mofas knatterten, sie drosselten das Tempo. Einer der Jungen schob mit einer ordinären Geste seine Zunge zwischen die Finger. Sanna blickte schnell zur Seite.

»Nur diese Typen …«, begann sie, doch da verschwanden die Mofas bereits hinter einer Kurve und fuhren aus ihrem Blickfeld. Das Knattern wurde leiser. Sie lauschte. Bestimmt kämen sie gleich zurück. Sie wollte lieber weg von hier. Sie wandte sich zu ihrem Bruder.

»Du, Jannis, vielleicht wäre es besser, wenn wir …«

Sie stockte. Jannis wirkte irgendwie verändert. Etwas stimmte nicht. »Jannis?«

Er schien sie gar nicht zu hören. Wie in Zeitlupe verdrehte er die Augen, sein Kopf sank in den Nacken, eine Sekunde lang geschah gar nichts, und dann ging es los: Ein erstickter kehliger Laut, beginnendes Zittern, ein würgender Schrei – und er fiel nach hintenüber. Schlug auf den nackten Fels auf, wurde von unkontrollierten Zuckungen befallen, trat aus, schlug um sich, war plötzlich wie besessen.

Sanna starrte ihn fassungslos an.

»Jannis! Was ist los?«

Er reagierte nicht. Sie versuchte, ihn in den Arm zu nehmen, doch es gelang ihr nicht. Die Krämpfe waren zu stark, sie schüttelten seinen ganzen Körper durch, ein kehliges Würgen erklang. Dann trat Blut aus seinem Mund und ergoss sich über das zitternde Kinn.

»Jannis, kannst du sprechen? Bitte sag was!«

Sie hatte einen Erste-Hilfe-Kurs absolviert, das gehörte zum Pflichtprogramm an der Fachhochschule. Gemeinsam mit einer Freundin. Doch das war ewig her. Und damals, als sie die Puppe beatmen sollten, hatten sie nur gekichert. Sie waren furchtbar albern gewesen, und im Grunde hatte Sanna gar nichts gelernt.

Blutiger Schaum trat vor seinen Mund. Die Augen verschwanden in den Höhlen. Sanna geriet zunehmend in Panik. Verzweifelt drückte sie seinen Körper auf den felsigen Grund, mit aller Kraft, die sie aufwenden konnte. Doch der Anfall war stärker. Und es wurde immer schlimmer.

Es lag jetzt an ihr. Sie musste etwas tun. Ihn retten. Und sie durfte keinen Fehler machen. Sonst wäre es zu spät, das wusste sie irgendwie. Aber was war das Richtige? Sie blickte sich hektisch um. Da waren das Meer, die Hänge und der blaue Himmel.

Das Auto. Sie musste zum Ferienhaus und den Wagen holen. Ihn ins Krankenhaus fahren. Schnell.

Sie sprang auf. Jannis lag zuckend und würgend am Boden.

»Ich komme gleich wieder, Jannis. Hörst du? Ich hole nur das Auto. Bin sofort wieder da.«

Sie riss sich los und begann zu rennen.

Laufen. Auf kurzer Distanz hatte sie immer alle abgehängt. Keine war so schnell wie sie. Lauf, Sanna, lauf, dachte sie. Sie war bereits auf der Straße, als ihr klar wurde: Jannis hatte den Wagen vorhin ihren Nachbarn geliehen, einem Pärchen aus Düsseldorf, das für ein gemeinsames Abendessen einkaufen wollte. Sanna strauchelte. Blieb stehen. Um sie herum der aufgeheizte Asphalt. Die flirrende Luft. Was jetzt? Sie drehte sich im Kreis. Ihr Herz klopfte bis zum Hals.

Ihr Handy. Es lag auf dem Nachttisch in der Aufladestation. Sie rannte weiter. Sie würde Hilfe holen. Den Notarzt rufen. Doch gerade, als das Ferienhaus in Sichtnähe kam, fiel ihr ein: Jannis hatte den Haustürschlüssel. Er trug ihn in seiner Hosentasche.

Es war ein Gefühl, als steckte sie im Treibsand, als würde sie immer tiefer gezogen, als gäbe es kein Entkommen.

Sie kehrte um, lief zurück zum Meer. Jannis lag noch immer auf dem Felsen. Sein Körper bäumte sich auf, Gliedmaßen zuckten unkontrolliert. Sie beschleunigte ihre Schritte.

»Jannis! Ich komme! Ich bin hier!«

Dann waren da Motorengeräusche zu hören, und im nächsten Moment tauchten die Halbstarken auf der Straße auf. Sie fuhren direkt auf Sanna zu. Mit ihren Sonnenbrillen, den Lederjacken und machohaften Posen wirkten sie geradezu martialisch. Sie umkreisten sie, ließen Motoren aufheulen, blieben schließlich stehen. Ein Rudel Wölfe, das seine Beute umzingelte. Helme wurden abgenommen und Sonnenbrillen hochgeschoben.

Sanna hatte nur eine Chance. Sie rief ihnen voller Verzweiflung entgegen: »Ich brauche Hilfe! Bitte! Mein Bruder!« Dann deutete sie auf Jannis, der zuckend auf dem Felsen lag. Es war ein gespenstisches Bild, das seine Wirkung zeigte. Verwunderung spiegelte sich in den gerade noch so finsteren Gesichtern der jungen Männer. Etwas Seltsames passierte. Die Atmosphäre veränderte sich. Plötzlich war nichts mehr zu spüren von dem machohaften Auftreten. Die Jungs wirkten gar nicht mehr gefährlich. Sondern eher wie Schulkinder. Sie waren erschrocken, redeten wild auf Kroatisch durcheinander. Sanna verstand kein Wort, doch schließlich zog einer ein Handy hervor. Er wählte, sah nochmals zu Jannis, sprach aufgeregt ins Gerät und legte auf.

»Ambulance«, sagte er zu Sanna.

»Ja, genau. Ambulance. Schnell!«

Sanna spürte Erleichterung. Ohne weiter auf die jungen Männer zu achten, lief sie zu Jannis zurück.

»Hilfe ist unterwegs. Halte durch, Jannis. Ein Krankenwagen kommt.« Sie ließ sich neben ihn auf den Felsen fallen. Später würde sie nicht sagen können, wie lange sie dort gesessen hatte. Wahrscheinlich waren es nur Minuten, aber es kam ihr vor wie ein halbes Leben.

Ein Auto fuhr auf den unbefestigten Hang. Es war ein halb verrosteter VW Passat. Zunächst begriff Sanna nicht, doch dann erkannte sie den jungen Mann hinterm Steuer: Er war es, der telefoniert hatte. Ein Missverständnis. Er hatte gar keinen Notarzt gerufen. Er hatte stattdessen ein Auto organisiert, damit er Jannis ins Krankenhaus fahren konnte. Der Junge grinste triumphierend. Sanna wurde übel. Wieder verrannen wertvolle Minuten. Sie versank immer tiefer im Treibsand. Jannis brauchte Hilfe, und sie schaffte es nicht, das Richtige zu tun. Ihr lief die Zeit davon.

Es dauerte ewig, bis der zuckende und um sich schlagende Jannis samt Schwester auf die Rückbank verfrachtet wurde.

»Los! Fahr schon! Beeil dich!«

Das brauchte sie nicht zu übersetzen. Der Junge trat aufs Gas, die Reifen quietschten, Staub wirbelte auf, und sie schossen auf die Straße.

Es war nicht weit bis zur nächsten Stadt, und Jannis' Zuckungen wurden schwächer. Sanna konnte ihn jetzt ein wenig zurechtrücken. Doch sein Gesicht lief blau an. Bekam er überhaupt genügend Sauerstoff? Sanna legte sanft ihre Arme um ihn. Jenseits der Fenster ragten Häuserfronten in den blauen Himmel. Sie waren gleich da, nicht mehr lange. Eine Träne rann über ihre Wange. Halte durch, Jannis.

Sie dachte an sein Lächeln. An das Aufleuchten seiner Augen, immer, wenn er sie erblickte. Wie oft würden sie sich noch sehen, wenn Jannis erst in Hamburg wäre?

Der Wagen holperte über einen Bordstein, dann war da die Notaufnahme. Der Junge lief wie ein aufgescheuchtes Huhn zum Eingang. Kurz darauf tauchten Männer auf, fliegende Kittel, die Tür wurde aufgerissen, ein Notarzt beugte sich herein.

Sanna bewegte sich nicht. Blieb einfach sitzen. Jannis hielt sie sacht in ihren Armen. Der Mann sah zu Jannis, dann zu Sanna. Er nahm Jannis' Kopf vorsichtig in die Hände, beinahe zärtlich. Sein Blick war ruhig und traurig. Schließlich fragte er Sanna in gebrochenem Deutsch: »Wie lange ist er schon tot?«

Sie antwortete nicht. Die Sonne stand tief und blendete sie. Es wurde Abend, und morgen ging es zurück nach Deutschland. Dann war der Urlaub zu Ende, so wie geplant. Und ihr altes Leben war vorbei.

1

Wolkenschleier zogen an der Fensterfront des Hochhauses vorbei. Ein trüber grauer Tag, der alles in ein fahles Licht tauchte. Sanna stand von der Matte auf und trat ans Fenster. Unter ihr lag die regennasse Stadt. Etwas entfernt der Fernsehturm, der in den tief hängenden Wolken verschwand.

Sie wandte sich ihrer Schülerin zu. Dani Simons, die berühmte Schauspielerin. »Schön weitermachen«, sagte Sanna. »Beim Ausatmen die Beine strecken. Und halten.«

So schrecklich dieses versnobte Fitnessstudio mit seinem Luxusambiente auch sein mochte, die Aussicht war großartig. Das wäre wohl das Einzige, was Sanna an diesem Job vermissen würde. Ihre Schülerin wirkte unkonzentriert. Die Spannung wich aus ihrem Körper.

»Den Atem fließen lassen«, sagte Sanna, »spüre die Luft unter der Lendenwirbelsäule.«

Doch Dani Simons ließ die Beine auf die Matte plumpsen und drehte sich zur Seite. Sanna kannte das schon. Die Stunde war also vorzeitig beendet.

»Ach, Sanna«, sagte Dani und schenkte ihr das strahlende Bühnenlächeln, das die Menschen überall in ihren Bann zog. Sanna kannte sie jedoch inzwischen gut genug, um die Unsicherheit dahinter zu erkennen. Dani Simons fühlte sich nicht wohl unter Menschen. Sie suchte immer nach einer passenden Rolle, in die sie schlüpfen konnte, um zu gefallen.

»Musst du denn wirklich gehen?«, fragte sie. »Was soll ich nur ohne dich tun?«

»Roy wird dir gefallen. Er ist ein großartiger Lehrer.«

Ein Wunder, dass er Dani nicht von Anfang an betreut hatte. Der große Pilates-Guru aus den USA. Die gesamte Berliner Prominenz stand bei ihm Schlange. Nur Dani Simons hatte sich für Sanna entschieden, weshalb auch immer. Es war eine kleine Sensation gewesen, die sich rasend schnell rumgesprochen hatte, und am nächsten Morgen hatte Roy Sanna an der Fitnesstheke abgefangen und sie waren plötzlich die allerbesten Freunde gewesen. Roy, der es davor nicht einmal für nötig gehalten hatte, Sanna überhaupt nur zu grüßen.

»Lieber würde ich dich als Trainerin behalten«, sagte Dani. »Wir verstehen uns doch so gut.«

Sanna betrachtete sie. Dani Simons war im Grunde ganz nett, da gab es viel Schlimmere, gerade unter den Schauspielern. Sie war einfach unsicher im Umgang mit Menschen und sehnte sich nach Anerkennung. Es tat ihr nicht gut, so exponiert in der Öffentlichkeit zu stehen. Sanna spürte ihr schlechtes Gewissen. Irgendwie glaubte sie, es Dani Simons schuldig zu sein, die Wahrheit zu sagen.

»Du hast ja recht. Aber ich muss das einfach tun, verstehst du? Ich brauch den Tapetenwechsel. Sonst ersticke ich. Meine Familie, die Stadt … ach, einfach alles. Ich muss hier weg.«

Dani sah sie verständnislos an. Offenbar wusste sie nicht, was sie darauf sagen sollte.

»Ich hab das Gefühl, dass alles schiefläuft«, erklärte Sanna. »Ich brauch Luft zum Atmen. Veränderung.« Sie fixierte Dani. »Kennst du so was nicht?

Hast du dir nie gewünscht, einfach abzuhauen und alles hinter dir zu lassen?«

»Doch, schon. Aber ...« Ihr Blick wurde leer. Sie machte eine unbestimmte Handbewegung. »Du meinst ... das alles hier?«

Dani konnte es anscheinend nicht begreifen. Sie waren hier schließlich im Zentrum des Universums. Hier waren die Reichen und Schönen. Hier war Dani Simons, die von allen geliebt wurde. Selbst die Trainer waren hier begehrt. Wer konnte sich schon mit so einem Leben schmücken?

Sanna strich ihr über den Arm und lächelte.

»Komm, was hältst du davon, wenn wir zum Abschluss noch eine Entspannungsübung machen? Und dann gehst du unter die Dusche, ja?«

Auf dem Weg zum Parkhaus durchquerte Sanna die Lobby. Der Empfangstresen war verwaist. Sie beschleunigte ihren Schritt. Wenn sie es jetzt schnell zum Fahrstuhl schaffte, würde vielleicht keiner mehr auftauchen. Es funktionierte. Sie drückte den Knopf, die Türen schlossen sich und das Fitnessstudio verschwand aus ihrem Blickfeld. Aus ihrem Leben. Endlich.

Auf dem Parkdeck sprühte Regen zwischen den Betonplatten der offenen Fassade herein. Ein kalter Wind ging. Seit Wochen war das schon so, vom Sommer nichts zu spüren. Wobei sie hier in Berlin noch Glück hatten. Im Westen sah es schlimmer aus. Da gab es Menschen, die mit Schlauchboten zu ihren Häusern fuhren, die Bilder liefen den ganzen Tag im Fernsehen.

Sie entriegelte den BMW ihres Freunds und warf

die Sporttasche hinein. Ein sündhaft teurer Sportwagen, den Vincent sich von einer Erbschaft gekauft hatte. Sein großer Traum war damit in Erfüllung gegangen. Doch Sanna hatte keine Ahnung, wie man so viel Geld für ein Auto ausgeben konnte.

»Und was ist mit deinem Freund?«, hatte Dani Simons gefragt. »Wie hieß der noch mal ...«

»Vincent«, sagte Sanna.

»Vincent, genau. Bleibt der in Berlin? Oder zieht er auch nach Ostwestfalen?«

»Nein, er ... Also erst mal werden wir wohl eine Wochenendbeziehung führen.«

Danis Blick sprach Bände.

»Er kommt aber nach«, sagte Sanna eilig. »Er will sich einen Job suchen. Natürlich, sonst würde ich doch nicht gehen.«

Eine Notlüge. Sanna wollte das Thema lieber nicht vertiefen. Vincent hatte sie genauso angeschwindelt: »Ich kann nicht mehr als Personal Trainer arbeiten, Vincent. Ich ertrage das nicht länger. Die ganzen gelangweilten Ehefrauen, die das Geld ihrer Männer ausgeben. Verstehst du das nicht? Ich will etwas Sinnvolles tun.«

Über die wahren Gründe hatte sie nicht mit ihm reden können. Vincent und sie waren erst seit zwei Jahren ein Paar. Er kannte die Sanna nicht, die sie früher gewesen war. Die fröhliche und unbeschwerte Sanna, die es seit Kroatien nicht mehr gab.

Zu ihrem Erstaunen hatte Vincent ganz verzweifelt gewirkt. »Aber wie geht es mit *uns* weiter, Sanna? Was wird aus *uns*, wenn du fünfhundert Kilometer entfernt von hier arbeitest?«

»Es ist doch nur vorübergehend. Ich will sehen, wie mir die Arbeit gefällt. Dann kann ich immer noch so was in der Art in Berlin suchen.«

Aber das war natürlich Unsinn. Sie wollte gar nicht zurückkommen. Als sie den Entschluss gefasst hatte, fortzugehen, war ihr bewusst geworden, wie wenig es ihr ausmachte, Vincent zurückzulassen. Im Gegenteil. Die Vorstellung hatte beinahe etwas Befreiendes. Als wäre er ein Symbol für das, was nach Kroatien gewesen war. Für die eingefrorene Zeit. Es war ungerecht ihm gegenüber, natürlich, aber am liebsten hätte sie Vincent auch einfach zurückgelassen.

Sanna verstaute die Sportsachen auf dem Rücksitz und setzte sich hinters Steuer. Sie dachte an Bernd, ihren ersten Freund, mit dem sie damals zusammen gewesen war. An sein Gesicht, als er zu ihr in das Totenzimmer trat. Er hatte seinen Urlaub am Atlantik abgebrochen, um bei ihr zu sein. War braun gebrannt, trug Shorts und Lederbänder, die weizenblonden Haare waren von der Sonne geblichen. Er sah aus wie ein Surfer. Nur die Bestürzung in seinem Gesicht passte nicht ins Bild. Er gehörte nicht dahin, war Sanna klar geworden, und sie hatte sich plötzlich gewünscht, er wäre nicht gekommen. Bernd hatte alles versucht, um sie zu trösten. Er war wundervoll gewesen. Trotzdem. Sanna hatte seine Nähe plötzlich nicht mehr ertragen. Zwei Wochen danach hatte sie Schluss gemacht.

Das Klingeln des Handys ließ sie aufschrecken. Eilig kramte sie es hervor und sah aufs Display. Es war ihre Tante Renate. Sie rief aus dem Teutoburger Wald an, aus Sannas zukünftigem Zuhause.

»Hallo, mein Vögelchen!«, zwitscherte sie. »Ich wollte mich nur kurz melden, um zu sagen, dass alles bereit ist. Ach, Liebes, ich bin schon ganz aufgeregt. Ich freu mich so auf dich!«

Sie sah ihre Tante vor sich, die grellrot gefärbten Locken und die strassbesetzte Brille. Dazu ein Lächeln, bei dem man nie so recht wusste, ob sie nicht heimlich gekifft hatte.

»Hier ist alles fertig, Schätzchen«, fuhr sie fort. »Na ja, wenigstens so weit fertig, dass du einziehen kannst. Viele Möbel gibt es nicht, aber du hast eine Schlafcouch und einen Fernseher.«

»Das reicht doch fürs Erste. Vielen Dank, Tante Renate. Das mein ich ganz ehrlich.«

»Ach was, wofür denn? Das versteht sich doch von selbst. Die restlichen Möbel besorgen wir dir, wenn du hier bist.«

Sanna lächelte. Sie würde nie verstehen, weshalb sich ihre Familie Tante Renate gegenüber so herablassend gab. Selbst damals, als sie noch Redakteurin bei der *Frankfurter Rundschau* war, wurde nur die Nase gerümpft. Dann kamen die Scheidung, der Jobverlust, die Schulden und schließlich der Umzug in die Provinz, wo sie seitdem für ein Lokalblatt über Schützenfeste und Jahrmärkte schrieb. Ein grandioser Absturz, und in Sannas Familie hieß es nur, das hätte man schon immer kommen sehen. Nie hatte es eine Rolle gespielt, dass Tante Renate ein Herz aus purem Gold hatte. Offenbar war das für die anderen nicht von Wert. Aber so war ihre Familie nun mal.

»Ich wünschte nur, ich könnte dir auch besseres Wetter organisieren«, sagte Tante Renate. »Gestern

Nacht habe ich wirklich gedacht, die Welt geht unter. Und die nächste Regenfront ist bereits im Anmarsch. Glaub mir, so was hab ich noch nie gesehen. Nun ja. Ich werde dich jedenfalls morgen in Bielefeld am Bahnhof abholen.«

»Nein, das ist doch nicht nötig. Ich kann …«

»Keine Widerrede. Du wirst da nicht im strömenden Regen stehen und auf den Bus warten. Ich habe schon alles mit meinem Chef besprochen. Ich werde am Bahnhof sein.«

Bevor Sanna weiter widersprechen konnte, nieste ihre Tante mehrmals kräftig in den Hörer und murmelte dann etwas vom verfluchten Regenwetter. Das Thema war also erledigt.

»Deine letzte Nacht in Berlin«, schwärmte Renate. »Bist du schon aufgeregt? Morgen geht's los.«

»Am liebsten würde ich ja sofort kommen. Papa und Mama geben noch ein Abschiedsessen in der Villa, davor kann ich mich wohl nicht drücken.«

»Ach, sei nicht ungerecht. Sie lieben dich eben.«

Dazu wollte sich Sanna lieber nicht äußern. Tante Renates Stimme wurde ganz weich: »Es ist für sie auch nicht einfach, mein Engel. Sie tun ihr Bestes.«

Sanna schnaubte. Wenn ihre Tante wüsste, wie die Eltern hinter ihrem Rücken über sie sprachen.

»Gib dir ein bisschen Mühe, dann wird es bestimmt ein netter Abend. Und wir zwei sehen uns morgen in Bielefeld am Bahnhof. Ich freu mich auf dich, mein Schatz.«

Und damit war das Gespräch beendet. Sanna steckte das Handy zurück in die Tasche und startete den Motor. Vincent hatte ihr angeboten, den BMW zu nehmen. Nur fürs Erste, bis sie ein eigenes Auto hatte. Es war ihm sichtbar schwergefallen, doch das Angebot galt. Dabei wollte Sanna den Wagen gar nicht. Sie wollte ohne Altlasten nach Ostwestfalen gehen. Ein richtiger Neustart und keine halben Sachen. Außerdem: Das Auto wäre nur ein zusätzliches Problem, sollte ihre Beziehung die Entfernung nicht verkraften. Aber das hatte sie Vincent natürlich nicht gesagt.

Trotzdem spürte sie einen Anflug von schlechtem Gewissen. Vincent hatte ihr Halt gegeben, die ganze Zeit über. Er hatte ihre Trauer akzeptiert. Doch ein Teil von ihr glaubte, dass Vincent in ihr zukünftiges Leben nicht mehr hineinpassen würde. Dass es besser wäre, die Sache gleich zu beenden.

Ihre Mutter erwartete sie schon. Sie stand auf der Freitreppe der Dahlemer Villa, mit einer Haltung, als würde gleich ein Fernsehteam eintreffen. Ein Kostümchen von Chanel, Perlenkette und Goldschmuck, und wie immer ihre perfekte Krystle-Carrington-Frisur, bei der jedes einzelne Haar an der richtigen Stelle lag.

»Sanna, da bist du ja. Wir haben schon auf dich gewartet. Dann kann es ja jetzt losgehen.«

Sie drehte sich um und schwebte ins Haus. Sanna schlurfte widerwillig hinterher.

»Bin ich etwa zu spät?«

»Nein, nein. Vincent ist auch schon da, er unterhält sich im Wintergarten mit Georg.«

Georg war der Mann ihrer Schwester, ein mittelhohes Tier bei der Commerzbank, der mit fünfunddreißig schon aussah, als wäre er mindestens fünfzig.

Aber irgendwie passte er ganz gut zu Ines mit ihrer strengen Kurzhaarfrisur, den Spitzenkrägelchen und ihren asexuellen Wollpullovern, die sie ständig trug. Sanna hatte keine Ahnung, wie die beiden es zustande gebracht hatten, zwei Kinder zu zeugen.

»Bist du so nett und sagst deinem Vater Guten Abend?«, sagte ihre Mutter. »Ich rufe die anderen, und dann können wir essen.«

Sanna trat ins Esszimmer, wo ihr Vater am Tisch saß und in einem seiner medizinischen Fachblätter las. Wie immer trug er ein Poloshirt und weiße Golfhosen, ein Aufzug, den Jannis die Chefarzt-Freizeituniform genannt hatte. Als ihr Vater sie eintreten sah, legte er die Zeitschrift beiseite, stand auf und reichte ihr lächelnd die Hand. Es war der Gesichtsausdruck, mit dem er Patienten begrüßte.

»Sanna, schön, dich zu sehen. Auch wenn der Anlass nicht so besonders schön ist.«

»Wir wollen Sanna doch erst einmal ankommen lassen«, ging ihre Mutter dazwischen, die den Rest der Familie ins Esszimmer führte. Vincent unterbrach das Gespräch, das er mit Georg führte, und begrüßte sie mit einem Kuss. Auf Sanna wirkte es plötzlich, als wäre er hier aufgewachsen und sie nur zu Besuch. Alle liebten ihn abgöttisch, diesen freundlichen und charmanten jungen Mann, selbst die Kinder ihrer Schwester. Manchmal fragte sie sich, ob ihre Familie ihn nicht am liebsten für sie eintauschen würde.

Das Essen verlief ruhig, es wurde kaum gesprochen. Erst als ihre Mutter den Nachtisch servierte, ergriff ihr Vater das Wort.

»Du machst also Ernst, Sanna? Du willst hier alles hinwerfen?«

»Papa, bitte. Das Thema hatten wir doch zur Genüge.«

Wochenlang hatte er mit aller Macht versucht, ihr den Umzug auszureden. Als wäre es eine persönliche Niederlage für ihn, wenn Sanna nach Marienbüren ging. Dabei war er selbst dort aufgewachsen. Es war ihre alte Heimat. Erst in den 90ern, nach der Wende, war er nach Berlin gegangen, um hier seine Praxis zu eröffnen.

»Ich verstehe nur nicht, was dich so sehr daran reizt«, sagte er. »Deine ... *Kurse* kannst du doch auch in Berlin geben.« Die Herablassung in seiner Stimme war deutlich zu hören.

»Ich werde in einem Rehazentrum arbeiten. Das ist nicht zu vergleichen mit meiner Arbeit hier.«

»Du redest, als wäre das eine Karriere.«

»Klaus, bitte«, ermahnte ihn ihre Mutter.

Doch er war nicht zu bremsen. »Was ist mit deiner Ausbildung? Du warst doch so engagiert. Und so begeistert. Was soll das mit diesen albernen Sportkursen? Es ist immer dasselbe. Du machst einfach nichts aus deinem Talent.«

Sanna blieb stumm. Sie starrte auf die Tischdecke. Schweigen legte sich über den Esstisch. Ihre Mutter warf ihrem Vater böse Blicke zu.

»Du möchtest also Sportkurse geben«, stellte er kühl fest. »Meinetwegen. Aber so etwas gibt es doch auch in Berlin. So eine Rehageschichte. Was ist so großartig an Marienbüren? Warum lässt du hier alles sausen?«

»Was denn zum Beispiel? Meinen tollen Job im Fitnessstudio?«

Sanna biss sich auf die Lippen. Doch es war zu spät, es ungesagt zu machen. Natürlich meinte er die Familie, und Sanna wusste das genau.

»Ich möchte mal etwas anderes sehen als Berlin«, sagte sie. »Mich ausprobieren. Gucken, wie es sich auf dem Land lebt. Neue Erfahrungen sammeln. Noch bin ich jung. Ist das wirklich so schwer zu verstehen?«

»Was ausprobieren also. Und da muss es ausgerechnet Marienbüren sein? Denkst du, du bist bei deiner Tante richtig? Sie ist kein guter Umgang, gerade jetzt, labil wie du bist.«

Ihre Mutter beendete das Gespräch mit einer Kopfbewegung. Sie war der einzige Mensch, den Sanna kannte, der die Aufmerksamkeit aller im Raum allein durch ein leichtes Kopfnicken auf sich ziehen konnte. Es funktionierte immer, auch jetzt. Alle blickten sie an, sie lächelte in die Runde, legte ihre Serviette geziert beiseite und sagte: »Möchte noch jemand? Sonst räume ich ab.«

Dann stand sie auf und stellte die Teller zusammen. Vincent, der die ganze Zeit seltsam wortkarg gewesen war, stand ebenfalls auf. Er half ihrer Mutter beim Abräumen. Dabei vermied er es, Sanna anzusehen. Es wirkte, als wolle er fliehen. Dieses Thema war auch für ihn anscheinend nicht einfach.

»Ich höre deine Gründe, Sanna«, insistierte ihr Vater, als die beiden draußen waren. »Ich bin ja nicht taub. Aber ich begreife es nicht. Ich kann dich einfach nicht verstehen.«

Sie blickte ihn wortlos an. Was konnte sie darauf schon erwidern? Die wahren Gründe waren schließlich andere. Doch das wollte sie lieber für sich behalten.

Ihre Mutter holte Kaffee. Vincent kehrte zurück und setzte sich wieder. Er wirkte irgendwie unglücklich. Noch immer vermied er es, Sanna anzublicken. Er sprach Georg auf eine Geldanlage an, und plötzlich war Sannas Umzug kein Thema mehr. Sie entschuldigte sich und ging zur Toilette. Sie spritzte sich kaltes Wasser ins Gesicht. Dann betrachtete sie lange ihr Spiegelbild.

Auf dem Weg zurück blieb sie an der Freitreppe stehen. Die Unterhaltung im Esszimmer ging unverändert weiter, und Sanna schlich die Stufen hinauf. Sie betrat den Flur, der zu ihren alten Kinderzimmern führte. Der dicke Teppich schluckte jedes Geräusch. Vorsichtig trat sie an Jannis' Zimmertür. Sie war unverschlossen. Im Innern Dunkelheit. Sie tastete nach dem Schalter, und Licht erhellte den Raum.

Es war jetzt das Kinderzimmer von Ines' Ältestem. Die Wände waren blassblau gestrichen, es gab Vorhänge mit Wal-Motiven, Teddybären hockten im Kinderbettchen, und Mobiles hingen von der Decke. Nichts erinnerte mehr an Jannis. Sein Zimmer war zu keinem Schrein konserviert worden wie in anderen Familien, in denen ein Kind gestorben war. Seine Eltern hatten Abschied genommen. Ihre Trauerarbeit geleistet. So sah es zumindest aus. Die Botschaft war: Wir ehren unsere Toten, aber das Leben geht weiter.

Doch das war eine Lüge. Die Wunden waren keineswegs verheilt. Keiner hatte Abschied genommen. Man ließ es nur so aussehen. Sanna wurde immer noch für Jannis' Tod verantwortlich gemacht. Keiner konnte ihr das verzeihen. Wäre sie nicht gewesen, würde Jannis noch leben. Wie sollte man die Toten ziehen lassen, wenn so viel Schuld ungesühnt blieb? Sanna spürte das deutlich, egal, wie sorgsam ihre Mutter die Fassade schönte. Es wäre ehrlicher gewesen, sie hätte ein Museum aus Jannis' Zimmer gemacht. Und hätte Sanna verstoßen. Sie konnte das alles nicht mehr ertragen. Die Verlogenheit ihrer Eltern. Die Dimension ihrer eigenen Schuld. Das war der eigentliche Grund, weshalb sie Berlin verlassen wollte.

Zurück auf der Freitreppe hörte sie wieder die Stimmen aus dem Esszimmer. Gerade sprach ihre Mutter.

»… natürlich habe ich Renate damals Geld gegeben«, sagte sie und stieß einen schweren Seufzer aus. »Herrgott, was hätte ich denn sonst tun sollen? Sie ist meine Schwester. Und allein hätte sie ihre Schulden niemals zurückzahlen können.«

»Du warst zu weich, mein Schatz.« Das war ihr Vater. »Wenn Renate damals nicht so eigensinnig gewesen wäre, hätte sie niemals …«

»Ach, hör auf. Sie gehört trotz allem zur Familie. Ganz egal, wie sie sich aufführt. Außerdem hast du ihr viel zu verdanken, vergiss das nicht. Wäre sie nicht gewesen …«

»Lassen wir die alten Geschichten«, sagte ihr Vater schneidend. »Deine Schwester hätte beinahe alles ruiniert.«

»Aber sie hat dich auch gerettet, Klaus. Ganz egal, was man ihr sonst vorwerfen kann. Du hast ihr etwas zu verdanken. Vergiss das nicht.«

»Nun ja. Wollen wir hoffen, dass sie Sanna nicht zu sehr beeinflusst.«

»Ich denke, wir sollten ...«

Weiter kam ihre Mutter nicht. Sanna ließ ihre Absätze laut über den Steinboden der Halle klackern. Keiner sollte auf die Idee kommen, sie hätte gelauscht. Als sie den Raum betrat, sahen die anderen auf und lächelten. Nur Vincent blickte schuldbewusst zu Boden. Das war aber auch das Mindeste, fand Sanna. Sie fragte sich, ob es häufiger vorkam, dass er an solchen konspirativen Gesprächen teilnahm.

»Ich glaube, ich möchte jetzt nach Hause«, sagte sie. »Es ist schon spät, und ich bin furchtbar müde. Morgen muss ich pünktlich los.«

Vincent half ihr in den Mantel. Es gab Umarmungen, Küsschen wurden verteilt. Der Abschied fiel ihr nicht schwer. Morgen war sie fort. Dann würde ein neues Leben beginnen.

Sie waren bereits am Wagen, als ihr Vater rief: »Und ruf uns an, sobald du da bist. Wir wollen dich nicht aus den Augen verlieren.«

Sie schluckte jeden Kommentar herunter. »Ja«, sagte sie und zog die Tür hinter sich zu.

Am nächsten Morgen machte sich Sanna im strömenden Regen auf den Weg zum Hauptbahnhof. Aber das grässliche Wetter störte sie nicht, im Gegenteil, sie fühlte sich großartig. Als wäre sie ein neuer Mensch, ohne Vergangenheit und ohne Verpflichtungen. Freiheit. Dass sie mit leichtem Gepäck reiste, verstärkte diesen Eindruck nur. Das Nötigste hatte sie in einer Sporttasche verstaut, und der Rest würde mit der Umzugsfirma kommen.

In dem Zugabteil war es kühl und ruhig. Der Regen prasselte auf das Wagendach, und Regenläufer rannen an den Fenstern herab. Sie war froh, den Abschied von Vincent hinter sich gebracht zu haben. Er wollte sich unbedingt freinehmen, um sie mit dem BMW zum Bahnhof zu bringen. Aber Sanna hatte gesagt, sie fände das unnötig, ging es doch mit der S-Bahn genauso schnell. Sie wusste, es war unfair, aber sie wollte ihn nicht dabeihaben, wenn sie zu neuen Ufern aufbrechen würde. »Wir sehen uns doch nächstes Wochenende wieder«, sagte sie. »Es ist ja kein Abschied für immer.« Doch als Vincent sie in den Arm nahm und beinahe verzweifelt an sich drückte, fühlte es sich genau so an: wie ein Abschied für immer.

Sie starrte auf die Regenläufer, und es dauerte nicht lange, da döste sie ein. Als sie aufwachte, war sie bereits in Hannover. Menschen mit Regencapes bahnten sich ihren Weg über den Bahnsteig. Andere wuchteten nasse Koffer in den Zug und schüttelten Schirme aus. Ein kalter feuchter Wind wehte durch die offene Abteiltür, dann ertönte ein Pfiff, und der Zug fuhr weiter.

Sanna fühlte sich, als bewegte sie sich außerhalb von Zeit und Raum. Nach einer Weile tauchte jenseits des Abteilfensters ein vertrautes Bild aus ihrer Kindheit auf: die Porta Westfalica. Hoch oben auf dem bewaldeten Hügel thronte das Kaiser-Wilhelm-Denkmal mit den steinernen Bögen und der weithin sichtbaren Kuppel. Früher war es ihr wie ein verwunschenes Gemäuer aus einem Märchen vorgekommen. Jannis und sie hatten dann immer aus dem Zugfenster hinaufgesehen, ganz ängstlich, weil sie fürchteten, dort oben wäre ein grimmig dreinblickender Torwächter, der herabsteigen und sie aus dem Zug holen könnte, falls er sie der Passage nicht würdig erachtete. Sie hatten sich immer unter den Sitzen versteckt.

Jannis. Sie erinnerte sich, wie sein Sarg mit dem Flugzeug nach Berlin gekommen war. Ihr Vater hatte den Transport organisiert, Sanna wäre dazu gar nicht in der Lage gewesen. Der Herbst war eingezogen, und am Flughafen stand sie ihren Eltern frierend im Sommerkleidchen gegenüber. In ihrer Brust war damals eine so große und dunkle Leere gewesen, dass sie kaum mehr Erinnerungen an die Tage nach Jannis' Tod hatte. Aber an den Moment, in dem sie ihren Vater wiedersah, erinnerte sie sich genau. Da war ein Ausdruck in seinen Augen gewesen, als blickte er in einen Abgrund. »Was hast du nur getan?«, fragte er. Natürlich hatte er längst erfahren, was am Strand geschehen war. Aber was sollte Sanna schon erwidern? Sie fühlte sich so verloren, so hilflos. Da gab es doch überhaupt keine Worte. »Du hast das Leben deines Bruders in die Hände von ein paar Idioten gelegt! Sanna, du hättest den Notarzt rufen müssen! Mein Gott, das hätte dir doch klar sein müssen!« Sanna wollte sich erklären, doch es ging nicht. Vielleicht gab es ja auch gar nichts zu erklären. Sie sah zu ihrer Mutter, die etwas Abseits stand und ins Nichts starrte. Sie schaffte es nicht einmal, Sanna in die Augen zu sehen. Aber was hatte sie auch erwartet? Es gab keinen Trost für sie, natürlich nicht. Da war nur der Ausruf ihres Vaters, der selbst heute noch in ihrem Kopf nachhallte: »Was hast du nur getan?«

Die Diagnose lautete: plötzlicher unerwarteter Tod bei Epilepsie. Ein sehr seltenes Phänomen, besonders bei einem erstmalig auftretenden Anfall. Bei der anschließenden Obduktion wurde bei Jannis ein Hirntumor gefunden, gutartig zwar, aber bereits so groß wie ein Zwanzigcentstück. Dieser Tumor war es offenbar, der die Epilepsie ausgelöst hatte. Wäre er rechtzeitig ins Krankenhaus gekommen, hätte man ihm entkrampfende Medikamente injizieren können. Das wäre keine große Sache gewesen, und Jannis würde heute vielleicht noch leben.

Draußen wurde es ungemütlicher. Der Regen peitschte nun wild gegen die Abteilfenster. Sanna wollte nicht länger über die Vergangenheit nachdenken. Ihr Vater war ihr egal. Ein Neuanfang stand bevor. Sie wollte alles hinter sich lassen. Das war längst überfällig.

»In Kürze erreichen wir Bielefeld«, meldete sich der Zugführer über den Lautsprecher. »Im Regionalverkehr kommt es aufgrund umgestürzter Bäume und unterspülter Gleise zu Verspätungen und Zugausfällen. Bitte achten Sie auf die Lautsprecherhinweise auf dem Bahnsteig.«

Wie um die Durchsage zu unterstreichen, gab es draußen ein lautes Donnern, gefolgt von hellen Blitzen. Der Himmel wurde nun tiefschwarz, Dunkelheit legte sich über die Landschaft. In kurzen Intervallen flackerten im Abteil die Lichter auf. Sanna nahm ihre Tasche und steuerte den Ausgang an.

Tante Renate war bereits von Weitem zu sehen. Sie trug einen leuchtenden giftgrünen Wollmantel, der völlig durchnässt war und im Regensturm flatterte wie eine Windfahne. Die grellroten Haare hatte sie notdürftig zu einem Dutt verknotet, dennoch hingen ihr Strähnen im Gesicht. Mit beiden Händen versuchte sie, einen halb zerfetzten Regenschirm zu bändigen. Als sie Sanna aus dem Zug steigen sah, stopfte sie den Schirm kurzerhand in einen der überquellenden Abfalleimer.

»Sanna, mein liebes Kind!« Sie riss sie an sich. Der nasse Wollmantel hatte bereits einen durchdringenden Eigengeruch entwickelt. Sanna verschlug es den Atem. »Bist du denn gut rübergekommen? Es hätte mich nicht überrascht, wenn der gesamte ICE einfach vom Gleis gespült worden wäre. Man hat ja das Gefühl, die Welt geht unter. Du liebe Güte, ich sage dir, so etwas habe ich wirklich noch nicht erlebt.«

Sie hielt Sanna auf Armlänge und musterte sie. Mit ihrer verlaufenen Schminke erinnerte sie an einen angejahrten Zirkusclown. Sanna lächelte. Sie fühlte sich gut.

»Glaub mir, mein Schatz, ich hätte dich gern mit besserem Wetter begrüßt. Was ist denn das für ein Neuanfang? Mitten in einer Sintflut! Aber warte nur, bis du deine neue Wohnung gesehen hast. Die ist wunderhübsch. Ganz winzig und in einem uralten Fachwerkhaus gegenüber der Kirche. Wie ein

Hexenhäuschen, sage ich dir, ich habe mich auf der Stelle in die Wohnung verliebt.«

Tante Renate nahm Sannas Tasche, sie bestand darauf. Auf dem Weg durch die Bahnhofshalle redete und redete sie, ohne Sanna die allerkleinste Möglichkeit zu geben, auch nur ein Wort zu sagen. Aber das war typisch für Tante Renate. Wenn sie aufgeregt war oder sich freute, redete sie ohne Punkt und Komma. Am Ausgang drängten sich die Menschen unter dem schmalen Vordach. Unschlüssig blickten sie in den Regenguss, keiner wagte sich hinaus. Der Wind wechselte plötzlich die Richtung und peitschte den Regen unter das Vordach. Die Leute gaben erschrockene Laute von sich, es wurde gedrängelt und geschubst, alle stolperten zurück in die Halle.

Tante Renates alter Golf stand direkt vor dem Eingang, mitten auf dem Vorplatz, als wäre er eine moderne Skulptur. Im totalen Halteverbot natürlich, aber Tante Renate ging wohl recht in der Annahme, dass bei diesem Wolkenbruch weder eine Politesse noch ein Abschleppdienst auftauchen würden. Als sie ins Freie traten, prasselte es augenblicklich von allen Seiten auf sie ein. Die paar Meter zum Auto reichten aus, sie völlig zu durchnässen. Sanna ließ sich auf den Beifahrersitz fallen. Sie begrub ein paar leere Zigarettenschachteln und einen Hundeknochen unter sich. Im Fußraum schob sie Tante Renates Einkäufe und eine alte Hundedecke zur Seite, dann zog sie die Tür hinter sich zu.

Renate schwang sich hinters Steuer. Das Unwetter war nun ausgesperrt, sie saßen im Trockenen. Regen trommelte lautstark aufs Autodach.

»Du liebe Güte.« Tante Renate lachte auf. »Wenn das so weitergeht, müssen wir uns eine Arche Noah bauen.«

Im Schneckentempo fuhren sie aus Bielefeld heraus. Es waren nicht viele Autos unterwegs.

»Deine Eltern waren doch sicher entsetzt, wie ich sie kenne. Aus Berlin weggehen?! Bestimmt haben die versucht, dir das Ganze auszureden.«

»Es ist meine Entscheidung«, sagte Sanna knapp. »Das müssen sie akzeptieren.«

Sanna bemerkte den Seitenblick ihrer Tante und versuchte ihn zu ignorieren. Renate konnte hartnäckig sein. Das Thema war höchstens aufgeschoben und nicht aufgehoben.

Sie näherten sich Marienbüren, Sannas zukünftigem Zuhause, einem abgelegenen Ort im Teutoburger Wald. Nirgendwo war eine Menschenseele zu sehen. Die Sträßchen, die von den Berghängen ins Tal führten, hatten sich in kleine Bäche verwandelt, überall sprudelte Wasser aus den Gullys. Am Rande eines Dorfes tauchte plötzlich ein Mofafahrer vor ihnen auf. Auf seiner wenige PS schwachen Maschine knatterte er dick eingepackt gegen das Unwetter an. Er wirkte so schutzlos und verletzlich wie eine Nussschale auf einem Ozean.

»Ach je«, sagte Renate, »guck dir mal den an. Der hat ja Nerven.«

Renate fuhr langsam hinter ihm her. Die Scheibenwischer flogen in der höchsten Stufe über die Windschutzscheibe, dennoch verschwamm das Rücklicht des Mofas immer wieder im Regenschleier.

Jenseits der breiten Straße ragten die Hänge des

Teutoburger Walds in die Höhe. Da war ein schmaler Streifen mit Wiesen und abgeernteten Weizenfeldern, darüber folgten die bewaldeten Höhenkämme. Doch trotz der Mittagszeit war der Gipfel kaum zu erkennen. Alles war düster und grau.

»Was ist eigentlich passiert zwischen euch?«, fragte Sanna abrupt. »Zwischen dir und meinen Eltern?«

Renate wandte den Blick nicht von der Straße. Sie hielt sorgsam Abstand zu dem tapferen Mopedfahrer.

»Gar nichts«, sagte sie. »Was meinst du denn?«

»Irgendwas muss da doch gewesen sein. Nicht mal Weihnachten seht ihr euch. Und Mama redet nie über dich. Habt ihr euch zerstritten?«

Renate zögerte. »Ich weiß nicht, was du meinst. Wir sind eben unterschiedlich. Deine Mutter und ich, also wir waren schon als Kinder sehr verschieden, das weißt du doch.«

Sie log. Sanna spürte das genau.

»Wenn du denkst, dass es mich nichts angeht ...«

Sie stockte. Etwas veränderte sich. Ein Gefühl, als würde ihr Magen durchgeknetet. Da war ein Riss im Asphalt. Sie starrte erschrocken in die Regenschleier. Plötzlich war das Rücklicht des Mofas fort. Einfach von der Straße verschwunden. Ehe sie begriff, was überhaupt geschah, schrie sie: »Tante Renate! Stopp!«

Eine Vollbremsung. Der Wagen schlitterte über die regennasse Fahrbahn. Ein Ruck drückte sie in die Sitze. Die Wagenunterseite schlug auf den Asphalt, einer der Vorderreifen ragte ins Nichts. Vor ihnen tat sich ein Abgrund auf, mitten auf der Fahrbahn. Überall waren Risse im Belag, und auf ein paar Metern Länge war die Straße einfach weg. Abgerutscht ins Tal.

Renate atmete schwer. Sie und Sanna wechselten erschrockene Blicke. Dann war da ein tiefes Grollen. Der Boden begann sich zu bewegen. Ein Strauch drehte sich langsam, neigte sich vor und rutschte aus ihrem Blickfeld.

»Zurück!«, schrie Sanna. »Du musst zurücksetzen!«

Tante Renate rüttelte wild an der Gangschaltung herum. Als sie Gas gab, soff augenblicklich der Motor ab. Sie fummelte hektisch am Zündschlüssel. Doch da begann sich der Wagen bereits zu drehen. Er wurde von unten angehoben und langsam verschoben. Sanna spürte die ungeheuere Kraft, die hier am Werk war.

»Wir müssen raus!«

Aber es war schon zu spät. Ein ohrenbetäubender Lärm füllte jetzt alles aus, ein dumpfes Donnergrollen, direkt aus dem Berg. Der gesamte Hang geriet ins Rutschen. Ein Strommast stürzte nach vorn und wurde vom Boden verschluckt. Eine Reihe Fichten, die aussahen, als kämpften sie um ihr Gleichgewicht, befanden sich plötzlich dort, wo gerade noch die Straße gewesen war. Wie Packeis glitten Erdmassen an ihnen vorbei. Tante Renate begann zu schreien, doch ihre Stimme wirkte fern und unwirklich.

Der Wagen wurde weiter verschoben, Brocken aus Asphalt zerbeulten lautstark die Motorhaube, dann drehten sie sich um ihre Achse. Tante Renates

Einkäufe kullerten durch den Fußraum, die Heckscheibe zersplitterte, Scherben und Regenwasser stürzten auf sie nieder.

Sanna schlang die Arme um ihren Kopf. Das war also ihr Ende. Sie dachte an Jannis. Ob sie sich wiedersehen würden? Sie glaubte nicht an Gott, trotzdem schien ihr das plötzlich möglich zu sein, ja sogar wahrscheinlich. Sie würde Jannis gleich sehen. Eine seltsame Ruhe befiel sie.

Dann war der Lärm vorbei. Der Wagen bewegte sich nicht mehr. Alles wurde ruhig. Nur der Regen prasselte weiterhin auf sie ein. Sanna hob vorsichtig ihren Kopf. Der Golf stand eingeklemmt zwischen den Asphaltbrocken und der verbogenen Leitplanke. Die Straße vor ihnen, der gesamte Hang war auf gut hundert Meter nicht mehr zu sehen. Einfach verschwunden. Hoch oben am bewaldeten Berg war die Abbruchkante zu erkennen. Ein paar schräg stehende Fichten ragten mit ihrem Wurzelwerk über den Abgrund hinaus. Darunter waren nur noch Erd- und Gesteinsschichten.

»Ist es vorbei?«, flüsterte Tante Renate.

»Weiß nicht. Wir sollten aber aus dem Auto raus.«

Sannas Tür klemmte, sie war völlig verbeult. Jedoch ließ sich das Fenster noch runterkurbeln. Sofort schlugen dicke Regentropfen auf sie ein. Tante Renate lauschte. Doch der Berg schien wieder zur Ruhe gekommen zu sein. Sie lachte plötzlich schrill auf.

»Du liebe Güte, ich dachte schon, wir sterben!«

»Tun wir vielleicht auch, wenn wir nicht schnell von der Kante wegkommen.«

Sanna kletterte durchs Fenster aufs Autodach. Sie hielt sich nicht lange damit auf, das Chaos zu betrachten, sondern stieg übers Heck nach hinten. Ein paar Meter weiter war die Straße nahezu unversehrt.

Sie blickte zurück. Tante Renate war noch immer am Auto. Sie streckte den Hintern in die Luft und kramte etwas von der Rückbank hervor. Zuerst tauchte ein weiterer Regenschirm auf, dann die hochwertige Kamera, die sie für ihre Reportagen benutzte. Sanna schüttelte den Kopf. Offenbar hatte sich Tante Renate schnell von ihrem Schock erholt. Sie stellte sich an den Abgrund und begann, Fotos zu schießen.

»Sei doch bitte vorsichtig«, rief Sanna durch den Regen. »Wie kannst du jetzt nur an deine Arbeit denken? Wo hier die Welt untergeht!«

Sie lachte. »Wie kann ich hier an irgendetwas anderes als an die Arbeit denken?«, rief sie zurück. »Die Bilder verkaufe ich an alle großen Zeitungen. Mit etwas Glück auch den einen oder anderen Text.«

Sanna trat vor. Sie dachte an den Mofafahrer. Doch in den Geröllmassen war nichts mehr zu erkennen. Es war unmöglich, dass er dies überlebt hatte. Sie nahm das Handy und rief die Feuerwehr. Die Rettungskräfte wären bereits unterwegs, sagte man ihr.

Vorsichtig trat sie an die verbogene Leitplanke und sah hinunter. Da war eine riesige Schneise der Zerstörung. Ein Trümmermeer, das bis ins Tal ragte. Sie hatten unglaubliches Glück gehabt.

Sie betrachtete das Geröll. Felsbrocken, Schlamm, Wurzelwerk, Erde, Kies. Dann war da ein heller

Fleck, so etwas wie ein Bündel. Sie legte den Kopf schief. Was konnte das sein? Das war weder ein Stein noch ein Erdklumpen.

Sie blickte auf. Tante Renate war irgendwo im Regen verschwunden. Sanna blieb unschlüssig stehen. War das etwa Stoff? Ein alter Sack vielleicht? Nach kurzem Zögern kletterte sie über die Leitplanke.

Vorsichtig prüfte sie den Boden unter ihren Füßen. Alles schien stabil zu sein. Sie näherte sich dem Bündel, das zwischen den Geröllmassen hervorlugte. Jetzt war sie ganz nah. Sie konnte die Hand danach ausstrecken. Es war tatsächlich ein Stück Stoff, eingefärbt von der nassen Erde. Noch einmal blickte sie sich nach Tante Renate um, doch die war nirgends zu sehen. Sie streckte die Hand aus und zog den Stoff zur Seite.

Sie stieß einen würgenden Schrei aus. Stolperte zurück. Ihre Brust zog sich zusammen, das Grauen packte sie. Unter dem Stoff war die halb verweste Leiche eines kleinen Kindes, das sie aus schwarzen Augenhöhlen anstarrte.

2

Der Geruch war immer noch vertraut. Es war, als machte er eine Zeitreise. Fünfzehn Jahre, die mit einem Mal weggewischt waren. Ein warmes Gefühl breitete sich in seinem Bauch aus. Er war endlich wieder zu Hause.

Er schüttelte den Regenschirm aus und stellte ihn in einen Ständer im Eingangsbereich. Der Schirm hatte nicht viel gegen das Unwetter ausrichten können, von den Knien abwärts war Jens Böttger durchnässt, und auch seine Jacke war klamm von der Feuchtigkeit. Doch das störte ihn nicht. Er blickte sich um. Es hatte sich nicht viel verändert. Die Wände hatten einen neuen Anstrich bekommen, außerdem stand neues Mobiliar in der Besucherecke. Doch davon abgesehen war alles wie immer.

Hinter der Schleuse hockte ein kinnloser, übergewichtiger Pförtner, der vom Kreuzworträtsel seiner *Neuen Westfälischen* aufsah und ihn misstrauisch beäugte. Er war wie Böttger Mitte fünfzig, dennoch hatte es ihn damals hier noch nicht gegeben. Früher hatte ein junger Spunt an der Pforte gehockt, bei dem immer der Sportkanal lief und der jeden mit einem breiten Grinsen begrüßte. Sicher hatte der längst einen besseren Job ergattert. Schade eigentlich. Jens Böttger trat auf die Glaswand zu, um sich vorzustellen. Ohne ihn aus den Augen zu lassen, beugte sich der Pförtner über das Mikrofon. Doch bevor er etwas sagen konnte, ertönte eine Stimme hinter Böttger.

»Mensch, Jens! Du bist es tatsächlich.«

Er drehte sich um. Harald Hochbohm stand in

der Tür. Groß, hager, mit dem Gesicht eines Falken. Die Haare waren inzwischen ergraut, und seine Haut wirkte fahl und kränklich, doch sonst sah er aus wie früher. Hätte er nicht längst pensioniert sein sollen? Nie im Leben hatte Böttger geglaubt, ihn hier anzutreffen.

Harald Hochbohm packte ihn an den Schultern. »Lass dich ansehen, alter Junge. Du hast dich kaum verändert.«

»Ich bin fett geworden, wolltest du sagen«, meinte Böttger mit einem Lächeln.

»Und ich bin eine alte Vogelscheuche geworden. Was soll's. Der Zahn der Zeit. In einem Jahr verschwinde ich, dann mach ich's mir auf meinem Altenteil gemütlich.« Er betrachtete ihn zufrieden. »Als ich gehört habe, dass sie dich hierher zurückholen, konnte ich es kaum glauben. Außer mir ist keiner der Alten mehr da, aber wir haben ein gutes Team. Gute Leute, du wirst sie mögen.«

»Davon bin ich überzeugt.«

Harald Hochbohm klärte den Pförtner kurz auf und führte seinen alten Kollegen durch die Schleuse ins Innere. Wieder der vertraute Geruch. Böttger erinnerte sich an die Jahre, die er hier verbracht hatte. Eine gute Zeit. Doch als sie ihn nach Köln geholt hatten, wäre er trotzdem nie im Leben auf die Idee gekommen, je wieder zurückzukehren.

Während sie durchs Treppenhaus nach oben gingen, plauderten sie über alte Zeiten. Böttger blieb nicht verborgen, dass sich Harald Hochbohm beim Aufstieg mit der Hand am Geländer festklammerte, als hätte er Angst zu stürzen.

»Wie geht es deinen Kindern?«, fragte Hochbohm. »Die müssten inzwischen ... warte mal ...«

»Lara ist fünfundzwanzig. Sie macht in London ihren Wirtschaftsabschluss. Und Max ist zweiundzwanzig und studiert in Münster Kunstgeschichte.«

»Meine Herren. Aus denen ist ja richtig was geworden. So alt schon. Ich weiß noch, wie sie ... aber lassen wir das.« Er stieß einen leisen Seufzer aus, als sie das zweite Stockwerk erreicht hatten, und öffnete die Glastür zum Flur. »Du musst mächtig stolz auf sie sein. Und wie hieß deine Frau noch? Sag nichts! Bärbel! Gefällt es ihr hier? Wäre sie nicht lieber in Köln geblieben?«

»Sie ist Westfälin. Es hat ihr genauso gefehlt wie mir. Sie ist auch froh, nach Hause zu kommen.«

Böttger sah auf die Uhr. Der Kriminaloberrat wartete sicher bereits auf ihn.

»Wie ist er so, der Chef?«, fragte er.

»Brüse? Er leistet gute Arbeit, keine Frage. Du wirst mit ihm klarkommen.«

Böttger betrachtete ihn forschend, doch Harald lächelte nur und schlug ihm auf die Schulter.

»Sein Büro ist dort vorne. Wir sehen uns dann gleich bei der Dienstbesprechung? Die anderen sind schon ganz neugierig auf dich. Der Raum ist am Ende des Flurs, die Tür steht offen.«

»Na gut. Dann bis gleich.«

Harald ging mit einem leichten Hinken davon, und Böttger wandte sich zur Tür des Kriminaloberrats, klopfte und trat ein. Brüse saß am Schreibtisch und ging Unterlagen durch. Ein drahtiger, gut aussehender Enddreißiger mit Anzug und Krawatte. An der Hand einen protzigen Siegelring. Er sah kurz auf und bat ihn mit einer Kopfbewegung hinein.

Der Regen schlug wütend gegen seine Bürofenster. In der Ecke stand ein kleiner Fernseher. Stumme Bilder von Feuerwehreinsätzen in überschwemmten Ortschaften flimmerten über den Bildschirm. Brüse ließ ihn warten, bis er eine Unterschrift unter ein Dokument gesetzt hatte.

»Sie sind also Jens Böttger«, stellte er fest. »Willkommen in Bielefeld. Ich führe Sie gleich ein bisschen rum.«

Dann nahm er den Telefonhörer und gab seiner Sekretärin ein paar Dinge durch, die sie für ihn erledigen sollte. Böttger wartete. Brüse hatte es offenbar nötig, die hierarischen Unterschiede deutlich zu signalisieren. Er fragte sich, ob das nur an seinem Alter lag oder ob mehr dahinter steckte. Wahrscheinlich Letzteres.

Brüse legte auf und ließ sich in seinen Schreibtischsessel sinken. »Sie haben ja in Köln mächtig Eindruck gemacht«, sagte er. »Man hat sie allerwärmstens empfohlen.«

»Ich habe meine Arbeit gemacht. Freut mich, wenn das gesehen wurde.«

»Ihre Arbeit gemacht ... das ist wohl ein bisschen untertrieben. Dieter Brinkmann meinte, wir wären verrückt, wenn wir Sie nicht sofort nehmen.«

Ja, das hörte sich sehr nach Dieter an, seinem alten Chef in Köln. Böttger hatte bislang kaum als Leitender Ermittler gearbeitet, aber das hatte Dieter offenbar etwas großzügiger ausgelegt. Er hatte ihn natürlich über den grünen Klee gelobt.

»Ich trau dir das zu, Jens, keine Frage«, hatte er gesagt, als die Stelle des Leitenden Ermittlers in Bielefeld ausgeschrieben worden war. »Aber ich frage mich: Willst du das überhaupt? Karriere machen? Etwas ganz Neues anfangen?«

»Ich will nach Hause, Dieter«, hatte Böttger gesagt. »Das ist alles.«

Dieter hatte daraufhin mit ungewohnt ernstem Gesicht genickt. »Nach Hause«, hatte er nachdenklich gesagt. »Wer kann dir das verdenken?«

Brüse lehnte sich vor und betrachtete ihn. Dabei spielte er mit seinem Siegelring.

»Brinkmann meinte, wir hätten einen großen Coup mit Ihnen gelandet«, sagte er. »Er hätte alles versucht, Sie in Köln zu halten, aber es wäre zwecklos gewesen.«

Auch das war typisch Dieter. Immer ein bisschen zu viel des Guten. Er hatte die Latte dadurch sehr hoch gehängt. Mal sehen, ob Böttger es schaffte, sie nicht gleich beim ersten Sprung zu reißen.

»Alle waren an den Ergebnissen beteiligt«, wich Böttger aus. »Es gab eine sehr kollegiale Atmosphäre in Köln.«

»Die haben wir hier auch.« Brüse lächelte kühl. »Es kann nie schaden, wichtige Fürsprecher zu haben«, meinte er vielsagend.

Wieder so eine seltsame Aussage. Böttger fragte sich, ob dieser junge Kerl tatsächlich glaubte, mit so unnützen kleinen Volten sein Revier markieren zu müssen.

Der Kriminaloberrat stand schwungvoll auf, schloss sein Jackett und ging zur Tür.

»Ich bringe Sie zum Polizeipräsidenten. Er möchte Ihnen kurz Guten Tag sagen. Kommen Sie.«

Gerade, als Brüse die Tür öffnen wollte, wurde sie von außen aufgestoßen. Mit einer geschmeidigen Bewegung sprang er zur Seite. Nur knapp entging er einer Kollision. Harald platzte herein. Brüses Gesicht verdunkelte sich. Doch er kam nicht dazu, ihn zurechtzuweisen.

»Es hat einen Erdrutsch gegeben«, stieß Harald hervor. »Auf der Straße nach Marienbüren. Hundert Meter Hang, einfach weggespült.«

Brüses Blick wanderte zum stummen Fernseher. Doch dort waren weiterhin nur Feuerwehrwagen vor überschwemmten Straßen zu sehen und eine blonde Fernsehfrau, die unter einem riesigen transparenten Schirm in ein Mikrofon sprach.

»Und deshalb platzen Sie hier so herein?«, fragte er.

»Eine halb verweste Leiche ist freigelegt worden. Offenbar war die am Hang vergraben. Die Einsatzkräfte sagen, es ist eine Kinderleiche.«

Getötete Kinder. Für jeden Ermittler war das ein Albtraum. Böttger kannte nur wenige Kollegen, an denen das spurlos vorbeiging. Er erinnerte sich an den Fall eines toten Säuglings, den man in einer Kölner Babyklappe gefunden hatte. Ein winziger Mensch, erstickt und in eine Plastiktüte gewickelt. Böttger hatte damals immer an Lara denken müssen, wie er sie im Krankenhaus das erste Mal gehalten hatte. So ein kleines, zerbrechliches Wesen, mit einem zerknautschten Gesicht und winzigen

Händchen, die nach seinem Finger gegriffen hatten. Da im Krankenhaus, das war der glücklichste Moment seines Lebens gewesen. Während der Ermittlungen waren er und seine Kollegen jeden Abend nach Dienstschluss in eine Kneipe gegangen, um weiter über den Fall zu reden. Sie waren eine verschworene Gemeinschaft gewesen. Keiner hatte nach Hause gewollt. Es war ihnen aber nicht nur darum gegangen, in dem Fall alles zu geben. Auf Böttger hatte es gewirkt, als wollten sie sich gegenseitig stützen. Kraft aus der Gemeinschaft schöpfen. Damit sich der Schrecken, der sie alle erfasst hatte, etwas besser bewältigen ließ.

Gemeinsam mit Harald Hochbohm machte sich Böttger auf den Weg nach Marienbüren. Der Regen hatte plötzlich nachgelassen, als hätte er mit dem Abrutschen des Hangs erreicht, was er wollte, und könnte sich nun zurückziehen. Sprühregen wehte gegen die Windschutzscheibe, begleitet von den monotonen Bewegungen der Scheibenwischer. Die Straßen standen noch immer unter Wasser. Überall flossen Rinnsale. Doch es sah aus, als ginge es jetzt nur noch darum, dass das Wasser abfloss. Das Schlimmste war vorüber. Harald hockte vornübergebeugt am Lenkrad und fixierte die Straße, als wollte er einen kleingedruckten Text entziffern.

»Mensch, Mensch«, stöhnte er wieder. »Was für ein Neuanfang. Tut mir echt leid für dich.«

»Ach was. So ist es nun mal.«

Die Plaudereien über vergangene Zeiten waren durch den Leichenfund beendet worden. Nun wappneten sie sich für das, was sie am Hang erwarten würde. Böttger betrachtete die aufgeweichte Landschaft.

»Haben sie gesagt, wie alt das Kind ist?«, fragte er.

»Nein. Aber es muss noch ziemlich klein sein. Ein Mädchen. Sehr lange kann es noch nicht unter der Erde gelegen haben. Der Verwesungsprozess, du weißt schon.«

Draußen zog die vertraute Landschaft an ihnen vorbei. Böttger hätte immer noch blind nach Marienbüren gefunden. Er kannte alle Ortschaften der Gegend wie seine Westentasche. Auf ihrem Weg waren die Veränderungen erkennbar. Straßen waren ausgebaut und verbreitert worden. Es gab Kreisverkehre und an den Rändern der Dörfer waren neue Industriegebiete entstanden. Fertigungshallen, hohe Metallzäune, LKW-Zufahrten. Doch immer wieder boten sich ihm Aussichten, die noch waren wie vor fünfzehn Jahren. Große Bauernhöfe, umgeben von hohen Buchen, kleinteilige Agrarflächen, auf denen Mais und Getreide wuchs, alte Fachwerkdörfer, die sich in ein Tal schmiegten. Und über allem die bewaldeten Hänge des Teutoburger Walds.

Irgendwann war die Straße abgesperrt. Ein Polizeiauto stand quer auf der Fahrbahn. Ein Mann in Uniform knotete ein Absperrband an die Leitplanke. Ein Anderer winkte Autos heran, beugte sich zum Fenster herab und sprach mit den Insassen. Vor ihnen eine Familienkutsche, die umständlich wendete und den Weg zurück nahm.

Harald fuhr vor und kurbelte das Fenster herunter. Regen sprühte herein. Er erklärte dem Kollegen, wer sie waren, das Absperrband wurde zur Seite gezogen und sie fuhren weiter. Nun waren sie allein auf der Straße. Alles war menschenleer und wirkte ausgestorben, bis der Unglücksort vor ihnen auftauchte. Mitten im aufgeweichten Hang klaffte ein Loch von gut hundert Metern Durchmesser, wie von einer riesigen Baggerschaufel hineingerissen. Schmutzig braune Erdschichten waren zu erkennen, grauer Regendunst schwebte über der Abrisskante, schlammiges Wasser sammelte sich. Die Straße vor ihnen war wie mit der Schere abgeschnitten. Geröll lag herum, abgeknickte Fichten, dahinter ein Abgrund. Unten im Tal waren klitzeklein die leuchtenden Regenjacken der Rettungskräfte zu erkennen. Schweres Gerät war aufgefahren worden. Auch waren Spürhunde im Einsatz. Dort unten wurden weitere Menschen vermutet, die hoffentlich noch lebend geborgen werden konnten. Doch das musste sie jetzt nicht interessieren. Sie waren aus einem anderen Grund hier.

Am Straßenrand waren Einsatzwagen geparkt. Streifenpolizisten standen herum, von ihren Schirmmützen tropfte das Wasser. Die Rechtsmedizin war bereits eingetroffen, ein Leichenwagen parkte am Straßenrand. Dann waren da noch zwei Dienstwagen des Präsidiums. Die Leute von der Kriminaltechnischen Untersuchung. Nahe der Abbruchkante war mit einer Plane ein provisorisches Zelt neben der Straße errichtet worden, wahrscheinlich, um die Kinderleiche vor dem Regen zu schützen. Als ob nach diesem Unwetter noch irgendwelche Spuren zu retten wären, ging es Böttger durch den Kopf.

»Sind wir hier überhaupt sicher?«, fragte er. »Oder kommt von da oben gleich der nächste Erdrutsch runter?«

»Die Leute vom Katastrophenschutz sagen, erst mal passiert nichts mehr. Wir sollen aber besser nicht zu nah an die Abbruchkante ran. Nur für alle Fälle.«

Böttger sah zu dem Abgrund. Ein alter zerbeulter Golf stand an der Abbruchkante. Der musste zu den Auffindungszeugen gehören. Zwei Frauen, die offenbar großes Glück gehabt hatten, was den Erdrutsch anging. Ein oder zwei Meter weiter, und sie wären tot gewesen. Die beiden waren in Bielefeld im Krankenhaus. Der Notarzt meinte, es ginge ihnen gut, aber trotzdem sollten sie durchgecheckt werden, für alle Fälle. Böttger würde später mit ihnen sprechen.

Harald schnappte sich ein Regencape vom Rücksitz und stieg aus. Böttger sah sich um. Sein Schirm stand immer noch im Eingangsbereich des Präsidiums. Er schlug den Kragen seiner Jacke hoch und verließ ebenfalls den Wagen. Der Regen hatte etwas nachgelassen, aber die Wolkendecke hing immer noch tief. Harald blickte weit über das Tal in den Himmel. Mit seiner Hakennase, die unter dem Regencape herausragte, sah er aus wie ein alter Bauer, der nach besserem Wetter Ausschau hielt. Dann schüttelte er den Kopf, wandte sich ab und ging auf die Kollegen zu.

Der Rechtsmediziner, ein bärtiger Naturbursche mit schweren Stiefeln und sonnengegerbter Haut, kam ihnen entgegen. Er begrüßte Harald, danach schweifte sein Blick zu Böttger, und seine Stirn legte sich in Falten.

»Das ist Jens Böttger«, erklärte Harald. »Hat heute seinen ersten Arbeitstag bei uns. Er kommt aus Köln.«

»Na, dann herzlich willkommen«, meinte der Mediziner trocken.

»Was können Sie sagen?«, fragte Böttger.

»Anhand des Verwesungszustands würde ich sagen: Die Leiche lag höchstens drei Wochen unter der Erde. Aber nageln Sie mich nicht darauf fest, das ist nur eine vorläufige Einschätzung. Ich kann Ihnen mehr sagen, wenn ich die Obduktion hinter mir habe.«

»Wie alt war das Kind? Ein Mädchen, richtig?«

»Ja. Es ist etwa vier Jahre alt, vielleicht auch fünf. Auf den ersten Blick lässt sich keine äußere Gewalteinwirkung feststellen. Aber auch das ist mit Vorsicht zu genießen. Der Leichnam ist scheinbar unversehrt, sieht man mal vom Insektenfraß ab. Aber das muss natürlich nichts bedeuten.« Er hob bedauernd die Schultern. »Im Moment gibt es noch nicht viel. Wie gesagt: Nach der Obduktion wissen wir hoffentlich mehr.«

Böttger sah zu der Plane hinüber, die über den Fundort gespannt war. Einer der Spurenbeamten trat dahinter hervor, schob die Haube seines Schutzanzuges nach hinten und zog sich die Plastikhandschuhe aus. Böttger nickte Harald zu, und sie steuerten den Kollegen an. Er war ebenfalls ein älteres Semester, seine Glatze leuchtete zartrosa, und farblich passend dazu trug er eine Nickelbrille mit rotem Plastikgestell. Als wollte er eine Kindersendung moderieren.

»Sie sind bestimmt der Neue«, begrüßte er Böttger und gab ihm die Hand. Der Händedruck war fester und entschlossener, als Böttger vermutet hatte.

»Das ist richtig. Jens Böttger.«

»Meyer, hallo. Ich schätze mal, der Einstand wird später gefeiert? Nicht gerade, was man sich an seinem ersten Arbeitstag wünscht.«

»Man kann es sich nicht aussuchen.«

Die Leiche war nicht zu sehen, die Plane verbarg den Blick. Böttger hätte es am liebsten dabei belassen.

»Viel gibt es hier nicht zu sehen«, sagte der Spurenbeamte. »Der Regen hat alles weggespült. Weiß der Himmel, wo am Hang die Leiche vergraben war. Wir werden uns natürlich die Erdmassen rund um das Bündel genauer ansehen. Vielleicht ist noch etwas anderes mit dem Kind begraben worden. Im Moment haben wir aber noch nichts.«

»Wie sieht es mit der Leiche aus?«

»Eingewickelt in ein Badetuch. Das sehen wir uns natürlich auch näher an. Bettlaken und Handtücher sind Gold wert, wenn sie nicht gerade frisch gewaschen sind. Die Leiche selbst trägt keine Kleidung.«

Der Spurenkundler sah zu der Plane hinüber. Dann wanderte sein Blick über das knallrote Brillengestell hinweg zu dem abgerissenen Hang. Er strich sie über die Glatze.

»Ein Erdrutsch«, sagte er. »Schon seltsam, was alles so passiert. Wenn der nicht gewesen wäre ... vielleicht wäre die Leiche nie ans Licht gekommen.«

Dann wandte er sich den Kommissaren zu. »Aber am besten sehen Sie sich das Mädchen selbst an.«

Natürlich. Daran führte wohl kein Weg vorbei. Böttger wappnete sich innerlich. Dann trat er an die Plane und schlug sie zur Seite. Zuerst sah er nur den Polizeifotografen, einen jungen Mann, der aussah wie ein Reporter. Er hockte am Boden und ließ das Blitzlicht seiner Kamera zucken. Im Fokus seiner Linse mussten auf den ersten Blick nur Geröll und Schlamm zu erkennen gewesen sein. Böttger trat näher. Dann entdeckte er das Bündel.

Zuerst sah es gar nicht aus wie ein Mensch. Die Haut war ledern und hatte den schmutzig braunen Farbton der Erde angenommen. Es war nur ein fleckiger Erdhaufen, der die Form eines Körpers abbildete. Doch je länger er hinsah, desto mehr erkannte er. Arme, Finger, Zehen. Vorsichtig umrundete er den Fund. Das Gesicht des Kindes trat in sein Blickfeld. Er sog erschrocken die Luft ein. Die Illusion des Erdhaufens war fort. Er sah das Näschen, die eingefallenen Wangen, den kleinen Mund. Und das, was einmal die Augen gewesen waren. Schwarze Löcher, die ihn anstarrten. Es war natürlich nur eine Illusion. Da waren nur leere Augenhöhlen, randvoll mit Dreck und Würmern. Trotzdem war es ein Blick, der ihm den Atem nahm.

»Das ist es also«, sagte Harald hinter ihm. Er schob sich die Kapuze des Regencapes in den Nacken und betrachtete die Kinderleiche. »Das arme Ding.«

Böttger hielt sich nicht länger als nötig bei der Leiche auf. Er trat aus dem Zelt hinaus und ließ den

Blick über das Tal gleiten. Regendunst hing wie Nebel über den Hängen. Die Rettungskräfte unten in den Geröllmassen riefen sich etwas zu, jemand ließ den Motor eines sonderbaren Baggerfahrzeugs an.

Er hatte nur seine Ruhe gewollt. Deshalb war er doch hierher zurückgekehrt. Er wischte sich nasse Haarsträhnen aus dem Gesicht und ging auf Harald zu, hinter dem die Plane flatterte, die den grausigen Fund verbarg. Böttger dachte an das, was der Spurenkundler gesagt hatte. Wenn der Hang nicht abgerutscht wäre, wer weiß, ob der Leichnam dann jemals ans Licht gekommen wäre. Böttger wurde klar: Wohin diese Ermittlungen ihn auch immer führen würden, nach *Ruhe* sah es jedenfalls nicht aus.

Die Leuchtstoffröhren, die zwischen den Gewölbebögen angebracht waren, begannen zu flackern. Nur einen kurzen Augenblick lang, dann warfen sie wieder scheinbar unbeirrt helles Licht in den Verwaltungsraum. Erika Eckart schickte einen erschrockenen Blick zur Decke. Wenn jetzt auch noch der Strom ausfiel, wäre die Katastrophe perfekt. Doch nichts passierte. Der Heilige Augustinus, der über dem Rundbogen des Eingangs thronte, lächelte gütig auf sie herab. Die Elektrizität schien vorerst erhalten zu bleiben.

Sie konzentrierte sich wieder auf die Stimme am anderen Ende der Leitung. Gern hätte sie einen raschen Blick auf den kleinen Bach geworfen, der inzwischen zu einem reißenden Fluss geworden war und quer über den Klosterhof strömte. Doch das Kabel des Telefonhörers war nicht lang genug, um im passenden Winkel hinauszusehen. Stattdessen richtete sie also den Blick auf ihre Schreibtischplatte und massierte sich nervös die Nasenwurzel.

»Mir ist natürlich klar, dass Sie rund um die Uhr arbeiten«, sagte sie. »Aber wir saufen hier ab, verstehen Sie? Die Keller sind vollgelaufen, unsere Waschküchen, die Vorratsräume und … ach, ich darf gar nicht daran denken. Wir brauchen endlich Hilfe! Und zwar dringend.«

Seit fünf Minuten stritt sie sich schon mit dem Mitarbeiter der Einsatzstelle der Feuerwehr herum.

»Im Moment kann ich Ihnen nichts versprechen«, sagte er noch einmal, wie eine Schallplatte, die einen Sprung hatte. »Von überall gehen hier Notrufe ein. Unsere Leute …«

»Ich habe hier über vierzig Bewohner. Siebzehn psychisch kranke Personen. Neun geistig Behinderte. Dazu noch eine Menge anderer Leute, denen die Nerven durchgehen. Bitte, ich bitte Sie, Sie müssen mir Leute schicken. Wenn ich nicht bald …«

»Selbst wenn wir Kapazitäten *hätten*«, ging er dazwischen. »Wir kämen gar nicht zu Ihnen durch. Die Straße nach Marienbüren ist gesperrt. Es hat einen Erdrutsch gegeben. Da ist im Moment nichts zu machen. Haben Sie vielleicht Pumpen?«

»Pumpen!« Wer hatte denn so was, und wo sollte man das Wasser denn noch hinpumpen? Es war doch überall.

»Sobald sich die Lage etwas beruhigt hat, werden wir Ihnen helfen«, versicherte der Mann. »Aber ich kann im Moment nicht einschätzen, wann das sein wird.«

»Sie können mir doch nicht erzählen, dass ...« Sie hielt inne. Der Zorn übermannte sie. »Ach, Sie blöder Idiot!« Mit einer entschlossenen Bewegung warf sie den Hörer auf die Gabel. Das war natürlich kindisch, trotzdem fühlte sie sich danach ein bisschen besser.

Sie stand auf und beugte sich nun zu dem Fenster, das zum Hof wies. Ein winziges Sprossenfenster in der meterdicken Mauer, kaum größer als eine Schießscharte. Der Bach strömte noch immer quer über den Hof. Schlammige Wassermassen, die bereits einen Großteil ihrer hübschen Beetanlagen zerstört hatten. An einem ehemaligen Stallgebäude spülte der Dreck gegen die Sandsteinmauer. Kleine Strudel entstanden, mitgerissene Äste sammelten sich, überall spritzte Wasser hoch.

Die Tür wurde aufgerissen, und Lena, eine junge Abiturientin, die ihr Freiwilliges Soziales Jahr im Stift Marienbüren absolvierte, stürzte hinein. Sie war durchnässt, ihr sonst so hübsches und seidenes Haar hing klatschnass vom Kopf herab.

»Frau Eckart«, rief sie. »Alles ist überschwemmt! Der ganze Schweinestall. Die kleinen Ferkel ...«

Das Stift betrieb ein wenig Tierhaltung, ein paar Hühner, Ziegen, eine Milchkuh und ein halbes Dutzend Schweine. Sie waren Teil der therapeutischen Arbeit, und es waren immer die jungen Leute vom Freiwilligen Sozialen Jahr, die sich um die Tiere kümmerten.

»Treib sie raus ins Freie«, sagte Erika Eckart. »Eine Weile lang müssen wir uns noch selber helfen. Die Feuerwehr kommt nicht zu uns durch.«

»Ins Freie? Sie meinen, in den Regen?« Lena wirkte ganz verzweifelt. »Können sie nicht woandershin? Vielleicht in den Speisesaal, wenn wir die Tische raustragen?«

»Warum nicht gleich in den Kreuzgang? Oder in die Kapelle?« Erika Eckart stand auf und ging an ihr vorbei zum Eingangsportal. »Es sind *Tiere*, Lena. Ein paar Regentropfen werden sie nicht umbringen. Treib sie in den Garten. Schlimm genug, wenn sie unsere Gemüsebeete ruinieren.«

Der umzäunte Garten lag hinter dem Gebäudekomplex, weitab vom Wasser des Bachs. Dort würden sie wenigstens nicht ertrinken. Das hoffte Erika Eckart zumindest. Als sie das letzte Mal hinter das Haupthaus gegangen war, hatte der Fischteich ausgesehen wie ein randvoller Eimer, der kurz davor war überzulaufen. Noch ein paar Tropfen, und der Teich würde sich über die Beete ergießen. Aber auch wenn die Schweine dort nasse Füße bekämen, wäre das immer noch besser, als wenn sie in ihren Ställen ersoffen. Lena spürte offenbar, dass sie mit weiteren Widerworten nichts erreichen würde. Außerdem war sie viel zu aufgeregt und hatte Angst um ihre Tiere. Also stieß sie einen wütenden Laut aus und rannte davon.

Erika Eckart trat ans Portal und zog die schwere Eichentür auf. Sie konnte noch immer nicht glauben, dass der kleine Bach solch eine Kraft entwickelt hatte. Fassungslos betrachtete sie die Wassermassen. Das Unwetter hatte nachgelassen. Jetzt wehte nur noch Sprühregen über den Hof. Das erste gute Zeichen an diesem Tag. Sie verschränkte die Arme und lehnte sich gegen die Steinmauer. Dann zog sie eine Zigarette hervor. So viel Zeit musste sein, wollte sie ihre Nerven behalten. Nach der Zigarette würde sie in den Wohnbereich gehen und sich um die Bewohner kümmern.

Sie inhalierte tief, und für ein paar Sekunden war das Unwetter vergessen. Sie schloss die Augen. Was für ein gottverfluchter Tag. Der Rauch glitt lautlos durch ihre Lippen. Sie öffnete die Augen und suchte den Eingangsbereich ab. Auch wenn es in dem Chaos keinen Unterschied mehr machte, sah sie sich nach einer Möglichkeit um, ihre Asche abzuschnippen.

Als sie wieder zum Hof blickte, stand eine Gestalt auf dem Gelände, dort, wo der Bach eine Biegung machte und zum Tor hinabfloss. Sie war wie aus dem Nichts aufgetaucht, keine zwanzig Meter von ihr entfernt. Erika Eckart hielt den Atem an.

Es war ein junger Mann, der achtzehn, höchstens neunzehn Jahre alt war. Er stand im Regendunst und sah zu ihr herüber. Wie eine Erscheinung. Ihr entging nicht, wie hübsch er war. Rabenschwarzes Haar, volle blasse Lippen und hellblaue Augen. Regenwasser rann an seinem Gesicht hinab, doch das schien ihn nicht zu stören. Auch das Hemd und die Jeanshose waren triefend nass.

»Wer bist du?«, rief sie und trat hinaus in den Sprühregen. »Was machst du bei diesem Wetter hier draußen? Das nächste Dorf ist sechs Kilometer entfernt.«

Der Junge sah sie mit seinen großen wasserblauen Augen an. Es war, als würde er gar nicht verstehen, was sie sagte.

»Möchtest du jemanden besuchen?«, fragte sie. »Bist du deshalb hier? Ich fürchte, da hast du dir einen schlechten Zeitpunkt ausgesucht.«

Sie sah sich um. Nirgends war ein Auto oder ein Fahrrad oder Ähnliches zu sehen.

»Bist du etwa zu Fuß hergekommen? Den ganzen Weg von Marienbüren hierher?«

Der Junge schwieg weiterhin. Sein Blick hatte etwas Hypnotisches. Erika Eckart vermied es, ihm zu lange in die Augen zu sehen.

»Kannst du nicht sprechen? Was ist los mit dir? Wer bist du?«

Sein Mund öffnete sich lautlos. Erika Eckart wartete.

»Ich brauche Hilfe«, sagte er.

»Ist dir etwas passiert? Oder deinen Eltern? Bist du alleine hier?«

Keine Antwort. Er war wieder in Schweigen gefallen. Stand einfach da und sah sie mit seinen wasserblauen Augen an. Ich brauche Hilfe. Dabei würde es wohl bleiben.

Der Sprühregen fiel auf sie beide nieder. Am liebsten hätte sie den Jungen am Arm genommen und ins Hauptgebäude geführt. Doch etwas ließ sie zögern.

»Sag mir doch wenigstens deinen Namen.«

Endlich bewegte er sich. Er hob die Hände und begann, sein nasses Hemd aufzuknöpfen. Ein dunkler Bluterguss erschien auf seiner blassen Brust. Er streifte das Hemd ab und ließ es zu Boden fallen. Erika Eckart erschrak. Sein zarter Oberkörper war voller Striemen und blauer Flecken. Überall waren

Verletzungen. Blutergüsse. Narben. Auf seinem flachen Bauch erkannte sie kleine kreisrunde Brandwunden. Man hat Zigaretten auf ihm ausgedrückt, schoss es ihr durch den Kopf. Sie wich einen Schritt zurück.

»Oh mein Gott«, entfuhr es ihr.

Der Junge blickte auf. Blitze zuckten im Himmel, ein lautes Donnergrollen erfüllte die Luft, und im nächsten Moment ging ein gewaltiger Platzregen auf sie nieder.

3

In der Wohnung herrschte Stille. Nicht der kleinste Laut war zu hören. Sanna stand in dem leeren Wohnzimmer und sah sich um. Die Wände waren schneeweiß und verströmten den Geruch frischer Farbe. Die Holzdielen hatte man vor ihrem Einzug abgezogen und gewachst. Alles war sauber und rein. In der Ecke stand ein Fernseher und an der Wand ein winziges provisorisches Schlafsofa. Tante Renate hatte das für sie organisiert, für die Zeit, bis ihre eigenen Möbel aus Berlin eintrafen. Draußen, jenseits der Fenster, sah sie die kleine Sandsteinkirche von Marienbüren. Eine Reihe gedrungener Fachwerkhäuschen stand um sie herum. Holpriges Kopfsteinpflaster, hohe Linden, doch nirgends war ein Mensch zu sehen. Regen fiel auf den verwaisten Kirchplatz nieder.

Wie hübsch das Dörfchen war. Sie hatte keinerlei Erinnerung mehr an ihre Kindheit in Marienbüren. Sie war noch sehr klein gewesen, als ihr Vater mit der Familie nach Berlin gegangen war. Jannis, der ein bisschen älter gewesen war, konnte sich noch an vieles erinnern. Er hatte ihr von dem Haus erzählt, in dem sie gelebt hatten, und von den bewaldeten Hängen, die Marienbüren umgaben. Sannas frühste Erinnerungen stammten jedoch aus Berlin, aus ihrem neuen Heim in Dahlem. Trotzdem war sie hier zur Welt gekommen. Eigentlich war dies ihre Heimat.

Irgendwann wandte sie sich vom Kirchplatz ab, setzte sich aufs Sofa und stellte den Fernseher an.

Auf den meisten Programmen wurde über den Erdrutsch berichtet. Die Suche nach dem begrabenen Mofafahrer dauerte an, doch offenbar gab es keine Hoffnung mehr, ihn noch lebend zu bergen. Auch von dem Leichenfund am Hang wurde berichtet, doch die Informationen waren spärlich. Etwas wirklich Neues erfuhr Sanna nicht. Hauptsächlich erging man sich in Mutmaßungen, und alle warteten auf die Pressekonferenz der Polizei.

Am Nachmittag hatte sie versucht, nach dem ganzen Schrecken ein wenig Schlaf zu finden. Doch immer, wenn sie ihre Augen schloss, sah sie das tote Kind. Der kleine Körper, das schlammige Tuch, in das er gewickelt war, vor allem aber die schwarzen Augenhöhlen, aus denen es sie angestarrt hatte.

Sie stand auf und ging in die Küche. Tante Renate hatte zur Begrüßung eine Flasche Weißwein in den Kühlschrank gestellt. Das war typisch für sie. Auf die Idee, etwas zu Essen zu besorgen, war sie natürlich nicht gekommen. Aber an Wein, daran hatte sie gedacht. Sanna war das heute nur recht. Sie entkorkte die Flasche. Gläser standen keine im Schrank, also nahm sie eine Kaffeetasse, schenkte sich ein, kehrte zum Sofa zurück und trank einen Schluck auf ihre Tante.

Das Handy klingelte. Auf dem Display erschien Renates Name. Sie musste einen sechsten Sinn haben.

»Liebelein, mit dem Bus kommst du Montag nicht zum Stift Marienbüren«, begrüßte sie Sanna. »Du weißt schon, wegen dem Erdrutsch. Da fährt erst mal kein Bus hier raus. Weiß der Himmel, wann die Straße wieder in Ordnung ist. Ich bringe dich am Montag zur Arbeit. Die Versicherung stellt mir einen Leihwagen.«

»Nein, das ist nicht nötig, Tante Renate.«

Sanna wusste, ihre Tante legte sich für gewöhnlich wieder ins Bett, nachdem ihr Sohn sich auf den Weg zur Schule gemacht hatte. Die Arbeit bei der Zeitung fing für sie erst am späten Vormittag an.

»Keine Widerrede. Glaubst du etwa, ich lasse dich per Anhalter fahren? Oder wie willst du sonst dahin kommen?«

»Ich könnte doch ...«

»Ach, Unsinn. Montag acht Uhr. Und jetzt reden wir nicht mehr darüber. Sag mir lieber: Wie geht es dir in deiner neuen Wohnung? Ich fühle mich schrecklich, dass ich nicht bei dir sein kann.«

In der Schule von Aron, ihres fünfzehnjährigen Sohns, fand ein Schulfest statt, auf dem Tante Renate beim Kuchenbasar aushalf. Sie hatte Sanna stundenlang bedrängt, sie zu begleiten. Doch Sanna wollte lieber alleine sein.

»Es geht mir gut«, sagte sie. »Ich mag die Wohnung und den Kirchplatz. Auch wenn ich keine Erinnerungen mehr an früher habe.«

»Kein Wunder. Du warst drei Jahre alt, als ihr hier weggezogen seid.«

»Schon klar. Ich dachte nur ...« Sie hatte gedacht, vielleicht würde sie sich trotzdem instinktiv zu Hause fühlen. Aber so war es nicht gewesen. Sanna wechselte das Thema. »Hast du eigentlich ein paar von deinen Fotos verkaufen können?«, fragte sie.

»Aber ja. Überallhin. Vor allem die von dem Auto

an der Abrisskante. Du weißt schon: ohne Feuerwehr und Absperrbänder und Bergungsmannschaften.«

»Du scheinst dich aber nicht besonders zu freuen.«

»Doch, doch. Das Geld kann ich gut gebrauchen.«

Offenbar hatte sich Tante Renate mehr erhofft.

»Bereust du es, keine Fotos von dem toten Kind geschossen zu haben?«, fragte Sanna.

»Nein, so was tue ich nicht. Um Himmels willen, alles hat seine Grenzen. Ich arbeite doch nicht für die *Bild*-Zeitung.«

Trotzdem klang sie enttäuscht. Sanna fragte sich, ob sie vielleicht gehofft hatte, die Berichterstattung für eine große Zeitung machen zu dürfen. Tante Renate hatte nie darüber geredet, was damals eigentlich der Grund für ihren Absturz gewesen war. Die Scheidung von ihrem Mann und die Schulden, die ihr über den Kopf gewachsen waren, erklärten ihn nicht vollends. Da musste noch etwas anderes gewesen sein. War es wirklich eine freie Entscheidung gewesen, nach Marienbüren zu gehen? Oder träumte ihre Tante heimlich davon, eines Tages zu einer großen Zeitung zurückzukehren?

»Sanna, Schatz, ich muss jetzt los. Willst du wirklich nicht mitkommen? Das wird bestimmt ganz reizend sein. Die anderen Mütter sind richtig nett. Deine letzte Chance.«

»Nein, Tante Renate. Wirklich nicht. Aber vielen Dank.«

»Also gut. Dann sehen wir uns am Montag. Um Punkt acht hole ich dich ab.«

Nach dem Telefonat stellte sich Sanna wieder ans Fenster und sah hinaus. Was wäre gewesen, fragte sie sich, wenn ihr Vater damals nicht nach Berlin gegangen wäre, um eine neue Stelle anzunehmen? Dann wäre sie hier aufgewachsen. Wer konnte schon sagen, was dann gewesen wäre. Vielleicht wäre alles ganz anders geworden. Vielleicht wäre Jannis nie auf die Idee gekommen, mit ihr nach Kroatien in den Urlaub zu fahren.

Eine Freundin, deren Vater im vergangenen Jahr gestorben war, hatte Sanna mal erzählt, sie wäre nach seinem Tod jede Nacht mit der festen Überzeugung aufgewacht, ihr Vater stünde im Schlafzimmer neben ihrem Bett. Sie musste jedes Mal das Licht einschalten, um sich selbst eines Besseren zu belehren. Natürlich war er nie da gewesen. Trotzdem war das eine ganze Weile so weitergegangen, bis ihre Freundin den Vater eines Nachts lautstark weggeschickt hatte. Erst danach war das Gefühl verschwunden, er könnte anwesend sein. Seltsame Streiche kann die Psyche einem spielen, war Vincents Kommentar gewesen. Doch Sanna war mit ihren Gedanken bei Jannis gewesen. Er war nie aufgetaucht. Nicht einmal in ihren Träumen. Er hatte sie alleingelassen, für immer. Sanna fragte sich, ob es wohl deshalb war, weil sie ihn hatte sterben lassen. Ob auch er ihr die Schuld an seinem Tod gab.

Jannis. Da war er wieder. Natürlich verfolgte sein Tod sie auch hierher. Die leere Wohnung war eine Illusion. Es gab keinen Neustart. Nicht für sie. Ihre Schuld würde sie überallhin begleiten.

Sie setzte sich aufs Sofa und zappte durch die Programme, bis sie endlich keine Bilder mehr vom Erdrutsch sah. Bei einer Soap blieb sie hängen. Eine Frau traf sich heimlich mit ihrem Liebhaber, es gab leidenschaftliche Küsse und Liebesschwüre bei Kerzenlicht. Der Regen wurde wieder stärker und prasselte gegen Sannas Fenster. Eine Weile folgte sie dem Geschehen auf dem Bildschirm. Doch irgendwann fielen ihr die Augen zu, und sie schlief endlich ein.

Das Stift Marienbüren. Eine alte Klosteranlage am Fuße eines bewaldeten Hangs. Die Grundmauern der ältesten Gebäude waren beinahe tausend Jahre alt, und ein Spaziergang über das Gelände war wie eine Reise durch die Architekturgeschichte. Vom gemauerten Gesindehaus an der Ostseite über die verputzte Fachwerkscheune am Fischteich bis hin zu der romanischen Sandsteinkapelle war alles anzutreffen, was für die Gegend typisch war. Die hohe moosbewachsene Klostermauer, die das Gelände umgab, erinnerte an eine Zeit, in der rundherum noch endlose dunkle Wälder das Bild beherrschten und Mauern zum Schutz gegen wilde Tiere gebaut wurden. Heute waren die Wälder großteils gerodet, Wiesen und Felder und asphaltierte Straßen bestimmten das Bild und überall waren Bauernhöfe verstreut. Dennoch lag das Stift Marienbüren immer noch ein wenig abseits von allem.

Sanna verabschiedete sich von Tante Renate, die sie hergefahren hatte, warf die Autotür zu und betrat das Gelände durch das steinerne Tor. Der weitläufige Klosterhof sah ziemlich mitgenommen aus.

Das Unwetter hatte auch hier gewütet. Die Blumenbeete waren ruiniert, überall lagen Haufen aus Schlamm und Blättern und Zweigen herum und der Schotter der Auffahrt war einem schmutzigen ausgetrockneten Flussbett gewichen. Auch wenn das Wasser inzwischen fort war, ließen sich die Schäden überall bestaunen.

Ein Mensch war jedoch nirgends zu sehen. Bewohner und Betreuer hockten um diese Uhrzeit wahrscheinlich im Frühstückssaal. So menschenleer wirkte das Kloster wie eine verwunschene Burg. Dunkle zerklüftete Wolken zogen über die bewaldeten Hänge hinweg, doch schien vorerst kein Regen mehr zu fallen. In der kühlen feuchten Luft hatte sich Nebel gebildet, der über die Klostermauer hinweg auf das Gelände zog.

Sanna trat an ein ehemaliges Stallgebäude heran, in dem ein Schwimmbecken und eine Sporthalle untergebracht waren. Ihr zukünftiger Arbeitsplatz. Das Wasser hatte die Außenmauer kniehoch mit Schlamm bespritzt, doch weitere Schäden hatte das Gebäude nicht davongetragen. Die Turnhalle schien unversehrt zu sein. Ein gutes Zeichen. Auf Zehenspitzen stakste sie über das Schlammfeld und steuerte das Portal am Hauptgebäude an. Im Verwaltungstrakt wollte sie sich bei Erika Eckart melden, der Leiterin der Einrichtung.

Sanna fühlte sich noch immer gerädert. Sie hatte in der vergangenen Nacht nicht viel Schlaf bekommen. Die Ereignisse am Hang zerrten weiterhin an ihren Nerven. Der Erdrutsch, die Kinderleiche, das alles war zu viel für sie gewesen. Mehrmals hatte sie in der Nacht von dem toten Mädchen geträumt. Es hatte die Ärmchen nach ihr ausgestreckt und sich wie ein Zombie auf sie zubewegt. Aus den schwarzen Augenhöhlen hatten sie Kälte und Tod angeglotzt. Sanna war jedes Mal mit einem Schrei aufgewacht.

In der Nacht war ihr aufgefallen, wie still es in Marienbüren sein konnte. Auf dem Kirchplatz stand eine einzelne Laterne, die ihr schwaches Licht durch Sannas Fenster warf. Doch Geräusche gab es keine. Das kannte Sanna so gar nicht. In Berlin wurden selbst die Nächte vom endlosen Brummen des Verkehrs begleitet. Auch in ruhigen Wohnvierteln brannte immer hinter irgendwelchen Fenstern Licht. Es gab Nachtschwärmer, Schichtarbeiter und Hundebesitzer, die unterwegs waren. Irgendwo war immer Leben. Doch nicht so in Marienbüren. Hier konnte die Nacht geradezu gespenstisch sein.

Der Albtraum, in dem das tote Mädchen aufgetaucht war, hatte sich so realistisch angefühlt, dass es Sanna schwergefallen war, zwischen Traum und Wirklichkeit zu unterscheiden. Obwohl das natürlich Unsinn war, hatte sie im Flur das Licht brennen lassen, um die Nerven zu beruhigen und wenigstens ein bisschen Schlaf zu finden.

Sie überquerte jetzt den stillen und kühlen Klosterhof und erreichte das Eingangsportal. Ausgetretene Sandsteinstufen führten zu einer uralten, beschlagenen Holztür. Steinerne Figuren und Ornamente schmückten den Türbogen darüber. Die Klingel in dem Plastikgehäuse wirkte neben der uralten Tür wie ein Fremdkörper.

Sanna hielt inne und sah sich um. Da war eine Bewegung im Augenwinkel gewesen. Zwischen zwei Gebäuden führte ein Weg in den Garten. Sattes grünes Gras wucherte überall. Ein paar Fichten standen aufgereiht, die mit ihren ausladenden Zweigen den Nebel auffingen. Es tropfte und plätscherte.

Sanna fixierte Nadelbäume. Und dann sah sie ihn. Ein junger Mann, ganz schlank und zerbrechlich, der halb verborgen hinter ein paar Zweigen stand und scheu zu ihr herübersah. Schwarzes Haar, blasse Haut und große sinnliche Lippen. Am auffälligsten waren seine leuchtend blauen Augen. Es lag so viel Verletzlichkeit darin, dass es ihr einen Stich versetzte.

Sie machte einen Schritt auf ihn zu.

»Hallo«, rief sie. »Ich bin Sanna.«

Er riss erschrocken die Augen auf. Sanna näherte sich vorsichtig. Einen Moment lang fürchtete sie, er würde wie ein Rehkitz Reißaus nehmen und durchs Gebüsch davonspringen. Doch dann blieb er, wo er war, bewegte sich nicht vom Fleck. Sie lächelte.

»Ich bin die neue Leiterin für die Sportkurse«, sagte sie. »Wohnst du hier im Stift? Dann kannst du heute zu meiner Feldenkrais-Stunde kommen, wenn du Lust hast. Die fängt nämlich gleich an. Ich würde mich sehr freuen.«

Er starrte sie wortlos an. Schien gar nicht zu begreifen, was sie sagte. Sanna lächelte. Dann machte sie einen weiteren Schritt auf ihn zu. Und da passierte es: Er stolperte zurück und trat eilig die Flucht an. Mit seinen großen Augen warf er ihr noch einen ängstlichen Blick zu, dann verschwand er hinter den Fichten. Sanna sah ihm ratlos hinterher.

»Wie ich sehe, haben Sie sich schon mit unserem Neuzugang bekannt gemacht«, sagte eine Stimme fröhlich hinter ihr.

Sanna drehte sich um. Erika Eckart stand vor dem Eingangsportal, in der Hand eine zerbeulte Zigarettenschachtel und ein Feuerzeug. Sannas vergeblicher Versuch, mit dem scheuen Jungen in Kontakt zu treten, schien sie zu amüsieren.

»Nehmen Sie's nicht persönlich. Er redet generell nicht viel. Mit keinem.« Sie trat auf Sanna zu und reichte ihr die Hand. »Willkommen im Stift Marienbüren. Ich freue mich, Sie wiederzusehen. Wir warten schon alle ganz sehnsüchtig auf Sie, Frau Marquart.«

Erika Eckarts Händedruck war stählern. Sanna hätte beinahe aufgeschrien. Die Stiftsleiterin grinste jovial und pulte sich eine Zigarette aus der Packung. Sie zündete sie an und inhalierte tief.

»Bei Ihrem letzten Besuch sah es hier noch anders aus, nicht?«, plauderte sie weiter. »Das Unwetter hat uns ganz schön zugesetzt. Vorgestern habe ich gedacht, das ganze Stift würde uns hier weggespült werden. So wie dieser Hang, der bei dem Erdrutsch runtergekommen ist. Meine Güte, was war das für eine Sintflut.«

»Die Turnhalle ist unbeschädigt geblieben, oder?«, fragte Sanna. »Ich hab einen Blick durch die Fenster geworfen. Da sah alles in Ordnung aus.«

»Ja, das Wasser ist nur in die Keller gelaufen. Und in den Stall. Die Sportkurse können alle planmäßig stattfinden. Wir versuchen hier, weitestgehend Normalität zu schaffen. Es hat am Wochenende eine

Menge Unruhe gegeben. Wir wollen wieder Routine reinbringen. Schön also, dass Sie da sind. Sie können dabei helfen.« Sie zog an der Zigarette und blies den Rauch in die Luft. »Ein paar Bewohner kennen Sie ja schon von den Probestunden, Frau Marquart. Das wird alles ganz wunderbar, da bin ich sicher.«

Sanna war nach ihrer Bewerbung für zwei Tage nach Marienbüren gekommen, um auszuprobieren, ob sie der Arbeit mit psychisch Kranken überhaupt gewachsen war. Sie hatte schließlich keine gezielte Ausbildung dafür, trotz ihres Studiums der Sozialpädagogik. Feldenkrais hatte sie bislang nur als Personal Trainer angeboten. Doch wäre es nach Erika Eckart gegangen, hätte sie diese Probestunden gar nicht anzubieten brauchen. »Sie haben doch in Berlin für diese Promis gearbeitet, nicht wahr?«, hatte sie gemeint. »Gehörte nicht sogar Dani Simons zu Ihren Kunden? Ich bitte Sie, Frau Marquart! Wenn Sie mit solchen Leuten zurechtgekommen sind, dann werden Ihnen unsere psychisch Erkrankten keine Probleme bereiten. Dagegen sind die harmlos.« Und tatsächlich gab es keine Probleme in den Probestunden. Im Gegenteil. Sanna mochte die Bewohner aus dem Stift. Sie mochte deren mitunter seltsames Verhalten, die Zurückgezogenheit, die auffälligen Eigenarten, die teils verschrobene Kommunikation, bei manchen die Traurigkeit. Es fühlte sich richtig an, diesen Menschen ihre Zeit zu widmen. Und umgekehrt schien es, als mochten die Bewohner des Stifts Marienbüren Sanna ebenfalls.

»Im Moment ist Frühstückszeit«, sagte Erika Eckart. »Vielleicht kommen Sie kurz mit in den Speisesaal. Dann stelle ich Sie den Neuzugängen vor. Und ich glaube, ein paar der Mitarbeiter kennen Sie auch noch nicht.« Sie deutete auf ihre halb heruntergebrannte Zigarette. »Nur einen Moment noch, dann geht's los.«

Sannas Blick schweifte zum Garten, dorthin, wo der Junge verschwunden war. Die dunklen Nadelbäume standen unbewegt im Nebel. Wasser tropfte aus ihren Zweigen.

»Wer war dieser Typ da eigentlich?«, fragte sie.
»Sie meinten, er ist neu hier? Also ein Patient?«
»Nein.« Erika Eckart stieß den Rauch durch die Nase. »Er gehört gar nicht hierhin. Wie's aussieht, ist er von zu Hause abgehauen. Prügelnde Eltern und so weiter. Ich habe ihn erst mal aufgenommen, bis wir eine Lösung finden. Eigentlich darf ich so was gar nicht, aber ... ach, was hätte ich denn tun sollen? Er stand hier plötzlich im Regen und bat um Hilfe. Was passiert war, wollte er nicht sagen. Aber er war von oben bis unten voller Wunden und Hämatome. Furchtbar sah er aus. Da hab ich ihn halt mit reingenommen.«

»Und jetzt wohnt er hier?«, fragte Sanna verwundert. »Zusammen mit den anderen Bewohnern?«

Erika Eckart schien die Frage unangenehm zu sein.

»Nein, er wohnt hier nicht. Jedenfalls nicht dauerhaft. Ich hab das Jugendamt eingeschaltet, damit die sich kümmern. Sollen die ihn aus der Familie nehmen, wenn seine Eltern tatsächlich gewalttätig sind. Bis dahin, hab ich jedenfalls gesagt, kann er hierbleiben. Das nehme ich dann auf meine Kappe.

Er ist jetzt in einer der betreuten Jugend-WGs im Gesindehaus. Sie wissen schon, da, wo die mit den Essstörungen sitzen. Ich dachte mir, da fällt er nicht weiter auf.«

Sanna dachte an die Verletzlichkeit, die in seinem Blick gelegen hatte. Sie fragte sich, ob sie den Jungen nun häufiger sehen würde.

»Wie heißt er denn?«, fragte sie.

»Er hat uns nur seinen Vornamen gesagt: Jakob. Aber der ist vielleicht auch erfunden. Mal sehen, was die Leute vom Jugendamt in Erfahrung bringen. Vielleicht ist er vermisst gemeldet worden. Ich hoffe jedenfalls, dass er spätestens morgen nicht mehr hier ist.«

Sanna ließ ihren Blick durch den verwaisten Garten schweifen. Jakob. Sie hätte gern mehr über diesen Jungen erfahren.

Erika Eckart hockte sich hin und löschte ihre Zigarette in einer schmutzigen Pfütze. Dann legte sie die vollgesogene und triefend nasse Kippe vorsichtig in ihre Handfläche. Mit gerümpfter Nase und ausgestrecktem Arm steuerte sie das Hauptgebäude an.

»Also gut, können wir?«, fragte sie. »Dann stell' ich Sie allen vor, die Sie noch nicht kennen.«

Sanna folgte Erika Eckart zur steinernen Treppe. Jetzt ging es also los. Plötzlich erfasste sie Aufregung. Sie war gespannt, wie der erste Arbeitstag laufen würde. Ob alles so funktionierte, wie sie es sich vorgenommen hatte. Den jungen Mann aus dem Garten hatte sie kurz darauf vergessen. Stattdessen konzentrierte sie sich auf ihre Arbeit.

Erst am späten Nachmittag erinnerte sie sich wieder an ihn. Da hatte sie gerade einen Feldenkrais-Kurs beendet und räumte die Matten zusammen. Es war der dritte Kurs an diesem Tag gewesen, wie die beiden vorherigen war er mit acht Teilnehmern besetzt. Die wenigsten der Bewohner waren in ihrem Leben schon einmal mit Feldenkrais in Berührung gekommen. Der Anspruch der Kurse war daher nicht sehr hoch. Sannas Angebote dienten ja auch hauptsächlich der Tagesstrukturierung. Natürlich war es vorteilhaft, dass sich ihre Arbeit auf sanfte Weise mit dem Körpergefühl auseinandersetzte. Trotzdem ging es für die Bewohner erst einmal nur um Struktur.

Sanna hatte daher lediglich einige wenige, sehr leichte Übungen mit ihnen gemacht. Atemübungen, etwas Muskelentspannung. Außerdem hatte sie während der Stunden viel geredet. Über sich und ihr bisheriges Leben in Berlin, über die Grundprinzipien von Feldenkrais, über Gesundheit, Muskelaufbau und Entspannung. Im Prinzip waren es lauter Banalitäten. Doch das war gar nicht schlimm für sie. Im Gegenteil. Sie genoss die Ruhe und die Gemächlichkeit im Stift Marienbüren. Die Zurückhaltung der Bewohner. Die Langsamkeit ihrer Kurse. Alles folgte hier einem anderen Tempo, und sie mochte es, sich auf diesen ruhigen Rhythmus einzustellen.

Als sie wieder allein in der Turnhalle war, zog sie sich die Joggingjacke über und stellte die Meditationsmusik aus. Regentropfen klopften leise gegen die Fensterscheiben. Der Himmel hatte sich wieder verdunkelt, dunkle Wolkenfetzen trieben unterhalb einer stahlgrauen Glocke. Sanna fragte sich, ob sich der Sommer in diesem Jahr überhaupt noch einmal zeigen würde. Sie nahm ihr Handtuch und warf es über die Schulter.

Etwas veränderte sich. Da war ein Schatten. Sie hob den Kopf und drehte sich um. Ein kühler Windhauch strich ihr durchs Gesicht. Sie war nicht mehr allein. Da stand jemand in der Tür. Es war der Junge, den sie am Morgen zwischen den Fichten gesehen hatte. Jakob.

Sanna hätte nicht gedacht, ihn so bald wiederzusehen. Sie lächelte ihm aufmunternd zu. Da war wieder diese Aura der Verletzlichkeit, die ihr bereits aufgefallen war. Sie spürte den Wunsch, sein Vertrauen zu gewinnen.

»Hallo, Jakob«, sagte sie. »Komm doch herein.«

Er blieb, wo er war, und ließ sie nicht aus den Augen.

»Ich habe mich schon gefragt, ob du an meinem Kurs teilnehmen wirst. Der nächste geht in einer Stunde los. Aber wenn du Lust hast, kann ich dir schon jetzt eine Übung zeigen. Zum Kennenlernen. Was hältst du davon?«

Ohne eine Antwort abzuwarten, ging sie zu den Matten, zog eine vom Stapel und legte sie auf den Fußboden.

»Komm schon«, sagte sie, ihm den Rücken zugewandt. »Das macht Spaß.«

Sie hörte ein leises Quietschen von Turnschuhen auf dem Fußboden. Er näherte sich. Es funktionierte also. Schließlich stand er neben ihr, und Sanna sah ihn lächelnd an.

»Leg dich auf die Matte«, sagte sie. »Wir machen eine Pilates-Übung. Pilates, das habe ich in Berlin gemacht. Mit Schauspielern und Promis.«

Er zögerte. Ein scheues Lächeln folgte, und er nahm Platz. Sanna fiel auf, wie dünn er war. Fast noch wie ein Kind. Die Vorstellung, dass er von seinen Eltern geschlagen wurde, war furchtbar. Undenkbar, dass ein Mensch es übers Herz brachte, ihm Gewalt anzutun.

»Spüre deinen Rücken«, sagte sie sanft. »Lass ihn ganz entspannt auf der Matte ruhen. Dann hebe deine Beine, als würdest du auf einem Stuhl sitzen. Siehst du?«

Sie legte sich neben ihn und machte es vor. »Atme ein und aus. Spüre, wie der Atem durch deinen Körper fließt.«

Es wurde still. Sie hörte den Regen, der gegen die Scheiben fiel. Er schien sich zu entspannen. Sie hockte sich hin, um seine Bewegung zu kontrollieren. »Spanne jetzt beim Einatmen den Beckenboden an«, sagte sie und legte dabei ihre Hand auf seinen Bauch. »Hier fühlst du Spannung.«

Die Berührung schien ihn aus dem Konzept zu bringen. Sanna fragte sich, ob sie zu weit gegangen war. Doch dann konzentrierte er sich wieder auf die Übung. Er ließ die Nähe zu.

»Beim nächsten Ausatmen hebst du den Oberkörper Wirbel für Wirbel an. Genau so. Wunderbar.«

Er lächelte. »Das fühlt sich gut an.«

»Ja, das tut es«, sagte sie. »Lass den Atem weiterfließen. Beim nächsten Ausatmen legst du den Oberkörper wieder Wirbel für Wirbel ab.«

Er wirkte plötzlich nicht mehr so unnahbar. Sein Lächeln wurde breiter.

»Ist es so richtig?«, fragte er.

»Ja, das hast du gut gemacht, Jakob. Soll ich dir noch eine Übung zeigen?«

»Ich heiße nicht Jakob«, meinte er.

Also doch. Erika Eckart hatte ja bereits gesagt, dass er vielleicht einen falschen Namen genannt hatte, um nicht zu seinen Eltern zurückzumüssen.

»Das wusste ich nicht. Wie heißt du denn?«

»Ich bin Jannis.«

Augenblicklich gefror ihr das Herz. Alle Zuneigung für ihn war weggewischt. Sie schnellte hoch und wich einen Schritt zurück. Das konnte unmöglich wahr sein. Hier trieb doch jemand einen grausamen Scherz mit ihr. Was wusste dieser Junge über sie?

Sie wurde laut. »Wenn das ein Witz sein soll, dann kann ich nur sagen: Das ist überhaupt nicht witzig. Kein Stück.«

Er starrte sie an. Seine wasserblauen Augen schienen sich zu verdunkeln. Sein Blick wurde unergründlich.

»Du heißt doch gar nicht Jannis«, rief sie. »Was soll der Unsinn eigentlich?«

Mit einer einzigen geschmeidigen Bewegung erhob er sich von der Matte. Er stand Sanna nun gegenüber. Sie war so wütend, dass sie ihn am liebsten geschlagen hätte.

Er starrte sie unverwandt an. Dann, ohne weiter auf sie zu achten, drehte er sich um und verließ den Raum. Sanna sah ihm ungläubig hinterher.

»Jetzt warte doch mal. Du kannst mit mir reden.«

Doch es wehte nur noch ein feuchtkalter Luftzug herein, dann fiel die Tür hinter ihm zu, und er war fort.

Sanna lief hinterher und trat ins Freie. Jakob war nirgends mehr zu sehen. Regen fiel auf das Gelände nieder. Hinter den offenen Fenstern der Cafeteria war Gelächter zu hören. Der Hausmeister fuhr mit seinem Rover vom Hof. Sonst tat sich nichts. Sanna war allein.

Sie bereute ihre heftige Reaktion. Vielleicht hatte dieser Junge nur etwas aufgeschnappt. Vielleicht wusste er gar nicht, wie grausam dieser Scherz für sie war. Oder war es am Ende nur ein dummer Zufall und er hieß wirklich wie ihr Bruder? Sie nahm sich vor, später mit Erika Eckart über den Vorfall zu reden. Die Aussicht auf das Gespräch mit der Leiterin beruhigte sie ein wenig. Sie ließ ihren Blick ein weiteres Mal über das Klostergelände schweifen. Jakob blieb verschwunden. Schließlich trat sie zurück in die Turnhalle, schob ihren Ärger vorerst beiseite und bereitete sich auf die nächste Stunde vor.

4

Später Nachtmittag im Präsidium. Schon wieder ein Tag, der so gut wie vorbei war. Seit dem Leichenfund flog die Zeit nur so dahin. Jens Böttger hatte die Tür hinter sich geschlossen und saß nun allein in seinem Büro. Er gönnte sich den Luxus, eine kleine Auszeit zu nehmen. Kurz zu entspannen und bei einer Tasse Tee durchzuatmen.

Sie befanden sich in der heißen Phase der Ermittlung. Es wurde Tag und Nacht gearbeitet, alle waren hoch konzentriert. Die Ermittlung schweißte das Team zusammen, das war immer so, besonders in der ersten Phase. Alle zogen an einem Strang, Adrenalin wurde freigesetzt und für den Moment waren Konkurrenz und Hierarchien vergessen. Es ging jetzt nur noch darum, gemeinsam Ergebnisse zu bekommen. Den Täter zu fassen. Das Spiel zu gewinnen.

Jens Böttger spürte diese Stimmung in seinem Team. Er kannte das von seinen zahllosen Ermittlungen. Wie schnell es gehen konnte, ein Teil davon zu werden. Keiner verschwendete mehr einen Gedanken daran, dass er hier eigentlich ein Neuer war.

Die Spurenlage gab wenig her, brauchbare Zeugenaussagen waren ebenfalls Fehlanzeige. Am Wochenende hatten sie sich auf die vermisst gemeldeten Kinder aus den Polizeidateien konzentriert. Mit Hochdruck waren sie alles durchgegangen. Doch es gab nirgendwo Übereinstimmungen. Jede Recherche erwies sich als Sackgasse. Es gab einfach kein vermisstes Kind, auf das die Beschreibung passte.

Böttger dachte an das, was der Spurenkundler am Hang gesagt hatte. Wäre der Erdrutsch nicht gewesen, wäre das Kind niemals ans Tageslicht gekommen. Jetzt stellten sie fest: Zudem vermisste keiner dieses Kind. Sie suchten vergeblich nach einer Spur, die sie zu den Eltern führte. Es schien beinahe so, als hätte dieses Kind niemals existiert.

Am Morgen war Böttger in der Rechtsmedizin gewesen. Der bärtige Mediziner mit der sonnengegerbten Haut, den er bereits am Hang kennengelernt hatte, hatte die Obduktion vorgenommen. Mit seinen riesigen Pranken hatte er die Knochensäge genommen und sich beherzt ans Werk gemacht. Böttger war es vorgekommen, als wollte er einen Fisch für ein Anglercamp ausnehmen. Hatte nur gefehlt, dass er ein Liedchen vor sich hin pfiff.

Die Obduktion war dann aber nicht so schlimm gewesen, wie Böttger anfangs befürchtet hatte. Das Kind war kaum noch als Mensch zu erkennen. Auf dem klinisch sauberen Stahl des Obduktionstisches hatte der fleckige und halb verweste Körper seltsam schmutzig gewirkt. Als der Mediziner den Brustkorb öffnete, blieb die befürchtete Übelkeit aus. Die Leiche war bereits so geschunden, da schien die Öffnung nicht mehr so brutal zu sein. Wenn das Kind ausgesehen hätte, als würde es einfach daliegen und ein Nickerchen machen, dann wäre Böttger kaum so ruhig geblieben.

Die Obduktion klärte die Todesursache. Das Mädchen war erstickt – oder erstickt worden. »Fragen Sie mich nicht, auf welche Weise«, meinte der Mediziner. »Das lässt sich bei dem Zustand der Leiche nicht mehr sagen. Äußerlich ist nichts zu erkennen. Keine Hämatome, sonst ebenfalls keine Spuren. Auch im Mundraum nichts, was weiterhelfen könnte. Vielleicht wurde dem Kind eine Plastiktüte über den Kopf gezogen. Aber das ist reine Spekulation. Es kämen auch andere Methoden infrage.«

Anschließend war Böttger zur kriminaltechnischen Untersuchung gefahren. Auch dort gab es wenig Neues. Die Spuren am Fundort gaben nicht viel her. Das Handtuch, in das die Leiche gewickelt war, brachte sie kaum weiter. Entgegen der Hoffnungen der Kollegen waren nur Spuren des Leichnams darauf zu finden. Vielleicht, meinte der Spurenkundler enttäuscht, könnte man über Hersteller und Verkaufswege noch etwas herausfinden. Aber das würde schwierig werden.

Erst als ein junger Assistent dazukam, ein Mann mit Afrofrisur und schlecht sitzendem Hemd, der Post vom LKA in Düsseldorf in der Hand hielt, hellte sich die Stimmung ein wenig auf. Einer der Zeichner vom LKA hatte ein Phantombild von dem toten Mädchen erstellt. Es war sehr gut geworden, sehr genau. Wenigstens etwas, das Böttger mit in die Pressekonferenz nehmen konnte.

Er betrachtete das Bild nachdenklich. Ein kleines Mädchen. Kindergartenalter. Traurigkeit erfasste ihn. Egal, wie wenig der Körper auf dem Tisch der Rechtsmedizin an einen Menschen erinnerte. Bei diesem Bild hier war es anders. Ein kleines Kind, das sein ganzes Leben noch vor sich hatte.

Er faltete das Bild zusammen und kehrte zurück in sein Büro. Eine Auszeit. Er hockte mit seinem

Tee einfach da und sah zum Fenster hinaus. Dabei spürte er, wie er sich entspannte. Draußen auf dem Parkplatz standen ein halbes Dutzend Übertragungswagen. Überall Presseleute und Kamerateams. Ein richtiger Rummel herrschte da unten. Glücklicherweise waren sie hier vor der Meute gut abgeschirmt. Die Pressestelle ließ keinen vorbei, damit das Team in Ruhe arbeiten konnte. Wenn man bei den Ermittlern saß, dann konnte man fast vergessen, was da draußen los war. Für Böttger jedoch würde diese Blase gleich platzen. Nämlich dann, wenn die Pressekonferenz losging und er in die Arena musste.

Er schloss die Augen und genoss den wärmenden Tee. Plötzlich klopfte es, und fast im gleichen Moment flog die Tür auf. Kriminaloberat Brüse trat ein. Er sah ihn fragend an und deutete auf seine Armbanduhr.

»Böttger. Ich habe mich gefragt, wo Sie bleiben. Die Pressekonferenz.«

»Ich war noch bei den Spurenkundlern. Wir haben ein Bild von dem Kind. Ein Zeichner hat das Gesicht rekonstruiert.«

»Lassen Sie sehen«, sagte Brüse und nahm das Phantombild entgegen. »Großartig«, sagte er dann. »Wenigstens etwas.«

Gemeinsam machten sie sich auf den Weg ins Erdgeschoss. Auf dem Flur begegneten sie Harald Hochbohm. Sein hochgewachsener, dürrer Körper wirkte ausgezehrt. Man sah ihm die Erschöpfung der letzten Tage an. Wahrscheinlich wünschte er sich, sein Ruhestand hätte bereits begonnen.

Als er die beiden Männer sah, wedelte er mit einer Akte.

»Wir haben was«, sagte er. »Eine Zeugin.«

»Was für eine Zeugin?«, fragte Brüse.

»Das Bild von dem Kind. Das ging wirklich schnell. Wir haben es gerade erst ins Internet gestellt, und schon hat sich jemand gemeldet. Eine Frau, die das Kind gesehen haben will. Sie klingt glaubwürdig.«

Das Mädchen hatte also doch existiert. Es hatte ein Leben gehabt. Und Eltern. Und einen Mörder.

»Die Zeugin hat es auf einem Parkplatz gesehen«, sagte Harald. »Ihr wisst schon, der große Lidl-Markt vor der Stadt. Sie ist sich ganz sicher.«

»Also gut, lassen Sie die Frau herkommen«, sagte Brüse. »Wir müssen jetzt runter. Wir legen erst mal mit dem los, was wir haben. Für die Pressekonferenz reicht das. Alles andere sehen wir später.«

Harald Hochbohm nickte und humpelte davon. Böttger folgte dem Kriminaloberrat schweigend durchs Treppenhaus. Doch innerlich war er jetzt hellwach. Als hätte Harald ihm eine kalte Dusche verpasst.

Sanna war wieder allein in der Turnhalle. Ihre Kurse waren längst beendet, doch sie war geblieben, um die Ausstattung in den Schränken zu sichten, um Sachen herumzuräumen und Listen zu erstellen. Erika Eckart hatte ihr zugesichert, dass Geld zur Verfügung stünde, falls noch etwas fehle – »Hula-Hoop-Reifen oder Medizinbälle oder was man sonst so braucht für Feldenkrais.« Sanna solle einfach eine Liste mit allem machen, was anzuschaffen sei, dann wolle sie das unterzeichnen und dem Praktikanten geben, der für den Einkauf verantwortlich war.

Es war inzwischen spät geworden. Zeit, nach Hause zu gehen. Sanna reckte sich. Erika Eckart war bereits fort, so wie die meisten anderen Mitarbeiter auch. Viele der Bewohner lebten selbstständig in ihren Bereichen. Tagsüber gab es eine Menge Menschen, die sich um sie kümmerten. Therapeuten, Sozialarbeiter, Hauswirtschaftler, Anleiter. Doch nachts waren sie weitgehend allein. Nur wenige Mitarbeiter blieben auf dem Gelände, um in Notfällen zur Verfügung zu stehen. Sanna schaltete das Licht in der Turnhalle aus und verließ das Gebäude.

Der Klosterhof war verwaist. Graue Wolkenbänke ließen es frühzeitig dunkel werden. Vom Sommer war weiterhin keine Spur. Leichter Sprühregen wehte über den Hof, und ein kalter Wind kam auf. Sanna ging hinüber zum Verwaltungstrakt. Erika Eckart hatte ihr angeboten, einen der Dienstwagen zu nehmen, solange der Bus nicht fuhr und Sanna noch kein eigenes Auto besaß. Ein kleiner Smart mit einem riesigen Logo vom Stift Marienbüren. Es wäre zwar kein Sportwagen, meinte sie, aber für den Anfang würde er sicherlich reichen. Sanna war ihr sehr dankbar dafür. So brauchte sie sich nicht von Tante Renate herumkutschieren zu lassen. Und war viel unabhängiger.

Sie steuerte das Portal der Verwaltung an, um sich die Autoschlüssel zu besorgen. Doch zu ihrer Überraschung war der Haupteingang bereits verschlossen. Sie sah zu den kleinen Sprossenfenstern hinüber, aber nirgends brannte Licht. Es war keiner mehr da, der ihr den Schlüssel übergeben konnte. Also marschierte sie zum Kücheneingang, durchquerte den Vorratskeller und kletterte unter der Verwaltung die schmale Treppe hinauf, die sie zu der Nische hinter der Anmeldung führte.

Die Pforte und der Verwaltungsraum lagen im Halbdunkel. Es war alles still, nur das Ticken der alten Standuhr war zu hören. Über dem Türbogen lächelte die Statue des heiligen Augustinus auf sie herab. Eine seltsame Atmosphäre, wenn alles verwaist war. Auf leisen Sohlen schlich sie zum Hauptraum, wo der Schlüsselkasten hing. Doch als sie das Licht einschalten wollte, war draußen ein ungewöhnliches Geräusch zu hören. Ein Rumpeln, direkt vor dem Eingangsportal. Sie hielt inne und lauschte.

Das Geräusch wurde lauter. Jemand machte sich an der alten Eichentür zu schaffen. Eilig zog sie die Hand vom Lichtschalter und starrte zum Eingang. Jetzt knarrte und schabte es im Schloss. Und auf einmal sprang die Tür auf.

Sanna blickte sich hektisch um. Der Weg zum Keller war zu weit, also huschte sie hinter den Bauernschrank, der neben der Anmeldung stand, und tauchte dort in die Dunkelheit ab. Die alten Scharniere am Eingang knarrten, das Türblatt glitt zur Seite.

Da war ein Mann. Er war schwarz gekleidet, sein Gesicht verbarg er unter einem Basecap. Sannas Herz schlug bis zum Hals. Sie drückte sich tief in den Schatten hinein. Es war unmöglich, dass er sie hier entdeckte. Das hoffte sie jedenfalls inständig.

Die Tür glitt ins Schloss zurück, es wurde wieder still und eine Taschenlampe wurde angeknipst. Der Lichtkegel huschte durch den Raum. Sanna hielt die Luft an. Doch der Einbrecher kehrte ihr den Rücken zu, der Schrank und die Anmeldung interessierten ihn nicht. Er zog einen großen Stoffsack hervor und ging zu den Schreibtischen. Wahllos riss er Schubladen auf, wühlte darin herum und warf alles in den Sack, was Wert hatte. Die Barkasse, das Heftchen mit den Briefmarken, ein paar antike Rosenkränze, das kleine Netbook der Sekretärin. Dann warf er den Sack auf einen Tisch und ging zum Aktenschrank. Er zog eine Lade auf, steckte sich die Taschenlampe zwischen die Zähne und begann, in den Akten zu blättern.

Sanna überlegte, ob sie es bis zur Kellertür schaffen würde. Sie musste unbedingt Erika Eckart oder besser gleich die Polizei anrufen. Doch das Risiko war zu groß.

Gebannt lugte sie hinter den Schrank hervor. Er blätterte immer noch in den Akten. Sanna fragte sich, was er da überhaupt vorhatte. Welcher Dieb interessierte sich denn für Krankenakten?

Plötzlich schien es, als hätte er gefunden, was er suchte. Eilig warf er die Lade zu, wandte sich ab und schnappte seinen Sack. Er blickte sich in dem Büroraum um, trat dann an die Schreibtische und fegte mit dem Arm über die Tischplatten. Telefone, Tastaturen, Stifte, Notizblöcke, alles landete krachend auf dem Fußboden. Schließlich stieg er über das Chaos am Boden, ging zur aufgebrochenen Eingangstür und verschwand wieder.

Sanna lauschte eine Weile, doch es passierte nichts mehr. Er war fort. Zaghaft trat sie aus dem Schatten des Bauernschranks hervor. Sie wollte lieber nichts anfassen, wegen der Spuren. Mit spitzen Fingern zog sie die Eingangstür auf und spähte hinaus. Vor ihr der Klosterhof, die Nebengebäude mit den Sandsteinfassaden, die alte Fachwerkscheune, dahinter die Klostermauer. Es war keiner zu sehen. Der dunkle Typ war verschwunden. Sie trat auf den Hof und sah sich um. Auf der Straße vor dem Tor stand ein weißer Lieferwagen, der nicht zum Stift gehörte.

Sie musste die Polizei rufen. Eilig zog sie das Handy hervor. Der Empfang war schlecht, wie meistens hier draußen auf dem Stiftsgelände, doch sie hatte ein Netz. Sie wählte den Notruf. Die Verbindung wurde hergestellt, und eine dunkle Männerstimme meldete sich am anderen Ende.

»Ja, Guten Tag«, sagte sie. »Mein Name ist Sanna Marquart, ich …« Plötzlich war die Leitung tot. Sie sah aufs Display. Offenbar war sie in ein Funkloch gerutscht.

Am besten ging sie zurück in die Verwaltung, um vom Festnetz anzurufen. Auch wenn sie dabei Spuren hinterließ. Doch da bemerkte sie eine Gestalt auf dem Schotterweg zum Gesindehaus. Der Typ war anscheinend immer noch auf dem Gelände. Sanna drückte sich hinter die Hecke am Eingangsbereich.

Er hatte sie nicht bemerkt. Sie fragte sich, was er

dort drüben wollte. Im Gesindehaus lebten die Jugendlichen vom betreuten Wohnen. Da gab es nichts zu holen, was irgendeinen Wert hätte. Das machte doch keinen Sinn.

Sie sah aufs Handy. Immer noch kein Netz. Sie musste zurück in die Verwaltung. Es waren nur wenige Meter von der Hecke bis zum Eingangsportal.

Dann war da eine zweite Gestalt. Sie tauchte im Garten zwischen den Fichten auf. Es war Jakob. Er stromerte wieder übers Gelände. Den fremden Mann schien er gar nicht bemerkt zu haben. Sein Hemd war durchnässt, und aus seinen schwarzen Haaren tropfte Regenwasser. Sanna hätte ihm am liebsten zugerufen, er solle abhauen, aber dann wäre ihr Versteck aufgeflogen.

Jakob lief dem Fremden direkt in die Arme. Sanna blickte verzweifelt aufs Handy, doch es gab weiter keinen Empfang. Jetzt blieb der düstere Typ stehen. Er hatte Jakob entdeckt. Sah ihn auf sich zukommen. Sanna hielt die Luft an.

Doch etwas Seltsames passierte. Jakob, der sonst so scheu war, ging ihm furchtlos entgegen. Der Mann schien sogar auf ihn zu warten. Als würden sich die beiden kennen. Sanna fragte sich, ob er deshalb zum Gesindehaus gegangen war. Weil er im Aktenschrank herausgefunden hatte, dass Jakob dort untergebracht war.

Der Mann trat auf Jakob zu, legte ihm die Hand auf die Schulter, beugte sich vor und flüsterte ihm etwas ins Ohr. Jakob blieb starr im Nieselregen stehen. Sein Blick ging in die Ferne, er wirkte plötzlich abwesend. Der Mann trat zurück. Er warf sich den

Sack mit dem Beutegut über die Schulter und ließ Jakob stehen. Mit schnellen Schritten ging er über den Hof zum Tor.

Der weiße Lieferwagen gehörte tatsächlich zu ihm. Er schwang sich hinters Steuer, ließ den Motor aufheulen und raste los. Sanna konnte nicht viel von dem Wagen erkennen. Sie war zu weit entfernt, um das Nummernschild entziffern zu können. Zudem waren die Fenster getönt, und den Namen einer Firma sah sie auch nicht. Wahrscheinlich gab es Hunderte solcher Lieferwagen in der Gegend. Sie würde der Polizei keine große Hilfe sein. Der Wagen beschleunigte, die Reifen quietschten und im nächsten Moment war er aus ihrem Blickfeld verschwunden.

Sie blickte zum Gesindehaus. Jakob hatte sich wieder in Bewegung gesetzt. Er entfernte sich. Traumwandlerisch lief er auf den Garten zu. Er wirkte wie ferngesteuert. Der Wind fuhr durch das Blätterwerk einer Linde und ließ dicke Tropfen auf ihn niederfallen. Doch das schien er gar nicht zu bemerken. Sanna trat hinter der Hecke hervor.

»Jakob!«, rief sie. »Alles in Ordnung?«

Offenbar hörte er sie nicht. Sie begann zu laufen.

»Jakob! Warte! Ich bin es, Sanna!«

Nichts. Er bewegte sich am Bach vorbei, erreichte das schmiedeeiserne Gartentor und verließ das Gelände. Jenseits der Klostermauer begann der bewaldete Hang. Jakob schob die Zweige einer Esche zur Seite und verschwand im Unterholz. Augenblicklich hatte der Wald ihn verschluckt.

Sanna spürte die Gefahr. Hier stimmte etwas nicht.

Diese Begegnung zwischen ihm und dem Fremden, das seltsame Verhalten. Sie konnte nicht sagen, was genau passiert war, aber sie hatte kein gutes Gefühl dabei.

Eilig lief sie hinterher. Sie erreichte ebenfalls das Gartentor. Die alten Scharniere quietschten laut. Sie huschte über das nasse Gras, das jenseits der Klostermauer wucherte, und stand schließlich vor der Esche, hinter der Jakob verschwunden war. Groß und dunkel erhob sich der Wald. Die Luft war feucht und roch würzig. Regendunst hing über dem Waldboden. Zwischen Farnkraut und Wurzeln lagen schlammige Senken. Überall tropfte und plätscherte es. Ein Vogel schrie.

Sie zögerte. Doch dann sah sie einen weißen Fleck, der sich hinter den Stämmen bewegte. Das war Jakobs Hemd, was dort leuchtete. Er hastete den Hang hinauf, dann war er wieder verschwunden.

Sie überlegte nicht lange und lief hinterher. Die dornigen Zweige eines Brombeerstrauchs rissen an ihrer Jogginghose. Sie schlitterte über glitschiges Moos und wäre beinahe gestürzt. Nach ein paar Metern waren Turnschuhe und Hosenbeine dreckverschmiert. Doch das störte sie nicht. Sie lief weiter.

Jakob tauchte wieder auf. Er sprang durch kniehohes Farnkraut, stieß sich von einem Stamm ab, schlug einen Haken.

»Jakob! Bleib doch mal stehen!«

Sanna rutschte auf einer Wurzel aus und fiel der Länge nach ins nasse Laub. Blätter klebten in ihrem Gesicht. Ein herber, fauliger Geruch stieg vom Boden hoch. Vorsichtig raffte sie sich auf und wischte sich den Schmutz von der Wange.

Jakob hatte die Hügelkuppe erreicht. Wenn sie sich nicht beeilte, war er endgültig fort. Es ging steil bergauf. Alles war nass und rutschig, sie musste aufpassen, wo sie hintrat. Trotzdem behielt sie ihr Tempo bei.

Oben angekommen, entdeckte sie plötzlich eine Schneise im Wald. Eine kleine befestigte Straße führte hindurch. Ein Landwirtschaftsweg. Sanna kletterte über einen kleinen Wassergraben und betrat die schmale Spur. Was hatte Jakob vor? Was wollte er hier oben? Etwa per Anhalter fahren?

Etwas entfernt hörte sie Verkehrsgeräusche. Autos sausten über nassen Asphalt, ein tiefes Grollen erfüllte alles. Sanna sah sich um. Der Landwirtschaftsweg führte zu einer Talbrücke. Unten war eine Autobahn. Dort endete der Wald, und auf der breiten mehrspurigen Fahrbahn jagten die Autos vorbei.

Jetzt sah sie auch Jakob. Er stand mitten auf der Brücke, direkt über den Fahrbahnen. Er war über das Geländer geklettert und stand nun auf der anderen Seite auf einem schmalen Vorsprung. Mit starrem Blick sah er nach unten.

Wieder rief Sanna seinen Namen. Sie lief auf die Brücke. Dort, wo er stand, ging es dreißig, vierzig Meter in die Tiefe. Unter ihm die Autobahn. Einen Sprung würde er nicht überleben, so viel war sicher.

Jakobs Schuhspitzen ragten über die schmale Kante hinaus. Seine Augen waren weit aufgerissen. Es wirkte, als würde der Abgrund ihn jeden Moment nach unten ziehen.

Sanna verlangsamte ihre Schritte. Ihre Gedanken rasten. Das Psychologie-Seminar. Hatte es da irgendwas gegeben, das ihr jetzt helfen würde? Wohl kaum. Sie musste mit ihm reden, das war klar. Und zwar vorsichtig. Aber was sollte sie sagen?

»Jakob! Hörst du mich? Ich bin's, Sanna.«

Er beachtete sie nicht. Als wäre sie gar nicht anwesend. Sanna machte einen weiteren vorsichtigen Schritt auf ihn zu.

»Ich weiß nicht, wieso du das hier tust«, sagte sie. »Ich habe nicht den Hauch einer Ahnung, woher auch. Aber ich möchte dir helfen. Willst du mir nicht sagen, was dich bedrückt? Was ist los? Vielleicht gibt es ja einen Ausweg.«

Doch er löste den Blick nicht vom Abgrund. Sein nasses Hemd klebte am Körper. Die Hämatome, von denen Erika Eckart erzählt hatte, schimmerten durch den Stoff. Er wirkte wieder so dünn und zerbrechlich wie bei ihrer ersten Begegnung.

Nicht noch ein Toter, dachte sie. Das darf nicht passieren. Nicht Jakob.

»Bitte!«, flehte sie. »Ich möchte mit dir reden.«

Und anscheinend ließ ihn irgendetwas in ihrer Stimme schließlich aufhorchen. Er riss sich nun vom Abgrund los und betrachtete sie. Sein Blick war verstört.

»Jakob, du bist mir nicht egal. Hörst du? Ich will nicht, dass du springst. Bitte, gib mir deine Hand.«

Sie dachte an die Leiche des Kindes, die sie nach dem Erdrutsch entdeckt hatte. An Jannis, dort am Strand in Kroatien. Das musste doch mal ein Ende haben. Wie viele Tote würde sie noch ertragen können?

Sie machte einen weiteren kleinen Schritt auf ihn zu.

»Jakob, deine Hand ... gib sie mir.«

Doch es war vorbei. Er wandte den Blick ab. Seine Aufmerksamkeit richtete sich auf den Abgrund. Und plötzlich wurde Sanna klar: Er wird springen. Jetzt.

Alles wiederholte sich. Sie schaffte es nicht, die Menschen zu retten, die starben. Alles entglitt ihr.

»Nein! Nicht!«

Es war zu spät.

»JANNIS!«

Er hielt inne. Sie hatte seine Aufmerksamkeit.

»Bleib bei mir, Jannis! Bitte. Spring nicht!«

Sie wusste nicht, weshalb sie ihn so nannte. Es war ein Impuls gewesen. Er sah zu ihr auf. Die wasserblauen Augen verloren alles Unergründliche. Verzweiflung trat nun in seinen Blick. Der Abgrund und die Autobahn schienen ihm plötzlich Angst zu machen. Er klammerte sich ans Geländer.

Sie streckte den Arm aus. Gleich hätte sie ihn erreicht.

»Gib mir deine Hand, Jannis«, sagte sie.

Er sah wieder hinunter. Panik flackerte in seinen Augen auf. Ängstlich sah er zu Sanna, die nun am Geländer stand.

»Gib mir deine Hand«, sagte sie wieder.

Er löste seinen Klammergriff. Langsam und zitternd. Unentschieden. Doch schließlich hob er eine Hand vorsichtig übers Geländer. Nur Zentimeter fehlten noch. Er sah hinunter, zögerte. Doch dann entschied er sich offenbar, ihr den Arm entgegenzustrecken.

Und Sanna packte mit festem Griff zu.

5

Der Saal war bereits dramatisch überfüllt. Die Luft stickig und verbraucht. Dabei hatte die Pressekonferenz noch nicht einmal angefangen. Ein paar junge Beamte trugen eilig Klappstühle heran, um die vielen Journalisten irgendwie im Saal unterzubringen. Kabel wurden verlegt, Kameras aufgebaut, Fotografen brachten sich in Stellung und Kollegen verschiedener Zeitungen standen herum und plauderten. Überall herrschte reges Treiben.

Renate Thun hielt nach einem freien Platz Ausschau. Sie schob sich die strassbesetzte Lesebrille ins Haar und nahm ihre Laptoptasche unter den Arm. Es war ein ungewohntes Bild, das sich ihr bot. Bei der letzten Pressekonferenz im Polizeipräsidium, die sie erlebt hatte, waren nur ein halbes Dutzend Journalisten da gewesen. Wirklich kein Vergleich zu diesem Jahrmarkt hier. Es war um einen Gebrauchtwagenhändler gegangen, der bei einem Überfall erschlagen worden war. Renate hatte für den Lokalteil darüber geschrieben.

Doch dieser Fall war eben anders. Erst der Erdrutsch, der es allein schon in die Hauptnachrichten geschafft hatte. Und dann der mysteriöse Leichenfund. Zu allem Überfluss war es eine Kinderleiche gewesen, die da ans Tageslicht gespült worden war. Eine Tatsache, die wiederum alle großen Zeitungen und Fernsehsender auf den Plan rief. Zwei Tragödien auf einmal, ein totes Mädchen, das keiner vermisste, so etwas sorgte ordentlich für Quote.

Renate hockte sich auf einen freien Klappstuhl an

der Rückseite des Saals, packte sich das Laptop auf den Schoß und schaltete es ein. Sie ließ den Blick über die Stuhlreihen wandern. Ein warmes Gefühl breitete sich in ihrer Brust aus. Es war beinahe wie früher.

Allein hier zu sein fühlte sich schon an wie ein Triumph. Schließlich gehörte sie nur der Lokalredaktion von Marienbüren an, und Termine wie diesen nahmen normalerweise die Kollegen der Bielefelder Redaktion wahr, die für die Regionalzeitungen in Ostwestfalen die Hauptseiten mit Politik, Wirtschaft und Kultur produzierten. Es war ihr gelungen, alle davon zu überzeugen, weiterzumachen. Schließlich war sie diejenige gewesen, die von Anfang an dabei gewesen war. Und so ließ man ihr zunächst einmal den Fall, und sie schrieb nun für die überregionale Seite.

Hier im überfüllten Saal des Polizeipräsidiums, das war fast wie in alten Zeiten. Natürlich würde sich dadurch nichts ändern. Es öffnete sich keine Tür in ihr altes Leben, so viel war ihr klar. Aber wenn sie am Ball blieb und solide recherchierte, wenn sie vielleicht sogar der Polizei einen Schritt voraus bliebe und sich durch kluge Berichte hervortat, dann könnte sie sich unter Umständen einen Platz in der Bielefelder Mantelredaktion erkämpfen. Oder sie würde zur Polizeireporterin befördert.

Träumen konnte man ja ruhig ein bisschen. Denn irgendetwas musste passieren. Die Vorstellung, in dieser Position stillschweigend auf die Rente zu warten, war furchtbar. Sie war erst sechsundfünfzig. Ihr Leben war noch nicht vorbei. Irgendetwas musste noch kommen.

Eine Seitentür öffnete sich, und wie bei einer Polonaise marschierten die ermittelnden Beamten und die Vertreter der Staatsanwaltschaft herein. Blitzlichter zuckten, die Unterhaltungen der Kollegen erstarben nach und nach und die Fernsehkameras folgten den Beamten, die vorne an den Tischen Platz nahmen, Stühle zurechtrückten, sich räusperten und Haltung einnahmen.

Ganz links saß die Pressesprecherin, eine hübsche Mitdreißigerin mit streng zurückgebundenen Haaren. Sie war die einzige Frau in der Reihe, alle anderen waren Männer. Sie beugte sich übers Mikrofon und stellte die Beamten der Reihe nach vor. Renate schob sich die Brille zurecht und tippte Namen und Dienstrang der Anwesenden in ihr Laptop.

»… und zu meiner linken«, beendete die Pressesprecherin die Vorstellung, »sitzt Jens Böttger, der leitende Ermittler der Sonderkommission.«

Renate sah erschrocken auf. Sie blickte über den Rand der Brille hinweg. Jens Böttger. Der Kommissar blickte gleichmütig ins Publikum. Sie spürte ein Ziehen in der Brust. Er war es. Die Jahre hatten ihn ein wenig aus der Form geraten lassen, und sein Haar war grau und dünn geworden. Trotzdem war er es. Die gutmütigen Augen, das markante Kinn, die Grübchen auf den Wangen. Keine Frage.

Unwillkürlich erlebte sie eine Achterbahnfahrt durch ihre Vergangenheit. Die romantischen Abende, das heftige Verliebtsein, die wilde gemeinsame Zeit, dann das Ende. Als wäre das alles eben erst passiert. Sie lächelte. Sie spürte die Aufregung. Das Glück von damals.

Vorne wurde der Fall auseinandergenommen.

Doch der Erdrutsch, das tote Kind, die ratlosen Ermittlungen, das alles rauschte an ihr vorbei. Irgendwann schüttelte sie die Erinnerungen von sich ab. Du musst dich zusammenreißen. Denk an deine Arbeit.

Die Pressesprecherin präsentierte ein Foto, auf dem das Gesicht des Kindes rekonstruiert worden war. Es sollte dabei helfen, die Identität des Leichnams zu ermitteln.

»Wir ermitteln in alle Richtungen«, sagte Jens Böttger da vorne. »Es sind sehr viele Kräfte im Einsatz, jedem Hinweis wird akribisch nachgegangen. Wir suchen dringend Zeugen, die das Kind kannten. Oder die etwas Verdächtiges am Hang beobachtet haben.«

Eine Kollegin von der *Süddeutschen Zeitung* meldete sich zu Wort. »Sie sagen, das Mädchen ist erstickt. Kann man dann von einem Verbrechen ausgehen?«

»Wir können im Moment nichts ausschließen. Viele Szenarien sind denkbar.«

»Sie können also nicht sagen, ob es sich um einen Mord handelt?«

Renate fragte sich, was passieren würde, wenn sie auch eine Frage stellte. Es wäre nicht ganz fair, Jens aus dem Konzept zu bringen. Außerdem waren alle wichtigen Fragen bereits gestellt worden. Wie es aussah, gab es in dieser Pressekonferenz nicht viel Neues zu erfahren. Renate würde ihre eigenen Recherchen starten. Sie war in Marienbüren zu Hause, das war ihr großer Vorteil gegenüber der Polizei. Sollte jemand etwas gesehen haben, würde sie es als Erste erfahren.

Nach dem Ende der Pressekonferenz standen die Beamten auf und traten den Rückweg durch die Nebentür an, durch die sie gekommen waren. Es fiel Renate immer noch schwer zu glauben, dass Jens da vorne war. Rundherum standen Kollegen auf, es wurde in Taschen gekramt, Unterhaltungen wurden geführt, eine junge Frau lachte durchdringend. Bevor Jens durch die Tür verschwand, sah Renate, wie die Pressesprecherin ihm etwas zuflüsterte. Er blickte auf und lächelte. Dieses Lächeln. Als wäre es gestern gewesen.

Sie musste ihm Guten Tag sagen, unbedingt. Eilig packte sie ihre Sachen zusammen und bahnte sich einen Weg zu der Nebentür, um ihn abzufangen, bevor er verschwunden war. Das Handy klingelte. Ohne die Tür aus den Augen zu lassen, zog sie das Gerät aus der Jackentasche. Es war Sanna. Sie nahm das Gespräch an.

»Sanna, Schatz, kann ich dich gleich zurückrufen?«, fragte sie, während sie sich an Kollegen vorbeischob. »In zehn Minuten?«

»Ja, natürlich. Kein Problem.«

Ihre Stimme. Etwas war nicht in Ordnung, das hörte Renate sofort. Sie presste das Handy ans Ohr.

»Ist was passiert? Geht's dir gut?«

»Ja, mir geht's gut. Es ist nur ... ich ... ach, wir reden später. Ich will jetzt nicht stören.«

Renate kannte ihre Nichte. Wenn auch nur etwas weniger als der Weltuntergang vorgefallen wäre, würde sie ihr wortreich versichern, dass alles in bester Ordnung wäre und sie keine Hilfe bräuchte.

»Wo bist du, Sanna?«, fragte sie besorgt.

»Zu Hause. In Marienbüren.«

»Bist du verletzt? Hat dir jemand etwas angetan?«

»Nein, es geht mir gut. Es ist nur ... ach, das ist eine lange Geschichte. Ruf mich einfach später noch mal an, ja?«

»Nein. Du sagst mir jetzt sofort, was los ist!«

»Aber du bist doch beschäftigt.«

Renate wandte sich zur kleinen Seitentür des Saals. Jens Böttger und sein Gefolge marschierten gerade hinaus. Ein paar Sekunden, dann war er aus ihrem Blickfeld verschwunden.

»Ach, nicht der Rede wert«, sagte sie. »So beschäftigt bin ich gar nicht. Sag mir lieber, was los ist.«

»Das ist schwer zu erklären.« Sanna zögerte. »Ich hab hier ein Problem, da ... Ich weiß nicht, was ich tun soll. Kannst du vielleicht kommen, Tante Renate? Ich würde gerne mit dir darüber sprechen.«

»Natürlich komme ich. Ich breche sofort auf. Wird nicht lange dauern.«

»Danke«, sagte sie und holte Luft. »Ich warte hier.«

Renate beendete das Gespräch. Voller Sorge machte sie sich auf den Weg zu ihrem Auto. An Jens Böttger konnte sie nun keinen Gedanken mehr verschwenden. Sanna geht es gut, versuchte sie sich zu beruhigen. Es ist ihr nichts passiert. Sie ist gesund und unversehrt. Vielleicht hatte sie Ärger am Arbeitsplatz. Nichts, was nicht wieder in Ordnung kommen könnte.

Apropos Arbeitsplatz. Die Einweihung des DRK-Kindergartens kam ihr in den Sinn. Die festliche Veranstaltung würde in einer halben Stunde beginnen. Sie zog noch mal ihr Handy hervor und wählte die Nummer von Nils Bentrup, einem Gymnasiasten aus Marienbüren, der ab und zu als freier Mitarbeiter für die Zeitung arbeitete.

»Nils, musst du gerade was für die Schule tun?«, begrüßte sie ihn.

Er wusste natürlich sofort, was los war. »Nein, gar nichts«, sagte er. »In der Schule ist gerade überhaupt nichts los.« Betont aufgeräumt fragte er: »Wieso? Haben Sie einen Job für mich?«

Renate seufzte. Die Lüge war offensichtlich. Bestimmt würde er morgen eine wichtige Klausur schreiben und müsste heute Abend dringend lernen. Aber darauf konnte sie jetzt keine Rücksicht nehmen.

»Gleich ist eine Feierlichkeit beim Deutschen Roten Kreuz. Die weihen ihren neuen Kindergarten ein. Kannst du für mich dahin gehen?«

»Na klar! Ich bin dabei. Mit Foto, nehme ich an?«

Fotos brachten im Verhältnis zum Arbeitsaufwand wesentlich mehr Honorar ein als ein geschriebener Artikel. Ihrem Chef würde das überhaupt nicht gefallen. Er versuchte gerade, die Kosten zu deckeln, und freie Mitarbeiter sollten nur dann eingesetzt werden, wenn es absolut erforderlich wäre. Renate konnte sich also schon mal auf ein bisschen Ärger einstellen.

»Mit Foto, ganz genau«, sagte sie, was einen kurzen Jubel am anderen Ende der Leitung auslöste. »Mach dich gleich auf den Weg, Nils. Und morgen früh mailst du mir alles.«

Sie steckte das Handy in die Jacke und schwang

sich in den Mietwagen. Wegen des Erdrutsches dauerte die Fahrt nach Marienbüren eine Ewigkeit. Sie musste eine große Schlaufe über mehrere Ortschaften fahren, um überhaupt ans Ziel zu gelangen. Es würde wahrscheinlich noch Monate dauern, bis die Straße wieder freigegeben würde.

Als sie endlich das Ortszentrum erreicht hatte, stellte sie den Wagen mitten auf den Kirchhof. Zwischen den kleinen Fachwerkhäusern herrschte eigentlich Parkverbot. Aber dies war eine Ausnahmesituation, und außerdem tauchte hier ohnehin nie eine Streife auf, es sei denn, die Anwohner beschwerten sich.

Sie klingelte, und Sanna drückte den Summer und ließ sie herein. In dem schmalen Treppenhaus musste Renate auf die tief hängenden Balken achtgeben, die das Haus seit Jahrhunderten zusammenhielten. Sannas Wohnung war oben im ersten Stock. Im Erdgeschoss wohnte ihre Vermieterin, eine 84-jährige Frau, die nichts mehr hörte und kaum noch die Wohnung verließ. Nicht gerade ein Nachbar, den man sich wünschte, wenn man allein und verängstigt war.

Renate klammerte sich ans hölzerne Geländer, zog den Kopf unter einem Balken ein und bemerkte dabei Sanna nicht, die oben auf dem Treppenabsatz stand und bereits auf sie wartete.

»Hallo, Tante Renate.«

»Du lieber Gott! Sanna!«

Sie fuhr zusammen und hielt sich mit großer Geste die Hand ans Herz. »Hast du mich erschreckt!« Dann nahm sie Sannas Arm und ließ sich von ihr zum Treppenabsatz hochhelfen. Sie sah zur Wohnungstür ihrer Nichte. Sie war verschlossen. Renate runzelte die Stirn.

»Was machen wir denn hier draußen? Ist mit deiner Wohnung alles in Ordnung?«

»Ja. Es ist nur so … ich bin nicht allein.«

»Nein? Wer ist denn da drin?«

»Also, das ist eine lange Geschichte«, wich sie aus. »Es ging damit los, dass wir einen Einbruch im Stift hatten. Und deshalb hab ich …«

»Moment. Ihr hattet einen Einbruch? Doch nicht, während du auf dem Gelände warst?«

»Doch, schon. Ich hab den Mann sogar gesehen. Er ist in die Verwaltung rein und hat da alles auf den Kopf gestellt. Ich wollte die Polizei rufen, aber da draußen schmiert ja ständig das Netz ab. Außerdem ging alles ganz schnell. Na ja, und dann war da auf einmal Jakob, und der Einbrecher hat …«

Renate hob die Hand. »Jakob? Wer ist das?«

»Ein Junge aus dem Stift. Der ist von zu Hause abgehauen, weil seine Eltern ihn wohl schlagen. Erika Eckart hat ihn bei uns einquartiert, bis sich die Leute vom Jugendamt darum kümmern. Jedenfalls hat der Typ mit Jakob gesprochen, draußen im Garten. Es sah aus, als würden sich die beiden kennen. Und dann … na ja, dann ist Jakob zur Talbrücke gegangen und wollte sich runterstürzen.«

Renate hatte Mühe zu folgen. »Moment, was wollte er?«

»Er wollte sich umbringen«, wiederholte sie. »Ganz plötzlich, aus heiterem Himmel. Dieser Typ sagt was zu ihm, dann dreht Jakob sich um und geht zur Brücke. Als hätte er einen Befehl bekommen. Ich bin also hinter ihm her. Hab so lange auf ihn eingeredet, bis er schließlich wieder übers Geländer zurückgeklettert ist. Ich weiß nicht, was da passiert ist. Er sagt, er kannte den Mann nicht. Und er hätte auch gar nicht wirklich springen wollen. Aber ...«

»Sanna, stopp. Das geht mir alles zu schnell. Eins nach dem anderen. Jemand ist also im Stift eingebrochen. Wollte er Wertgegenstände mitnehmen? Oder war er wegen Jakob da?«

»Er hat die Kasse mitgenommen, ein Laptop und noch ein paar andere Dinge. Jakob war nur zufällig im Garten.«

»Hast du denn die Polizei informiert?«

»Ja, natürlich. Ich bin zum Hausmeister und hab ihm gesagt, was passiert ist. Der hat dann die Polizei gerufen. Die müssten jetzt im Stift sein.«

»Jetzt? Willst du damit sagen, der *Hausmeister* kümmert sich darum? *Du* hast doch den Einbruch beobachtet. Und dieser Jakob. Wieso seid ihr hier und sprecht nicht mit der Polizei?«

»Jakob will nicht mit der Polizei reden. Er hat Angst vor denen. Und ich kann ihn doch schlecht alleine lassen. Wegen der ganzen Geschichte. Das auf der Brücke und so.«

»Aber Kind, du musst doch der Polizei sagen, was du gesehen hast! Was wird deine Chefin denken, wenn sie hört, dass du einfach abgehauen bist?«

»Ich ...« Sanna blickte zur Tür, als habe sie Angst, Jakob könnte sie belauschen. »Er war kurz davor zu springen, Tante Renate, verstehst du? Er hat mir einen furchtbaren Schreck eingejagt.« Sie begann zu flüstern.»Und ich glaube, er kann sich an gar nichts *erinnern*. Er war total verstört nach der Geschichte. Ich wollte ihn von da wegbringen. Das war erst mal wichtiger als das mit der Polizei. Also habe ich den Dienstwagen genommen. Und dann bin ich drauflos gefahren. Ohne Ziel, Hauptsache weg.«

Sie sah nochmals zu Tür, bevor sie fortfuhr. »Auf der Straße nach Marienbüren ist dann etwas Seltsames passiert. Jakob hockt da neben mir auf dem Beifahrersitz und ist immer noch ganz mitgenommen. Seine Hände zittern, und er wirkt völlig verängstigt. Und dann, von einer Sekunde auf die andere, wird er ruhig. Verstehst du? Sein ganzer Körper kommt zur Ruhe. Er sieht auf, guckt mich an, dann die Landschaft. So, als wäre er gerade aufgewacht und müsste sich erst mal orientieren. Ich frage: ›Jakob, ist alles in Ordnung?‹ Und er antwortet: ›Natürlich. Sind wir bald da?‹ Diese Frage fand ich völlig schräg. Verstehst du, wir hatten ja noch gar nicht darüber gesprochen, wohin die Fahrt überhaupt geht. Dann wollte ich ihn auf den Einbrecher ansprechen und auf die Sache mit der Talbrücke. Aber nichts. Er wich aus, wurde vage und schwammig. Er konnte im Grunde gar keine genauen Angaben machen. Als ich ihm versichert habe, dass er sich in die Tiefe stürzen wollte, war er total erschrocken. Das wirkte alles, als wüsste er gar nichts mehr davon. Als hätte er alles vergessen, was passiert ist.«

»Er stand vielleicht unter Schock. Da sind Gedächtnislücken ganz normal.«

»Aber warum *sagt* er mir das nicht: ›Ich steh total

unter Schock und kann mich nicht erinnern?‹ Warum? Da stimmt doch was nicht.«

»Und da hast du dann entschieden, ihn in deine Wohnung zu bringen? Denkst du, das war eine gute Idee?«

»Wohin hätte ich ihn denn sonst bringen sollen? Abends sind im Stift keine Pädagogen mehr anwesend. Da gibt es nur noch die Rufbereitschaft. Ich konnte ihn doch nicht alleine lassen, nach allem, was passiert ist.«

Renate ließ sich das Gesagte durch den Kopf gehen.

»Und jetzt ist er da drin?«, fragte sie und deutete auf Sannas Wohnungstür. »Dann komm. Ich möchte ihn mir mal ansehen.«

Renate wandte sich zur Tür, doch Sanna rührte sich nicht vom Fleck. Da gab es also noch etwas. Renate sah sie fragend an, aber Sanna schwieg beharrlich.

»Das war noch nicht alles? Raus mit der Sprache.«

»Nun ja.« Sie zögerte. »Es ist etwas sehr Merkwürdiges passiert. Ich war am Nachmittag mit Jakob in der Turnhalle. Da hat er sich … Er hat sich Jannis genannt.«

Renate versteifte sich. Es war ein Gefühl, als packte eine kalte Hand nach ihr. Sie fragte sich, was um alles in der Welt hier vorging.

Sanna wirkte ganz verloren auf dem Treppenabsatz.

»Kann er von deinem Bruder wissen?«, fragte Renate.

Sanna schüttelte den Kopf.

»Hat er gesagt, woher er diesen Namen hat?«

Wieder ein Kopfschütteln.

Renate stemmte energisch die Hände in die Hüfte.

»Gehen wir rein«, ordnete sie an. »Ich möchte ihn jetzt endlich kennenlernen.«

Das musste alles ein dummer Zufall sein, dachte Renate. Hier wusste keiner was von Jannis. Ein Zufall war das Einzige, was Sinn machte.

Sanna schlich an ihr vorbei und öffnete die Tür. Renate trat in den Wohnungsflur. Umzugskisten standen überall herum. Regalbretter lehnten an der Wand. Zwei Schränkchen versperrten den Weg in die Küche. Offenbar war die Umzugsfirma inzwischen da gewesen. Renate nahm sich vor, Sanna beim Auspacken zu helfen, wenn diese Sache mit Jakob erst geklärt war.

Neben der Wohnzimmertür stand ein offener Karton. Ein Schlafsack und eine Decke ragten heraus. Wie Renate ihre Nichte kannte, plante die offenbar, Jakob auf der Couch übernachten zu lassen. Einen psychisch auffälligen Jungen, der scheinbar völlig unberechenbar war. Das war mal wieder typisch für Sanna. Renate schüttelte den Kopf. Da würde sie noch ein Wörtchen mitreden.

Im Wohnzimmer standen ebenfalls Kisten herum. Ein Tisch war an die Wand gerückt, Bücherstapel umrahmten ihn, eine Gardinenstange lehnte neben dem Fenster. In der Zimmerecke erhob sich jemand von der Schlafcouch. Ein junger Mann, zart und zerbrechlich, mit einem fein geschnittenen

Gesicht und beinahe elfenbeinfarbener Haut. Das musste dieser Jakob sein.

Renate verstand sofort, warum sich Sanna um ihn kümmerte. Welpencharme gepaart mit einer Aura der Verzweiflung. Das hatte für ihre Nichte offenbar gereicht, um augenblicklich jede Vorsicht über Bord zu werfen.

»Guten Tag, junger Mann«, sagte sie freundlich. »Ich bin Renate Thun, Sannas Tante.«

Er nickte. Gab ihr höflich die Hand.

»Mein Name ist Jakob. Sanna hat mir schon von Ihnen erzählt.«

»Ja. Sanna fragt sich wohl, was sie jetzt mit dir anstellen soll. Sie möchte, dass wir gemeinsam überlegen, wie's weitergeht. Aber eins kann ich euch beiden jetzt schon sagen: Ihr müsst auf jeden Fall mit der Polizei reden, wegen des Einbruchs. Einfach abzuhauen war keine gute Idee.«

Ein Schatten fiel über sein Gesicht. Er schwieg. Gleich mit der Polizei anzufangen, war vielleicht nicht nötig gewesen. Renate blickte sich um. Sanna stand in der Tür und beobachtete ängstlich das Geschehen. Renate atmete tief durch.

»Vielleicht machen wir es uns erst einmal gemütlich. Soweit das hier möglich ist. Sanna, Liebes, koch uns doch mal eine Kanne Kaffee. Trinkst du Kaffee, Jakob?«

Er nickte scheu. »Gern.«

»Na also.« Renate zog einen Stuhl heran und setzte sich. Sanna ging nach nebenan. Auch Jakob nahm zögernd Platz. Er war unruhig. Die Situation schien ihm nicht zu behagen.

»Du musst keine Angst vor mir haben«, sagte Renate. »Wirklich nicht. Sanna ist meine Nichte. *Familie*, verstehst du? Ich bin auf deiner Seite.«

Er nickte, doch sie konnte nicht einschätzen, ob er ihr das abnahm.

»Ist es okay, wenn ich Fragen stelle?«

»Ja. Aber bitte keine Polizei. Ich will das nicht.«

»Also gut. In Ordnung. Keine Polizei. Wir finden eine andere Lösung. Ist es wegen deiner Eltern? Willst du deshalb keine Polizei?«

»Ich geh nicht nach Hause. Nie mehr.«

»Bist du denn schon volljährig?«

»Ich bin achtzehn. Seit zwei Monaten.«

Renate fixierte ihn. Er schaute sie aus großen hellblauen Augen an. Als könnte er kein Wässerchen trüben. Trotzdem war sie überzeugt, dass er ihr eine Lüge auftischte. Er war noch nicht volljährig.

»Wenn du achtzehn bist, kannst du selbst entscheiden, wohin du gehst«, sagte sie. »Aber selbst wenn du noch nicht volljährig wärst, gäbe es Lösungen. Betreutes Jugendwohnen, was auch immer. Du musst nicht nach Hause zurück, wenn du nicht willst.«

Er sah sie unbewegt an. Er schien nicht an ihre Worte zu glauben. Renate bekam den Verdacht, dass er so etwas nicht zum ersten Mal in seinem Leben hörte.

»Wo wohnen deine Eltern denn?«, fragte sie. »Hier in Marienbüren?«

Eine Antwort bekam sie nicht. Er hockte einfach da und schwieg.

»Ich verstehe. Du möchtest nicht darüber reden.«

Sie holte Luft. »Aber wie stellst du dir das vor, mit dem Einbruch in das Stift? Auch wenn du nicht zur Polizei gehst, Sanna wird später noch mit denen reden müssen, da führt kein Weg dran vorbei.«

»Aber nicht ich. Ich werde nicht zur Polizei gehen.«

»Keine Polizei. Ich hab's verstanden. Aber mir kannst du's ja sagen: Kanntest du diesen Mann? Hast du ihn vorher schon einmal gesehen?«

»Nein. Tut mir leid. Ich kannte den nicht.«

»Aber er hat mit dir geredet, oder? Sanna hat das erzählt.«

»Ja, er kam auf mich zu, weil ich ihn gesehen habe. Da hat er mich abgefangen. Und dann hat er gesagt, ich soll ihn nicht verraten.«

»Du sollst ihn nicht *verraten*?«

»Ja. Sonst würde er mir etwas antun. Ich sollte so schnell wie möglich dahin zurückgehen, wo ich hergekommen bin und keinem was sagen. Ansonsten würde er mir wehtun.«

»Hm. Hattest du Angst vor ihm?«

»Ja, schon. Er wirkte bedrohlich.«

»Und was hast du dann gemacht?«

»Ich bin zurück in den Garten gelaufen. Durch das Gartentor in der Klostermauer. Ich wollte weglaufen, bevor er es sich anders überlegt und hinter mir herkommt.«

»Ich verstehe.«

Das Szenario war gar nicht so abwegig. Dieser Typ hat ihm mächtig Angst gemacht und ihn davongejagt, um anschließend selbst unbehelligt die Flucht anzutreten.

»Und was war das mit der Brücke?«, fragte sie.

»Das war dumm von mir.« Er sah zu Boden. »Ich hatte Angst. Ich bin weggelaufen. Und dann stand ich auf einmal da oben. Da waren die Autos, die Tiefe. Ich … ich wollte nicht springen, verstehen Sie? Ich wollte nur runtergucken.«

»Weil du Angst hattest?«, fragte Renate skeptisch.

»Ja. Und weil ich unglücklich war.«

»Aber das war mehr als nur runtergucken, oder? Du bist übers Geländer geklettert.«

»Das tut mir leid.«

»Du musst dich nicht dafür entschuldigen.«

»Es war wegen des Gefühls. Wenn man nur noch einen Schritt machen muss. Das zieht im Magen. Der ganze Körper reagiert.« Er schien sich dafür zu schämen. »Da vergisst man, dass man eigentlich traurig ist. Oder Angst hat.«

Das war es also. Renate begriff. Sie wollte seine Hand nehmen, doch sie fürchtete, er würde sie wegziehen. Also lächelte sie mitfühlend.

»Mach so etwas nicht wieder, hörst du? Das ist zu gefährlich. Es gibt andere Wege, sich nicht mehr traurig zu fühlen. Bessere.«

Ein Poltern im Flur. Sanna drückte die Tür auf. Mit beiden Händen trug sie ein Tablett, auf dem Kaffeetassen aneinanderklirrten.

»Sanna, du bist ein Engel«, sagte Renate. »Ich glaube, einen schönen starken Kaffee, den können wir alle gebrauchen, nicht wahr?«

»Du nimmst Zucker, richtig, Tante Renate?«, fragte sie.

»Um Gottes willen, nein! Meine Figur.«

Sanna stellte das Tablett auf dem Boden ab. Renate zog ihre Handtasche auf den Schoß und begann darin zu kramen. Sie trug immer ein kleines Döschen mit Süßstoff bei sich, falls es irgendwo keinen gab. Natürlich verhalf das nicht dazu, wieder schlank zu werden. Aber sie fand, man musste im Kleinen anfangen, dann würde es irgendwann auch im Großen funktionieren.

Sie zog ein paar Papiere hervor, eine Dose Pfefferspray, einen Schraubenzieher und packte alles auf ihre Knie. Dann entdeckte sie schließlich das silberne Süßstoffdöschen und schnappte es sich. Als sie aufsah, hielt sie überrascht inne. Jakobs Gesicht war leichenblass. Er starrte auf die Papiere, die auf ihren Knien lagen. In seinen Augen spiegelte sich Entsetzen.

Ihr Blick wanderte ebenfalls zu den Papieren. Es war das tote Kind. Renate hatte einen Abzug bei der Pressekonferenz mitgenommen und ihn in ihre Handtasche gesteckt. Er lag nun obenauf, und Jakob konnte den Blick nicht davon abwenden.

»Kennst du dieses Kind?«, fragte sie verblüfft.

»Mh, nein. Ich kenne es nicht.«

»Du kennst es sehr wohl, junger Mann.«

»Nein. Wirklich nicht.«

»Lüg mich nicht an, Jakob. Warum starrst du das Bild sonst so an?«

»Ich … Ich dachte zuerst, dass es mir bekannt vorkam. Aber das war ein Irrtum.«

Renate fixierte ihn. Es war offenbar wie mit den Namen seiner Eltern: Wenn er sich vorgenommen hatte zu schweigen, dann schwieg er.

»Lass ihn, Tante Renate. Nicht jetzt«, versuchte Sanna dazwischenzugehen.

Trotzdem wollte Renate nicht so leicht aufgeben. Vielleicht konnte sie ihn ja mit dem Mord aus der Reserve locken.

»Das Mädchen ist tot«, sagte sie kühl. »Es ist ermordet worden. Schon vor Wochen. Das Foto ist nur rekonstruiert, weil die Leiche schon stark verwest war.«

Ihn damit zu erschrecken, funktionierte jedoch nicht. Er hatte eine undurchsichtige Maske aufgelegt.

Renate begriff: Er weiß es bereits! Das ist keine Neuigkeit für ihn. Er weiß längst, dass dieses Kind tot ist.

Sanna ergriff mit erstickter Stimme das Wort.

»Ist das etwa das Kind, das wir …?«

Sie nahm das Bild auf und betrachtete es. Ihre Hände zitterten. Jetzt bereute Renate, so hart über den Tod des Kindes gesprochen zu haben.

»Es ist so ein hübsches Mädchen«, sagte Sanna. »Ganz anders als … als der Leichnam am Hang.«

Renate nahm ihrer Nichte das Phantombild sanft aus den Händen. »Lass gut sein, Sanna. Gib mir das Bild, ich stecke es wieder weg.«

Jakobs Blick war weiterhin unergründlich. Renate stellte die Handtasche weg und gab Süßstoff in ihren Kaffee.

»Na gut. Reden wir über etwas anderes«, sagte sie und rührte nachdenklich in der Tasse. »Reden wir lieber darüber, was ihr jetzt vorhabt.«

Dabei fixierte sie Jakobs Gesicht. Auch wenn sie

heute nichts von ihm erfahren würde. Sie würde ihn im Auge behalten. Irgendetwas wusste er über das Geschehen, davon war sie überzeugt. Und das würde sie herausfinden.

Der Landgasthof »Zur Linde« lag außerhalb des Ortskerns von Marienbüren, an der Ausfallstraße in Richtung Bielefeld, keine hundert Meter vom Bahnhof entfernt. Ein gedrungener Kastenbau aus den 70ern, der sich wenig elegant in eine Reihe alter Villen aus der Gründerzeit einfügte. Den Biergarten umgaben kitschige Laternchen, auf großen Tafeln wurden Hausmannskost und regionale Biere angepriesen und hinter den Fenstern der Gästezimmer hingen bleischwere Gardinen.

Als er eintrat, sah er im Schankraum die Männer aus der Nachbarschaft am Tresen hocken. Auf einem großen Bildschirm lief ein Fußballspiel. Scheinbar waren die Männer völlig im Spiel versunken, doch ihm entging nicht, dass jedes Mal, wenn ein Gast an der Rezeption vorbeiging, sich alle umblickten und neugierig die Hälse reckten.

Er mochte die Provinz nicht. Hier fiel es schwer, anonym zu bleiben. Die Leute achteten auf Fremde. Sie sahen ihnen hinterher, merkten sich deren Gesichter und interessierten sich dafür, welche Geschichten sie wohl zu erzählen hatten. Nicht, dass es ihm Mühe bereitete, seine falsche Identität überzeugend darzubringen. Das war wirklich nicht seine Sorge. Es war eher die Nähe, die ihm Unbehagen verschaffte. Das Gefühl der Ordnung. Die Gemeinschaft.

»Guten Abend, Herr Ranke«, säuselte die Frau an der Rezeption. Eine übergewichtige Mittvierzigerin, die ihre frustrierten Gesichtszüge unter zahllosen Schichten von Make-up versteckte. Sie nahm seinen Schlüssel vom Brett. »Hatten Sie einen schönen Tag? Ich hoffe, Sie haben interessante Häuser bei uns in Marienbüren gefunden.«

»Ja, natürlich.« Er war hier der Immobilienmakler, der Objekte für zahlungskräftige Städter suchte. »Sie leben in einem so wunderschönen Ort. Wie könnte man hier nichts Passendes finden? Das ist fast unmöglich.«

Sie kicherte, wobei sie ihre schlechten Zähne zeigte. Er verlor sich für einen Moment in der Vorstellung, sie an der Kehle zu packen und in die Kammer hinter der Rezeption zu zerren. Sie dort zu würgen, bis ihr lächerliches Leben vor seinen Augen aus ihrem Körper wich. Dann setzte er ein freundliches Lächeln auf und nahm den Schlüssel entgegen.

»Vielen Dank«, sagte er und zwinkerte.

»Wissen Sie schon, wann Sie morgen abreisen möchten, Herr Ranke?«

»Direkt nach dem Frühstück, spätestens um acht. Es wäre nett, wenn Sie die Rechnung bereithalten.«

»Natürlich. Sehr gern.«

Sie wünschte ihm eine gute Nacht und lächelte ihm hinterher, bis er in den Fahrstuhl stieg und sich die Türen vor seiner Nase schlossen. Endlich war er allein. Er lockerte den Knoten seiner Krawatte. Sein Auftrag war erledigt. Er konnte dieses Kaff hinter sich lassen.

Oben auf seinem Zimmer zog er die blickdichten Vorhänge zu, nahm den Aktenkoffer, legte ihn aufs Bett, ließ das Schloss aufschnappen. Da waren die Kasse, die Briefmarken und das Laptop aus dem Stift Marienbüren. Das würde er alles verschwinden lassen müssen. Aus einer Seitentasche zog er ein nagelneues Handy hervor. Er benutzte es zum ersten Mal. Die Nummer kannte er auswendig. Das Freizeichen ertönte, und dann meldete sich eine Stimme am anderen Ende.

»Ich bin es«, sagte er. »Der Auftrag ist erledigt.«

»Dann ist der Junge ...«

»Es ist alles erledigt«, unterbrach er den anderen.

Besser keine Einzelheiten am Telefon. Jakob war tot, da war er sich sicher. Er hatte sich von der Brücke gestürzt. Ein sauberer Selbstmord. Keiner würde auf die Idee kommen, Fragen zu stellen.

»Sie müssen sich keine Sorgen mehr machen«, sagte er.

Am anderen Ende ein schweres Seufzen.

Es wurde still. Dann sagte die Stimme: »Danke. Mehr muss ich nicht wissen.«

»Gibt es noch etwas, das ich für Sie tun soll?«

»Nein. Ich ... nein, das wäre alles. Vielen Dank.«

»Dann mach ich jetzt Schluss. Auf Wiederhören.«

Er beendete das Gespräch und warf das Handy zurück in den Koffer. Dann setzte er sich aufs Bett und massierte sich die Schläfen. Unten war leiser Jubel zu hören. Offenbar war für die richtige Mannschaft ein Tor gefallen.

Er verstand die Skrupel seines Auftraggebers nicht. Jakob war zu einer Gefahr geworden. Man hätte ihn schon viel eher aus dem Weg räumen müssen. Er funktionierte nicht mehr wie früher. Es war immer schwerer geworden, ihn zu kontrollieren. Vielleicht lag das am Alter. Daran, dass er langsam erwachsen wurde. Doch das spielte jetzt keine Rolle mehr. Sie hatten sich für die sauberste Lösung entschieden.

Er ging ins Bad, stellte die Dusche an und zog sich aus. Morgen früh würde er sich auf den Weg machen. Dann konnte er dieses gottverfluchte Kaff endlich hinter sich lassen. Und würde hoffentlich nie wieder zurückkehren.

6

Der Lidl-Parkplatz in Marienbüren. Ein Fähnchen steckte an dieser Stelle in der Landkarte. Wie auch an anderen Stellen Fähnchen steckten, quer über die Region verteilt, überall dort, wo Zeugen das unbekannte Kind gesehen haben wollten. Das Fähnchen am Lidl war das erste gewesen. Der erste Hinweis auf die Existenz des toten Kindes.

Eine ältere Frau aus Marienbüren hatte sich gemeldet, sie wollte das Kind in einem alten rostigen Kombi gesehen haben. Sie war sofort ins Präsidium gekommen, um den Polizisten alles darüber zu erzählen. Eine schweinsgesichtige Bauersfrau in einem altmodischen, kurzärmeligen Strickpullover. Sie hatte gütige Augen und trug offenkundige Herzlichkeit zur Schau, doch ihre energischen Bewegungen und die bestimmende Art, mit der sie redete, deuteten daraufhin, dass man sich besser nicht mit ihr anlegte.

»Dieses arme kleine Ding«, sagte sie. »Ich mache mir solche Vorwürfe. Wäre ich nur hartnäckiger gewesen. Ich wusste ja, da stimmt was nicht. Aber dann bin ich nicht gleich zum Sicherheitsmann gegangen, sondern zuerst zum Fleischer, und als ich mich schließlich drum gekümmert habe, war das Auto weg. Ich mache mir wirklich Vorwürfe.«

»Das brauchen Sie aber nicht«, sagte Böttger. »Was genau haben Sie auf dem Parkplatz denn gesehen?«

»Na, dieses Kind von dem Phantombild. Es hockte auf dem Rücksitz in diesem Kombi. War völlig verdreckt und kaute auf einer leeren Zigarettenschachtel herum. Es war ja unerträglich heiß an diesem Tag, und dann stand das Auto auch noch mitten in der Sonne. Ich habe mich zum offenen Fenster vorgebeugt und gefragt: ›Wo ist denn deine Mama? Ist die einkaufen?‹ Aber das Kind hat mich angesehen, als würde es mich gar nicht verstehen. ›Bist du schon lange hier alleine im Auto?‹, habe ich gefragt. Aber wieder nichts. Ich hatte allerdings nicht den Eindruck, dass ich ihm Angst gemacht hätte oder so. Vielmehr war es, als würde es nicht verstehen, was ich sage. Ich habe auf ein anderes Auto gezeigt, das war knallrot, und gefragt: ›Welche Farbe hat das Auto?‹ Das Kind hat mich weiter mit großen Augen angeschaut, und dann hat es gesagt: ›Blau.‹«

»Es konnte also sprechen. Und es sprach deutsch.«

»Aber es hat völligen Irrsinn geredet.«

»Vielleicht wegen der Hitze«, sagte Böttger.

»Ich weiß nicht, gut möglich. Irgendwas stimmte da nicht.« Sie schüttelte betrübt den Kopf. »Aber wer konnte schon mit so etwas rechnen? Hätte ich das nur geahnt, dann wäre ich direkt zum Sicherheitsdienst gelaufen. Vielleicht würde das kleine Ding dann jetzt noch leben.«

Innerhalb von Stunden waren eine Reihe weiterer Aussagen dazugekommen. Immer mehr Fähnchen wurden in die Landkarte gesteckt. Zwei Zeugen wollten das unbekannte Kind in einem McDonald's in Paderborn gesehen haben. Andere in einer KiK-Filiale in Bielefeld. Schließlich war es auf einem Spielplatz in der Nähe von Marienbüren gesichtet worden. Die Fähnchen markierten einen recht übersichtlichen Bereich auf der Karte. Und im Zentrum dieses Bereichs befand sich der Ort Marienbüren.

Vielleicht stammte das Kind tatsächlich von dort. Es wäre nicht weit von seinem Zuhause begraben worden. Eine Affekttat wäre denkbar, wonach das Kind bei Nacht und Nebel eilig hatte verscharrt werden müssen.

Jens Böttger betrachtete nachdenklich die Karte. Er fixierte die Fähnchen, als lägen in ihrer Aufstellung weitere Hinweise verborgen.

»Seltsam, das Ganze, nicht wahr?«

Das war Harald Hochbohm, der hinter ihm am Gruppentisch saß. Die morgendliche Teambesprechung war vorüber, die meisten Kollegen im Außeneinsatz, und Ruhe war im Präsidium eingekehrt. Harald, der die Akten für den Fall führte und dessen Arbeit darin bestand, Berichte zu sammeln und auszuwerten, war als Einziger aus dem Team im Präsidium geblieben. Zu zweit betrachteten sie die Pinnwände und den Pappaufsteller, an denen Fotos, Beweismittel und Landkarten aufgehängt waren. Harald folgte Böttgers Blick zu dem abgesteckten Bereich auf der Karte.

»Was findest du seltsam?«, fragte Böttger.

»Marienbüren ist ein kleiner Ort. Schwer zu glauben, dass ein Kind dort gelebt hat, ohne bemerkt worden zu sein. Kindergarten, Krabbelgruppe, Eltern, Nachbarn. Da ist man doch sozial eingebunden. Aber nichts. Nirgendwo ist es aufgetaucht. Nur irgendwelche Passanten melden sich. Zufällige Beobachter, mehr nicht.«

»Ja, du hast recht. Das ist wirklich merkwürdig. Wenn die Eltern tatsächlich in der Gegend leben sollten, müssen sie Kontakte zu Nachbarn meiden. Und eher außerhalb wohnen, schätze ich. Vielleicht auf einem Bauernhof.«

»Trotzdem merkwürdig, das Ganze.«

»Ich fahre gleich raus und treffe mich mit dem Dorfsheriff. Vielleicht hat der eine Idee. Der kennt ja seine Pappenheimer.«

Es würde nicht lange dauern, bis sie die Eltern gefunden hätten, davon war Böttger überzeugt. Selbst, wenn der Polizeichef vor Ort keine Ideen hatte. Die Kollegen waren in der Umgebung von Marienbüren unterwegs, um gezielt die Bewohner zu befragen. Sie hatten nun den Bereich eingegrenzt, also gingen sie von Tür zu Tür und klapperten alles ab.

»Wenn wir die Eltern erst gefunden haben, sind wir einen Riesenschritt weiter«, meinte er.

»Na ja. Dann haben wir zumindest die Hauptverdächtigen.«

Böttger nickte. »Sie müssen einen Grund dafür gehabt haben, ihr Kind nicht vermisst zu melden. Da kommen eine Menge Fragen auf sie zu.«

Böttger wandte sich von der Karte ab und nahm neben Harald Platz. Er schüttelte nacheinander die Thermoskannen, die auf dem Tisch aufgereiht waren. In der dritten fand sich noch eine Pfütze Kaffee. Böttger schraubte die Kanne auf und goss sich ein.

Auf dem Tisch lag eine überregionale Zeitung. Das Foto vom Erdrutsch war auf der Titelseite. Es sah beeindruckend aus. Da waren keine Rettungskräfte, keine Absperrbänder, nichts. Nur der abgerutschte Hang, direkt nach dem Unglück fotografiert. Der unverstellte Blick auf die Naturgewalt.

»Die von der Presse waren aber schnell vor Ort«, stellte er fest und zog die Zeitung heran, um das Bild näher zu betrachten. »Viel eher als wir jedenfalls.«

»Eine der Auffindungszeuginnen arbeitet beim *Marienbürener Anzeiger*. Die hat die Fotos gemacht.«

Böttger hatte mit den beiden Frauen, die das Kind gefunden hatten, nicht gesprochen. Er erinnerte sich nur an ihr zerbeultes Auto am Abgrund. Ein Wunder, dass sie überhaupt noch lebten.

»Bei der Zeitung, sagst du? Was für ein Zufall.«

Automatisch suchte er unter dem Bild nach dem Namen der Fotografin.

»Sie hieß ... warte.« Harald zog eine Akte heran und blätterte darin herum. »Renate Thun, genau.«

Böttger stutzte. Er ließ die Zeitung sinken und zog die Akte heran, wo die Personalien der Zeugen notiert waren. Tatsächlich. Renate Thun, sechsundfünfzig Jahre, geschieden, wohnhaft in Marienbüren. Er betrachtete ungläubig den Namen.

»Kennst du sie?«, fragte Harald.

»Ich glaube, ja. Von früher.«

Harald betrachtete ihn aufmerksam.

»Näher?«, fragte er.

Böttger schob die Akte zurück. Offenbar war er leicht zu durchschauen. »Nein«, sagte er. »Nur flüchtig. Hast du mit ihr gesprochen?«

»Nein, das war die Schulte. Wenn du mehr wissen willst, musst du mir ihr reden.«

Böttger nickte. Er brauchte nicht mehr zu wissen. Renate. Er schmeckte den Sommer. Das Salz auf der Haut. Abgeerntete Weizenfelder, die im goldenen Licht der Augustsonne lagen. Benzingeruch, staubige Feldwege, verbrannte Grasnarben. Er fühlte sich jung. Das Leben war ein Abenteuer. Er ließ den Motor seines Mopeds aufjaulen, Renate klammerte sich an ihn, ihr Lachen in seinem Ohr.

»Ist keine große Sache«, sagte er. »Sie hat in meiner Jugend ein paar Dörfer entfernt gewohnt. Wir waren im selben Jahrgang. Wie klein die Welt ist.«

»Nein, die Welt ist gar nicht klein«, meinte Harald und lächelte. »Du bist nur nach Hause gekommen.«

»Ja, wahrscheinlich hast du recht.«

Er reckte sich. Schob die Erinnerung an Renate Thun zur Seite. Der Blick auf die Uhr sagte ihm, dass er sich besser beeilte. Es war gleich schon wieder Mittag, der halbe Tag vorüber, ohne dass etwas passiert war.

»Ich mache mich auf den Weg nach Marienbüren«, sagte er. »Wir sehen uns später. Ruf mich an, falls sich was ergibt.«

Eigentlich hatte er keine Zeit zum Trödeln, trotzdem entschloss er sich, über die kleinen Landstraßen zu fahren, die ihn durch die altvertrauten Dörfer der Gegend führte. Er betrachtete die Landschaft und dachte an früher.

Draußen schlängelte sich eine schmale Straße am bewaldeten Hang entlang. Hohe Fichten ragten neben der Straße in den Himmel, Dornengestrüpp wucherte am Wegesrand, hinter Büschen von Brennnesseln begann die Dunkelheit des Waldes. Der Himmel hing tief und war stahlgrau. Doch für heute waren keine weiteren Regenfälle vorhergesagt worden.

Hinter einer Kurve tauchte ein dunkler Klinkerbau neben der Straße auf. Ein riesiger alter Kasten aus der Gründerzeit, mit Erkern und Türmchen und verwittertem Fassadenschmuck, den Böttger noch aus seiner Jugend kannte. Es war ehemals eine Textilfabrik gewesen, diente aber schon damals als Lagerhalle für einen Landhandel. Fässer mit Stickstoff und Pestiziden waren dort gestapelt, und ein großer Teil des Gebäudes hatte einfach leer gestanden. Es war ein Treffpunkt für die Jugendlichen aus den umliegenden Dörfern gewesen, und somit auch für ihn.

Er fuhr näher heran. Autos parkten hinter dem Gebäude, auf einem Schild konnte er erkennen, dass ein lokaler Radiosender und eine Fabrik für Halbleiter sich inzwischen dort niedergelassen hatten. Doch das Gebäude, die breite Schotterpiste, die bewaldeten Hügel, nichts hatte sich auf den ersten Blick verändert. Es sah alles immer noch genauso aus wie vor dreißig Jahren. Er fühlte sich, als machte er eine Zeitreise.

Abend für Abend waren sie damals mit ihren Mopeds hergefahren. Hatten Bier getrunken, Pläne für die Zukunft geschmiedet, Wettrennen gemacht, mit Luftgewehren auf Bierflaschen geschossen. Nichts Ausgefallenes, nur das, was man in der Provinz eben machte. Trotzdem war es eine großartige Zeit gewesen. Sie hatten eine eingeschworene Gemeinschaft gebildet. Wolfgang war dabei gewesen, der heute irgendwo in Frankfurt als Investmentbanker arbeitete. Und Gerd, der kurze Zeit später mit nur fünfundzwanzig Jahren betrunken am Badewannenrand abgerutscht war und sich dabei das Genick gebrochen hatte. Mechthild und Marion, die beiden Schwestern, die immer das Marihuana besorgt hatten und von denen er seit damals nie wieder etwas gehört hatte. Und Olaf, der immer noch jedes Jahr zu Weihnachten Karten schrieb, auch nach dreißig Jahren, obwohl es Böttger nie geschafft hatte, zurückzuschreiben. Die Piste, der Wald, das alte Gebäude. Er konnte nicht genug schauen. Nichts hatte sich verändert.

Hier hatte er Renate kennengelernt. Bernd hatte sie eines Abends mitgebracht. Er war sofort fasziniert gewesen von ihr. Keine Tussi, wie viele der anderen Frauen. Nein, Renate war eine trinkende, rauchende und fluchende Frau, mit einer henna gefärbten Mähne und einem lauten und derben Humor. Als sie an diesem Abend zu einer Disko nach Paderborn weiterfahren wollten und Renate nicht wusste, wie sie dahin kommen sollte, da hatte er, ohne zu zögern, gerufen: »Bei mir auf dem Moped ist noch ein Platz frei.« Und Renate hatte ihr Haar über die Schulter geworfen, ihn von oben bis unten gemustert und mit einem frechen Grinsen zurückgerufen: »Dann rutsch schon mal nach hinten. Ich komme gleich.« Das war der Moment gewesen, in dem es um ihn geschehen war.

Ein ICE tauchte zwischen den Bäumen auf und schoss durch das Tal. Böttger wurde aus seinen Tagträumen gerissen. Es dauerte, bis er begriff: Der Zug passte nicht hierher. Viel zu futuristisch. Alles andere sah aus wie vor dreißig Jahren. Nur die Waggons der Bahn waren damals ganz andere gewesen. Dieser ICE brachte ihn völlig durcheinander.

Böttger sah sich um. War wirklich so viel Zeit vergangen seit damals? Eine seltsame Traurigkeit erfasste ihn.

Das Handy machte sich bemerkbar. Er wandte sich vom Tal ab und zog es hervor. Noch bevor er aufs Display sah, wusste er bereits: Es musste das Präsidium sein. Er hätte hier nicht anhalten dürfen, er war ohnehin viel zu spät dran. Und tatsächlich, Harald war am anderen Ende.

»Bist du in Marienbüren?«, fragte er.

»Nein. Ich … hatte noch was zu erledigen. Ist denn was passiert?«

»Das kannst du wohl sagen. Wie schnell kannst du dort sein?«

»In Marienbüren? In einer Viertelstunde. Aber jetzt sag schon: Was ist los?«

»Wir haben die Eltern des Kindes«, sagte Harald. »Sie leben auf einem Bauernhof, ganz in der Nähe vom Stift Marienbüren.«

7

In der Mittagspause hatte sich Ruhe über das Stift Marienbüren gelegt. Bewohner und Betreuer aßen im Speisesaal, die Verwaltung war nicht besetzt, und selbst das Besuchercafé und der kleine Laden im Torhaus, in dem das Holzspielzeug aus den Werkstätten verkauft wurde, waren geschlossen. Sanna fiel wieder einmal auf, wie sich der Tag im Stift einem klaren Rhythmus fügte. Arbeit, Essen, Freizeit, alles ging verlässlich seinen Gang. Irgendwie passte das zu dem alten Gemäuer, zu der Abgeschiedenheit und der Natur. Es unterschied sich von allem, was sie aus Berlin kannte.

Sie verschloss die Turnhalle und machte sich auf den Weg zum Hauptgebäude. Ihr Blick wanderte zwangsläufig zum Garten, zu den dunklen Fichten, danach zum Gesindehaus. Doch Jakob war nirgends zu sehen. Natürlich nicht. Er hatte keinen Grund, hierher zurückzukehren. Er war fort.

Nach dem Auftauchen von Tante Renate gestern war er spurlos verschwunden. Er hatte sich einfach davongemacht. Und Sanna glaubte kaum, dass sie ihn noch mal wiedersehen würde. Auch wenn sie sich ständig dabei ertappte, nach ihm Ausschau zu halten.

Nach ihrem Besuch hatte Renate Sanna gebeten, sie zum Wagen zu begleiten, während Jakob allein in der Wohnung zurückgeblieben war. Unten im Kirchhof hatten sie sich dann furchtbar gestritten. Tante Renate wollte, dass Sanna mit Jakob zur Polizei ging. Außerdem müsse der Junge in psychologische Behandlung, fand sie. Doch Sanna hatte sich widersetzt. Sie fühlte sich für Jakob verantwortlich. Und sie hatte ihm versprochen: keine Polizei.

Als Sanna schließlich wieder in ihre Wohnung zurückgekehrt war, hatte die Tür sperrangelweit offen gestanden, und Jakob war fort gewesen. Wie vom Erdboden verschluckt. Wahrscheinlich hatte er den Streit draußen mitbekommen und sich davongemacht, um Sanna nicht zur Last zu fallen. Was immer auch der Grund für sein Verschwinden war, er tauchte nicht mehr auf. Auch im Stift Marienbüren hatte er sich nicht mehr sehen lassen. Es war, als hätte es ihn nie gegeben. Sanna fiel es schwer, das zu akzeptieren. Sie hätte ihm eine sichere Zuflucht geboten. Wenigstens für ein paar Tage.

Sie betrat das Hauptgebäude. Auch hier war es überall still. Für den Moment konzentrierte sich das ganze Leben im Speisesaal. Sanna nahm die Abkürzung durch den Kreuzgang. Vorbei an steinernen Säulen und an Heiligenfiguren. Die Geräusche ihrer Schritte hallten im Gewölbe wider. Plötzlich hörte sie fremde Absätze auf dem Steinboden. Ein Schatten bewegte sich an der weiß getünchten Wand, und im nächsten Moment tauchte Erika Eckart hinter einer Säule auf.

Als sie Sanna entdeckte, hellte sich ihr Gesicht auf.

»Hallo, Frau Marquart.« Ihre Stimme hallte durchs Gewölbe. »Beeilen Sie sich lieber, sonst ist der Nachtisch weg. Es gibt Vanilleeis mit heißen Früchten. Alle stürzen sich drauf, da sollte man besser nicht zu spät kommen.«

Sie lächelte. »Das werde ich mir für die Zukunft merken.« Der Nachtisch war ihr heute jedoch egal. »Sagen Sie, Frau Eckart, gibt es schon etwas Neues über den Einbruch?«

»Nein. Und ehrlich gesagt glaube ich nicht, dass die Polizei den Kerl noch findet. Er hat ja überhaupt keine brauchbaren Spuren hinterlassen.«

»Seltsam, oder? Wie kommt ein Dieb ausgerechnet auf die Idee, hier draußen zuzuschlagen? Hier bei uns in dieser Abgeschiedenheit?«

»Eine ziemlich dreiste Idee, wenn Sie mich fragen. Es sind ja immer Bewohner auf dem Gelände. Die Polizei sagte, es wird regelmäßig in sozialen Einrichtungen eingebrochen. Kindergärten, Schulen, Jugendzentren. Das wäre ganz normal. Aber hier draußen? Die Vorstellung, dass sich ein Fremder hier frei auf dem Gelände bewegen kann, ohne dass es weiter auffällt, ist schon unheimlich, oder?«

Erneut hallten Schritte durch den Gewölbegang. Doch sie entfernten sich, wurden leiser und verstummten schließlich. Das Quietschen einer Tür war zu hören, dann waren sie wieder allein.

»Er hat in den Aktenschränken gewühlt«, sagte Sanna. »In aller Ruhe. Als wären die Unterlagen das Wichtigste.«

»Er wusste wahrscheinlich nicht, dass in den Schränken nur Akten sind. Er hat eben alles genau durchsucht.«

Sanna zögerte. »Ja, vielleicht …«, sagte sie.

Sie wollte es lieber dabei belassen. Sie konnte Erika Eckart nicht sagen, was sie wirklich dachte.

Nämlich, dass der Einbrecher gezielt nach Jakob gesucht und sein Raubzug nur der Ablenkung gedient haben könnte. Dass er irgendwoher gewusst hatte, dass Jakob auf dem Gelände war, und dann in dem Schrank nach den Informationen gesucht hatte, die er brauchte, um ihn im Stift aufzuspüren.

Solange Sanna den Rest der Geschichte nicht erzählte, hörte sich das lächerlich an. Und Jakob wollte nicht, dass sie die Sache mit der Brücke erzählte. Leute, die einen Selbstmordversuch machen, würden doch sofort eingewiesen, meinte er. Also hatte Sanna ihm schließlich versprochen, keinem was zu sagen. Jedenfalls keinem außer Tante Renate.

Draußen brach die Sonne durch die Wolkendecke, und helles Licht fiel durch die Bleiglasfenster auf den Steinboden.

»Ich werde mich mal besser beeilen«, sagte Sanna. »Sonst kann ich mir den Nachtisch ganz abschminken.«

»Ja, gehen Sie ruhig. Guten Appetit.« Erika Eckart stöckelte weiter. Nach ein paar Metern blieb sie jedoch stehen und drehte sich noch mal um. »Ach, Frau Marquart …«

Sanna hielt inne. »Ja?«

»Ich hab mit den Kollegen vom Jugendamt gesprochen. Wegen Jakob. Auch wenn er abgetaucht ist, wir wissen jetzt wenigstens, wer er ist.«

»Ach, wirklich? Und wer ist er?«

»Er heißt Jakob Blank. Stammt hier aus der Gegend. Und es hatte einen Grund, dass er uns seinen

Nachnamen nicht sagen wollte. Er ist nämlich nicht von zu Hause abgehauen, wie er gesagt hat, sondern aus einer psychiatrischen Klinik in Bielefeld.«

»Aus einer Klinik?«

»Ganz richtig. Und die Verletzungen hat er sich selbst zugefügt. Er hat eine Borderline-Persönlichkeit mit schizophrenen Zügen, das ist jedenfalls die Diagnose. Achtzehn ist er übrigens auch noch nicht, aber wen wundert das. Wir haben uns ganz schön von ihm auf den Arm nehmen lassen, nicht wahr?«

»Aber ...« Das fiel Sanna schwer zu glauben. »Er wirkte doch so ...«

Erika Eckart lachte. »... *normal* wollen Sie jetzt hoffentlich nicht sagen.« Sie wurde wieder ernst. »Nein, Frau Marquart, es stimmt. Er ist nicht so harmlos, wie er aussieht. Die Diagnose hat ein angesehener Kollege gestellt. Prof. Dr. Dörrhoff. Jakob ist nicht so hilflos und unschuldig.«

Sanna war völlig durcheinander. Sie wollte nicht glauben, dass Jakob sie manipuliert hatte.

»Wenn er wieder auftaucht ...«, begann Erika Eckart. »Er muss sofort zurück in die Klinik, verstehen Sie?«

»Aber diese Diagnose ...«, begann Sanna.

»Ich weiß, was Sie denken. Aber ich kenne Prof. Dr. Dörrhoff persönlich. Er ist wirklich ein ernst zu nehmender Kollege. Das Gutachten wird schon richtig sein.« Sie bemerkte Sannas Gesicht. »Tut mir leid«, sagte sie. »Jakob hat auch in mir etwas angerührt. Aber Sie wissen ja selber, dass so was täuschen kann. Wollen wir hoffen, dass er bald wieder in Behandlung kommt.«

»Ja, hoffen wir es«, sagte Sanna.

Sie verabschiedete sich und ging verwirrt weiter. Die Sonne warf helle Flecken auf den Steinboden. Sanna dachte an die Verletzlichkeit, die in seinen Augen gelegen hatte. Er hatte so verloren gewirkt, so bedürftig. Sie fragte sich, ob sie so falsch liegen konnte, was ihre Intuition anging.

Zaghaft drückte sie die moderne Glastür auf, die den Kreuzgang vom angrenzenden Gebäude trennte. Sie trat in den Nebenraum, und augenblicklich umflutete sie der Lärm aus dem Speisesaal. Sie würde sich nicht so leicht zufriedengeben. Das Thema war für sie noch nicht erledigt.

Während der Nachmittagskurse war sie nicht richtig bei der Sache. Es gab Probleme mit einzelnen Teilnehmern. Eine Frau weigerte sich, bestimmte Übungen mitzumachen, ein Junge brach plötzlich in Tränen aus. Natürlich, ihre eigene Stimmung übertrug sich. Sanna gab sich selbst die Schuld dafür. Nach ihrem letzten Kurs machte sie Feierabend und fuhr zurück nach Marienbüren.

Da die Hauptstraße immer noch gesperrt war, nahm sie die inzwischen vertraute Nebenstrecke. Ein kleines Sträßchen entlang der Berghänge, auf denen sie bei Gegenverkehr auf Schritttempo verlangsamen musste. Als sie in eine Kurve fuhr, entdeckte sie ein Polizeiauto, das hinter einem Wäldchen stand. Daneben ein dunkler Passat. Menschen waren keine zu sehen. Ein unbefestigter Weg führte zu einem abgelegenen Gebäude. Ein schäbiger kleiner Bauernhof, der zwischen ungepflegten und wuchernden Sträuchern lag. Neugierig lugte sie hinüber, aber es gab nichts zu sehen. Ob das mit den Ermittlungen um den Tod des Kindes zu tun hatte? Sie konzentrierte sich wieder auf die Straße und fuhr weiter.

In Marienbüren angekommen, parkte sie den Smart im Ortskern hinterm Supermarkt, erledigte ein paar Einkäufe fürs Abendessen und spazierte danach durch die Fußgängerzone zum Kirchhof. Ein schmaler Weg führte sie zwischen zwei mehrstöckigen Fachwerkhäuser hindurch, deren schief stehende Außenwände sich über ihrem Kopf beinahe berührten. Dahinter lag der Kirchhof. Sie sah sich um. Geranien wucherten vor kleinen Fenstern. Auf uralten Türbalken prangten bunte Schnitzereien. Die Fachwerkmauern waren weiß getüncht. Im Kirchturm schlug die Uhr zur vollen Stunde. Alles war wie in einer Märchenwelt. Sanna merkte, wie sehr ihr das neue Zuhause gefiel.

Es war gut gewesen, hierher zu ziehen. Sie hatte die richtige Entscheidung getroffen. Davon war sie trotz allem überzeugt. Sie wollte nicht mehr an Berlin zurückdenken.

Doch ein paar Meter weiter drängte sich ihr altes Zuhause mit Macht in ihre Gedanken. Und zwar in Form eines dunklen BMW-Sportcoupés, das mitten auf dem Platz stand. Vincent. Es war sein Wagen. Zwischen den geduckten Fachwerkhäusern und auf dem alten Kopfsteinpflaster wirkte es wie ein Ufo von einem fernen Planeten.

Das Auto war verwaist, sicher wartete Vincent vor ihrer Wohnung. Sanna wusste nicht, ob sie sich freuen sollte. Sie hatte in den vergangenen Tagen kaum an ihn gedacht. Er gehörte nach Berlin, in ihr altes Leben. Das wurde ihr schlagartig klar. Hätte sie sich vor dem Umzug von ihm trennen sollen? Sie spürte ihr schlechtes Gewissen. Vincent hatte im Grunde nie etwas falsch gemacht. Er war für sie da gewesen in der Zeit nach Jannis' Tod. Aber damit war er nun mal auch Teil des Lebens gewesen, das sie nun hinter sich lassen wollte.

Sie holte tief Luft. Irgendwann musste sie sich ja doch den Dingen stellen, die nicht abgeschlossen waren. Also konnte sie es genauso gut heute tun.

Jens Böttger steuerte den dunklen Passat über die schmale Landstraße, die kaum breiter war als ein asphaltierter Feldweg. Links und rechts die bewaldeten Hügel. Von der Straße aus waren nirgends Bauernhöfe zu sehen. Er bekam langsam einen Eindruck davon, wie ein Kind in dieser ansonsten relativ dicht besiedelten Gegend unentdeckt bleiben konnte. Abseits der Hauptstraßen gab es eben doch noch Landstriche, die ziemlich einsam wirkten.

Hinter einem Wäldchen parkte ein Streifenwagen an einer Einfahrt. Ein Schotterweg führte den Hang hinab. Böttger wurde hier bereits erwartet. Karin Schulte, eine Kollegin aus der Mordkommission, stand mit verschränkten Armen neben dem Polizeiauto. Breite Schultern, Kurzhaarschnitt, ein stets verschlossenes Gesicht und eine aufgesetzte Machohaltung. Nein, diese Schulte gehörte definitiv nicht zu den Frauen, die zur Polizei gingen, weil sie Papas kleiner Liebling waren und unbedingt in seine Fußstapfen treten wollten. Das war Böttger gleich am ersten Tag aufgefallen. Die Schulte war ein Kampfhund. Nicht im Herzen, aber in ihrem Habitus, und das machte sie nur gefährlicher. Wer der Welt nichts beweisen muss, lässt los, wenn er verloren hat.

Daneben stand der Dienststellenleiter der Marienbürener Polizeiwache. Böttger hatte seinen Namen vergessen, aber er war das genaue Gegenteil der Kollegin. Ein behäbiger untersetzter Uniformierter mit freundlichem Gesicht und väterlichem Lächeln. Ein typisches Exemplar der alten Schule: gläubiger Katholik, der noch nie etwas anderes als CDU gewählt hatte. Einer, der Sozialarbeit als eine lästige linksliberale Marotte ansah, obwohl er selbst im Grunde Sozialarbeiter reinsten Wassers war. Ein Dorfbulle, der sich um seine Schäfchen kümmerte. Der keinen aufgab und beharrlich an das Gute im Menschen glaubte.

Ein seltsames Paar bildeten sie da am Straßenrand. Böttger fragte sich, über was die beiden wohl geplaudert hatten, während er zu ihnen unterwegs gewesen war. Da hätte er gern Mäuschen gespielt. Er stellte den Wagen ab und stieg aus. Ein frischer Wind ging. Feuchtigkeit lag in der Luft.

»Hallo, Herr Böttger. Da sind Sie ja.« Die Schulte begrüßte ihn mit eisernem Händedruck. »Der Kollege Heinrichs war nicht überrascht, dass es um diesen Hof hier geht. Ausgerechnet.«

Heinrichs. Richtig, so hatte er geheißen. Böttger gab auch ihm die Hand.

»Gut, dass Sie kommen konnten, Herr Heinrichs.«

»Ach was«, brummte der, »ich bitte Sie.« Dann

deutete er zu dem abgelegenen Bauernhof. »Die waren mir noch nie geheuer, die Leute hier. Dass da was vor sich geht, ist mir schon lange klar. Aber die passen auf. Es gibt keine Vorstrafen und auch sonst nichts. Mehr, als hier meine Runden zu drehen, kann ich da nicht machen.«

»Was glauben Sie denn, was da vorgeht?«, fragte Böttger.

»Keine Ahnung. Mit irgendwas verdienen die zusätzliches Geld, das ist sicher. Allein das Auto, das die fahren. Irgendwas Illegales läuft auf dem Hof ab, da wette ich drauf.«

»Was ist mit unserem Kind? Sie haben das Phantombild gesehen, oder? War das Mädchen auf dem Hof?«

»Ich hab es da nie gesehen. Leider nicht. Aber ich erinnere mich, dass da Kinderkleidung an der Wäscheleine hing. Mehr als einmal.«

Böttger nickte. Es war der Postbote gewesen, der sie auf den Hof aufmerksam gemacht hatte. Der Mann hatte ausgesagt, dort ein Kind gesehen zu haben, das dem Phantombild glich. Beschwören wollte er zwar nicht, dass es sich um genau dieses Kind handelte. Aber zusammen mit den anderen Hinweisen war es eindeutig: Auf diesem Weg kreuzten sich alle Linien. Böttger war sicher, dass sie einer heißen Spur folgten.

»Wollen wir?«, mischte sich die Schulte ein. »Wie's aussieht, sind alle zu Hause.«

Böttger sah sich den Bauernhof nun genauer an. Ein kleines, schäbiges Wohnhaus mit schmutzigen Wänden und Löchern im Putz. Daneben eine alte Scheune, die kurz davor war, unter ihrem eigenen Gewicht zusammenzubrechen. Überall wucherte Gestrüpp, auf einem Dachvorsprung war eine Birke ausgeschlagen. Gegenüber der Scheune stand ein riesiger Wohnwagen. Wie in einem amerikanischen Trailerpark. Die Reifen waren platt, und das Blech hatte überall Rostflecken. Doch offenbar lebte dort jemand. Die Fenster unter dem Zeltvorbau waren geöffnet, vor dem Eingang standen ein paar Plastikstühle, und soweit Böttger das erkennen konnte, brannte im Innern Licht. Auf der Wiese hinter dem Wohnwagen standen Autowracks im wuchernden Gras. Ausgeschlachtete Gerippe, die starr vor sich hin rosteten. Überall lag Müll herum. Die ganze Anlage machte einen ziemlich heruntergekommenen Eindruck. Zudem war das Gelände von einem meterhohen Metallzaun umgeben. Am Ende des Schotterwegs war eine Eisentür im Zaun eingefasst. Dort befand sich der Briefkasten und eine Türklingel. Verbotsschilder prangten überall. Fremde schienen hier nicht willkommen.

»Sieht nicht gerade einladend aus, da unten«, kommentierte Böttger. Er nickte den anderen zu. »Also gut, dann wollen wir mal.«

Sie machten sich schweigend auf den Weg. Böttger hatte während der Autofahrt mit dem Präsidium telefoniert. Über die Freisprechanlage hatte Harald ihn mit den nötigen Informationen versorgt. Das meiste davon hatte er sich merken können.

»Drei Erwachsene leben auf dem Hof«, hatte Harald gesagt. »Da ist zum einen Wolfgang Blank, der

Hofbesitzer, dreiundsechzig. Er ist Frührentner und schon seit ein paar Jahren im Ruhestand. Hat in einem Gärtnereibetrieb in Marienbüren gearbeitet. Es gab mal ein paar Sachen wegen Körperverletzung, aber das liegt weit zurück.

Dann gibt es noch seinen Sohn, Volker Blank, der ist einundvierzig. Staplerfahrer bei einem Küchenhersteller in Paderborn. Auch er hat ein paar Gewaltdelikte auf dem Konto und einen Wohnungseinbruch. Aber das liegt zehn Jahre zurück. Seitdem hat er sich nichts mehr zuschulden kommen lassen. Er ist geschieden, seine Frau lebt in Süddeutschland.

Ja, und dann ist da noch seine Freundin, Beate Heitbrink, vierunddreißig. Die kommt aus Herford. Keine Ahnung, wie lange die beiden schon ein Paar sind, gemeldet ist sie hier seit vier Jahren. Sie ist arbeitslos, bezieht aber weder Arbeitslosengeld noch Hartz IV. Überhaupt beziehen die Leute keine Sozialleistungen, gar nichts, obwohl die bestimmt Anspruch hätten. Laut Steuererklärung leben sie nur von Volker Blanks kleinem Gehalt und der mickrigen Rente seines Vaters. Das reicht eigentlich vorne und hinten nicht.«

»Also gut. Sonst noch was?«

»Ja, einer fehlt noch. Es gibt noch einen Jungen. Jakob Blank. Der siebzehnjährige Sohn von Volker. Der stammt aus der gescheiterten Ehe. Aber den wirst du wohl nicht antreffen.«

»Lebt der bei seiner Mutter in Süddeutschland?«

»Nein, nein. Die haben gar keinen Kontakt. Der Junge war in einer geschlossenen psychiatrischen

Anstalt in Bielefeld untergebracht. Offenbar ist mit dem einiges nicht in Ordnung. Er soll gefährlich sein.«

»*War*? Ist er da nicht mehr?«

»Er ist abgehauen. Wie er das gemacht hat, kann ich nicht sagen. Aber er hat es geschafft, von da zu türmen. Und anschließend unterzutauchen.«

»Seit wann ist er denn verschwunden?«

»Der Ausbruch war letzte Woche Freitag.«

»Der Tag des Erdrutsches.«

»Ganz genau. Seltsam, oder?«

»Ist jemand zu der Klinik gefahren, um mit den Ärzten zu sprechen?«

»Der Pohl und die Bracksiek haben sich auf den Weg gemacht. In ein oder zwei Stunden sind die wieder hier, schätze ich mal.«

»Gut. Dann warten wir so lange.«

Ein seltsamer Zufall. Wenn es denn einer war. Falls Böttger mit seiner Vermutung richtiglag, und das tote Kind stammte von diesem Hof, wäre es wahrscheinlich die Halbschwester von diesem Jugendlichen. Das könnte unter Umständen wichtig sein. Er fragte sich, ob Jakob in der Klinik von dem Leichenfund erfahren haben könnte. Vielleicht war er deshalb abgehauen.

Die Schulte stampfte breitbeinig über den Schotterweg voran. Sie achtete nicht weiter auf die Kollegen und fixierte jedes Detail jenseits des Eisenzauns. Böttger und Heinrichs setzten sich ebenfalls in Bewegung. Sie folgten ihr den Weg hinab.

Heinrichs schien auf der abschüssigen Straße Mühe zu haben, seinen massigen Körper unter Kontrolle zu halten. Er wirkte, als könnte er jeden Moment vornüberkippen. Mit angestrengtem Gesicht achtete er genau darauf, wohin er trat. Nicht lange, und er war schon außer Atem.

Böttger blieb stehen und lächelte. »Kennen Sie eigentlich den Jungen?«, fragte er. »Diesen Jakob Blank?«

Heinrichs stemmte sich die Hand in die Hüfte und holte Luft. »Das kann man wohl sagen«, keuchte er. »Mit dem hab ich schon ein paarmal zu tun gehabt.«

»Was war denn? Gab es Ärger?«

»Ladendiebstahl. Ruhestörung. Vandalismus. Probleme in der Schule. Das Übliche. Ein paarmal habe ich ihn mit dem Streifenwagen nach Hause gefahren. Ich wollte mit dem Vater reden, über seine Erziehung, aber der hat sofort dichtgemacht. Ich hatte immer das Gefühl: Sobald ich weg bin, bekommt der Junge eine Tracht Prügel, einfach nur, weil die Polizei auf dem Hof war. Aber was soll man da machen? Unsere Macht ist begrenzt.«

»Was hatten Sie für einen Eindruck von dem Jungen?«

»Na, bei diesem Elternhaus ist es wohl kein Zufall, dass der ab und zu durchdreht. Eigentlich ein schüchterner und höflicher Junge. Nur manchmal brennen eben die Sicherungen durch. Ich wollte ihn mir auch schon mal selbst zur Brust nehmen, aber das hat nichts gebracht. Er hat nicht über seine Probleme gesprochen. Ich kenne diese Jungs, wissen Sie? Die Eltern kümmern sich nicht. Die haben keine Orientierung, keine Ziele. Und dann kommt die Pubertät, und sie wollen allen beweisen, dass sie echte Männer sind. Eigentlich habe ich einen guten Draht zu solchen Jungs. Die warten ja nur darauf, dass ihnen einer mal sagt, wo's langgeht. Aber bei Jakob war das anders. Mit Worten habe ich den nicht erreicht.«

»Wir werden erwartet«, mischte sich die Schulte ein, die ebenfalls stehen geblieben war. »Da unten, am Wohnwagen.«

Ein Mann war dort aufgetaucht, mit blauem Overall und schweren Stiefeln. Er trug eine Wollmütze, unter der lange schwarze Haare hervorquollen. Sein Blick war finster, und er sah reglos zu ihnen herüber.

Die Tür des Wohnwagens öffnete sich, und eine dicke Frau in einem viel zu engen hellblauen Jogginganzug wuchtete ihren Körper die Stufen herab. Der Mann rief ihr etwas zu, und sie verharrte in der Bewegung. Seine Stimme donnerte jetzt über den Hof. Sie zog ängstlich den Kopf ein und verschwand wieder im Innern. Die Wohnwagentür schloss sich hinter ihr.

Der Mann wandte sich wieder den Besuchern zu. Er steckte die Hände in die Taschen seines Overalls und marschierte in Richtung der Tür.

»Das wird Volker Blank sein«, sagte die Schulte, ohne den Mann aus den Augen zu lassen.

»Ja, das denke ich auch«, meinte Böttger. »Sagen wir ihm Guten Tag.«

Sie setzten sich wieder in Bewegung und erreichten die eiserne Tür. Innen wurde ein Riegel zur Seite geschoben, dann flog die Tür auf und Volker Blank stand vor ihnen. Er machte sich nicht die Mühe, sie zu begrüßen. Er stand einfach breitbeinig da und bedachte sie mit feindseligen Blicken.

Böttger schenkte ihm ein demonstrativ freundliches Lächeln. »Mein Name ist Jens Böttger, ich komme von der Bielefelder Polizei. Das ist meine Kollegin Karin Schulte. Und den Herrn Heinrichs aus Marienbüren, den kennen Sie ja bereits.«

Volker Blank ließ seinen Blick über sie schweifen, als fragte er sich, welchen der drei er im Kampf als Erstes unschädlich machen sollte.

»Sie sind Volker Blank«, sagte Böttger. »Ist das richtig?«

Er wandte den Kopf ab und spuckte aus. Dann sagte er: »Ja, das bin ich.«

»Wir sind aus einem bestimmten Grund hier. Sicher haben Sie von dem Erdrutsch gehört, der ganz in der Nähe runtergekommen ist. Und von der Kinderleiche, die dabei entdeckt wurde.«

»Ja, und? Was wollen Sie da von mir?«

Böttger setzte auf das Überraschungsmoment. Er sagte frei heraus: »Wir haben die Vermutung, das Mädchen stammt von diesem Hof. Stimmt das, Herr Blank? War das Ihr Kind?«

Volker Blank sah aus, als würde er ihm als Nächstes ins Gesicht springen. Er wirkte gar nicht überrascht, sondern nur wütend und hasserfüllt. Als könnte er es nicht ertragen, bei etwas erwischt worden zu sein.

Allen war sofort klar: Treffer. Das Kind hatte tatsächlich hier gelebt.

»Hier war kein Mädchen«, stieß er hervor. »Das

ist völliger Unsinn. Ich habe einen Sohn, aber der ist schon siebzehn.«

»Das ist seltsam«, sagte Böttger. »Es gibt nämlich Zeugen, die die Kleine hier gesehen haben wollen.«

»Die lügen. Wie gesagt, es gibt hier kein Mädchen. Nur meinen Sohn. Mehr kann ich dazu nicht sagen.«

»Ich bitte Sie, Herr Blank«, lenkte Heinrichs ein. »Sie haben doch gehört: Es gibt Leute, die das bezeugen. Ich habe selber Kindersachen auf der Wäscheleine gesehen, neulich, als ich Jakob hierher gebracht habe.«

Volker Blank ballte die Fäuste. »Das waren Jakobs Kindersachen, die Sie gesehen haben. Die wollten wir auf dem Flohmarkt verkaufen. Meine Freundin hat sie vorher gewaschen.« An Böttger gerichtet fuhr er fort: »Und was Ihre Zeugen angeht: Ich glaube nicht, das die hier was gesehen haben. Auf jeden Fall nicht das Kind, das Sie gefunden haben.« Er deutete auf den Zaun, der das Gelände umgab. »Fremde kommen hier nur bis zum Zaun. Das ist Privatbesitz. Auf die Entfernung sieht jedes Kind gleich aus, das wissen Sie genau. Meine Freundin bekommt ab und zu Besuch von ihrer Schwester aus Herford. Die hat ein vierjähriges Kind. Wahrscheinlich haben die das gesehen.«

»Können wir kurz mit Ihrer Freundin sprechen? Frau Heitbrink, nicht wahr?«

»Sie ist beschäftigt. Wir sind nicht verpflichtet, mit Ihnen zu reden. Ich mache das aus reiner Höflichkeit. Wenn das also alles wäre …«

»Wieso lassen wir Frau Heitbrink nicht selbst entscheiden? Fragen wir Sie doch, ob sie kurz mit uns reden möchte.«

»Hier hat kein Kind gelebt, verflucht. Wenn Sie Ihre Arbeit ordentlich machen würden, dann würden Sie das wissen und uns nicht beschuldigen. Tut mir leid, aber da müssen Sie sich ein paar andere Idioten suchen.«

»Den Namen der Schwester müssen Sie uns schon geben.«

»Heitbrink in Herford. Das wird wohl nicht so schwer sein. Und jetzt hören Sie auf, uns zu belästigen.«

Er wartete keine Antwort ab, sondern trat zurück und warf die Tür ins Schloss. Sie waren ausgesperrt. Jenseits des Zauns stampfte er mit großen Schritten davon.

»Ich würde sagen, jetzt ist klar, wer die Eltern sind«, kommentierte die Schulte das trocken.

Böttger nickte. »So sehe ich das auch. Wir sollten uns einen Durchsuchungsbeschluss holen und wiederkommen.«

Die Indizien würden ausreichen. Es ging schließlich um einen Mordfall. Und das Opfer war ein Kind. Sicher würde die Staatsanwaltschaft mitmachen. Und ein Richter fände sich auch.

»Dann beeilen wir uns besser«, meinte die Schulte. »Bevor die da drin anfangen, alle Spuren zu vernichten, die auf das Mädchen hinweisen.«

Böttger blickte nachdenklich auf das Gelände jenseits des Zauns. »Da ist noch etwas anderes, um das wir uns kümmern sollten.«

»Ach ja? Was denn?«, fragte die Schulte.

»Wir müssen diesen Jakob finden. Den Halbbruder des Mädchens. Falls das mit dem Beschluss nicht klappt, brauchen wir eine Alternative. Und wenn irgendwer noch etwas darüber wissen könnte, was hier passiert ist, dann ist das dieser Junge.«

8

Sanna trat näher an das BMW-Coupé heran. Es war tatsächlich Vincents Auto. Sie sah durchs Fenster. Auf dem Beifahrersitz lagen eine leere Burgerschachtel und das Navi-Gerät. Ein Foto von ihr klebte am Armaturenbrett. Nun wurde ihr das Herz noch schwerer.

An einem der Fachwerkhäuser war eine Bewegung. Hinter dem Fensterchen wurde die Gardine zur Seite gezogen, kurz darauf öffnete sich die Tür und eine von Sannas Nachbarinnen trat heraus. Es war eine ältere Frau mit Sportjacke und blond gefärbten Haaren. Sanna hatte ihren Namen vergessen. Rodepohl oder Rodepieper, irgend so etwas. Eine frisch geschiedene Frau aus der Neubausiedlung, die sich seit der Trennung von ihrem Mann als Mitarbeiterin in einem Callcenter verdingte. Sanna war bereits aufgefallen, dass in den Mietwohnungen rund um die Kirche fast nur Menschen wohnten, die wenig Geld hatten oder eine gescheiterte Existenz. Wer einen normalen Lebensweg eingeschlagen hatte, besaß ein eigenes Haus in der Siedlung.

»Frau Marquart! Gehört der Wagen da vorne zu Ihnen? Sie wissen doch, dass der hier nicht stehen darf.«

Offenbar hatte sie das Berliner Nummernschild gesehen und sich einen Reim darauf gemacht.

»Ich glaube, er gehört einem Freund«, sagte Sanna. »Wie es aussieht, habe ich überraschend Besuch bekommen.«

»Der muss da weg«, stellte die Frau grimmig fest. »So etwas soll nicht zur Gewohnheit werden. Sonst stehen hier irgendwann immer Autos.«

Sanna vermutete, dass es ihr weniger ums Prinzip ging, als darum, dass ein sichtbar vermögender Autobesitzer, dazu noch von außerhalb, sich die gleichen Rechte rausnahm wie ein Anwohner. Ein glasklarer Affront.

»Ich kümmere mich darum«, versprach Sanna.

»Hier ist Parkverbot! Sonst muss ich die Polizei holen.«

»Der Wagen ist gleich weg. Versprochen.«

Sanna verabschiedete sich und umrundete die Kirche. Ihre Wohnung rückte ins Blickfeld. Auf den Stufen vor der grün lackierten Eingangstür hockte eine einsame Gestalt. Es war Vincent. Er trug einen Armani-Anzug und Lackschuhe, offenbar war er direkt von der Arbeit hierher gefahren. Links und rechts von ihm große Blumenkübel mit Geranien. Daneben ein bemaltes Namensschild aus Salzteig. Sanna lächelte. Er passte genauso wenig nach Marienbüren wie sein Auto.

Sie näherte sich. Vincent hob den Kopf und entdeckte sie. Sofort sprang er auf, blieb dann jedoch etwas unsicher stehen. Es sah aus, als machte er sich Sorgen, weil er hier unangemeldet aufgekreuzt war. Offenbar hatte er Zweifel, wie sie reagieren würde. Natürlich spürte er, was los war.

Doch dann passierte etwas Seltsames. Sanna ging innerlich nicht auf Abstand zu ihm. Zu ihrer Überraschung spürte sie so etwas wie Freude, ihn zu sehen. Oder Erleichterung. Ihr wurde bewusst: Vincent hatte ihr gefehlt. Das ganze Durcheinander der letzten Tage, der Neuanfang, der Erdrutsch, die Leiche am Hang, schließlich die Sache mit Jakob. Das hatte an ihren Nerven gezerrt. Sie merkte, wie sehr sie sich nach seiner Nähe gesehnt hatte. Nach Ruhe. Danach, festgehalten zu werden. So einfach war es eben doch nicht, alles hinter sich zu lassen.

Ein Lächeln breitete sich auf ihrem Gesicht aus.

»Hallo, Vincent.«

»Hallo, Sanna. Ich wollte dich anrufen, aber es hat sich immer nur die Mailbox gemeldet.« Er lachte nervös. »Du hast ja gesagt, da draußen im Stift gibt es oft keinen Empfang. Ist es in Ordnung, dass ich hier einfach …?«

»Natürlich. Komm her.«

»Ich hatte Sehnsucht nach dir«, erklärte er. »Da hab ich mir kurzerhand den Nachmittag freigenommen. Ich hab nur ein paar Stunden Zeit. Heute Nacht muss ich wieder zurück. Ich dachte … Na ja, vielleicht brauchst du Hilfe bei irgendwas. Beim Schränke aufbauen oder so.«

Als sie vor ihm stand, nahm sie seine Hand und zog ihn zu sich heran. Die Tasche mit den Einkäufen ließ sie aufs Kopfsteinpflaster plumpsen. Dann lagen sie sich in den Armen. Es fühlte sich gut an. Sanna wollte jetzt nicht darüber nachdenken, ob sie sich richtig verhielt. Schließlich waren sie und Vincent immer noch ein Paar. Vielleicht gehörten Vincent und sie doch zusammen, dachte sie jetzt, und durch den Umzug nach Marienbüren hatte sie das endlich spüren können.

Er nahm sie fest in seine Arme und küsste sie. Sie

spürte Erregung in sich aufsteigen. Ihre Zweifel wurden unwichtig. Sanna ließ sich fallen. Noch immer sprachen sie kein Wort. Sie stolperten nach oben, Sanna warf die Wohnungstür hinter sich zu, sie nahm seine Hand und führte ihn ins Schlafzimmer. Sie liebten sich wie zu Anfang, als sie sich gerade kennengelernt hatten. Wild, stürmisch, scheu, fordernd. So war es schon lange nicht mehr gewesen.

Anschließend lagen sie eng umschlungen auf dem Laken, nackt und verschwitzt, und hingen ihren Gedanken nach.

Vincent betrachtete sie. »Ich hatte Angst, du willst mich vielleicht nicht sehen«, gestand er ihr.

»Wieso das denn?«, fragte sie, obwohl sie das vor einer Stunde selbst noch gedacht hatte.

»Keine Ahnung. Du warst in letzter Zeit so abweisend. Ich hatte immer das Gefühl, du willst diesen Neustart hier ohne mich machen. Du …« Er hielt inne. »Ach was, ist ja auch egal jetzt.«

Sanna fiel in Schweigen. Sie dachte an das Gefühl, mit dem sie in den Zug nach Ostwestfalen gestiegen war. Vincent zog sein Jackett ins Bett und fummelte eine Zigarettenschachtel hervor.

»Erzähl mal, wie geht's dir? Wie waren deine ersten Tage in Marienbüren?«

»Gut«, sagte sie. »Mir geht's gut. Der Job ist okay, und ich mag dieses Stift und den Wald da draußen. Na ja, meine Chefin scheint auch ganz nett zu sein. Die Nachbarn auf dem Kirchhof sind etwas gewöhnungsbedürftig, aber ich werde schon klarkommen.« Sie lächelte. »Du musst nur gleich deinen Wagen umsetzen, sonst wird der abgeschleppt.«

»Ein paar Minuten riskiere ich noch.« Er betrachtete sie eingehend. »Ich meinte auch eher den Erdrutsch. Und das Kind, das da aufgetaucht ist. Wie hast du das verkraftet?«

Sanna schwieg. Er nahm ein Feuerzeug und zündete sich die Zigarette an. »Das muss doch furchtbar gewesen sein«, sagte er und blies eine Rauchwolke in die Luft.

Das Kind. Jetzt wusste sie, weshalb es so guttat, dass er hier war. Sie rückte näher an ihn heran, fischte die Zigarette aus seiner Hand und nahm ebenfalls einen Zug. Das Gefühl, beschützt zu sein, überdeckte alles.

»Ich kann das tote Kind nicht vergessen«, gab sie zu. »Es sah aus wie ein Erdhaufen. Und die Augen, die waren ... ich sehe die immer vor mir.«

»Das waren nur menschliche Überreste, Sanna. Das Kind hat den Körper bereits verlassen, als es gestorben ist. Es bleibt nichts. Nur Materie. Verwesung ist nicht schön, aber es ist ein ganz natürlicher Prozess.«

»Du hast ja recht.« Sie legte den Kopf an seine Schulter. »Trotzdem. Ich träume nachts von dem Mädchen. Von seinen schwarzen Augen. Es taucht in meinen Träumen auf, immer wieder, und dann versucht es, sich an mich zu klammern.«

»Das sind die Nachwirkungen von dem Schock. Du bist eben sensibel, Sanna. Ich kann verstehen, dass dich das verfolgt. Das ist ganz normal.«

Sein Tonfall hörte sich für ihren Geschmack ein wenig zu verständnisvoll an. Sie fragte sich, ob er sie ernst nahm.

»So schlimm ist es auch wieder nicht«, sagte sie. »Du musst dir keine Sorgen machen. Und das mit den Träumen, das wird schon vorbeigehen.«

»Natürlich mache ich mir Sorgen um dich. Schließlich bist du hier ganz allein. Keiner ist da, mit dem du reden kannst. Der dir zuhört.«

Nun stieg Ärger in ihr auf. Manchmal konnte er wie ihr Vater sein. Beinahe hätte sie gefragt: Ach ja? Und mit wem kann ich denn in Berlin reden?

»Tante Renate ist hier«, widersprach sie entschieden.

»Ich meine jemanden, der dich versteht. Der dich kennt.«

Sie wollte protestieren, doch er ließ sie nicht zu Wort kommen. »Das alles ist zu viel für dich, Süße. Immer willst du stark sein. Alles alleine durchstehen. Aber das ist Wahnsinn. Verstehst du denn nicht? Du brauchst keinem etwas beweisen. Wir wollen dir alle nur helfen.«

Sie hielt inne. Ein Verdacht beschlich sie. Sie konnte nur hoffen, dass er mit *wir* nicht ihre bescheuerte Familie meinte. Ob er wohl in Dahlem gewesen war, um mit ihren Eltern Krisenrat zu halten? Hatten sie vielleicht gemeinsam beschlossen, dass er nach Marienbüren fahren und mit ihr reden sollte?

»Denkst du, ich kriege das alleine nicht hin?«

»Darum geht es doch gar nicht«, sagte er beschwörend. »Ich will dir nur helfen. Musst du daran so zweifeln? Wieso hältst du die Menschen, die dich lieben, immer auf Abstand? Was muss ich denn tun, damit du meine Hand nicht wegschlägst?«

Sie wusste nicht weshalb, aber etwas verhärtete sich in ihr. Sie bedeckte ihre Brüste mit dem Laken und riss ihm die Zigarette aus der Hand, um trotzig zu rauchen.

»Es geht mir wirklich gut«, stellte sie fest. »Und Tante Renate versteht mich sehr wohl. Besser, als manch anderer in meiner Familie. Also danke der Nachfrage. Und jetzt möchte ich nicht weiter darüber reden.«

»Siehst du, es passiert schon wieder. Du schließt mich einfach aus. Sprich doch lieber mit mir.«

Sie zog an der Zigarette und inhalierte tief.

»Sanna, nach allem, was hier schon passiert ist ... Was willst du denn in diesem gottverfluchten Kaff? Du läufst doch nur vor deinem Leben weg. Komm mit mir zurück, bitte.«

Damit hatte sie nicht gerechnet.

»Zurück nach Berlin?«, fragte sie erstaunt.

»Der Erdrutsch, das tote Kind. Was muss denn noch passieren, damit du einsiehst, dass du nicht hierhin gehörst? Du bist alleine. Komm mit nach Berlin. Da gibt es genügend andere Jobs.«

»Aber ich mag meinen Job hier. Ich mag die Arbeit, das Stift, die Patienten, die Natur, einfach alles.«

»Schon. Aber das hast du in Berlin auch alles. Wusstest du, dass es in Potsdam eine ganz ähnliche Einrichtung gibt? Draußen am Königswald, in einer alten Fabrik aus der Gründerzeit. Sieht toll aus da. Die suchen jemanden für den Bereich Feldenkrais. Und für Yoga, das machst du doch auch. Wenn du willst, kannst du da anfangen. Dein Vater ...«

Er biss sich auf die Lippen. Doch es war zu spät. Das entscheidende Wort war gefallen.

»Mein *Vater*?« Sie starrte ihn an. »Also doch. Du hast schon Pläne mit ihm geschmiedet. Hinter meinem Rücken. Habt ihr einen Familienrat gehalten?«

»Sanna, warte, jetzt hör doch erst mal …«

»Ein Job in Potsdam also! Ich glaube sofort, dass ich den kriegen kann, wenn ich will. Da hat mein Vater wohl ein paar Kontakte spielen lassen.«

Sie warf die Kippe ärgerlich in eine halb leere Kaffeetasse auf dem Nachttisch, wo sie mit einem Zischen verlosch.

»Hat er dich etwa geschickt?«

»Sanna, bitte …«

»Ob er dich geschickt hat? Damit du mich wieder nach Hause holst. So war es doch, oder? Er hat dich vorgeschickt. Als seinen Laufburschen.«

Sie wartete seine Antwort nicht ab. Mit einem Ruck schlug sie die Bettdecke zur Seite, stand auf und zerrte ihren Morgenmantel hervor.

»Wirklich toll, Vincent! Danke schön!«

»Du verstehst das alles falsch, Sanna.«

»Natürlich. Ich bin die, die immer alles falsch versteht.« Sie warf sich den Morgenmantel über und verknotete den Gürtel. »Ich werde mich jetzt ums Abendessen kümmern. Dafür brauche ich deine Hilfe nicht.«

Damit ließ sie ihn im Schlafzimmer zurück. Vincent war klug genug, ihr nicht zu folgen. Sie räumte lautstark die Spülmaschine aus. Packte Fleisch und Gemüse auf die Anrichte und begann damit, es zu putzen und zu schneiden. Nach einer Weile hörte sie

Vincent ins Badezimmer schleichen, und kurz darauf wurde die Dusche aufgedreht.

Am liebsten hätte sie ihn vor die Tür gesetzt. Doch besonders wütend war sie auf ihren Vater. Vor allem verstand sie ihn nicht. Sanna erinnerte sich gut, wie er reagiert hatte, als sie ihm ihre Entscheidung mitgeteilt hatte, Personal Trainer und Yoga-Lehrerin zu werden. Genauso gut hätte sie ihm sagen können, sie wolle zukünftig als Putzfrau arbeiten. Er war außer sich gewesen.

Schon die Vorstellung, dass Sanna als Sozialpädagogin arbeitete, hatte ihm nicht behagt. Aber dafür musste man zumindest studieren. Außerdem waren die Aufstiegsmöglichkeiten bescheiden. Sie hätte ein Jugendzentrum oder ein Kinderheim leiten können. Wenigstens so lange, bis sie heiratete, Kinder bekam und die Versorgung ihrem Ehemann überließ. Damit hätte er leben können. Aber diese Yoga-Sache, die hatte ihm wirklich zugesetzt. Er hatte sich so lange darüber aufgeregt, bis Sanna zu glauben begann, er betrachtete es als persönliche Beleidigung.

Und jetzt das: Er schaltete sich ein, um ihr einen Job als Yoga-Lehrerin in Potsdam zu verschaffen. Damit half er doch aktiv dabei, ihr in seinen Augen verpfuschtes Berufsleben unverändert fortzuführen. Da stimmte etwas nicht. Das konnte nur einen einzigen Grund haben: Er wollte sie um jeden Preis aus Marienbüren wegbringen. Mit ihrer Karriere hatte das im Zweifel nicht das Geringste zu tun.

Beim Essen herrschte frostige Atmosphäre. Vincent versuchte, ihr wieder das Gefühl zu vermitteln, das nach seiner Ankunft entstanden war, doch es gelang ihm nicht.

Nach dem Essen machte er sich wieder auf den Weg nach Berlin. Er küsste sie zum Abschied mit traurigen Augen. Sanna fragte sich, ob sie ungerecht zu ihm war. Was konnte sie Vincent schon vorwerfen? Dass er sich mit ihrer Familie gut verstand? Auf ihren Vater sollte sie wütend sein, nicht auf Vincent. Trotzdem herrschte nun dicke Luft zwischen ihnen, und daran änderte sich an diesem Abend nichts mehr.

Nachdem Vincent schließlich fort war, ging sie zurück in die Küche. Die halb leere Weinflasche von Tante Renate stand immer noch in der Kühlschranktür. Sanna, die inzwischen ihre Weingläser ausgepackt hatte, nahm die Flasche und schenkte sich einen kleinen Schluck ein. Dann ging sie hinüber ins Wohnzimmer und hockte sich auf die Couch. Sie wollte nicht mehr an Vincent denken. Jedenfalls nicht heute.

Draußen war es inzwischen dunkel. Die Regenfront hatte sie erreicht. Sanna hatte den Riegel des Sprossenfensters zur Seite geschoben und es weit geöffnet. Kühle feuchte Luft zog herein. Draußen prasselte der Regen monoton auf den menschenleeren Kirchhof. Sie mochte das Geräusch. Es entspannte sie. Sie nahm einen Schluck Wein.

Jakob schlich sich in ihre Gedanken. Und das, was Erika Eckart über ihn gesagt hatte. Über seine Diagnose. Jakob sei manipulativ, und sie alle wären auf ihn reingefallen. Sanna wollte das immer noch nicht glauben. Sie dachte daran, wie sie ihn auf der Brücke davon abgehalten hatte, zu springen. Sie hatte ihn gepackt und nicht mehr losgelassen. Jakob hatte sie ebenfalls fest umklammert. Er hatte gewirkt wie ein Ertrinkender. Als wäre Sanna die Einzige, die ihn retten könnte.

Weshalb Jakob auch immer hatte springen wollen – die Angst und die Verzweiflung waren echt gewesen, da war sie ganz sicher. Seine Verwirrung, seine Bedürftigkeit. Er brauchte ihre Hilfe wirklich, das war keine Manipulation. Diese Diagnose musste falsch sein. Psychologen waren nicht unfehlbar. Auch nicht dieser Professor Dörrhoff, auf den ihre Chefin so große Stücke hielt. Er musste sich einfach irren.

Draußen war ein entferntes Grummeln zu hören. Offenbar zog ein Gewitter herauf. Sanna beschloss, ihre Tante anzurufen. Sie stellte das Weinglas ab und nahm das Schnurlostelefon.

»Hallo, mein Engel«, begrüßte Tante Renate sie. »Das ist schön, dass du anrufst. Ist das Wetter nicht grauenhaft? Man möchte meinen, wir hätten inzwischen wirklich genügend Regen bekommen, oder?«

»Ja, das stimmt. Vor allem, weil Jakob irgendwo da draußen ist. Ich muss immer daran denken. Hoffentlich sitzt er wenigstens im Trockenen.«

Tante Renate zögerte. »Hat man dir gesagt, dass er aus der Psychiatrie in Bielefeld abgehauen ist? Es heißt, er sei gefährlich.«

»Ich weiß. Aber dass er gefährlich sein soll, das glaub ich nicht wirklich.« Sie wollte mit Tante Renate lieber nicht über dieses Thema sprechen. »Du, ich rufe eigentlich wegen dem Mädchen an. Du weißt schon, das Kind vom Hang. Ich dachte, vielleicht hast du schon was Neues gehört? Weiß man inzwischen, wer das Kind war?«

»Nein, das nicht. Aber die Sache ist das Gesprächsthema Nummer eins. Zumindest in Marienbüren. Jeder, den ich getroffen habe, hat eine Theorie dazu. Einige meinen, es kommt aus Bielefeld. Aus Baumheide oder Stieghorst, du weißt schon, die Problemviertel. Andere glauben, es hat hier in Marienbüren gelebt. In einen Keller oder in ein Zimmer gesperrt, so wie bei diesem Fritzl in Österreich, der seine Tochter in ein Verließ gesperrt hatte.«

»Und ist was dran an diesen Gerüchten?«

»Ich glaube nicht. Ein paar Vögelchen haben mir aber gezwitschert, dass die Polizei auf einem Bauernhof außerhalb von Marienbüren war. Die haben da Fragen gestellt. Vielleicht kommt das Kind von dort. Das würde passen.«

»Wieso würde das passen?«

»Der Hof liegt total ab vom Schuss. Die Leute haben den Ruf, nicht besonders sozial zu sein. Keiner kommt mit denen aus. Die bleiben unter sich. Bekommen nie Besuch. Wenn das Kind bei einer Hausgeburt auf die Welt gekommen ist, dann wäre es unter Umständen gar nicht registriert. Dann wussten die Behörden nichts davon. Man würde es einfach verschwinden lassen können, ohne dass einem das auffällt. Dann ist es, als hätte es nie existiert.«

Sanna spürte Unbehagen. »Aber geht das denn? Da müssen doch mal Leute sein. Das Jobcenter, das Jugendamt, ein Gerichtsvollzieher, oder ... was weiß ich!«

»Keiner von denen bezieht Sozialleistungen. Warum sollte da einer vom Amt rausfahren und nach dem Rechten sehen? Nein, Sanna. Theoretisch wäre das möglich: Da vegetiert ein Kind vor sich hin, ohne dass irgendeiner etwas weiß.«

Eine beunruhigende Vorstellung. Sanna blickte hinaus auf den Kirchhof. Der Regen prasselte unvermindert auf das Kopfsteinpflaster. Sie wechselte das Thema.

»Mein Vater will, dass ich nach Berlin zurückgehe.«

»Du meinst, wegen dem Trubel hier?«

»Glaub schon. Ich habe allerdings nicht selber mit ihm gesprochen. Er hat Vincent vorgeschickt, der war heute hier. Zum Glück ist er wieder weg.«

»Ach komm. Vincent ist nicht verkehrt. Vielleicht bist du da etwas ungerecht?«

Sie stieß ein unwilliges Brummen aus. »Jedenfalls hat mein Vater mir einen Job bei einer Einrichtung in Potsdam besorgt. Für Feldenkrais. Stell dir vor.«

»Ist das etwas so Besonderes?«

»Und ob. Er hat sich für meine Arbeit immer geschämt, weißt du das nicht? Da gab's immer endlose Diskussionen. Papa meint, für andere Leute zu arbeiten, auf diese Art und Weise, das sei unter meiner Würde.«

»Ich weiß nicht, Sanna. Vielleicht wünscht er sich nur, du wärst Sozialarbeiterin geworden. So wie ursprünglich geplant. Du hast doch die Ausbildung. Und es ist doch mal dein Traum gewesen, nicht wahr?«

Tante Renate hatte recht, aber das war vor Kroatien gewesen. Zurück in Berlin hatte sie dann alles hingeworfen. Das Diplom war ihr egal gewesen, und den neuen Job hatte sie nicht angetreten. Die Schuldgefühle und die Angst zu versagen waren einfach zu groß gewesen. Sie hatte nicht mehr daran geglaubt, eine gute Sozialarbeiterin zu werden. Aus diesem Holz war sie nicht geschnitzt.

Irgendwann hatte sie dann damit angefangen, Yoga zu machen. Um sich wieder zu bewegen. Sich selbst zu spüren. Zu atmen. Yoga hatte ihr dabei geholfen, in den Alltag zurückzufinden und das Leben ohne Jannis zu ertragen. Da war es ganz natürlich gewesen, selbst eine Ausbildung zu machen und später als Personal Trainer zu arbeiten.

»Nein, da irrst du, Tante Renate. Papa fand ja schon, dass Sozialarbeit unter meinem Niveau ist. Diese Yoga-Sache, das war erst recht das Allerletzte. Da ist er regelmäßig durchgedreht.«

»Hm. Wenn du mich fragst, sollte er da ein bisschen zurückhaltender sein. Sein Vater ist schließlich ein einfacher Maurer gewesen. Man sollte nicht meinen, dass er ein solcher Snob geworden ist.«

»Deswegen war ich ja so überrascht, dass er mir diesen Job besorgt hat. Potsdam! Er will wohl, dass ich unbedingt Marienbüren verlasse. Verstehst du das?«

Tante Renate fiel in Schweigen. Sanna runzelte die Stirn. »Bist du noch dran?«

»Ähm, ja natürlich. Vielleicht geht es um das Kind. Er macht sich eben Sorgen.«

Doch da war etwas in ihrem Tonfall. Ein ganz leichtes Schwingen. Beunruhigung.

»Denkst du, da gibt es noch einen anderen Grund?«

»Aber nein, Liebes«, sagte sie. »Jedenfalls nicht, dass ich wüsste. Da musst du ihn selbst fragen.«

Es donnerte wieder, diesmal lauter. Das Gewitter näherte sich. Am Himmel über den Dächern der Fachwerkhäuser flackerten Blitze.

»Vielleicht solltest du mal darüber nachdenken«, fuhr sie fort. »Potsdam ist schön. Und du könntest mit Vincent zusammen sein. Dein Vater meint es bestimmt gut mit dir.«

»Willst du mich etwa loswerden? Ich dachte, du freust dich, dass ich hier bin.«

»Das tue ich auch. Ich meine nur, man sollte über alle Möglichkeiten nachdenken.«

Sanna zog die Augenbrauen zusammen. Hier stimmte etwas nicht. Sie konnte es förmlich riechen.

»Verheimlichst du mir etwas, Tante Renate?«

»Nein. Um Himmels willen, wie kommst du darauf?«

»Ich weiß nicht. Manchmal habe ich einfach das Gefühl, du hast Geheimnisse vor mir.«

»Das ist doch Unsinn. Was denn für Geheimnisse?«

»Na ja, zum Beispiel sagst du nie, was eigentlich zwischen dir und meinen Eltern vorgefallen ist. Wieso habt ihr keinen Kontakt mehr?«

Renate brauchte scheinbar einen Moment, um sich zu sortieren. »Gar nichts ist vorgefallen. Das habe ich dir schon gesagt. Hör mal, Schatz, ich wollte doch nur sagen, wenn da in Potsdam ...«

Ein ohrenbetäubender Donnerschlag ließ Sanna

zusammenfahren. Sie sah zum offenen Fenster. Ein greller Blitz erhellte den Platz und die Häuserreihen, bevor alles wieder in Dunkelheit tauchte.

»Oh Gott, meine Dachrinne läuft über«, hörte sie Tante Renate rufen. »Herrje, ich seh gerade, meine fleißigen Lieschen saufen ab! Sanna, wir reden morgen weiter, ich muss mich darum kümmern.«

»Also gut«, sagte sie matt. »Dann bis morgen.«

Doch die Leitung war bereits tot. Sanna legte das Telefon frustriert zur Seite. Es donnerte wieder ohrenbetäubend. Eine Windböe ließ das offene Fenster gegen die Wand knallen. Regen sprühte herein. Sanna stand auf, schloss das Fenster und legte den Riegel vor. Der Lärm war nun ausgesperrt.

Sie sah hinaus. Der Wind trieb lautlos Regenschleier durch den Lichtkegel der Laterne. Sturzbäche ergossen sich von den Dächern. Es war wirklich ein Wetter, bei dem man keinen Hund vor die Tür schickte. Wieder ein greller Blitz. An der Häuserfront huschte eine Gestalt entlang. Dann wurde alles dunkel. Es donnerte. Die Häuser lagen in Finsternis. Außer dem Prasseln des Regens war nichts zu hören. Die Gestalt war verschwunden.

Ihr Handy machte sich mit einem Signal bemerkbar. Eine SMS war eingegangen. Sie schnappte sich das Gerät und sah nach. Vincent. Er wollte sich für sein Verhalten entschuldigen. Sanna fühlte sich selbst schuldig, wahrscheinlich hatte er es tatsächlich nur gut gemeint. Aber sie wusste nicht, was sie ihm zurückschreiben sollte. Zögerlich legte sie das Handy aus der Hand.

Das Schrillen der Türklingel durchschnitt die

Stille. Verwundert hob sie den Blick. Es war bereits nach elf. Keiner ihrer Nachbarn würde um diese Uhrzeit bei ihr klingeln. Hatte Vincent es sich etwa anders überlegt?

Sie warf sich die Strickjacke über und verließ die Wohnung. Im Erdgeschoss war alles dunkel. Ihre Vermieterin war schon zu Bett gegangen. Sanna ging die Treppe hinunter. In der Haustür befand sich ein rautenförmiges Fensterchen. Sie lugte vorsichtig hindurch. Draußen im Zwielicht stand eine Gestalt. Ein schmaler Junge mit schwarzem Haar. Es war Jakob. Triefend nass.

Sanna riss die Tür auf. Der Lärm des Unwetters erfüllte sofort das Treppenhaus. Kalte Luft wehte herein.

»Jakob!«, rief sie überrascht. »Wie kommst du hierher, mitten in der Nacht?«

»Ich wusste nicht, wohin. Ich … kann ich vielleicht kurz reinkommen?«

Es schien ihm nicht leichtzufallen, sie um Hilfe zu bitten. Sanna versuchte, ihre Verwunderung zu verdrängen. Sie wollte ihn nicht noch einmal verjagen.

»Natürlich«, sagte sie schnell. »Kein Problem.«

Sie trat zur Seite. Er zögerte.

»Ist das wirklich okay?«

»Aber klar. Jetzt komm schon.«

Er schlich an ihr vorbei ins Treppenhaus. Regenwasser tropfte aus seiner Kleidung. Auf den Stufen hinterließ er feuchte Spuren. Wie ein nasser Hund schlich er die Treppe hinauf. Oben angekommen führte Sanna ihn direkt ins Bad. Sie gab ihm ein Handtuch, ging ins Schlafzimmer und zog einen Jogginganzug aus dem Kleiderschrank. Jakob war schmal und schlaksig. Sannas Sportsachen waren weit genug, die müssten ihm passen, wenn sie auch etwas kurz an den Fuß- und Handgelenken sein würden. Der Jogginganzug war rosafarben, aber das war jetzt nicht zu ändern, alle anderen waren in der Wäsche. Jakob verzog keine Miene, als er den Anzug durch den Türspalt entgegennahm. Doch als er kurz darauf aus dem Bad trat und Sanna den Jogginganzug vorführte, musste er dabei lachen. Der Aufzug war einfach zu lächerlich. Sanna stimmte gerne in das Lachen ein.

»Ich habe noch passende Stirnbänder, wenn du möchtest.«

»Nein, danke. Ich fühle mich so schon schlimm genug. Aber das ist schon okay, wenigstens ist er warm und trocken.«

»Möchtest du vielleicht einen Tee? Oder Kaffee? Ich habe auch Weißwein.«

»Dann nehme ich den Wein. Danke.«

Das Lachen hatte die Atmosphäre kurz aufgelockert, doch Jakob wirkte sofort wieder angespannt. Sanna bat ihn, Platz zu nehmen. Zögerlich setzte er sich auf den äußersten Rand der Couch. Sie reichte ihm das Weinglas und nahm ebenfalls Platz. Es wurde still. Leise klopfte der Regen gegen die Scheiben. Schließlich räusperte Jakob sich.

»Du fragst dich bestimmt, wieso ich im Stift nicht meinen richtigen Namen verraten habe. Ich habe ja nur gesagt, dass ich von zu Hause abgehauen bin, mehr nicht.«

Sanna kannte den Grund zwar inzwischen, trotzdem sagte sie nichts.

»Ich habe nichts gesagt, weil ich in Wirklichkeit gar nicht von zu Hause weg bin. Das war nicht die Wahrheit. Ich bin zwar abgehauen, aber von woanders. Ich war nämlich ...« Er stockte.

»Du warst in der stationären Psychiatrie des Evangelischen Krankenhauses«, beendete Sanna den Satz.

Er sah erschrocken auf. »Woher ...?«

»Und dein voller Name ist Jakob Blank, richtig? Meine Chefin hat mir das gesagt. Die Leute aus der psychiatrischen Klinik suchen dich. Sie sagen, du musst deine Behandlung dringend fortsetzen.«

Es dauerte ein bisschen, bis er das verdaut hatte.

»Und? Willst du mich jetzt zurückbringen?«

Sanna dachte an die Sache auf der Brücke. Wahrscheinlich wäre es für Jakob tatsächlich das Beste, wenn er in die Klinik zurückkehrte. Trotzdem störte sie sich an der Diagnose. Unter anderem die Warnung vor seiner Gewalttätigkeit. Sanna glaubte einfach nicht daran. Vielleicht, wenn er in eine andere Klinik kommen könnte. Zu einem anderen Psychologen als diesem Bekannten ihrer Chefin, der das Gutachten über Jakob erstellt hatte.

»Nein«, sagte sie. »Ich will dir helfen.«

»Ich kann da nicht zurück, Sanna. Die haben gesagt, die wollen mich gesund machen. Aber das war gelogen. Die haben mich eingesperrt. Das war ein Gefängnis. Und ich habe Medikamente bekommen. Die waren ... ich glaube, diese Medikamente sind wirklich schlecht für mich.«

»Das war dieser Professor Dörrhoff, nicht wahr? Meine Chefin hat mir von ihm erzählt. Sie meinte, er ist …« Sanna stockte. »Herr Dörrhoff? Sagt dir das nichts?«

»Ich weiß nicht. Hieß so einer der Ärzte?«

Sie runzelte die Stirn. »Wie lange warst du eigentlich in der Klinik? Und wie bist du da überhaupt rausgekommen?«

»Nicht sehr lange«, sagte er vage und senkte den Blick. »Ein paar Tage nur. Und das mit der Flucht war nicht besonders schwer. Es war nicht immer ein Wärter da. Ich habe einfach gewartet, bis die Luft rein war, und dann bin ich rausspaziert.«

Er vermied es dabei, sie anzusehen. Sanna erinnerte sich daran, wie er im Auto neben ihr gesessen hatte, als sie ihn vom Stift fortgebracht hatte. Nach dieser Sache mit dem Einbrecher. Da hatte er ganz ähnlich reagiert.

»Du kannst dich nicht genau erinnern, oder?«, mutmaßte sie. »Was genau in der Klinik passiert ist?«

Jetzt sah er auf. Ängstlichkeit lag in seinen Augen. Er fühlte sich offenbar ertappt.

»Das muss an den Medikamenten liegen, die ich da bekommen hab«, sagte er schnell. »Die haben Blackouts verursacht. Ich sage ja, das war furchtbar in der Klinik. Aber das spielt keine Rolle. Auch wenn ich mich nicht mehr genau erinnere. Eins weiß ich ganz sicher: Es war falsch, da zu sein. Wenn ich geblieben wäre, dann wäre das mein Ende gewesen.«

»Dein Ende? Was meinst du damit?«

Er ließ sich Zeit mit der Antwort.

»Ich hatte einfach das Gefühl, ich muss da raus«, wich er aus. »Ich war da nicht sicher.«

Sanna dachte nach. Jakob sagte nur einen Teil der Wahrheit, davon war sie überzeugt. Außerdem gab es noch etwas anderes, worüber sie mit ihm reden musste: die Sache mit dem toten Kind. Er hatte es auf dem Bild wiedererkannt. Tante Renate hatte sich das nicht eingebildet. Während draußen die ganze Welt fieberhaft über die Herkunft der Kleinen rätselte, wusste Jakob genau Bescheid, wer dieses Kind war.

»Was soll denn als Nächstes passieren?«, fragte sie. »Du musst doch irgendwohin. Hast du schon einen Plan?«

»Nein. Noch nicht. Erst mal schlafen. Und morgen werde ich weitersehen.«

»Wo warst du in den letzten Tagen? Bei einem Freund?«

Er schwieg. Sanna schätzte, dass er kein Dach über dem Kopf gehabt hatte. Er hatte wahrscheinlich irgendwo draußen geschlafen.

»Ich fühle mich gut«, sagte er. »Ich bin frei. Das ist toll, ehrlich. So gut hab ich mich lange nicht mehr gefühlt. Ich gehe nicht zurück. Weder in die Klinik, noch nach Hause.«

»Du wohnst auf dem Hof in der Nähe vom Stift Marienbüren, richtig? Dein Vater ist Volker Blank.«

Er antwortete nicht, sondern starrte nur zu Boden.

»Macht er sich denn keine Sorgen um dich?«

»Mein Vater? Bestimmt nicht. Ich will auch auf keinen Fall dahin zurück. Ich …«

Er stockte, senkte den Blick. Sanna betrachtete

ihn. Er wirkte irgendwie durcheinander, als würde es ihm nicht gelingen, das in Worte zu fassen, was ihm durch den Kopf ging. Doch sie hatte bereits einen Verdacht. Die Verletzungen ... das war nicht er selbst gewesen.

»Hat dein Vater dir was angetan?«

»Mein Vater? Nein. Ich glaube nicht.«

»Du kannst es mir ruhig sagen.«

»Nein, wirklich. Da war nichts.«

Sagte er die Wahrheit? Wohl kaum.

»Wieso willst du dann nicht zurück?«, fragte sie. »Was ist das Problem?«

»Er schickt mich wieder in die Psychiatrie. Außerdem ... Mir geht es jetzt gut. Auch ohne ein Zuhause. Mir ging es noch nie so gut wie in den letzten Tagen. Ich fühle mich endlich frei.«

»Ich verstehe schon, was du meinst. Aber wie soll das weitergehen? Willst du einfach obdachlos werden? Du musst dir doch einen Plan ausdenken. Du brauchst ein Ziel.«

»Am liebsten hätte ich eine ganz neue Identität. Ganz von vorne anfangen. Keiner würde mich kennen. Das wäre am besten.«

»Das wird aber nicht passieren. Sei realistisch.«

»Was ist denn realistisch? Ich gehe auf keinen Fall in die Klinik zurück.«

»Da gibt es andere Möglichkeiten. Wir könnten ein zweites psychiatrisches Gutachten einholen. Das Jugendamt einschalten. Einen Anwalt fragen. Es gibt immer Wege.«

Jakob schenkte ihr ein Lächeln voller Traurigkeit. »Ach, Sanna. Mir glaubt doch eh keiner.«

»Das weißt du doch gar nicht. Willst du einfach wegrennen? Du musst dich doch wehren, Jakob. Für deine Rechte kämpfen.«

»Ich ... ich kann nicht.«

Etwas war bei seinem Vater passiert. Es stimmte nicht, dass der ihm nichts angetan hatte. Die Wunden, die Jakobs Körper bei seinem ersten Auftauchen übersät hatten, waren nicht selbst zugefügt, wie Erika Eckart meinte. Jakob hatte Angst, das war deutlich zu erkennen. Aber er musste mit ihr reden. Sagen, was sein Vater getan hatte. Nur so konnte sie ihm helfen, dem Ganzen ein Ende zu bereiten.

»Was ist passiert, Jakob? Du kannst mir vertrauen.«

»Ach, Sanna ...«

Sie quälte ihn. Das spürte sie. Doch sie ließ nicht locker.

»Was ist mit diesem Kind? Das kleine Mädchen, das bei dem Erdrutsch aufgetaucht ist? Du weißt doch, wer es ist, oder? Du hast es auf dem Bild von Tante Renate erkannt.«

Er war nun leichenblass. Schweiß trat auf seine Stirn. Er fixierte angestrengt einen Punkt auf dem Fußboden.

»Woher kennst du dieses kleine Mädchen? Wer ist es?«

»Sanna, bitte ...« Das klang fast wie ein Aufheulen.

»Was ist passiert? Wie ist es gestorben? Du musst es mir sagen. Jakob, okay?«

Seine Augenlider zitterten, sein Blick begann zu flackern. Er gab ein seltsames Stöhnen von sich.

Sanna hielt für einen Moment inne. Sie wusste nicht, was passierte. Doch sie durfte jetzt nicht lockerlassen, das spürte sie irgendwie. Sie hatte ihn gleich so weit. Er würde sein Geheimnis offenbaren.

»Rede mit mir, Jakob«, beschwor sie ihn. »Sag mir, was passiert ist. Wovor hast du Angst?«

Seine Stimme war verändert. Er sprach leise, es war beinahe ein Wispern. »Ich darf keine Hilfe annehmen. Ich darf keinem vertrauen. Keinem.«

»Du kannst mir aber vertrauen. Versprochen!«

Sein Blick richtete sich nach innen. Es schien, als wollte er sich zurückziehen, seinen Körper verlassen, von hier verschwinden.

Sie erinnerte sich, was ihn daran gehindert hatte, von der Brücke zu springen. Obwohl es Wahnsinn war, versuchte sie es ein weiteres Mal.

»Jannis«, nannte sie ihn, »hörst du mich? Ich bin es.«

Er sah verwundert auf. Seine wasserblauen Augen wirkten groß und unschuldig. Sie nahm seine Hand, die kalt und trocken war, und umschloss sie fest.

»Du kannst *mir* vertrauen«, sagte sie. »Wer ist dieses Kind, Jannis?«

Er flüsterte heiser: »Maike.«

»Es ist also Maike. Woher kennst du sie? Du kennst sie doch, oder?«

Sie hielt weiter seine Hand umschlossen. Tief in ihrem Inneren wusste sie, dass es besser wäre, sich nicht auf diese Psychospielchen einzulassen. Keiner konnte sagen, welche Geister sie damit heraufbeschwor.

»Wer war Maike, Jannis?«, fragte sie. »Darf ich das wissen? Verrätst du mir das?«

Etwas Seltsames passierte. Jakob zog ein Schmollmündchen. Er hob übertrieben die Schultern und rollte mit den Augen. Dann redete er nicht mehr mit seiner normalen Stimme, sondern mit einer hohen Stimme, wie ein Kind.

»Maike ist noch ein Baby. Die ist blöd.«

Sanna starrte ihn an. Seine Veränderung brachte sie aus dem Konzept. Sie ließ seine Hand los.

»Die will nie mit, wenn die Männer kommen«, redete er weiter. »Dabei muss die das. Und dann wird Papa immer böse. Ich will nicht, dass Papa böse wird. Maike ist total doof.«

Sanna spürte ihr Herz schlagen. Sie fühlte sich benommen. Es war unheimlich, was hier passierte. Trotzdem machte sie weiter.

»Welche Männer meinst du denn?«, fragte sie.

»Na, die, die immer kommen. In der Scheune. Die mit den dunklen Sachen. Wenn die kommen, müssen wir auch in die Scheune. Das weiß Maike genau.«

»Und Maike will nicht zu den Männern in die Scheune?«

»Nein. Aber die muss.«

»Warum will sie nicht?

»Weil die uns wehtun«, flüsterte er.

»Wie tun sie euch weh? Was machen diese Männer?«

Jakob bohrte verlegen den Finger in den Oberschenkel. Es war die unkoordinierte Bewegung eines Kleinkindes.

»Die tun uns halt weh«, sagte er, ohne sie anzusehen.

Er wollte offenbar nicht in die Details gehen, und Sanna war ihm im Grunde dankbar dafür.

»Sind diese Männer schuld daran, dass Maike tot ist?«, fragte sie. Es dauerte, bis Jakob antwortete.

»Maike will das nicht machen, was die sagen. Die ist nie brav. Aber die muss.«

»Ja, aber haben diese Männer Maike getötet?«

»Maike schläft jetzt. Die ist müde.«

»Was ist passiert? Weshalb schläft Maike?«

Jakob antwortete nicht. Er hockte in seiner Kinderhaltung da und sah zu Boden. Sanna wusste nicht, was hier passierte. Aber sie wollte weitergehen. Die Wahrheit war irgendwo verborgen, und sie war nicht mehr weit entfernt.

»Was ist passiert?«, fragte sie eindringlich. »Ich muss das wissen.«

Jakob hob ruckartig den Kopf. Er wirkte plötzlich größer. Sein Blick war flammend. Voller Wut und Bitterkeit. Sanna rückte von ihm ab. Er fixierte sie wie ein Insekt. Mitleidlos. Sie spürte wieder das Herz klopfen. Was da passierte, verstörte sie. Trotzdem konnte sie jetzt nicht aufhören.

»Was ist mit Maike passiert?«, fragte sie vorsichtig.

Seine Augen waren dunkel. Als hätte sich die Farbe seiner Iris verändert. Aber das war natürlich unmöglich. Es war eher die Art, wie er sie anblickte, die diesen Eindruck entstehen ließ. Er wirkte nicht mehr verletzlich oder schutzbedürftig. Im Gegenteil.

»Du meinst das Kind«, stellte er fest. »Maike.«

Sie nickte, brachte aber kein Wort über die Lippen.

»Es durfte nicht leben«, sagte er kalt. »So einfach ist das. Ich kann es nicht ändern.«

Sein Gesicht näherte sich. Er sah auf sie herab. Seine Augen funkelten. Sanna duckte sich. Sie begriff nicht, was passierte. Doch ein neues Gefühl übermannte sie, eines, das sie in Jakobs Gegenwart bislang noch nicht gespürt hatte: Es war Angst.

»Was hast du getan?«, flüsterte sie.

In seinem Blick war keinerlei Emotion.

»Hast du sie …?«

»Es durfte nicht leben«, wiederholte er. »Das war für dieses Kind nie vorgesehen.«

9

Mittwochmorgen in der Einkaufsstraße in Marienbüren. Die Kioskbesitzerin schloss müde die Ladentür auf, rollte Postkartenständer und Aufsteller heraus, dann blinzelte sie mürrisch gegen das graue Licht und verschwand wieder im Innern. An der Bäckerei fuhr ein Mercedes vor, ein Mann im Jogginganzug sprang heraus, kaufte eine Tüte Brötchen und jagte mit quietschenden Reifen davon. Neben dem Eingang der Drogerie stand eine Verkäuferin, an der nur Schminke und Haarfestiger frisch waren, und rauchte mit starren Zügen eine Zigarette. Noch war alles gähnend leer, die Geschäfte würden erst später belebt sein.

Renate war dennoch hellwach. Sie saß in ihrem Auto und wartete. Den Rückspiegel hatte sie so eingestellt, dass sie die Einkaufsstraße gut überblicken konnte. Tief in den Sitz gerutscht, ließ sie nichts aus den Augen. Wenn sie richtig informiert war, würde gleich Gertrud Hillenbäumer auftauchen, die Frau, wegen der sie hier war. Eine zufällige Begegnung auf der Straße. Eine nette Plauderei. Nichts Offizielles. Damit würde sie am meisten erreichen.

Sie war noch immer aufgekratzt. Am vergangenen Abend war sie auf eine ziemliche Sensation gestoßen. Jakob Blank, Sannas Schützling, der aus der Psychiatrie geflohen war, stammte von dem Bauernhof, den die Polizei ins Visier genommen hatte. Es gab eine Verbindung. Jakob hatte das Kind auf dem Phantombild erkannt, das war Renate sofort klar gewesen, auch wenn er das abgestritten hatte.

Sollte die Polizei mit ihrem Verdacht recht behalten, und davon war Renate überzeugt, dann handelte es sich bei dem toten Kind aller Wahrscheinlichkeit nach um die Schwester von Jakob. Er musste gewusst haben, was passiert war, sonst hätte er nicht geschwiegen.

Es hatte mehrere Gläser Weinbrand gebraucht, bis Renate sich so weit beruhigt hatte, dass sie etwas Schlaf fand. Heute Morgen hatte sie sich dann gleich wieder an die Recherchen gemacht. Gertrud Hillenbäumer ging mittwochs erst zur dritten Stunde in die Realschule. Den Morgen nutzte sie für Einkäufe im Ortskern. Bestimmt würde sie gleich auftauchen.

Renate hatte ein gutes Gefühl. Sie war ganz nah dran an der Geschichte. Ihr bot sich die Möglichkeit, es allen zu zeigen. Eine einmalige Chance.

Natürlich würde sie nicht wieder wettmachen, was damals passiert war. Das war ihr klar. Dieser Zug war ein für alle Mal abgefahren. Bei der *Frankfurter Rundschau* war sie eine Unperson, und daran würde sich nichts ändern. Aber das musste ja nicht heißen, dass ihre Karriere zu Ende war. Kleine Schritte in Richtung Bielefeld waren immer noch möglich. Außerdem wäre es eine Genugtuung, wenn ihre alten Weggefährten erführen, was für eine Story sie ans Licht gezerrt hatte. Das alte Zirkuspferd war also noch zu etwas gut.

Am Ende der Straße tauchte eine Frau auf mit der Statur eines Michelin-Männchens. Dabei war sie nicht einmal wirklich fett, es waren eher der dicke Parka und ihre unvorteilhaften Rundungen, die den Eindruck entstehen ließen. Sie stapfte entschlossen die Einkaufsstraße entlang. Das Gesicht zur Faust geballt und die Augen trotz des diesigen Wetters hinter einer Sonnenbrille verborgen. Die dünnen Haare standen in alle Richtungen ab, ihre Haut war fahl und grau. Wer Gertrud Hillenbäumer nicht kannte, wäre niemals auf die Idee gekommen, dass diese Frau bei aller Ruppigkeit ein Herz aus purem Gold besaß.

Renate wartete, bis sie an ihrem Wagen vorbei war, dann öffnete sie die Tür und schlich hinterher. Gertrud Hillenbäumer blieb vorm Modehaus Maier stehen und nahm an einem Verkaufsständer ein paar Windjacken in Augenschein. Renate schlenderte an ihr vorbei, scheinbar in Gedanken versunken. Doch wie gewohnt entging Gertrud nichts von dem, was um sie herum passierte.

»Renate! Willst du etwa an mir vorbeilaufen, ohne Guten Morgen zu sagen?«

»Du lieber Himmel, Gertrud. Ich hab dich nicht gesehen. Ich bin noch gar nicht richtig wach. Entschuldige bitte. Guten Morgen.«

»Das will ich doch meinen.« Gertrud gab ihr die Hand und zeigte ein schroffes Lächeln. »Um diese Uhrzeit hätte ich nicht mit dir gerechnet, Renate. Dein Sohn erzählt immer, du legst dich wieder hin, wenn er zur Schule geht.«

Das war typisch für Aron. Nicht einmal vor seiner Klassenlehrerin behielt er solche Dinge für sich. Gertrud Hillenbäumer unterrichtete Deutsch und Geschichte an der Marienbürener Realschule. Sie war mit ihren einundsechzig Jahren eine Institution in Marienbüren. Es gab kaum einen Dörfler unter vierzig, der nicht einmal ihr Schüler gewesen war.

»Wie ich höre, hast du Familienzuwachs bekommen«, meinte sie mit einem Grinsen. »Deine Nichte aus Berlin wohnt jetzt am Kirchplatz, stimmt's?«

»Sanna, ja. Sie ist ein wundervolles Mädchen.«

»Die meisten jungen Leute nehmen den Zug in die entgegengesetzte Richtung. Sie wollen unbedingt hier weg.«

»Sanna war schon immer anders. Sie arbeitet im Stift Marienbüren, dort gibt sie Sportkurse für die Bewohner.« Das entlockte Gertrud Hillenbäumer ein anerkennendes Nicken. Die Arbeit in einer karitativen Einrichtung war für sie per se etwas Gutes. »Aber da ist ja in letzter Zeit eine Menge los«, fuhr Renate fort. »Stell dir vor, Jakob Blank ist im Stift aufgetaucht. Du weißt schon, dieser Junge, der aus der Psychiatrie abgehauen ist. Da wusste erst keiner, wer er war, und sie haben ihn im Stift wohnen lassen.«

Gertrud Hillenbäumer war sechs Jahre lang die Klassenlehrerin von Jakob Blank gewesen. Renate konnte davon ausgehen, dass sie über die Sache Bescheid wusste.

»Und Sanna ... Stell dir vor, sie wollte ihn gleich mit nach Hause nehmen. Sie ist ein gutes Kind, aber manchmal übertreibt sie es mit ihrer Nächstenliebe.«

»Jakob ...« Ihr Gesicht wurde nachdenklich. »Er hat bestimmt gedacht, im Stift können sie ihm helfen. Schlimme Geschichte mit dem Jungen. Ich hätte mir etwas anderes für ihn gewünscht.«

»Hast du ihn denn unterrichtet?«, fragte Renate scheinheilig. »Kennst du ihn persönlich?«

»Ja. Er hatte schon immer Probleme. Aber dass er so schwer erkrankt … Und dann noch der Ausbruch aus der Klinik. Ich mache mir wirklich Sorgen. Nun ja, er hat es nie leicht gehabt, der Junge. Das Elternhaus, die Umstände da. Er hätte mehr Förderung gebraucht. Jemand hätte sich kümmern müssen.«

Renate stutzte. Das hörte sich gar nicht nach Gertrud Hillenbäumer an. Offenbar war ihr die Verwunderung anzusehen, denn Gertruds Stimme wurde schneidend.

»Glaub nicht, dass ich nicht alles versucht hätte. Ich bin mehrmals zu den Eltern rausgefahren. Ich wollte mit ihnen über Jakob sprechen, über seine Probleme in der Schule. Zusammen überlegen, woran das liegen könnte. Daran arbeiten. Aber ich habe mir nur Abfuhren eingeholt. Einmal hab ich Jakobs Vater sogar in seiner Stammkneipe abgefangen. Ich dachte, vielleicht ist es besser, ihn in einer anderen Umgebung zu sprechen. Aber nichts. ›Lassen Sie uns in Ruhe!‹, was anderes hab ich nicht zu hören bekommen.«

»Keiner macht dir Vorwürfe, Gertrud.«

»Oh doch. *Ich* mache mir Vorwürfe, Renate. Aber Jakob war nicht das einzige Kind mit Problemen. Da sind noch Hundert andere, die Schwierigkeiten haben. Weil ich mir bei Jakob nicht zu helfen wusste, habe ich schließlich das Jugendamt eingeschaltet. Aber die haben nur Dienst nach Vorschrift gemacht. Haben bei den Blanks angerufen und ihre Hilfe angeboten. Und das war's.«

Ihr Gesicht verhärtete sich und nahm einen abweisenden Ausdruck an. Nur wer sie gut genug kannte, wusste, dass sie damit Bekümmerung ausdrückte.

»Wahrscheinlich hätte ich mehr tun müssen«, sagte sie. »Ich habe mir vorgenommen, die Augen offen zu halten. Aber irgendwie ist mir Jakob durchgerutscht. Er hat letzten Sommer seinen Abschluss gemacht.«

»Was waren das denn für Probleme, die Jakob in der Schule hatte?«

»Er war Einzelgänger, er hatte keine Freunde. Manchmal haben die anderen Kinder ihn gehänselt, aber meistens haben sie ihn in Ruhe gelassen. Er war seltsam, einige hatten wohl auch Angst vor ihm. Man konnte ihn nie richtig einschätzen. Was auch merkwürdig war: In seinen Leistungen war er nie Mittelmaß. Entweder war er besonders gut oder besonders schlecht. Einsen oder Fünfen, dazwischen gab es nichts. Er war oft fahrig, irgendwie durcheinander. In der einen Geschichtsstunde konnte er mir alles über den Deutsch-Französischen Krieg erzählen, sogar mit Einzelheiten, die nicht im Schulbuch stehen. Und in der nächsten Stunde war es, als würde er nicht einmal wissen, dass es diesen Krieg überhaupt gegeben hat. Das war wirklich verwirrend. Als hätte er geschwänzt und stattdessen seinen Zwillingsbruder in die Schule geschickt.« Sie seufzte. »Er hat es einem manchmal nicht leicht gemacht. Dann saß er da und sagte plötzlich, er heiße David. Er wolle jetzt nicht mehr Jakob genannt werden, sondern David. Ziemlich anstrengend, oder?

Und wenn die anderen ihn auslachten, dann wurde er richtig wütend.«

Seltsam. Aber irgendwie passte das alles zu dem, was Sanna erzählt hatte. Jakobs Verhalten, nachdem sie ihn von der Brücke fortgebracht hatte. Und es passte dazu, dass Jakob sich plötzlich Jannis genannt hatte. Renate hatte das Gefühl, hier auf etwas gestoßen zu sein, das wichtig sein könnte. Bevor sie jedoch weiter nachhaken konnte, wechselte Gertrud das Thema.

»Aber nun erzähl du mal, Renate. Ich habe deinen Artikel auf der Ostwestfalenseite gelesen. Über den Erdrutsch. Der war gut. Ich wusste gar nicht, dass du auch für den überregionalen Teil schreibst.«

»Eigentlich tue ich das auch nicht. Ich war nur zufällig auf der Straße, als der Erdrutsch runterging. Plötzlich war da ein Loch vor mir. Meine Nichte war diejenige, die das tote Kind entdeckt hat.«

»Richtig, das habe ich gehört. Sanna Marquart, natürlich, so heißt deine Nichte. Schrecklich, die Sache, nicht wahr? Weiß man schon, woher das Kind stammt?«

»Nein, die Polizei hat noch keine …« Renate stockte. Ein dunkler Passat fuhr vorbei und nahm Kurs auf den Kirchhof. Sie erkannte Jens Böttger hinterm Steuer. Der wollte bestimmt zu Sanna. »Die Polizei hat noch keine konkrete Spur«, beendete sie den Satz.

»Ob das Kind aus Marienbüren kommt? Ich will ja auf den Tratsch nichts geben, aber die Leute sagen …«

Aber Renate konnte sich nicht mehr konzentrieren. »Entschuldige bitte, Gertrud. Ich sehe gerade, wie spät es ist. Um Himmels willen, ich sollte längst in der Redaktion sein!« Sie musste zum Kirchplatz. Und zwar schnell.

»Aber …« Gertrud blieb etwas verdattert zurück. Offenbar war sie es nicht gewohnt, mitten im Satz stehen gelassen zu werden. Doch darauf konnte Renate jetzt keine Rücksicht nehmen.

»Wir sehen uns, Gertrud!«, rief sie ihr über die Schulter zu. »Bis bald.«

Sie folgte dem dunklen Passat. Wahrscheinlich hatte Jens erfahren, dass sich Sanna und Jakob ein wenig angefreundet haben. Er würde sie um diese Uhrzeit noch zu Hause antreffen. Sie verließ erst um viertel nach neun das Haus.

Renate nahm die Abkürzung und trat durch den schmalen Fußgängerdurchgang zum Kirchhof. Jens wollte sicher herausfinden, wo Jakob ist. Aber wenn Sanna etwas wusste, würde sie hoffentlich dichthalten. Renate musste ihn unbedingt finden, und zwar schneller als die Polizei. Jakob war der Schlüssel. Er wusste, was mit dem Kind passiert war. Mit seiner Hilfe würde Renate ihre Story bekommen. Sie musste eben nur als Erste mit ihm sprechen.

Vor ihr ragte die Sandsteinkirche auf. Drum herum standen die alten Fachwerkhäuser. Jens Böttgers Auto parkte jenseits der Kirche, das Heck ragte hinter einer Mauer hervor. Es stand direkt vor Sannas Haus. Renate verlangsamte ihren Schritt. Sie umrundete vorsichtig die Kirche. Die Haustür ihrer Nichte rückte ins Blickfeld. Sanna stand in der offenen Tür. Sie sprach mit Jens und seinem Kollegen, einem hageren Mann mit zerfurchtem Gesicht und Hakennase. Renate hielt sich an der Kirchenmauer im Verborgenen. Sie würde zu Sanna gehen, sobald die Polizisten verschwunden waren. Ihre Nichte redete fröhlich drauflos, gestikulierte wild herum und nahm offenbar kein Blatt vor den Mund. Renate konnte nur beten, dass sie den Polizisten Jakob nicht gerade ans Messer lieferte.

Schließlich verabschiedete sich Sanna von den beiden Männern, trat zurück ins Haus und schloss die Tür. Jens wandte sich zum Auto. Renate zögerte eine Sekunde zu lange, hinter dem Vorsprung abzutauchen. Jens hatte sie entdeckt. Er hielt inne. Ihre Blicke trafen sich.

Sie spürte, wie ihr Herz klopfte. Jens wusste anscheinend, dass sie in Marienbüren lebte, und erkannte sie sofort. Er war nicht überrascht, sie zu sehen. Was er wohl dachte? Sie war alt geworden, natürlich. Aber es hätte sie schlechter treffen können. Ihre Rundungen waren immer noch an den richtigen Stellen, auch wenn sie etwas zugelegt hatte. Und die Haare waren ihr großes Plus. Sie waren voll und kräftig, trotz ihres Alters. Viele Frauen beneideten sie darum.

Jens sagte etwas zu seinem Kollegen, der ihm zunickte und zum Wagen ging. Dann trat er auf Renate zu. Er lächelte scheu und steckte die Hände in die Hosentaschen, was ihn wie einen Schuljungen wirken ließ.

»Hallo, Renate«, sagte er. »Ich habe schon gehört, dass du wieder in Marienbüren lebst. Dein Name stand in der Zeitung. Du schreibst über den Fall, nicht wahr?«

»Ja, das tue ich.« Renate lächelte ebenfalls.

»Dann dürfen wir wohl nicht miteinander reden«, meinte er mit einem schiefen Grinsen. »Zumindest nicht über die Ermittlungen.«

»Ich hab dich auf der Pressekonferenz gesehen. Da war ich ganz schön überrascht. Ich dachte, du lebst in Köln. Ich bin ja schon länger wieder hier. Ich war in Frankfurt, aber irgendwann … Ich dachte, für meinen Sohn ist es besser, in der Provinz aufzuwachsen. Außerdem gefällt mir die Ruhe hier.« Sie lachte. »Das ist wohl das Alter.«

Sein Gesichtsausdruck verriet, dass er das alles bereits wusste. Hatte er über sie recherchiert? Seltsamerweise fühlte sie sich geschmeichelt.

»Ja«, stimmte er zu, »irgendwann zieht es einen nach Hause. Geht mir ganz genauso.«

Sie verfielen in Schweigen. Er ließ den Blick über den Kirchplatz schweifen. Renate fragte sich plötzlich, ob es überhaupt noch etwas zu sagen gab.

»Ich war draußen bei der alten Fabrik«, meinte er. »Weißt du noch?«

Sie stieß einen hohen Laut aus. »Du liebe Güte, natürlich. Die gibt es noch? Kaum zu glauben.«

»Sieht alles noch genauso aus wie damals.«

»Die alte Fabrik. Oh Gott, an die hab ich schon ewig nicht mehr gedacht.«

Die Zeit löste sich auf. Vergangenheit, Gegenwart, Zukunft. Sie standen auf dem Kirchplatz, aber gleichzeitig lagen sie auf der Wiese hinter der Fabrik und knutschten. Die Sonne brannte auf ihre Körper. Sie gehörten zusammen, immer noch. Renate kämpfte dagegen an. Sie wollte einen klaren Kopf behalten.

»Wie geht es Bärbel?«, fragte sie.

»Gut. Ihr geht es gut. Danke.« Sein Lächeln gefror ein wenig. »Wir haben einen alten Kotten gekauft. Frisch renoviert. Ein tolles Zuhause.«

»Das glaube ich.«

»Du musst uns mal besuchen kommen. Bärbel würde sich freuen.«

»Ja. Das mache ich.«

Doch Renate ahnte, dass es niemals dazu kommen würde. Sie war wieder in der Gegenwart angekommen. Es war besser so.

Jens schien den Stimmungswechsel zu bemerken.

»Du fragst dich bestimmt, was ich hier bei deiner Nichte mache«, sagte er. »In aller Herrgottsfrühe.«

»Ich schätze mal, du hast sie nach Jakob Blank gefragt.«

»Du weißt also, dass wir ihn suchen?« Sein Blick wurde forschend. »Wir müssen dringend mit ihm reden. Du weißt nicht zufällig, wo er ist?«

Also hatte Sanna ihnen keinen Hinweis gegeben. Sehr gut.

»Nein. Ich habe den Jungen nur einmal gesehen. Ganz kurz, ist schon länger her. Er kam mir ziemlich desorientiert vor. Na ja, kein Wunder. Er sollte eigentlich in der Psychiatrie sein, nicht wahr?«

»Ja, ganz richtig. Wenn du also etwas über seinen Aufenthaltsort erfährst, dann ruf uns an. Das meine ich ernst. Er ist gefährlich, man darf ihn nicht unterschätzen.«

»Ich werde sofort anrufen. Du kannst dich darauf verlassen.«

Vor ihm zu stehen und ihm frech ins Gesicht zu lügen, brachte Renate endgültig auf den Boden der Tatsachen zurück. Ihr Verhältnis war lange vorbei. Besser wäre es, sie verschwendete keinen Gedanken mehr daran.

Der Kommissar mit der Hakennase kam auf sie zu. Er beendete gerade ein Gespräch auf dem Handy und ließ das Gerät in die Jackentasche gleiten. Dann gab er Jens ein Zeichen. Offenbar hatte er Neuigkeiten.

»Ich muss los«, sagte Jens.

»Grüß Bärbel von mir.«

»Das mache ich.«

Der hagere Mann trat näher und beugte sich vor, um Jens etwas ins Ohr zu sagen. »Wir haben einen Beschluss.«

»Einen Beschluss?«, rutschte es Renate heraus. »Was für einen Beschluss?«

Die beiden Männer sahen sie finster an. Sie begriff sofort. »Ihr habt einen Durchsuchungsbeschluss! Für den Hof der Blanks!«

»Renate, das geht dich nichts an! Du hast hier nichts gehört.«

»Aber es stimmt, oder? Das muss ein Richter abgesegnet haben. Ihr habt also einen hinreichenden Verdacht.«

Jens trat näher. »Renate!«, sagte er eindringlich. »Wenn du es förmlich willst: Ich werde weder was bestätigen noch dementieren. Da musst du schon auf die nächste Pressekonferenz warten.«

Seine Blicke waren bohrend. Eine deutliche Kühle trat in sein Gesicht. Das war es also. Auch für ihn gehörte ihre Romanze endgültig der Vergangenheit an. Renate spürte einen Stich und ärgerte sich gleichzeitig darüber.

»Natürlich«, sagte sie kleinlaut. »Entschuldige, dass ich gefragt habe.«

Jens nickte. »Also gut. Wir müssen jetzt los.«

Sie verabschiedeten sich knapp, dann ging er mit seinem Kollegen zurück zum Wagen. Renate wartete, bis sie den Kirchplatz verlassen hatten. Dann zog sie eilig ihr Handy hervor. Eine Hausdurchsuchung in Verbindung mit einem ungelösten Mordfall! Und sie war die Einzige, die davon Wind bekommen hatte. Was für ein Triumph! Da sollte einer noch sagen, sie hätte es nicht mehr drauf auf ihre alten Tage.

Unter dem düsteren, stahlgrauen Himmel wirkte das Gehöft an diesem Tag besonders trostlos. Das heruntergekommene Wohnhaus mit dem schmutzig verfärbten Putz, der verbeulte ausrangierte Wohnwagen und der Autofriedhof hinter der Scheune mit den ausgeschlachteten Wracks und dem Müll, der überall herumlag. Böttger ließ seinen Blick über das Gelände wandern. Er dachte an die Kinderleiche in der Rechtsmedizin. Ein Gefühl der Beklemmung erfasste ihn.

Die Durchsuchung war bereits in vollem Gange. Polizeiwagen standen in der Auffahrt, Beamte liefen herum, überall herrschte Betriebsamkeit. Böttger stieg aus dem Wagen und warf die Tür hinter sich ins Schloss. Beate Heitbrink wurde gerade von einem Beamten aus dem Wohnwagen geführt. Sie wuchtete ihren schweren Körper die Stufen herunter. Der Jogginganzug war starr vor Dreck, die Haare hingen ihr fettig ins Gesicht. In ihrem aufgequollenen Gesicht spiegelten sich Angst und Verwirrung. Sie schien nicht zu begreifen, was passierte. Überall waren Polizisten eingedrungen. Der hohe Zaun bot keinen Schutz mehr.

Ihr Blick fiel auf Böttger, der mitten auf dem Hof stand. Offenbar erkannte sie ihn wieder, denn sie humpelte aufgeregt auf ihn zu, dicht gefolgt von dem jungen Uniformierten, der sie aus dem Wohnwagen geführt hatte.

»Nein, das dürfen Sie nicht!«, rief sie ihm entgegen. Panik presste ihre Stimme. »Sie dürfen das nicht! Sie müssen gehen! Verlassen Sie sofort unseren Hof.«

»Die Kollegen haben Ihnen doch den Durchsuchungsbeschluss gezeigt, oder?«, meinte Böttger. »Wir folgen hier einer richterlichen Anordnung.«

Sie schien gar nicht zuzuhören. »Ich darf keinen auf den Hof lassen, wenn ich alleine bin. Bitte, Sie müssen wieder gehen. Volker darf nichts erfahren.«

»Ihr Lebensgefährte wird gerade über die Durchsuchung informiert. Auf seiner Arbeitsstelle in Paderborn.«

Sie riss die Augen auf. »Er weiß es? Er weiß es schon?« Ihr Blick wanderte ängstlich über das Treiben auf dem Hof. »Wenn er hört, dass ich Sie reingelassen habe, bringt er mich um.«

»Sie *mussten* uns hereinlassen, Frau Heitbrink.

Wir hatten einen richterlichen Beschluss. Verstehen Sie nicht? Sonst hätten wir uns gewaltsam Zutritt verschafft.«

»Oh Gott, oh Gott ... Er darf nicht – ... Sie müssen gehen, bitte. Sie müssen gehen.«

Böttger packte sie am Arm und zwang sie, ihm ins Gesicht zu sehen. »Frau Heitbrink, hören Sie mir zu! Wir sind die Staatsgewalt. Wir haben das Recht, hier zu sein. Verstehen Sie?«

Sie duckte sich und sah unterwürfig zu ihm auf. Offenbar war sie es gewohnt, hart angegangen zu werden. Böttger seufzte und ließ sie los.

»Frau Heitbrink, Sie wissen doch, weshalb wir hier sind? Es geht um das Kind, das beim Erdrutsch aus der Erde gespült wurde. Dieses Mädchen, das hat hier gelebt, nicht wahr? War das vielleicht Ihr Kind?«

Sie zuckte wie unter einem Schlag zusammen. Schmerz und Angst traten in ihren Blick. Sie schüttelte heftig den Kopf.

»Nein«, stieß sie hervor. »Nein.«

»Frau Heitbrink. War dieses Kind Ihre Tochter?«

»Nein, ich hab doch gesagt ...« Ihr Gesicht verzerrte sich, dann begann sie zu weinen. »Es gab kein Kind. Wirklich, hier gab es kein Kind. Lassen Sie uns in Ruhe. Bitte, gehen Sie.«

Sie begann zu zittern. Taumelte. Der junge Uniformierte, der die Frau aus dem Wagen geführt hatte, trat eilig vor und stützte sie. Er wechselte einen Blick mit Böttger.

»Es gab kein Kind«, heulte sie. »Das müssen Sie mir glauben. Es hat nie ein Kind gegeben.«

Böttger nickte dem Kollegen zu. »Bringen Sie sie

zum Gruppenwagen. Wir werden später mit ihr reden.«

Er wandte sich ab und steuerte das Wohnhaus an. Die Schulte wartete bereits neben dem Eingang auf ihn. Sie streifte ihre Plastikhandschuhe ab und begrüßte ihn mit einem festen Händedruck.

»Wie sieht's drinnen aus?«, fragte er.

»Die haben aufgeräumt. Spielzeug, Kleidung, alles, was auf ein Kind deuten könnte, ist weggeschafft.«

»Wie gründlich waren sie dabei?«

»Kann ich noch nicht sagen. Im Badezimmer war eine Bürste, in der hellblonde Haare stecken. Nur hat hier keiner blonde Haare.«

»Das tote Mädchen aber schon, oder?«

Sie nickte. Trotzdem muss das nichts heißen. Abwarten, was wir sonst noch finden. Aber wir fangen ja gerade erst an.«

Er deutete auf den Wohnwagen. »Wohnt die Heitbrink eigentlich da drin? Oder wohnt sie im Haus?«

»Da drin. Sie und ihr Freund. Im Haus wohnen nur Wolfgang Blank und die Kinder. Das heißt, wenn es denn tatsächlich zwei Kinder waren. Die beiden Turteltäubchen jedenfalls wollten wohl ihr eigenes Reich haben.«

Böttger betrachtete den Wohnwagen mit dem schäbigen Zeltvorbau und den Plastikstühlen. »Nicht gerade das Liebesnest, von dem ich träume«, meinte er.

»Ich würde Ihnen gerne was zeigen«, sagte die Schulte und deutete auf den Eingang. »Im Haus. Das dürfte Sie interessieren.«

»Natürlich«, sagte er und folgte ihr hinein.

Der Flur war von einer nackten Glühbirne erleuchtet. Eine orangefarbene Tapete aus den 70ern hing an den Wänden, der Boden war mit braunem Linoleum ausgelegt. Es roch nach Schimmel und altem Essen. Neben einer Garderobe für Arbeitskleidung stand eine ausrangierte Küchenzeile, voller Werkzeuge, leerer Farbeimer und Putzlumpen.

»Kommen Sie, hier lang«, meinte die Schulte und durchquerte den schmalen Flur zum Treppenaufgang. Böttger sah sich um. Die Decke war voller Wasserflecken, und die alte Tapete löste sich überall von den Wänden. Er warf den Blick durch eine offene Tür. Dahinter lag das Wohnzimmer. Billige Resopalmöbel und schwere Gardinen, die dringend gewaschen werden müssten. Ein Kollege arbeitete sich gerade durch den Inhalt einer Kommode. Schulte marschierte die Treppe hinauf.

»Wo führen Sie mich hin?«, fragte er.

»Nach oben, in das Zimmer von Jakob.«

»Kaum vorstellbar, dass ein Teenager in diesem Haus lebt«, kommentierte er das.

Im oberen Stockwerk befanden sich lose Bodendielen unter dem Teppich, die unter seinem Tritt nachgaben. Ein Gefühl, als ginge er auf offenem Meer über eine Reling.

»Hier sind wir«, sagte die Schulte und öffnete eine Tür. »Treten Sie ein.«

Vor ihm lag ein Jugendzimmer. Es sah genauso trostlos aus wie der Rest des Hauses. Fleckiger Teppichboden, ein viel zu kleines Fenster, ein billiges Bett und ein klobiger Schrank. Die Schulte deutete zum Schreibtisch, der in der Zimmerecke stand.

»Sehen Sie sich das an«, sagte sie.

Die Wand am Schreibtisch war über und über mit Kinderzeichnungen tapeziert. Böttger runzelte die Stirn und trat näher.

»Was zum Teufel …?«

Es dominierten dunkle Farben. Schwarz und Rot. Die Motive waren martialisch. Überall Blut und Feuer. Menschen mit aufgerissenen Mündern. Das nackte Grauen. Messer, die aus Körpern ragten, brennende Haarschöpfe, abgetrennte Köpfe. Er sah Bilder von gehörnten Dämonen, dann von abstürzenden Flugzeugen und Leichenbergen. Brennende Häuser, schwarze Wolken, Feuerregen.

»Der junge Hieronymus Bosch«, meinte die Schulte trocken. »Was eine Kindergärtnerin wohl dazu sagen würde.«

Die Wucht der kindlichen Zeichnungen ließ Böttger nicht los. »Was ist mit diesem Jungen nur los?«, meinte er.

»Na ja. Dass der nicht ganz frisch im Kopf ist, das ist ja nichts Neues. Ich hätte nur nicht gedacht …«

Unten waren Stimmen zu hören. Es polterte. Jemand betrat das Haus. Die Geräusche wirkten aufgeregt.

»Herr Böttger?«, rief einer. »Kommen Sie mal runter.«

Die beiden verließen Jakobs Zimmer und gingen nach unten. Zwei Kollegen standen im Flur. Ein junger Beamter mit Ziegenbärtchen und einer Tätowierung, die sich unterm T-Shirt erahnen ließ, und daneben ein blasser Mittvierziger mit unübersehbarem Bauchansatz. An ihren fiebrigen Gesichtern konnte Böttger sofort erkennen: Sie hatten was Dickes gefunden.

»Was gibt's?«, fragte er. »Haben Sie etwas?«

Der Tätowierte grinste breit. »Das kann man wohl so sagen. Wir haben den Hauptpreis gewonnen. Kommen Sie. Es geht nach draußen, zu dem Verschlag neben der Scheune.«

Er drehte sich um und verließ das Haus. Böttger und die Schulte wechselten Blicke, dann traten sie ebenfalls ins Freie. Die beiden Kollegen überquerten den Hof und steuerten den ehemaligen Hühnerstall an. Die morsche Brettertür stand offen, dahinter klaffte ein dunkler Raum wie ein Schlund.

»Kommen Sie rein!«, rief der Kollege. »Ihre Augen gewöhnen sich schnell an die Dunkelheit.«

Böttger betrat den Verschlag. Feuchte, modrige Luft schlug ihm entgegen. Es roch nach Altöl und Hühnerdreck. Von draußen fiel Zwielicht herein. Tatsächlich konnte Böttger in der Umgebung schnell Konturen ausmachen. Er trat näher. Im Zentrum des engen Raums standen Kisten. Fünf oder sechs Umzugskartons.

»Die sollten wohl von hier weggebracht werden«, meinte der Tätowierte. »Aber da waren die nicht schnell genug.«

»Was ist da drin?«, fragte Böttger.

»Raten Sie mal.« Der Kollege zog sich die Plastikhandschuhe über und öffnete den erstbesten Karton. Böttger sah hinein. Es waren Kindersachen. Spielzeug, Stofftiere, eine Kinderdecke.

»Da hinten gibt's noch ein Kinderbettchen und

einen Wickeltisch. Alles bereit zum Abtransport. Tja, ich würde sagen: Da waren wir schneller.«

Böttger betrachtete fassungslos den Fund. Die Schulte war hinter ihm aufgetaucht und folgte seinem Blick. Auch der Kollege aus dem Wohnzimmer war plötzlich da. Er schien kaum glauben zu können, was er sah.

Alle blickten Böttger erwartungsvoll an. Es dauerte, bis er seine Sprache wiedergefunden hatte.

»Festsetzen, die ganze Bagage«, befahl er. »Nehmt sie alle fest, so schnell wie möglich. Und das Zeug hier kommt in die KTU. Das soll genau untersucht werden, auf Haare und Hautschuppen und was sonst noch für eine Analyse taugt. Ich will so schnell wie möglich einen DNA-Abgleich mit dem toten Kind haben.«

Er wandte sich wieder zu den Umzugskartons und betrachtete den Fund. »Jetzt haben wir euch«, sagte er.

10

Sanna trat auf den Kirchplatz. Die Abendsonne tauchte alles in ein sanftes Licht. Eine Nachbarin stand vor dem Hauseingang und zupfte welke Blüten von ihren Geranien. Aus der Gastwirtschaft hinter der Kirche strömte eine Handvoll Touristen und bummelte über den Platz. Ein junger Kollege aus dem Stift fuhr auf dem Fahrrad vorbei, ein bärtiger Sozialarbeiter aus den Werkstätten klingelte fröhlich und winkte ihr zu. Sanna winkte ebenfalls, wünschte einen Guten Abend und ging weiter. Die Welt schien in Ordnung in Marienbüren. Keiner wusste von ihrem kleinen Geheimnis.

Ihre Wohnung rückte ins Blickfeld. Die Fenster waren geschlossen, in den Scheiben spiegelte sich der Himmel. Alles schien unbewegt. Auch wenn nichts zu sehen war, Jakob war bestimmt da oben. Diesmal würde er nicht einfach wieder abhauen.

Am Morgen hatte sie seinetwegen die Polizei angelogen. Jakob hatte gerade am Küchentisch gesessen und gefrühstückt, als sie den Kommissaren gut gelaunt gesagt hatte, sie habe nicht die leiseste Ahnung, wo Jakob sein könne. Bei Tante Renate, die kurz nach ihnen aufgetaucht war, da war ihr das Lügen allerdings nicht so leicht gefallen. Die hatte Sanna mit einem Blick fixiert, dem sie nur schwer standhalten konnte. Schon als Kind war sie regelmäßig unter diesem Röntgenblick zusammengebrochen, wenn sie heimlich ein Bonbon aus Tante Renates Porzellandose stibitzt hatte. Aber diesmal hatte sie den Blick ausgehalten, und schließlich war Tante Renate verärgert davongestapft.

Sanna kramte ihren Haustürschlüssel hervor. Sie sah noch mal zu ihren Fenstern hoch. Sie hoffte inständig, dass es richtig war, was sie hier tat. Jakob Unterschlupf zu gewähren, für ihn zu lügen und ihn zu verstecken.

Sie tat das alles, obwohl Jakob ihr Angst gemacht hatte: Die letzte Nacht war für Sanna verstörend gewesen. Es war, als wäre Jakob plötzlich jemand anderes gewesen. Er war völlig durchgedreht, als sie ihn gedrängt hatte, von dem toten Mädchen zu erzählen.

Sanna hatte Jakob bis dahin vor allem Bösen in der Welt beschützen wollen. Aber gestern Nacht hatte sie bei ihm selbst etwas Abgründiges entdeckt. Etwas Bösartiges. Nur für einen kurzen Augenblick, danach hatte er wieder völlig unschuldig gewirkt. Ein labiler Junge, der Hilfe brauchte. Trotzdem musste Sanna sich fragen: Durfte sie das Abgründige einfach ignorieren? Sollte sie die Sache nicht doch besser der Polizei überlassen?

Sie schloss die Haustür auf, trat ein und nahm die Post aus dem Briefkasten. Auf dem Weg zu ihrer Wohnung sah sie alles durch. Der Nachsendeauftrag der Post funktionierte tadellos: Sogar alle Werbesendungen aus Berlin hatten sie erreicht. Dann waren da noch ein Brief ihrer Bank, offenbar ihre Kontoauszüge, und eine Postkarte mit einem auffälligen orangefarbenen Rosenmotiv. Sie drehte sie neugierig um. Sie stammte von einem Marienbürener Blumenladen. Ein Gutschein für eine Gratisrose. Ein Werbeflyer, vermutete Sanna zunächst, doch dann sah sie, dass ihre Adresse sorgfältig aufgeschrieben war. Mit einem Stirnrunzeln steckte sie die Karte zu der anderen Post und zog den Wohnungsschlüssel hervor.

Sie hatte Jakob eingeschärft, die Wohnung von innen zu verriegeln, doch als sie die Schlösser öffnen wollte, stellte sie fest, dass alle unverschlossen waren. Die Tür ließ sich einfach aufdrücken. Sanna war augenblicklich wachsam. Sie lauschte. Doch da war nichts. Vorsichtig schob sie die Tür auf. Bei dem lauten Quietschen verzog sie das Gesicht. Sie hielt inne. Alles war still.

»Hallo? Jakob? Bist du da?«

Keine Antwort. Vielleicht war er einfach unterwegs. Sie hatte ihm einen Zweitschlüssel gegeben. Er war hier nicht eingesperrt. Vorsichtig trat sie in die Wohnung. Warf einen Blick ins Wohnzimmer, dann in die Küche. Keine Spur von Jakob.

Sanna trat zurück in den Flur, um die Wohnungstür zu schließen und den Riegel vorzulegen. Da stand er plötzlich vor ihr. Wie aus dem Nichts. Sanna stieß einen Schrei aus. Die Angst war sofort wieder da, so wie in der vergangenen Nacht. Doch in seinen Augen war nichts, vor dem sie sich fürchten musste. Der Jakob, den sie gestern Nacht kennengelernt hatte, war nicht hier. Es war nur die vertraute, ängstliche und scheue Ausgabe.

»Meine Güte, hast du mich erschreckt!«

»Tut mir leid. Ich habe dich nicht gehört.«

»Du solltest doch die Tür abschließen, wenn du zu Hause bist. Warum war hier alles offen?«

»Das muss ich vergessen haben. Kommt nicht wieder vor.«

»Du musst vorsichtig sein. Das ist kein Spaß. Die Tür muss verriegelt sein. Am besten wäre es, du würdest die Wohnung nicht verlassen.«

»Ja, schon gut. Ich hab's verstanden. Sorry.«

Sanna ging zur Tür, warf sie ins Schloss und legte den Riegel vor. Erst jetzt nahm sie den Geruch in ihrer Wohnung wahr. Gebratenes Fleisch und Curry.

»Ich habe gekocht«, sagte Jakob. Er strahlte übers ganze Gesicht. »Ist total lecker. Ich hoffe, du hast Hunger.«

Sanna spürte, wie die Anspannung von ihr abfiel. Sie lächelte. »Und ob ich Hunger habe. Es riecht wirklich gut hier.«

Sie lümmelten sich mit ihren Tellern aufs Sofa vor dem Fernseher. Eine Castingshow lief im Abendprogramm. Sanna interessierte sich nicht dafür, aber Jakob kannte offenbar alle Teilnehmer genau. Er lachte über Witze, die sie nicht verstand, und hatte einen klaren Favoriten. Sanna konnte dem Geschehen kaum folgen, trotzdem genoss sie das Zusammensein. Jakobs Lachen war plötzlich so unbeschwert und spontan, als wäre er ein ganz normaler Teenager. Irgendwie tröstete sie das. Es ließ sie vergessen, was gestern Nacht gewesen war.

In einer Werbepause stellte Sanna die Teller auf den Boden und wandte sich Jakob zu.

»Hast du eigentlich eine Idee, wie's weitergehen soll?«, fragte sie. »Du kannst dich hier nicht ewig verstecken.«

Sein Gesicht verlor sofort alles Unbeschwerte.

»Ich weiß. Ich will ja auch weg aus Marienbüren.

Möglichst weit. Ich träume schon lange von London. England stelle ich mir toll vor.«

»Und was willst du da machen? Hast du darüber auch schon nachgedacht?«

»Keine Ahnung. Vielleicht einen Job irgendwo in einer Küche. Gemüse putzen und Teller waschen.«

»Du willst also definitiv weg von hier.«

»Ja. Ich muss mir nur überlegen, wie ich das Geld für das Flugticket besorge.«

»Und was ist mit deiner Schwester?«, fragte sie.

»Die ist tot«, sagte er matt. »Ich kann ihr nicht mehr helfen.«

»Aber du kannst die Sache doch nicht einfach auf sich beruhen lassen. Der Mörder muss gefasst werden. Es muss doch Gerechtigkeit geben.«

»Und was denkst du, soll ich da tun?«

»Ich weiß nicht. Mit der Polizei reden. Ihnen alles sagen, was du weißt.« Auch wenn das wahrscheinlich nicht besonders viel ist, fügte sie in Gedanken hinzu. Jedenfalls nicht, wenn man nur seine bewussten Erinnerungen nahm.

»Wenn ich zur Polizei gehe, stecken die mich in die Klinik.«

»Aber ist dir denn egal, was mit Maikes Mörder passiert?«

Er schwieg. Sie spürte sein schlechtes Gewissen. Vielleicht hatte er ja recht, und es war für ihn tatsächlich das Beste, einfach alles hinter sich zu lassen.

»Was ist mit Maike passiert?«, fragte sie.

»Ich glaube, dass Vater sie getötet hat. Vielleicht wollte er das gar nicht, kann sein, dass er sie nur verprügeln wollte, und dann ist das passiert.«

»Aber du weißt es nicht sicher?«

Jakob kniff die Augen zusammen und fixierte den Boden. Seine Gesichtsmuskeln bewegten sich. Er grübelte, quälte sich. Doch offenbar ohne Ergebnis. Es war wie bei der Sache auf der Brücke. Er hatte einfach keine Erinnerungen mehr daran.

»Gab es einen Streit?«, versuchte Sanna ihm auf die Sprünge zu helfen.

»Ich weiß nicht mehr ... Es ist, als ob ...« Er schlug mit der Faust in ein Sofakissen. »Vielleicht hab ich das alles nur geträumt. Aber ich weiß, dass mein Vater das war. Er hat Maike das angetan.« Er sah Sanna hilflos an. »Das ist bestimmt wegen der Pillen in der Psychiatrie. Die haben mein Gedächtnis ausgelöscht. Ich bin mir ganz sicher.«

Sanna versuchte ihre Enttäuschung zu überspielen. »Das hat mit den Pillen nichts zu tun. Das war einfach der Schock. Das ist ganz normal. Viele Menschen haben keine Erinnerung mehr an etwas, das für sie schlimm war. An die letzten Minuten vor einem Unfall zum Beispiel. Quäl dich nicht. Bestimmt fällt es dir irgendwann wieder ein.«

Der Werbeblock war zu Ende, und die Castingshow wurde fortgesetzt. Doch beide waren mit den Gedanken woanders. Sanna fiel es schwer, seine Erinnerungslücken zu akzeptieren. Sie hatte das Gefühl, den Antworten ganz nah zu sein.

»Was ist mit den Männern in der Scheune?«, fragte sie.

Jakob antwortete nicht sofort. Er versteifte sich.

»Welche Männer meinst du?«

»Bei euch auf dem Hof. In eurer Scheune. Da waren doch Männer, oder nicht? Wer war das? Was haben sie da gemacht?«

Er starrte sie an. »Ich ... ich weiß von keinen Männern.«

Sanna zog die Brauen zusammen. Log Jakob ihr offen ins Gesicht, obwohl er gestern noch etwas anderes erzählt hatte? Das wäre absurd. Aber Sanna glaubte ihm in diesem Moment. Er sagte die Wahrheit. Trotzdem lag Bestürzung in seinem Blick. Es war, als könnte er den Abgrund spüren. Das Grauen darin. Er wollte sich nicht erinnern. Sanna setzte ihn mit dieser Frage unter Stress. Unruhe schien ihn zu erfassen. Sie glaubte bereits, er würde wieder eine dieser sonderbaren Wandlungen durchleben, so wie in der vergangenen Nacht. Doch das passierte nicht. Er wirkte nur erschöpft. Und traurig.

Nach einer Weile sagte er: »Ich habe manchmal Angst, dass ich verrückt werden könnte.«

Sanna war überrascht von diesem Bekenntnis. Sie wartete ab, ob noch etwas folgen würde. Und tatsächlich fuhr er mit leiser Stimme fort: »Ich habe Probleme in meinem Kopf. Ich kann mich an viele Sachen nicht erinnern. Es ist ... ach, verflucht. Ich weiß auch nicht, was mit mir los ist.«

»Jakob ...« Sie rutschte vorsichtig an ihn heran. »Vielleicht wäre es dann gar nicht schlecht, mal mit einem Therapeuten darüber zu reden. Wenn du den Leuten etwas Zeit gibst, könnten die dir vielleicht weiterhelfen.«

»Nein. Auf keinen Fall. Mein Vater hat mich dahin gebracht, weil er mich loswerden wollte. Ich gehöre da nicht hin. Die wollen mir nicht helfen. Die wollen mich da lebendig begraben.«

Sanna wollte das Thema vorerst auf sich beruhen lassen. Sie stand auf, nahm die leeren Teller und steuerte die Küche an. In der Tür blieb sie stehen.

»Ich habe etwas Geld gespart«, sagte sie. »Ich kann dir das Flugticket bezahlen. Und dir noch was für den Neuanfang geben, damit du ein paar Wochen überleben kannst.«

»Das würdest du machen? Wirklich? Ich zahle dir das Geld auch zurück! Sobald ich Arbeit habe, fest versprochen.«

»Ja, ich weiß. Du musst dich damit nicht beeilen.«

»Oh, danke, Sanna. Das ist wirklich toll!«

Sie lächelte. »Ist schon gut. Ich hole meinen Laptop, dann können wir direkt einen Flug buchen. Es soll doch bei London bleiben?«

»Ja, warum nicht. Hauptsache weg von hier. London ist perfekt.«

Sie nickte, wandte sich ab und ging in die Küche, wo sie das schmutzige Geschirr in die Spüle stellte. London. Jakob war noch keine achtzehn. Sie fragte sich, ob sie sich hier vielleicht strafbar machte. Trotzdem. Irgendwie glaubte sie, es wäre das Beste für ihn, zu verschwinden. Sie war den Weg bis hierhin gegangen, und jetzt würde sie ihn auch bis zum Ende gehen.

Ihr Laptop lag auf dem Küchentisch. Beim Reinkommen hatte sie die Post darauf abgelegt. Sie schob die Briefe zur Seite und nahm das Gerät. Die Karte vom Blumenladen rutschte heraus und segelte auf den Boden. Sanna hob sie auf und betrachtete sie. Das Rosenmotiv wirkte ein wenig aufdringlich, fand sie. Aber wahrscheinlich hatte der Laden nicht die Mittel, einen guten Grafiker zu bezahlen. Ein Wunder, dass sich die Leute überhaupt die Mühe gemacht hatten, sie persönlich anzuschreiben. Vielleicht würde sie bei dem Laden tatsächlich mal vorbeischauen und ein paar Blumen für Tante Renate kaufen.

Sie legte die Karte zurück auf den Poststapel, ging mit dem Laptop zur Tür und schaltete das Licht aus. Die Türen waren verschlossen, deshalb fühlte sie sich sicher. Alles schien in Ordnung zu sein.

Ihren schweren Fehler würde sie erst viel später erkennen.

Böttger und die Schulte erreichten das Präsidium um kurz nach eins. Das war ein guter Zeitpunkt. Mittagspause: Wer nicht im Außeneinsatz war, hockte jetzt in der Kantine oder bei einer Tasse Kaffee im Gruppenraum. Es würden sich schnell alle zusammentrommeln lassen, die im Haus waren. Und dann konnten die Vernehmungen angegangen werden.

Einer von den Hofbewohnern hatte das Kind umgebracht, davon war Böttger überzeugt. Vielleicht war es gar nicht geplant: Das Kind schrie und quengelte, bis einer der Erwachsenen durchdrehte und auf es einprügelte. Das war keine Seltenheit. Totschlag im Affekt. Und anschließend musste es fortgebracht und irgendwo verscharrt werden.

Am Eingang des Präsidiums trat die Schulte vor und hielt ihm die Tür auf. Eine Geste, die ihn irritierte. Jedoch schien ihr das gar nicht bewusst zu sein. Es war eher das intuitive Verhalten eines Gentlemans. Er schmunzelte.

»Es läuft ziemlich gut, oder?«, meinte er.

Sie nickte. »Spätestens heute Abend haben wir unseren Täter.«

»Wollen wir's hoffen. Ich habe ein gutes Gefühl.«

Auf den Fluren war wenig los. Schweigend gingen sie zu ihrem Trakt. Schultes Lederstiefel knarzten bei jedem Schritt.

»Ist doch ein guter Einstieg, finden Sie nicht?«, meinte sie irgendwann. »Dabei sah es zuerst ziemlich schlecht aus. Gleich am ersten Arbeitstag einen riesigen Albtraumfall, mit Fernsehen und allem. Aber dann ... Ein paar Tage später haben Sie die Identität des Kindes und die Tatverdächtigen.« Sie lächelte schief. »Dabei kennen Sie noch nicht mal die Namen von allen Mitarbeitern.«

»Ich habe einfach nur Glück gehabt«, gab er zurück.

»Trotzdem. Sie sind der Mann der Stunde. Warten Sie erst ab, was in den Medien los sein wird. Sie werden ein Held sein. Ich bin gespannt, wie Brüse Ihnen den Glanz wieder nehmen will. Diesmal wird er es schwer haben, alle Lorbeeren für sich selbst ...« Sie stockte. Offenbar bemerkte sie, dass sie im Begriff war, in Gegenwart ihres Vorgesetzten schlecht über den Kriminaloberrat zu sprechen.

»Schon gut«, sagte er und zwinkerte. »Brüse ist ein Idiot. Das hab ich auch schon gemerkt.«

Sie lächelte gequält und schwieg.

Böttger trat vor und öffnete die Tür des Gruppenraums. Ein halbes Dutzend Kollegen saß rund um den Konferenztisch und trank Kaffee. Als sie sahen, wer da durch die Tür trat, brach Jubel aus. Böttger und die Schulte wurden beklatscht wie auf einem kleinen Rockkonzert.

Harald tauchte in der Zwischentür auf. »Spontaner Szenenapplaus«, kommentierte er. »Das gibt's nicht alle Tage.«

Böttger war es unangenehm. Er hob die Hände und bat um Mäßigung. An Harald gewandt fragte er: »Dann hat sich schon rumgesprochen, was die Durchsuchung erbracht hat?«

»Wie ein Lauffeuer, natürlich. Brüse hat schon die Presse einbestellt, um ihnen brühwarm die Neuigkeiten aufzutischen.«

»Wieso wartet er nicht wenigstens ab, bis wir mit den Vernehmungen angefangen haben?«

»Du kennst ihn doch. Er kann nicht anders. Wenn er Glück hat, kommt er heute ins Fernsehen.«

Die Schulte hörte brav weg, dann schnappte sie sich eine Kaffeetasse und ging zu den Kollegen. Offenbar wollte sie sich auf neutrales Gebiet zurückziehen.

Er setzte sich zu den anderen, um die nächsten Schritte zu besprechen. Volker Blank war auf dem Weg hierher, sie hatten ihn in seiner Firma abgeholt. Beate Heitbrink hockte bereits unten in Gewahrsam. Fehlte nur noch Wolfgang Blank, der Hofherr. Von dem hieß es, er wäre bei der Jagd. Ein paar Kollegen waren unterwegs, ihn in seinem Jagdrevier aufzulesen, doch bislang waren sie offenbar noch nicht erfolgreich gewesen.

Böttger entschuldigte sich und ging nach nebenan

in sein Büro. Er wollte die Pause nutzen und seine Frau anrufen. Das war längst überfällig. Auch heute hatte er es noch nicht geschafft, sich bei ihr zu melden. Die Arbeit forderte einfach zu viel von ihm. Ihr neues Zuhause, der Garten, ihre alten Freunde, die noch in der Gegend lebten. Für nichts hatte er Zeit, und das ärgerte ihn.

Er ließ sich auf seinen Schreibtischstuhl fallen. Sein Computer war eingeschaltet, auf dem Bildschirm war die Startseite eines Nachrichtenmagazins zu sehen. Er checkte kurz seine E-Mails, dann lehnte er sich zurück und griff nach dem Telefon.

Sein Blick fiel auf die Nachrichtenwebsite. Selbstmordanschläge im Irak, Tropenstürme im Golf von Mexiko. Er massierte sich die Nasenwurzel. Das Freizeichen ertönte. Ein vertrautes Wort fiel ihm ins Auge: Marienbüren. Er sah genauer hin. Im Liveticker war eine Eilmeldung aufgetaucht. »Tatverdacht im Mordfall des unbekannten Kindes in Westfalen. Polizei nimmt Hausdurchsuchung vor.« Reflexartig legte er den Hörer auf die Gabel. Er starrte auf den Computer. Das war unmöglich. Wie konnten die so schnell davon erfahren haben?

Dann begriff er. Renate. Natürlich. Sie steckte dahinter. Sie hatte nichts Besseres zu tun gehabt, als die Informationen sofort an die Öffentlichkeit zu tragen. Und er hatte das zu verantworten. Er war derjenige gewesen, von dem sie das mit der Durchsuchung erfahren hatte.

Die Tür flog auf, und Harald stand vor ihm.

»Brüse will dich sprechen. Sofort.«

»Ich kann mir schon vorstellen, weshalb.«

»Das hat er nicht gesagt.«

Böttger warf noch einen Blick auf die Meldung. »Verdammt, Renate!«, murmelte er.

Er stand auf und ging an Harald vorbei in den Korridor.

»Was ist denn passiert?«, fragte Harald.

»Ich hab ihm seine Show gestohlen. Er hat seine Pressemeute umsonst bestellt. Und jetzt wird er mich dafür bezahlen lassen.«

Harald machte ein irritiertes Gesicht. Doch Böttger hatte keine Zeit, es ihm zu erklären. Er machte sich auf den Weg zum Büro des Kriminaloberrats. Er klopfte bei der Sekretärin, die ihn sofort hereinbat und zum Nebenraum durchwinkte. »Herr Brüse wartet schon auf Sie.« Vor seiner Tür holte Böttger Luft, dann drückte er die Klinke runter und trat ein.

Brüse lehnte sich in seinem Bürosessel zurück und betrachtete ihn schweigend. Dann beugte er sich zur Gegensprechanlage vor und drückte einen Knopf. »Ich möchte nicht gestört werden«, sagte er der Sekretärin, nahm den Finger wieder vom Knopf und ließ sich zurück in den Sessel sinken. In seinem Gesicht tauchte ein böses Lächeln auf.

»Böttger«, sagte er. »Da sind Sie ja.«

Wolfgang Blank hatte ihn von seinem Jagdrevier aus angerufen. Irgendwo im Niemandsland. Die Verbindung war schlecht gewesen, zweimal war sie ganz zusammengebrochen. Trotzdem hatte er alles Notwendige erfahren: Die Polizei war auf dem Hof gewesen. Sie hatten Beweise dafür gefunden, dass dieses Kind von dort stammte. Volker Blank und seine strohdumme Freundin waren bereits festgenommen worden. Nur der alte Herr befand sich noch auf freiem Fuß.

»Vielleicht ist es besser, wenn ich untertauche?«, hatte er wissen wollen. »Noch habe ich einen kleinen Vorsprung.«

»Unsinn. Damit machen Sie alles nur schlimmer. Nein, am besten ist, Sie stellen sich. Sollen die ruhig Fragen stellen. Wenn Sie die Nerven behalten, kann Ihnen nichts passieren.«

»Bekommen wir einen Anwalt von Ihnen?«

»Mal sehen. Ich kümmere mich darum. Aber denken Sie immer daran: Sagen Sie denen nichts. Halten Sie dicht.«

Das würde jedoch wenig nützen. Die drei steckten nämlich bis zum Hals im Dreck. Ihnen würde ein Mord angelastet werden. Und er glaubte kaum daran, dass sie mit heiler Haut davonkommen würden. Aber das konnte ihm egal sein. Solange sie ihn aus dem Spiel ließen.

Nach dem Gespräch hatte er den Wagen verlassen, um sich die Beine zu vertreten. Ein bisschen Aggressionen abbauen. Er trug immer noch Anzug und Krawatte. Die Rolle des Immobilienmaklers war ihm vorerst erhalten geblieben. Sein Aufenthalt in Marienbüren hatte sich verlängert. Schließlich lebte Jakob noch. Etwas war schiefgegangen da draußen auf dem Stiftsgelände. Offenbar hatte er den Jungen nicht mehr so unter Kontrolle, wie er geglaubt hatte. Ein Grund mehr, ihn so schnell wie möglich unschädlich zu machen.

Er holte tief Luft. Seinen Wagen hatte er am Straßenrand geparkt, auf halbem Weg nach Marienbüren. Im Tal zwischen den Hügeln war der Kirchturm zu erkennen. Ein schmaler Asphaltweg führte an den Feldern entlang. Mohn und Kornblumen wucherten am Straßengraben, auf den Wiesen grasten Kühe, dahinter die beginnenden Wälder. Eine Scheißidylle war das. Er hätte kotzen können.

Weit und breit war kein Auto zu sehen. Er war allein hier draußen. Es gab noch einen weiteren Anruf, den er hinter sich bringen musste. Am besten erledigte er das gleich. Er nahm sein Handy und wählte die vertraute Nummer. Der Anruf wurde sofort entgegengenommen.

»Ich bin's«, sagte er.

Stille am anderen Ende.

»Es gibt Probleme«, fügte er hinzu.

»Die Durchsuchung, richtig?«

Sein Auftraggeber hatte also schon davon gehört.

»Ja, genau. Aber damit haben wir gerechnet, seit der Erdrutsch runtergegangen ist. Das Problem ist nur, diese Idioten haben die Spuren nicht rechtzeitig beseitigt, und jetzt hocken sie alle bei der Polizei.«

»Werden sie schweigen?«, fragte er.

»Nein. Die sind zu blöd, um dichtzuhalten. Früher oder später sagen sie alles, was sie wissen.«

»Worauf müssen wir uns da einstellen?«

»Wir werden keine Probleme bekommen. Jedenfalls keine ernsthaften. Sie kennen keine Namen. Ich habe immer darauf geachtet, dass sie wenig Kontakt zu den Kunden haben. Auch deren Namen kennen sie nicht. Und das, was sie über die Organisation wissen, ist sehr begrenzt. Im Grunde müssen wir nichts befürchten.«

»Ich will trotzdem, dass wir ihnen einen guten Anwalt geben. Einen, der vielleicht noch etwas retten kann.«

»Ich weiß nicht, ob das eine gute Idee ist. So was könnte verdächtig wirken. Wie sollte so ein Pöbel zu einem guten Anwalt kommen?«

»Das ist jetzt egal. Sehen Sie zu, dass Sie jemanden besorgen. Und zwar schnell.«

»Natürlich.«

Der Mann am anderen Ende holte tief Luft. »Ich denke, das Problem liegt ohnehin woanders.«

»Jakob. Ich weiß.«

»Ich habe mich gewundert zu hören, dass er noch lebt.«

»Die Sache im Stift Marienbüren ... Ich habe das etwas unterschätzt. Er hat meinen Befehlen bisher immer gehorcht. Irgendwas hat diesmal nicht funktioniert.«

Ein dummer Fehler, zugegeben. Er hatte seine Macht überschätzt. Aber er war hier nicht der Einzige, der Fehler machte. Jakob hätte niemals diese psychiatrische Klinik in Bielefeld verlassen dürfen. Das hatten andere vermasselt. Dass sein Auftraggeber jetzt allein ihm die Schuld gab, war typisch für ihn. Aber solche Gedanken behielt er besser für sich.

»Das kommt nicht mehr vor«, sagte er. »Glauben Sie mir: Noch einmal entkommt er nicht. Dafür sorge ich.«

»Aber es muss wie ein Unfall aussehen. Wir haben schon Ärger genug. Einen weiteren Mordfall können wir uns nicht leisten.«

»Entweder das, oder er verschwindet, ohne eine Spur zu hinterlassen. Ein psychisch gestörter Jugendlicher, der einfach von der Bildfläche verschwindet. Der könnte überall sein. In Berlin, in Spanien, in Australien. Das wäre vielleicht die beste Variante.«

»Das überlasse ich Ihnen. Sehen Sie nur zu, dass Sie es erledigen.«

»Natürlich.«

»Ach, und da ist noch was. Jakob hat im Stift Kontakt zu einer jungen Sozialarbeiterin gehabt.«

»Zu der Feldenkrais-Lehrerin. Sanna Marquart.«

»Ja, die meine ich. Ich gehe davon aus, dass die beiden nichts mehr miteinander zu tun haben?«

»Ganz im Gegenteil. Er ist bei ihr. Seit gestern hält er sich bei ihr versteckt. Ich warte nur noch die passende Gelegenheit ab, ihn mir da zu schnappen.«

»Er ist bei ihr?« Ein schweres Seufzen. »Also gut. Dann passen Sie jetzt genau auf: Dieser Frau darf nichts passieren. Bereinigen Sie, was Sie mit Jakob verpatzt haben. Aber diese junge Frau darf nichts davon mitbekommen. Ihr darf kein Haar gekrümmt werden. Haben Sie das verstanden?«

»Ja. Ich bin nicht taub.«

»Wiederholen Sie das.«

Meine Güte, was war denn mit dem plötzlich los?

»Ich werde Sanna Marquart kein Haar krümmen. Sie wird völlig unbehelligt bleiben. Jakobs Verschwinden wird sich in ihrer Abwesenheit ereignen.«

»Also gut. Ich sehe, wir haben uns verstanden. Und jetzt kümmern Sie sich um Ihren Job. Und zwar schnell. Wir möchten nicht noch einmal enttäuscht werden.«

Und damit war das Gespräch beendet. Sein Auftraggeber hatte einfach aufgelegt. Er spürte, wie sich eisige Wut in ihm ausbreitete. Aber der Mann hatte recht. Jakob war das eigentliche Problem. Ein Problem, das längst aus der Welt hätte geschafft werden müssen. Und das war seine Schuld. Er hatte seinen Job nicht erledigt. Eine Tatsache, die er dringend bereinigen musste.

11

Der Computermonitor warf sein bläuliches Licht in den Raum, die Lüftung surrte monoton. Renate hatte gar nicht mitbekommen, wie die Dämmerung hereingebrochen war. Ihre Augen schmerzten. Sie blinzelte ein paarmal, dann knipste sie die Schreibtischlampe an und reckte sich. Sie überblickte die Unterlagen auf ihrem Schreibtisch. Notizen, Ausdrucke, ein aufgeschlagenes Psychologielexikon. Daneben die fleckige Kaffeekanne, ein Teller voller Kekskrümel und ein halb leeres Weinglas. Der übliche Zustand nach einem arbeitsreichen Nachmittag.

Sie spürte die Aufregung. Eine ganz bestimmte Seite begann in ihr zu schwingen. Sie war an einer Story dran. Sie hatte eine Spur. Eine großartige Chance offenbarte sich ihr. Sie musste nur zuschlagen.

Sie stand auf, nahm die Flasche Weißwein vom Tablettwagen und goss großzügig nach. Ihr Arbeitszimmer befand sich im Obergeschoss einer kleinen Doppelhaushälfte aus den 70ern, die sie mit ihrem Sohn bewohnte. Ganz am Rand von Marienbüren, an einer steilen Anhöhe unterhalb des bewaldeten Höhenzugs. Von ihrem Fenster aus, einem großen Panoramafenster, wie es in den 70ern modern gewesen war, hatte sie einen großartigen Blick auf die Ortschaft und die dahinter liegenden bewaldeten Hügel. Im Sommer waren Fenster und Aussicht ein Traum. Im Winter allerdings zog es so fürchterlich, da musste sie sich in Decken wickeln, wenn sie hier arbeiten wollte. Sie hätte das Fenster längst austauschen lassen müssen, aber bei der Größe kostete das ein Vermögen. Ein paar Winter würde es noch mit dem alten Fenster gehen müssen.

Mit dem Weinglas trat sie an die Scheibe und blickte hinaus. Wolkenwände türmten sich am Horizont auf. Die nächste Gewitterfront war offenbar im Anzug. Von hier oben sah es aus, als würde sich die Ortschaft schutzsuchend an den Berghang schmiegen. Die Laternen flackerten in der Dämmerung auf, der Kirchturm schlug zur vollen Stunde.

Mit den Gedanken war Renate bei dem Telefonat, das sie am Nachmittag geführt hatte. Wenn ihre Intuition sie nicht täuschte, dann war es nicht nur ein einfacher Mordfall, um den es hier ging. Dann verbarg sich etwas Größeres dahinter. Eine Story, die ihr die Möglichkeit bot, sich zurückzumelden. Und zwar mit einem großen Knall. Sie musste nur die Nerven behalten. Und der Polizei einen Schritt voraus sein. Sie packte das Weinglas und leerte es mit einem großen Zug. Es würde schon klappen.

Unten knallte die Haustür ins Schloss. Das war Aron. Er kam vom Fußballtraining. Die Sporttasche wurde in die Garderobe gepfeffert, seine Jacke landete auf dem Boden. Dann hörte sie ihn mit seinen Straßenschuhen in die Küche gehen.

»Aron!«, rief sie. »Du sollst doch deine Schuhe ausziehen!«

»Sorry, Mum«, kam es völlig unbeeindruckt zurück.

Mit einem Ruck stellte sie das Weinglas ab und ging zur Treppe, wo sie sich übers Geländer beugte.

»Mensch, ich hab heute Morgen erst gewischt! Meinst du, es macht mir Spaß, immer den Dreck hinter dir wegzuwischen? Ich bin doch nicht deine Putzfrau.«

»Nein, Mum. Ich weiß. Tut mir leid.«

Renate war jedoch klar, dass er das nur sagte, damit sie Ruhe gab. Mit Einsicht hatte das nichts zu tun. Seit er in der Pubertät war, brachte er sie mit so was ständig auf die Palme.

»Und was ist mit deiner Sporttasche?«, fuhr sie mit gereizter Stimme fort. »Bleibt die jetzt einfach hier unten liegen? Mit den verschwitzten Sportsachen? Bis das Zeug nach Jauche stinkt? Und dann muss ich mich wieder erbarmen und alles waschen und sauber machen?«

Obwohl sie ihn nicht sehen konnte, wusste sie genau, dass er seine Augen verdrehte. Trotzdem ging er zurück zur Garderobe, um die Sporttasche in die Waschküche zu bringen. Renate atmete durch. Sie wusste schließlich, dass sie ihm gerade genauso auf die Nerven ging wie umgekehrt. Seine Pubertät brachte auch bei ihr nicht gerade die besten Seiten zum Vorschein. Sie hörte sich immer häufiger an wie ihre eigene Mutter. Als er unten am Treppenabsatz auftauchte, schlug sie deshalb einen versöhnlichen Ton an.

»Wie war denn dein Fußballtraining?«

»Ganz okay.«

»Und hast du ein Tor geschossen?«

Er blickte zu ihr auf, als wollte er sagen: Willst

du mich verarschen? Renate hatte natürlich keine Ahnung von Fußball. Wenn sie nur ein Mädchen bekommen hätte, dachte sie oft. Dann wäre bestimmt vieles leichter. Wie erzieht man einen Jungen? Das sollte ihr mal einer sagen. Für Aron wäre es bestimmt leichter, wenn sein Vater in seinem Leben eine größere Rolle spielte. Aber so war es leider nicht, auch wenn Renate bereit gewesen wäre, Aron zuliebe viele Kompromisse einzugehen.

Nachdem er sein Sportzeug in die Waschküche gebracht hatte, ging er wieder zur Haustür.

»Ich geh noch mal rüber zu Justin.«

»Um diese Uhrzeit? Morgen ist doch Schule.«

»Nur für eine Stunde. Um zehn bin ich zu Hause. Bis nachher, Mum.«

Er verschwand durch die Haustür. Sie fiel mit einem Rums ins Schloss, dann war Renate wieder alleine. Sie ging zurück ins Arbeitszimmer. Draußen sah sie ihren Sohn durch den Garten aufs Nachbargrundstück gehen. Nebenan wurde die Terassentür aufgeschoben, und Justin trat heraus. Die beiden Jungs führten seltsame Begrüßungsrituale durch, bei denen Fäuste aneinandergeschlagen und Hände abgeklatscht wurden, dann verschwanden sie gemeinsam im Innern.

Renate dachte wieder an das Telefonat vom Nachmittag. Sie spürte Beklemmung. In was für einer heilen Welt sie hier lebten, trotz aller Probleme mit Arons Pubertät. Sie ließ den Blick über die Landschaft schweifen. Gar nicht weit entfernt lauerte möglicherweise das Unvorstellbare. Es geschah in ihrer Nachbarschaft. Wenn sie denn richtiglag mit ihrer Ahnung.

Vorhin hatte sie mit einer alten Bekannten aus Frankfurt telefoniert, Anne Feller, einer klinischen Psychologin. Eine kleine und sanfte Frau, die damals Teil des Freundeskreises ihres Exmanns gewesen war. Renate fürchtete daher, sie würde vielleicht nicht mit ihr reden wollen. Doch Anne Feller war freundlich und zuvorkommend, als wäre nie etwas gewesen.

»Du, Anne, tut mir leid, dass ich dich so überfalle. Aber ich brauche deinen Rat als Expertin.«

»Es gibt doch hoffentlich keine gesundheitlichen Probleme?«

»Nein, nein. Das ist beruflich. Ich bin hier an einer Geschichte dran, die könnte etwas dicker sein. Da ist ein Verdacht, den ich mit dir besprechen will.«

Anne Feller schwieg höflich. Sollte sie beim Erwähnen der »dicken Story« an Renates Ausscheiden aus der *Frankfurter Rundschau* denken, so behielt sie es für sich.

»Du weißt ja, ich bin wieder zurück in Marienbüren.«

»Ist das der Ort, wo sie diese Kinderleiche gefunden haben? Darüber sieht man ja ständig was im Fernsehen.«

»Ja, ganz genau. Und ich habe hier einen Jungen mit seltsamen Auffälligkeiten«, sagte Renate. »Er kommt aus einem sehr schwierigen Elternhaus. Stell dir vor, er ist der Bruder des toten Mädchens. Die Polizei verdächtigt seine Eltern, das Mädchen getötet zu haben.«

»Du lieber Himmel, das ist ja furchtbar. Und was ist mit dem Jungen? Wie kann ich dir helfen?«

Renate fiel direkt mit der Tür ins Haus. »Ich vermute, der Junge ist misshandelt worden. Genauso wie das kleine Mädchen.«

»Gab es denn an der Kinderleiche Spuren von Misshandlungen? Davon habe ich gar nichts in den Nachrichten gehört.«

»Nein, nicht, soweit ich weiß. Aber das allein muss noch nichts bedeuten. Ich habe Hinweise, dass in der Familie einiges nicht in Ordnung ist. Und Jakob, der Bruder des toten Mädchens, ist immer schon ein auffälliges Kind gewesen. Der Vater und dessen Freundin sitzen jetzt in Untersuchungshaft. Jakob war übersät mit Hämatomen und Brandwunden, als er aufgetaucht ist.«

Sie fügte lieber nicht hinzu, dass es eine Diagnose gab, nach der er sich diese Verletzungen selbst zugefügt hatte und dass er vorher in der Psychiatrie gewesen war. Anne Feller sollte unvoreingenommen an die Sache herangehen.

»Ich habe den Jungen kennengelernt«, meinte Renate. »Und einige Geschichten über ihn gehört. Und, nun ja ... Ich habe eine Hypothese.«

»Raus damit. Was denkst du?«

Renate holte Luft. Sie wollte nicht lange um den heißen Brei herumreden. Es war eine steile These, die sie da aufgestellt hatte. Trotzdem glaubte sie, damit möglicherweise einen Treffer gelandet zu haben.

»Ich glaube, er könnte eine dissoziative Identitätsstörung haben«, sagte sie frei heraus. »Er könnte so schwer misshandelt worden sein, dass er sich in mehrere Persönlichkeiten aufgespalten hat.«

Schweigen am anderen Ende.

»Ich weiß selber, dass die Diagnose umstritten ist. Ich glaub, eine Menge Kollegen von dir stellen das Krankheitsbild grundsätzlich infrage. Ich denke nur …«

»Renate, ich zweifle nicht an dem Krankheitsbild. Aber es ist sehr, sehr schwer zu diagnostizieren. Schon gar nicht auf die Entfernung und ohne den Jungen zu kennen. Glaubst du wirklich, du kannst das so einfach einschätzen?«

»Das will ich mir gar nicht anmaßen. Es ist ja nur eine Theorie. Wegen einiger Indizien, die ich gesammelt habe. Ich will ja auch keine Diagnose von dir bestätigt haben, sondern nur deine Meinung.«

»Also gut. Dann schieß mal los.«

Renate erzählte alles, was sie wusste. Sie berichtete von den Erinnerungsverlusten, den Stimmungswechseln, den Problemen im Elternhaus und in der Schule. »Und dann stoße ich auf dieses Krankheitsbild«, schloss sie, »und lese über die Symptome. Das scheint alles zu passen. Es könnte doch sein, dass ich richtigliege, oder nicht, Anne? Der Junge könnte eine multiple Persönlichkeit haben.«

»Glaub mir, das Thema ist zu komplex. Es gibt zahlreiche psychische Störungen, bei denen diese Symptome denkbar wären. Posttraumatische Belastungsstörung, Schizophrenie, Borderline, um nur mal ein paar zu nennen. Es könnte auch was ganz anderes sein. Das lässt sich auf die Schnelle nicht sagen. Ich finde es generell problematisch, solche weitreichenden Diagnosen anhand einiger weniger Beobachtungen zu stellen.«

»Es ist ja nur eine Vermutung, mehr nicht. Ich würde gern ganz allgemein darüber sprechen.«

Anne Feller schien das Ganze nicht zu gefallen, jedoch sagte sie: »Also gut. Was möchtest du mich fragen?«

»Wie entsteht so etwas?«, fragte Renate.

»Du meinst die Abspaltung einer Persönlichkeit?«

»Genau. Wie muss ich mir das vorstellen?«

»Das passiert meist im frühen Kindesalter. Wenn ein Kind wiederkehrend einer traumatischen Situation ausgesetzt wird. Und wenn es keine Hilfe von außen erhält. Dann kann die Psyche zu diesem Rettungsanker greifen. Sie spaltet einen Teil von sich ab, um zu überleben. Das ist der Hauptzweck. Das Kind will überleben. Darum erschafft es einen neuen Persönlichkeitsteil, der Angst und Schmerzen und die lebensbedrohenden Situationen übernimmt. Danach spaltet das Kind ihn ab, damit der Rest der Person unversehrt bleibt. Der Teil übernimmt sozusagen die traumatische Situation. Der andere Teil hat dann später oftmals gar keine Erinnerung an das Geschehen. Es sind zwei völlig unterschiedliche Persönlichkeiten entstanden, die nichts voneinander wissen.«

»Aber was sind das für Erlebnisse, die so was bewirken können?«

»Folter. Schwerer Missbrauch. Sich wiederholende Misshandlungen. Meist bei Kindern, die jünger als vier Jahre alt sind.«

Renate dachte an das schäbige Gehöft, auf dem die Blanks lebten. Was in Gottes Namen ist da nur passiert? Was wurde diesen Kindern angetan?

»Und kann ein Kind mit so was ganz normal leben, ohne in der Schule aufzufallen?«, fragte sie. »Ich meine, die müssen sich doch merkwürdig verhalten, wenn da unterschiedliche Persönlichkeiten in einer stecken. Und dann werden die ja auch älter. Kommen in die Pubertät. Werden erwachsen. Merkt das denn keiner? Das frage ich mich bei Jakob.«

»Du weißt doch gar nicht, ob dieser Junge …«

»Wie gesagt, ich meine das natürlich ganz allgemein.«

»Also gut. Es gibt in der Regel eine Alltagsperson, die am häufigsten da ist. Dann kommt es natürlich immer wieder vor, dass andere Persönlichkeitsteile die Kontrolle übernehmen, ohne dass die Betroffenen das beeinflussen können. Sie erleben immer wieder Zeitverluste. Erinnerungslücken. Finden Notizen in fremden Handschriften vor. Können sich nicht an Menschen erinnern, die behaupten, sie zu kennen. Und haben das Gefühl, verrückt zu werden. Das Umfeld muss das nicht unbedingt gleich erkennen. Multiple sind geübt darin, Dinge zu überspielen. Die lassen sich Ausreden einfallen und improvisieren. Außerdem meiden sie engere Kontakte. Auf ihr Umfeld wirken sie oft einfach sonderlich. Aber das war's schon.«

»Du meinst, die anderen halten einfach lieber Abstand, weil sie komisch sind.«

»Genau. Dazu kommt, dass sie sowieso eher wenige Kontakte haben. Die stehen den Täterkreisen sehr nah, selbst im Erwachsenenalter. Da herrschen komplizierte Abhängigkeiten. Und gegenüber den Menschen außerhalb dieser Kreise sind sie scheu. Der Aufbau von Beziehungen ist für sie schwer. Sie haben von früh auf gelernt, keinem zu vertrauen. Also bleiben sie bei den Tätern.«

»Auch wenn sie erkennen, dass sie Hilfe brauchen? Dass sie da wegmüssen? Dann müssen sie doch jemandem vertrauen. Es gibt keinen anderen Weg. Sie müssen vertrauen.«

Jakob hatte Sanna dieses Vertrauen entgegengebracht. Obwohl er sie kaum kannte. Er muss irgendwie erkannt haben, dass er sich auf sie verlassen konnte.

»Oft wird denen das Vertrauen regelrecht abtrainiert. Die Täter machen das, damit die Kinder schweigen und keinem etwas erzählen. Sie werden psychisch manipuliert.«

Renate dachte darüber nach. Dennoch vertraute Jakob ihrer Nichte. Dafür musste es einen Grund geben.

»Stehst du zu diesem Jungen in Kontakt?«, fragte Anne Feller.

»Er ist untergetaucht. Aber ich hoffe, ich finde ihn.«

»Geh behutsam mit ihm um, Renate. Ich kenne eine Therapeutin in Bielefeld, die halte ich für sehr fähig. Wenn du möchtest, suche ich dir die Adresse heraus. Vielleicht kannst du den Jungen dazu bewegen, sie aufzusuchen.«

»Das ist eine gute Idee. Danke.«

»Das Ganze ist also Teil einer Recherche?«, fragte Anne Feller. »Du willst darüber schreiben?«

»Ja, eventuell. Aber mach dir keine Sorgen. Ich werde den Jungen nicht für den Artikel ausbeuten. Du kennst mich. Ich weiß, wann Schluss ist. Ich gehe nicht über Leichen. Aber da könnte wirklich eine gute Geschichte für mich drin sein.«

Wieder Schweigen. Renate wurde den Verdacht nicht los, dass Anne Feller in Gedanken wieder bei ihrem Absturz in Frankfurt war.

»Ich weiß, Renate. Du gehst nicht über Leichen. Und das ist etwas, das dich auszeichnet.« Sie holte Luft. Offenbar wollte sie lieber das Thema wechseln. »Ich weiß nicht, ob du mit deiner Vermutung richtigliegst. Ich hoffe aber nicht. Wenn er tatsächlich eine gespaltetene Persönlichkeit hat, dann weiß keiner, was da in der Familie passiert ist. Welche Leute sonst noch zu den Tätern gehören. Unter Umständen kann das gefährlich werden. Sei da lieber etwas vorsichtig, ja?«

»Das verspreche ich. Ich will ja nur mit dem Jungen sprechen. Ihm helfen. Vielleicht erkennt er, dass er mir vertrauen kann.«

»Auch der Junge könnte gefährlich werden.«

»Ach was. Du kennst ihn nicht. Er ist völlig harmlos. Das geborene Opfer, wenn du mich fragst.«

»Er könnte programmiert sein, in bestimmten Situationen destruktiv zu reagieren.«

»Wie meinst du das? Programmiert?«

Anne Feller zögerte. »Ach nein, vergiss, was ich gesagt habe. Das ist zu weit hergeholt. Sei einfach vorsichtig, mehr will ich nicht sagen.«

»Komm schon. Jetzt sag, was dir durch den Kopf geht.«

»Manchmal wird diesen Kindern ein bestimmtes Verhalten antrainiert. Die Täter bringen sie dazu, automatisch auf bestimmte Schlüsselreize zu reagieren. Sie können zum Beispiel das Opfer dazu bringen, keinen Widerstand zu leisten. Oder zu gehorchen. Diese Programmierungen ... meist werden sie unter Folter vorgenommen. Da werden ganz bewusst bestimmte Persönlichkeitsteile hervorgerufen, um sie zu prägen. Aber ich will mich hier nicht verrennen. Vergiss das einfach. Du siehst, es ist ein weites Feld. Und wir haben nicht einmal eine Diagnose. Nur Vermutungen. Dieser Junge kann jede mögliche Störung haben. Mit einer dissoziativen Identitätsstörung muss das nichts zu tun haben.«

»Trotzdem«, hakte Renate nach. »Wofür ist dieses Programmieren gut? Das musst du mir noch kurz erklären.«

»Nun ja. Beispielsweise, um Kinder gefügig zu machen, damit sie von Fremden missbraucht werden können. Oder damit man sie an Freier verkaufen kann, ohne dass sie Probleme machen. Oder um zu verhindern, dass sie Lehrern oder Polizisten etwas erzählen. Da reicht meistens ein Codewort. Oder ein bestimmtes Bild. Das setzt dann so ein Programm in Kraft. Ein anderer Persönlichkeitsteil kommt dann nach vorne und spult das antrainierte Verhalten ab.«

»Das hört sich sehr extrem an. Ist das denn möglich? Einen Menschen so massiv zu manipulieren?«

»Unter bestimmten Bedingungen schon. Aber ich

würde da wirklich keine Rückschlüsse auf deinen Jungen ziehen. Das ist alles sehr hypothetisch. Ich maile dir die Adresse der Kollegin in Bielefeld. Am besten schickst du den Jungen dahin. Versuch ihn zu überzeugen, Hilfe anzunehmen.«

»Vielen Dank, Anne. Das werde ich tun.«

Nach dem Telefonat holte Renate die Flasche Weißwein aus dem Kühlschrank. Sie brauchte einen kleinen Schluck, um ihre Nerven zu beruhigen. Es war nur eine Theorie. Trotzdem. Jakob war der Schlüssel. Er wusste, was auf dem Hof mit dem kleinen Mädchen passiert war. Sie vermutete, der Mord an dem Kind war nur die Spitze des Eisbergs. Doch um das zu beweisen, musste sie mit ihm selbst sprechen.

Sie dachte noch mal über die Symptome nach. Jakobs seltsames Verhalten, seine Geschichte, seine Auffälligkeiten. Alles passte ins Bild. Renate war inzwischen überzeugt: Auf dem Hof der Blanks passierte etwas mit Kindern. Was immer es war, das kleine Mädchen hatte es das Leben gekostet. Und Jakob war als gespaltene Persönlichkeit daraus hervorgegangen.

Draußen war es inzwischen dunkel geworden. Aron war noch immer nebenan. Justins Fenster leuchteten bläulich. Wahrscheinlich hockten die beiden vor einem Computerspiel. Renate dachte daran, was Anne Feller gesagt hatte: Die Traumatisierungen mussten vor dem vierten Lebensjahr stattgefunden haben. Sie sah Aron vor sich, als kleines Kind. In ihrer Straße hatte es einen Spielplatz mit einem kleinen Fußballtor gegeben. Sie sah eine Szene von damals vor sich: Aron jagte auf seinen kurzen Beinen dem Ball hinterher, und es dauerte nie lange, da brachte ihn die Fliehkraft seines eigenen Gewichts zu Fall. Doch er sprang immer wieder auf, und als es ihm gelungen war, den Ball mit dem Fuß zu treffen und ihn dann auch noch ins Tor zu befördern, da stellte er sich breitbeinig hin, jubelte und riss die Arme in die Luft. Wie einer der ganz Großen. Ihr kleiner Macho, hatte sie zärtlich gedacht. Das Wichtigste hatte er schon in diesem Alter begriffen: Die Pose ist alles.

Wie war es möglich, einem Kind etwas derart Schlimmes zuzufügen? Es dazu zu bringen, die eigene Persönlichkeit aufzuspalten, um sich selbst zu retten? Welcher abartige Mensch brachte so etwas zustande?

Aber es machte natürlich keinen Sinn, über so etwas nachzudenken. Sie musste professionell an diese Fragen herangehen. Renate räumte ihre Unterlagen zusammen. Sie wollte für heute Schluss machen. Morgen früh würde sie als Erstes zu Sanna gehen. Dieses Mal würde sie sich nicht einfach abwimmeln lassen.

Sie fuhr den Computer herunter und leerte das Weinglas. Dann warf sie einen Blick auf die Uhr. Aron müsste langsam nach Hause kommen. Eine Viertelstunde wollte sie noch warten, um ihm die Peinlichkeit zu ersparen, von seiner Mutter abgeholt zu werden. Doch wenn er dann immer noch drüben war, würde sie hingehen und klingeln.

Im Haus war es still. Das Gewitter war offenbar vorbeigezogen. Sie nahm die Lesebrille ab, legte sie auf den Schreibtisch und löschte die Arbeitslampe. Der Raum tauchte in Dunkelheit. Draußen waren die Lichter von Marienbüren zu erkennen und ein dunkelblauer Streifen, wo sich der Nachthimmel von der Hügelkette abhob. Renate tastete sich zum Flurlicht.

Ein lautes Schrillen durchschnitt die Stille. Sie fuhr zusammen. Sog die Luft ein. Das Telefon. Lächerlich, sich von so einem Geräusch zu Tode erschrecken zu lassen. Sie wandte sich um. Das Gerät lag in der Aufladestation, irgendwo in der Dunkelheit auf dem Schreibtisch.

Ein ungutes Gefühl erfasste sie. Wie eine dunkle Vorahnung. Stille. Dann schrillte es erneut. Diesmal lauter, wie ihr schien. Sie tastete sich zurück zum Schreibtisch und knipste die Arbeitslampe an. Dann sah sie aufs Display ihres Funktelefons. Eine Berliner Nummer wurde angezeigt. Als hätte sie es gewusst.

Ein drittes Klingeln. Sie betrachtete das Gerät wie einen Eindringling. Aber es hatte keinen Sinn, den Anrufer zu ignorieren. Er war hartnäckig und würde sie ohnehin früher oder später zu fassen bekommen. Also holte sie tief Luft und nahm das Gespräch entgegen.

»Hier spricht Renate Thun.«

»Ich bin's«, sagte die vertraute Stimme am anderen Ende.

Renate schwieg. Sie wollte sich nicht auf seine Machtspielchen einlassen. Am liebsten würde sie einfach auflegen. Er wartete. Dann sagte er: »Wir müssen reden. Sanna ist in Gefahr.«

Das Telefonat war kurz und aufreibend gewesen. Nachdem Renate aufgelegt hatte, spielte die potenzielle Story keine Rolle mehr. Ihr Comeback als Journalistin begrub sie ohne Reue. Jetzt ging es nur noch um Sanna. Sie musste ihre Nichte schützen, alles andere war unwichtig.

Und dafür musste Jakob aus Sannas Leben verschwinden. Und zwar so schnell wie möglich.

12

Ein weiterer düsterer und wolkenverhangener Tag. Die Küche war in graues Morgenlicht getaucht. Regen sprühte gegen die Scheibe. Auch der Duft von frisch gebrühtem Kaffee konnte die Tristesse nicht ganz vertreiben. Böttger war allein, seine Frau war bereits in der Stadt unterwegs. Vorher hatte sie ihm allerdings noch sein Lieblingsfrühstück gemacht: Rührei mit Pilzen und gehackten Kräutern, dazu gebratene Tomaten, Buttertoast, frisch gepressten Orangensaft und einen Milchkaffee mit dicker Schaumkrone. Ein Zettel lag auf dem Herd: »Guten Morgen, mein Schatz! Lass es dir schmecken.«

Er setzte sich an den Tisch. Trotzdem bedrückte ihn die Stille und das graue Licht. Er wünschte, Bärbel wäre zum Frühstück geblieben. Sein Smartphone vibrierte. Fast glaubte er, seine Frau hätte seine Gedanken gelesen. Doch da war nur ein Anruf, der vom Büro aus weitergeleitet worden war. Eine Nachricht auf seiner Mailbox.

Er nahm das Smartphone und hörte sie ab.

»Guten Tag, hier spricht Erika Eckart«, drang es aus dem Gerät. »Sie wissen schon, vom Stift Marienbüren. Also, ich bin da auf was gestoßen, das wichtig sein könnte. Wegen Jakob und Frau Marquart. Ich … Vielleicht rufen Sie mich am besten zurück. Vielen Dank.«

Böttger runzelte die Stirn. Einen Moment war er versucht, direkt zurückzurufen. Doch dann beschloss er, zuerst in Ruhe zu frühstücken. Er würde früh genug im Präsidium sein.

Eine halbe Stunde später machte er sich auf den Weg. Das Präsidium erreichte er kurz vor der morgendlichen Besprechung, die im Gruppenraum stattfinden würde. Auf dem Weg zu seinem Büro steckte er den Kopf durch Haralds Tür. Sein Kollege hockte ausgeschlafen und mit frisch gestärktem Hemd vor seinen Akten.

»Morgen, Harald. Gibt's irgendwelche Neuigkeiten?«

Er sah von den Akten auf und blickte Böttger an, als brauche er einen Moment, um zu begreifen, wer da vor ihm stand.

»Ja, die gibt es«, sagte er. »Blank senior ist aufgetaucht. Er hat sich bei uns gemeldet, als er von der Jagd nach Hause gekommen ist.«

»Sieh an. Wie vorbildlich. Und?«

»Er war hier. Hat seinen Anwalt mitgebracht. Peter Lindholm.«

Böttger sah ihn fragend an. Den Namen hatte er noch nie gehört. Haralds zerfurchtes Gesicht nahm einen amüsierten Ausdruck an.

»Ich hab wohl vergessen, wie lange du weg warst«, meinte er. »Lindholm ist kein Unbekannter hier. Er arbeitet für eine der besten Bielefelder Kanzleien.«

»Und wie kommt einer wie Wolfgang Blank an so einen Anwalt?«

»Ich weiß nicht. Aber das ist eine interessante Frage, findest du nicht?«

»Und weiter?«

»Wolfgang Blank bestätigt die Existenz des Kindes. Maike hieß das Mädchen. Und es war die Tochter von Volker Blank und Beate Heitbrink.«

Das überraschte Böttger. »Er gibt es zu? So einfach?«

»Der Anwalt war offenbar der Meinung, es bringt nichts, das weiter abzustreiten. Wir haben bei der Durchsuchung genug DNA-taugliche Spuren gefunden.«

»Maike.« Die halb verweste Leiche mit den schwarzen Augen hatte also einen Namen. Wenigstens das. »Und wie ist das Mädchen zu Tode gekommen? Hat er das auch gesagt?«

»Nein. Das weiß er nicht. So gern er uns weiterhelfen würde.«

»Schon klar.« Böttger zog eine Grimasse. »Er ist also nicht mehr hier? Wieso haben wir ihn nicht festgesetzt?«

»Er hat ein Alibi. Er war in Brandenburg zur Wildschweinjagd. In dem Zeitraum, in dem das Kind getötet wurde. Eine Woche lang.«

»Haben wir das überprüft?«

»Ja. Die Sache scheint dicht zu sein.«

»Ich verstehe. Und was ist mit Volker Blank? Jetzt, wo klar ist, dass er der Vater ist. Was sagt er denn dazu?«

»Gar nichts. Er schweigt. Lindholm vertritt auch ihn.«

»Verdammt.« Böttger verschränkte die Arme. »Damit wird er nicht durchkommen. Und das müsste Lindholm eigentlich wissen. Was ist mit Beate Heitbrink?«

»Das Gleiche. Der Anwalt rät ihr zu schweigen.«

»Und Jakob? Haben wir von dem inzwischen eine Spur?«

»Nein, nichts. Aber das psychologische Gutachten ist da, das aus der Klinik, wo er war. Ich hab's dir auf den Schreibtisch gelegt.«

»Gut. Ich sehe es mir später an.« Er dachte darüber nach. »Beate Heitbrink ist die Schwachstelle«, meinte er. »Es war ihre Tochter. Wir müssen sie nur dazu bringen, ohne den Anwalt mit uns zu sprechen. Wenn das gelingt, haben wir eine Chance. Ist die Schulte im Haus?« Ihr würde er am ehesten zutrauen, bei der Heitbrink den richtigen Ton zu finden.

»Nein, die ist unterwegs.«

»Gut. Dann warten wir ab. Jetzt ist sowieso erst mal die Dienstbesprechung. Sehen wir danach weiter.«

Böttger machte sich auf den Weg zu seinem Büro, wo er die Jacke aufhängte und sich ein paar Unterlagen für die Besprechung schnappte. Die Blanks wurden also von einem teuren Anwalt vertreten. Das musste nicht zwangsläufig etwas bedeuten. Es konnte auch Zufall sein. Trotzdem. Angeklagte mit einem schwachen sozialen Hintergrund schafften es in der Regel nicht, solche Anwälte für sich zu gewinnen. Geschweige denn, sie zu bezahlen.

Auf seinem Schreibtisch lag das psychologische Gutachten von Jakob. Oben drauf hatte jemand ein gelbes Post-it geklebt. *Erika Eckart aus dem Stift Marienbüren hat angerufen und bittet um Rückruf.* Später, dachte er. Zuerst die Besprechung.

Doch als er das Büro verlassen wollte, klingelte das Telefon erneut. Er zögerte, nahm dann aber doch den Hörer ab. Wenn das diese Eckart war, würde er es schnell hinter sich bringen. Aber es war nicht das Stift Marienbüren. Stattdessen eine kühle, sachlich klingende Frauenstimme.

»Herr Hauptkommissar Böttger? Hier das Büro von Professor Dr. Dörrhoff. Man sagte mir, Sie wünschen den Professor zu sprechen?«

»Ja, das ist richtig. Allerdings habe ich jetzt eine Besprechung. Vielleicht in einer Stunde oder …«

»Herr Dörrhoff hat einen engen Zeitplan. Ich könnte Sie entweder jetzt durchstellen, oder wir versuchen es übermorgen.«

»Dann lieber jetzt. Vielen Dank.«

»Sehr gern«, sagte sie knapp. Musik ertönte in der Leitung, und kurz darauf meldete sich eine dunkle Männerstimme.

»Guten Tag, Herr Böttger. Sie sind der leitende Ermittler der Mordkommission, richtig?«

»Das stimmt. Und Sie haben Jakob Blank behandelt, oder? Ich habe hier ein Gutachten von Ihnen auf dem Schreibtisch.«

»Richtig. Wenn es einen richterlichen Beschluss gibt, müssen wir die Akten rausgeben.«

»Ich muss zugeben, ich habe das Gutachten noch nicht gelesen. Aber vielleicht könnten Sie mir …«

»Vielleicht reden wir dann besser später darüber, Herr Böttger«, unterbrach er ihn. »Ich habe sehr wenig Zeit. Ich möchte Ihnen nicht erklären müssen, was ohnehin drinsteht.«

»Das verstehe ich. Mir geht es nur um eine konkrete Sache, die ich wissen möchte. Danach werde ich das Gutachten lesen und mich nur melden, falls weitere Fragen offenbleiben.«

»Bitte. Worum geht es denn?«

»Halten Sie es für möglich, dass Jakob seine Schwester getötet hat?«

Schweigen am anderen Ende. Schließlich ein Seufzer.

»Das lässt sich nur schwer sagen. Er hat destruktive Züge, natürlich, auch Gewalt ist ein Thema. Er tritt häufig aggressiv und jähzornig auf, Beziehungen sind für ihn stark konfliktbeladen. Aber ob er seine Schwester ... das weiß ich nicht. Er gestaltet familiäre Beziehungen eher manipulativ. In diesem Kontext würde ich eher auf Selbstverletzungen tippen. Aber letztlich weiß ich das nicht.«

»Was glauben Sie denn? Darf ich Ihnen diese rein spekulative Frage stellen?«

»Ich halte es für unwahrscheinlich. Aber nicht für ausgeschlossen. Wir müssen Jakob weiter untersuchen. Er muss medikamentös richtig eingestellt werden. Das ist im Moment das Wichtigste. Danach kann ich vielleicht mehr sagen.«

Im Hintergrund Stimmen. Da war wieder die unfreundliche Vorzimmerdame, mit der Böttger schon zu tun hatte.

»Ich muss leider Schluss machen«, sagte Dörrhoff. »Lesen Sie das Gutachten. Danach können Sie gern einen Termin mit mir vereinbaren. Guten Tag.«

Und damit war das Gespräch beendet. Böttger blies die Wangen auf. Natürlich hatte er noch eine Menge anderer Fragen. Aber da würde er wohl tatsächlich einen Blick in das Gutachten werfen müssen. Er nahm seine Unterlagen und steuerte den Besprechungsraum an.

Die meisten Kollegen waren bereits versammelt.

Sie hockten in kleinen Grüppchen beisammen und plauderten. Reichten Kaffeekannen herum und warfen sich Schokoriegel zu. Böttger schnappte sich ebenfalls eine Tasse und setzte sich ans Kopfende des Tischs, wo er seine Unterlagen ausbreitete.

»Soweit ich weiß, sind alle auf dem Stand«, begann Böttger. »Der Senior hat ein Alibi, und Volker Blank und Beate Heitbrink sind in Gewahrsam. Die beiden schalten auf stur, weil der Anwalt das so will. Ehrlich gesagt, verstehe ich nicht, weshalb. Die werden damit nicht durchkommen, das müsste der Anwalt eigentlich wissen. Es wäre für sie besser, mit uns zu kooperieren. Egal. Konzentrieren wir uns zuerst auf die offenen Fragen.«

Er stand auf und begann, vor der Pinnwand auf und abzugehen. »Etwas stimmt hier nämlich nicht. Erstens: Wieso haben die Blanks das Kind nirgendwo gemeldet? Das ist mir immer noch nicht klar. Es gibt doch Kindergeld, das man beziehen kann. Und das Geld könnten die bestimmt gebrauchen. Wieso hat kein Amt und keine Behörde von dem Mädchen erfahren? Die Nachbarn nicht und auch sonst keiner. Die Blanks müssen das bewusst geheim gehalten haben, davon bin ich überzeugt. Die Frage ist nur: weshalb?

Zweitens: Was hat Jakob mit der ganzen Sache zu tun? Der hat ja auch auf dem Hof gelebt. Nach Maikes Tod wird er unmittelbar in die Psychiatrie eingewiesen. Was hat das zu bedeuten? Gibt es da einen Zusammenhang? Und was sind das überhaupt für psychische Erkrankungen, die er hat? Ich frage mich: Was war da los auf diesem Hof? Wie haben die Kinder da gelebt?

Und Drittens: Wie kommen diese Leute, die von kaum mehr als dem Hartz-IV-Satz leben, an einen Anwalt wie Peter Lindholm? Das würde mich wirklich mal interessieren.«

Er ließ seinen Blick über die Runde wandern.

»Ich würde gerne daüber nachdenken. Einfach drauflos brainstormen. Ohne Zensur. Keiner soll einen Gedanken für sich behalten, nur weil er bescheuert klingen könnte.«

Er setzte sich wieder, nahm die Thermoskanne und goss sich Kaffee ein.

»Also los«, sagte er. »Fangen wir an.«

In diesem Moment ging die Tür auf. Alle reckten die Hälse, um zu sehen, welcher Nachzügler dort hereinkam. Doch es war kein Nachzügler. Im Gegenteil. Es war Kriminaloberat Brüse. Böttger runzelte die Stirn. Der hatte bei einer Dienstbesprechung nun wirklich nichts verloren.

»Machen Sie ruhig weiter«, sagte Brüse. »Lassen Sie sich nicht stören.« Er schenkte der Runde ein falsches Lächeln und nahm auf einem freien Stuhl Platz. »Ich will mich nur dazusetzen. Mehr nicht.«

Böttger spürte, wie sich sein Gesicht verhärtete.

Er war von Brüse verwarnt worden. Die Sache mit der Hausdurchsuchung in der Zeitung. Brüse hatte ihm kein Wort geglaubt. Er war überzeugt gewesen, Böttger habe Renate absichtlich den Tipp gegeben, um seine Beziehungen zur Presse zu verbessern. »Ich behalte Sie im Auge, Böttger«, hatte er gedroht. »Noch so ein Ding, und … nun ja, betrachten Sie es als Warnung.«

Brüse bemerkte die Stille, die sich über den Gruppenraum gelegt hatte. »Tun Sie einfach, als wäre ich gar nicht anwesend«, sagte er in die Runde.

Als wäre das möglich. Böttger spürte die Befangenheit, die sich unter den Kollegen breitmachte. Innerhalb des Teams gab es eine flache Hierarchie. Böttger wurde kaum als Chef wahrgenommen, auch wenn er hier die Leitung hatte. Dazu arbeiteten sie alle viel zu eng zusammen. Doch bei Brüse war das anders. Wer wollte sich schon vor dem Kriminaloberrat mit unbedachten Äußerungen bloßstellen.

Das war's also mit dem Brainstormen, dachte Böttger ernüchtert. Er und sein Vorgesetzter sahen sich in die Augen. Brüse schenkte ihm einen Blick, der Entschlossenheit signalisieren sollte. Kampfbereitschaft. Dann lehnte er sich zurück und verschränkte die Arme. Er lächelte.

Sanna verließ mit der Brötchentüte unterm Arm die Bäckerei. Die Einkaufsstraße war um diese Uhrzeit noch verwaist. Die Läden würden erst in einer knappen Stunde öffnen. Noch war kaum einer unterwegs. Trotzdem hatte sie ein seltsames Gefühl, schon auf dem Weg hierher. Als würde sie beobachtet werden.

Das waren ihre Nerven, sagte sie sich. Sie wurde langsam paranoid. Kein Wunder, nach dem, was in den letzten Tagen passiert war. Sie sah sich um. Die Türen der Geschäfte waren verschlossen, nirgendwo ein Mensch zu sehen. Überall Fenster wie blinde Spiegel. Ein Auto näherte sich, raste an ihr vorbei und verschwand wieder. Hier gab es keinen, der sie beobachtete, da konnte sie sicher sein. Sie ging weiter und trat zwischen den Fachwerkhäusern hindurch auf den Kirchplatz.

Vor ihrer Haustür zog sie den Schlüssel aus der Trainingsjacke hervor. Da riss die Papiertüte mit den Brötchen auf. Sanna schnappte eilig danach, um die Brötchen zu retten, und dabei rutschte der Haustürschlüssel aus ihrer Hand und landete klirrend auf dem Kopfsteinpflaster. Als sie sich danach bückte, sah sie ihn: einen Mann mit dunkler Jacke und einer Wollmütze. Er stand an der Kirche und sah zu ihr herüber. Nur eine Sekunde lang, dann tauchte er hinter einem Mauervorsprung ab und war verschwunden. Doch Sanna hatte richtig gesehen: Er war da gewesen. Sie wurde tatsächlich beobachtet.

Eilig nahm sie den Schlüssel, öffnete die Tür und huschte hinein. Mit klopfendem Herzen ging sie in die Wohnung. Das war keine Paranoia. Der Mann war ihretwegen hier.

Jakob saß auf dem Sofa. Der Fernseher lief leise in der Zimmerecke. Eine Gerichtsshow, bei der sich alle anschrien. Sanna warf die Brötchentüte auf den Tisch, ging zum Fenster und zog die Vorhänge zu.

»Was ist los?«, fragte Jakob.

»Bleib vom Fenster weg«, sagte sie. »Und am besten verlässt du auch die Wohnung nicht. Ich glaube, da draußen ist einer. Ich möchte kein Risiko eingehen.«

»Aber mein Vater ist in Untersuchungshaft. Das haben die gerade in den Nachrichten gesagt. Wer soll das sonst sein? Denkst du, jemand von der Polizei?«

»Nein, wohl nicht. Aber trotzdem. Versprichst du mir, dass du in der Wohnung bleibst?«

Er nickte. Sanna schob den Vorhang nochmals ein Stück zur Seite und sah auf den Kirchplatz. Doch von dem Mann gab es keine Spur.

»Ich habe mir heute Nachmittag freigenommen«, sagte sie. »Ich komme dann zurück und fahre dich zum Bielefelder Hauptbahnhof. Wenn du erst im Zug sitzt, können wir aufatmen.«

Er würde mit dem Intercity zum Düsseldorfer Flughafen fahren. Von dort ging sein Flug nach London. Heute Abend wäre er schon in England. Je länger Sanna darüber nachdachte, desto besser gefiel ihr seine Idee, von hier zu verschwinden. Sie ging zu ihrem Schrank, zog eine alte Sporttasche hervor und warf sie aufs Sofa.

»Wir werden dir unterwegs etwas zum Anziehen kaufen. Ich pack dir schon mal Handtücher ein, eine Zahnbürste und so was. Dann brauchst du das nicht mehr zu besorgen.«

Sie betrachtete ihn. Er trug die gleiche Kleidung wie bei ihrem ersten Treffen. Ein weißes Hemd und eine dunkle Stoffhose. Die Sachen wirkten abgetragen. Ein Sonntagsschüler, der von zu Hause abgehauen war. Man fragte sich sofort, ob dieser Junge überhaupt volljährig war. Das Beste wäre, er würde etwas anderes anziehen. Etwas Unauffälligeres.

Sanna zögerte. Dann ging sie zum Schrank und

zog einen Umzugskarton hervor. Sie öffnete ihn vorsichtig. Damals, nach Jannis' Tod, war bei ihnen ausgemistet worden. Ihre Mutter wollte nicht, dass aus seinem Jugendzimmer ein Andachtsraum würde, in dem noch nach Jahrzehnten die Bettwäsche aufgezogen wäre, in der er zuletzt geschlafen hatte. Stattdessen sollte Sannas Neffe das Zimmer bekommen. Sanna hatte neben anderen Erinnerungsstücken einen Teil seiner Kleidung aus dem Wäscheschrank geholt und heimlich eingepackt. Die Vorstellung, seine Lieblingsjeans oder sein Basecap könnten im Müll landen, war für sie unerträglich gewesen.

Obenauf lag ein T-Shirt, das er in seinen letzten Wochen ständig getragen hatte. Es war dunkelgrün, eng geschnitten und trug einen Fotoaufdruck auf der Brust: einen Rockstar auf der Bühne. Sanna nahm es in die Hand. Da war dieser Abend gewesen, an dem sie und Jannis durch die Clubs gezogen waren. Er hatte seine kleine Schwester mitgenommen und allen vorgestellt. Eine Nacht wie im Rausch. Sie hatte stundenlang getanzt, viel zu viel Alkohol getrunken und mit einem Typen geknutscht, den sie kaum kannte. Da war ein besonderer Moment, an den sie sich erinnerte. Sie und Jannis waren auf dem Heimweg gewesen, saßen Arm in Arm in einem Taxi, das über die Stadtautobahn jagte, und am Horizont stand die blutrote Morgensonne, die alles in ein warmes Licht tauchte. Und Sanna, übernächtigt, betrunken, satt und zufrieden und mit einem Knutschfleck am Hals, legte den Kopf auf Jannis' Schulter und ließ sich das Gesicht von der Sonne wärmen. Wie wunderschön unser Leben ist, hatte sie in diesem Moment gedacht.

»Hier, zieh das an«, sagte sie und gab das T-Shirt Jakob. »Eine Hose finden wir auch für dich. Die Sachen sind vielleicht ein bisschen groß, aber wenn wir die Hosenbeine umschlagen, wird es schon gehen.«

Jakob betrachtete den Karton. »Wem haben die Sachen gehört?«

»Einem Exfreund. Er hat sie bei mir liegen lassen.«

Er schien zu spüren, dass es eine Lüge war. Doch er sagte nichts. Schweigend zog er sich um. In Jannis' Sachen wirkte er anders. Älter. Erwachsener. So würde es gehen.

»Ich muss jetzt zur Arbeit«, sagte sie. »Aber heute Nachmittag habe ich frei.« Sie dachte an den Mann da draußen auf dem Kirchplatz. »Warte hier auf mich«, sagte sie. »Und verlass besser nicht das Haus. Nur für alle Fälle. Heute Abend bist du in London.«

Sie nahm den Autoschlüssel und ging zur Tür.

»Sanna, warte.«

Sie drehte sich um. »Ja?«

Er stand da neben dem Sofa, mit Jannis' Lieblingssachen, und blickte sie scheu an.

»Danke«, sagte er.

Sie lächelte.

»Nicht dafür«, sagte sie und verließ die Wohnung.

Auf dem Weg zum Stift Marienbüren begann es zu regnen. Sanna schaltete die Scheibenwischer ein, die mit leisem Quietschen über die Windschutzscheibe fuhren. Die schmale Straße zum Stift führte sie an dem Gehöft der Blanks vorbei. Von der Straße aus waren die düsteren und schmutzigen Gebäude zu erkennen, der alte Wohnwagen und der meterhohe Zaun. An der Einfahrt war ein Schild angebracht: Privatbesitz – Zufahrt verboten. Regen fiel auf das Gehöft nieder. Sanna spürte ein Gefühl der Beklemmung. Nicht auszumalen, was da unten mit Jakob passiert war. Und mit dem Mädchen, das sie tot aufgefunden hatte. Sie fuhr durch eine Kurve, und die Gebäude verschwanden hinter einem Wäldchen.

Der Morgen verging schnell. Sanna fiel es in den Kursen leicht, sich auf den Rhythmus der Bewohner einzulassen. Sie konnte inzwischen selbst dabei entspannen. Hier ging es darum, zu atmen und sich zu spüren. Sanna erklärte Übungen und leistete Hilfestellungen. Sie führte die Teilnehmer sanft, berührte sie, ließ Beziehungen entstehen. Es war ein gutes Gefühl. Und es war weit weg von allem, was sonst um sie herum passierte.

Am späten Vormittag hatte Sanna zwischen zwei Kursen eine halbe Stunde Pause. Nachdem alle Teilnehmer fort waren, räumte sie auf, schob die Matten zusammen und trat anschließend hinaus ins Freie. Es hatte aufgehört zu regnen, der Himmel hellte sich auf, und der Wind trieb Wolkenfetzen vor sich her.

Sanna schloss die Tür der Turnhalle ab und trat auf den Klosterhof. Vor dem Hauptgebäude parkte der Firmenwagen eines Elektrikbetriebs, und ein alter Mann im blauen Overall kritzelte etwas auf ein Klemmbrett. Dahinter, am Zaun zur Schweinewiese, wo gerade die Fütterung stattfand, hatte sich eine Handvoll Bewohner versammelt, um dem Spektakel beizuwohnen. Und in einem Seiteneingang entdeckte sie Erika Eckart, die eine heimliche Zigarette rauchte. Sanna winkte ihr zu, doch ihre Chefin sah sie offensichtlich nicht.

Sie nahm das Handy, um bei Jakob anzurufen. Sie wollte sichergehen, dass es ihm gut ging. Doch es gab wie meistens kein Netz. Sie ging ein paar Meter, versuchte es wieder. Jetzt hatte sie ein schwaches Signal. Doch bevor sie wählen konnte, war auch hier das Netz wieder abgeschmiert. Mit einem Seufzer steckte sie das Handy weg und steuerte den Klostergarten an. Jakob würde es schon gut gehen. In zwei Stunden wäre sie wieder zu Hause. Besser, sie machte sich nicht zu viele Gedanken. Ein kleiner Spaziergang würde ihr da guttun.

Sie trat in den Garten. Das Geschehen auf dem Klosterhof rückte aus ihrem Blickfeld. Da waren dichte Hecken, moosbewachsene Baumstämme und eine Reihe hoher, dunkler Fichten. Ein einziger großer Irrgarten, und hinter der Klostermauer begann bereits der dichte Wald. Sie atmete die frische Luft ein. Ließ alle Gedanken aus ihrem Kopf schwinden. Heute Nachmittag wäre für sie der Spuk vorbei. Sie hatte Jakob geholfen, so wie sie es versprochen hatte. Den Rest sollte die Polizei herausfinden. Das betraf sie nicht mehr.

Plötzlich hörte sie ein Rascheln. Sanna blickte sich um. Hinter ihr eine dichte mannshohe Hecke. Auf der anderen Seite knackte ein Ast. Ein Schatten bewegte sich.

Sie war nicht allein im Garten. Sanna dachte sofort an den Mann vom Kirchhof. Vielleicht war das wieder der Typ. Vielleicht war er zurückgekehrt. Sie musste zum Klosterhof zurück, dorthin, wo andere Menschen waren. Hier, ganz allein im Garten, war sie nicht sicher.

Sie drehte sich um und ging eilig zurück. Am Ende der Hecke stand ein Holunderstrauch. Dahinter begann der Hof. Sanna begann zu laufen. Eine Gestalt löste sich aus dem Holunderstrauch. Sie trat vor und stellte sich ihr in den Weg. Sanna schrie auf.

»Liebes, habe ich dich etwa erschreckt?« Es war Tante Renate. »Das wollte ich nicht. Deine Chefin sagt, du bist vielleicht im Garten, wenn du nicht in der Turnhalle bist.«

Sanna atmete durch. Dann begann sie zu lachen.

»Du lieber Gott, ich hab dich wirklich erschreckt, nicht wahr?«

»Nein, Tante Renate, alles gut. Ich bin gerade nur ein bisschen dünnhäutig. Wahrscheinlich wegen des Einbruchs.« Sie betrachtete ihre Tante. »Aber was machst du hier? Ist etwas passiert?«

»Du, ich muss mal mit dir reden.« Ihre Tante überblickte das Treiben auf dem Klosterhof, dann hakte sie sich bei ihr unter und führte sie zurück in den Garten. »Es ist wichtig.«

»Ist was passiert? Jetzt sag schon.«

»Nein, ich will nur …« Sie betrachtete ihre Nichte streng. »Sanna, weißt du, wo Jakob ist?«

Jetzt ging das wieder los.

»Nein, ich weiß es nicht. Wirklich nicht.«

»Du schwindelst mich an, das merk ich doch.«

Sanna wollte standhaft bleiben. Doch ihr war klar, ihre Tante hatte sie längst durchschaut. Sie fiel in Schweigen.

»Er muss zurück in die Psychiatrie«, sagte Renate.

Was genau das war, wovor Jakob die größte Angst hatte.

»Du hast keine Ahnung, in welche Geschichten der Junge verstrickt ist. Du siehst doch selber, dass mit ihm was nicht stimmt. In einer Klinik ist er am besten aufgehoben. Da sind Therapeuten, die ihm helfen können.«

»Ich denke, du willst unbedingt mit ihm sprechen? Wegen deiner Story. Wenn er zurück in die Klinik geht, kannst du das vergessen.«

»Ach, das ist doch jetzt nicht wichtig. Es geht gerade nicht um mich.« Tante Renate fasste sie an den Schultern. »Sanna, ich weiß, du bist erwachsen. Ich kann dir nichts vorschreiben. Aber halte Abstand von Jakob. Ich bitte dich, es ist besser so.«

Tante Renate klang beinahe verzweifelt. Sanna plagte ein schlechtes Gewissen. Ihre Tante hatte sie ohnehin längst durchschaut. Da konnte sie genauso gut ehrlich zu ihr sein.

»Ich treffe ihn heute Nachmittag noch mal, Tante Renate. Aber das ist das letzte Mal. Ganz bestimmt. Danach ist er weg.«

»Er muss zurück in die Psychiatrie, unbedingt. Kannst du ihn davon überzeugen?«

»Nein. Das wird er auf keinen Fall wollen.«

»Ich verstehe.« Sie betrachtete ihre Nichte forschend. »Und du siehst ihn zum letzten Mal, sagst du? Versprichst du mir das?«

»Ja, das verspreche ich.«

Renate sah, dass Sanna es ehrlich meinte. Sie wirkte erleichtert. Sanna wunderte sich darüber. Gestern noch wollte ihre Tante unbedingt Jakob finden und ihn zu dem Mordfall befragen. Und heute schien es ihr nur noch darum zu gehen, dass er möglichst schnell verschwindet.

Die Sonne brach durch die Wolken hervor. Auf dem Rasen und in der Hecke glitzerten Regentropfen. Am Himmel, über dem Turm der Stiftskapelle, zeichnete sich ein Regenbogen ab. Tante Renate legte einen Arm um Sannas Schulter.

»Setzen wir uns doch kurz da vorn hin.«

Sie deutete auf eine Steinbank neben den Gemüsebeeten, die in der Sonne stand. Der helle Stein war noch klamm vom letzten Regenguss. Doch für ein paar Minuten würde es schon gehen. Sanna spürte die Kühle des Steins durch den Stoff ihrer Trainingshose.

»Manchmal ist es am besten, man hält sich aus allem heraus«, sagte Tante Renate. »Für alle Beteiligten.«

»Dann willst du nicht mehr über die Sache berichten?«

»Doch. Aber ich gehe meinen eigenen Weg, um an Informationen zu kommen.« Sie lächelte und strich Sanna über die Wange. »Dafür muss ich nicht meine Nichte benutzen. Ich hätte dich nicht so bedrängen dürfen.«

Sanna schämte sich plötzlich dafür, ihre Tante angelogen zu haben. Sie wollte ihr jetzt die Wahrheit sagen.

»Er war heute Nacht bei mir«, gestand sie kleinlaut. »Und gestern Nacht auch. Ich habe ihn bei mir wohnen lassen.«

»Das weiß ich doch längst, Sanna.« Sie nahm ihre Hand und drückte sie. »Du kannst mich nicht belügen. Dafür kenne ich dich zu gut.«

Sanna lächelte schief. »Jakob will abhauen. Wenn ich in einer Stunde Feierabend habe, bringe ich ihn mit dem Smart nach Bielefeld zum Bahnhof.«

»Mhm. Interessant. Wo will er denn hin?«

»Nach London. Ich habe ihm einen Flug gebucht.«

»London ist gut. Hauptsache weit weg von hier.«

»Aber wirst du ohne ihn an deine Informationen kommen?«

»Das werden wir sehen. Da brauchst du jetzt nicht drüber nachzudenken.«

Sanna spürte die Kraft der Sonnenstrahlen auf ihrem Gesicht. Es erinnerte sie daran, dass trotz des vielen Regens eigentlich Sommer war. Tante Renate lehnte sich an Sannas Schulter und genoss ebenfalls die Wärme. Sanna hatte das Gefühl, dass jetzt ein guter Moment war, um ihrer Tante eine Frage zu stellen.

»Was ist damals eigentlich passiert, Tante Renate?«

Sie schien nicht überrascht. »Du meinst bei der *Rundschau*, richtig?«

»Ja. Weshalb bist du da weggegangen? Das war doch nicht freiwillig, oder?«

»Nein, es war nicht freiwillig.«

Ihre Tante schloss die Augen und hielt ihr Gesicht

in die Sonnenstrahlen. Sanna betrachtete sie. Sie wirkte ganz weich und durchlässig. Gar nicht verbittert oder enttäuscht, wie sie vermutet hätte. Nur ein bisschen traurig. Und müde.

»Ich hatte den großen Fall«, sagte sie und öffnete die Augen wieder. »Meine ganz persönliche Watergate-Affäre.« Sie maß ein paar Millimeter zwischen Daumen und Zeigefinger. »So nah dran war ich. Alles war wasserdicht, der Artikel geschrieben, die Chefredaktion stand geschlossen hinter mir. Ein riesiger Skandal. Ein Tag später, und jeder in der Republik hätte meinen Namen gekannt.«

»Was ist passiert?«

Sie schüttelte den Kopf. Lächelte sanft.

»Der Kronzeuge ist abgesprungen. Jemand hatte Beweismittel gefälscht, um mich lächerlich zu machen. Schließlich wurde ich erpresst. Da ist das ganze Kartenhaus zusammengestürzt. Von jetzt auf gleich. Die *Rundschau* konnte die Sache im letzten Moment zurückziehen. Da mussten quasi die Druckerpressen angehalten werden, aber es hat funktioniert. Peinlich war es trotzdem. Es hatte sich ja vorher schon herumgesprochen, dass da was kommt. Außerdem hat es eine Menge Geld gekostet, alles anzuhalten. Sie brauchten ein Bauernopfer. Und das war ich, natürlich.«

Ein ziemlich großer Vogel flog über sie hinweg. Vielleicht ein Fischreiher, Sanna war sich aber nicht sicher. Er drehte anmutig einen Bogen, dann flog er davon. Tante Renate blickte ihm hinterher.

»Ach, egal«, sagte sie und richtete sich auf. Offenbar wollte sie die Traurigkeit verscheuchen. »Eigentlich kommt es in dem Job darauf an, einen guten Text zu schreiben. Das ist unser Handwerk, verstehst du? Da ist es egal, ob's die große Politik ist oder ein Schützenfest. Das wird viel zu oft unterschätzt. Ich mache gute Arbeit, und der Rest ist mir nicht wichtig.«

»Was war das für eine Story, Tante Renate?«

Sie blickte an Sanna vorbei in die Ferne. Hing einem Gedanken nach. Dann sah sie ihrer Nichte in die Augen und lächelte.

»Ich war nicht aus so hartem Stahl gemacht, wie ich gedacht hatte. Heute weiß ich das. Du musst dir im Klaren darüber sein, welchen Preis du bereit bist zu zahlen. Und am Besten ist es, du weißt so was vorher.« Sie strich Sanna übers Haar. »Jakob soll abhauen. Hilf ihm dabei. Er soll von hier verschwinden, und zwar so schnell wie möglich. Und wenn er weg ist, mein Schatz: Dann denk nicht mehr über ihn nach.«

»Frau Marquart?«, kam es mit zittriger Stimme.

Sanna blickte auf. Eine Kursteilnehmerin stand vor ihr. Frau Kentrup. Sie trat nervös von einem Bein aufs andere. Fasste sich alle zwei Sekunden ans Ohr.

»Frau Marquart, die Turnhalle ist zu.«

Ihr Blick sprang von Renate zu Sanna zur Hecke und zurück. Sanna sah auf die Uhr. Sie war zu spät, die Pause war längst vorüber. Frau Kentrup fasste sich wieder ans Ohr. Unpünktlichkeit war eines der Dinge, die für sie nur schwer auszuhalten waren.

»Ich habe die Zeit vergessen«, sagte Sanna. »Das tut mir leid. Ich komme sofort.«

»Aber der Kurs hat schon angefangen. Die anderen warten alle vor der Halle. Die Tür ist abgeschlossen.«

»Ja, das ist meine Schuld. Entschuldigen Sie, Frau Kentrup. Ich komme jetzt.« An Tante Renate gewandt sagte sie: »Ich muss weitermachen, tut mir leid.«

»Ach was. Ich ja auch, mein Engel, ich ja auch.«

Sie standen auf und umarmten sich. Frau Kentrup blickte verstört zur Hecke.

»Mach's gut«, sagte Tante Renate, dann verschwand sie wieder hinter der mannshohen Hecke, und Sanna machte sich mit Frau Kentrup auf den Weg zur Turnhalle.

Kurz nach zwölf. Noch eine Stunde, bis Sanna wieder zurück wäre. Er musste sich gedulden. Warten. Den Fernseher hatte Jakob ausgeschaltet, die Bilder und Stimmen hatten ihn nervös gemacht. Nun hockte er in der stillen Wohnung und sah dem Sekundenzeiger der Wanduhr dabei zu, wie er sich übers Zifferblatt bewegte.

Vor ein paar Minuten hatte es an der Tür geklingelt. Zuerst war Jakob in Schreckstarre gefallen, ein paar Sekunden lang setzte sein Atem aus. Dann war er zum Fenster gegangen, hatte den Vorhang ein Stück zur Seite geschoben und nach draußen gelugt. Ein Paketbote hatte vor der Tür gestanden. Hatte ein zweites Mal geklingelt, hochgesehen, dann ein Kärtchen beschrieben und es in den Briefkasten geworfen. Anschließend war es in der Wohnung wieder still geworden.

Auf dem Kirchplatz war keine Menschenseele zu sehen. Trotzdem fühlte er sich nicht sicher. Sanna glaubte, er wäre in Gefahr. Er konnte nicht einschätzen, ob das stimmte. Es ging um Maike, so viel war klar. Und um seinen Vater. Um das, was passiert war. Was sein Vater getan hatte. Jakob wusste nicht, wie Maike gestorben war. Er war nicht dabei gewesen. Hatte nichts gehört und nichts gesehen. Das hoffte er jedenfalls. Da waren nämlich Erinnerungslücken. Zeit, die ihm verloren ging. Immer wieder passierte das, und er konnte es sich nicht erklären. Sicher war er sich also nicht, ob er nicht insgeheim doch wusste, was mit Maike geschehen war. Lieber dachte er nicht darüber nach.

London war eine gute Idee. Er musste von hier weg, dann würde alles besser werden. Tief drin konnte er es spüren: Es war richtig, wegzugehen.

Der Sekundenzeiger bewegte sich nervenaufreibend langsam. Er stand vom Sofa auf und ging durch den Raum. Seine Reisetasche stand bereit. Es konnte jederzeit losgehen. Fehlte nur noch Sanna. Er ging in die Küche, um sich ein Glas Wasser zu holen. Öffnete die Schranktüren und suchte nach Gläsern. Dabei fiel sein Blick auf den Küchentisch. Ein Stapel Briefe lag dort. Unter einem Brief lugte der Zipfel einer Postkarte hervor. Ein grelles Orange war zu sehen, und Blütenblätter. Eine seltsame Neugierde war in ihm geweckt. Er vergaß den Wunsch nach einem Glas Wasser. Schloss die Schranktür und schob den Brief zur Seite. Nun lag die Postkarte vor ihm. Es war eine Rose. Eine prächtige, orangefarbene Rose.

Sein Herz setzte einen Schlag aus. Alles drehte sich. Ihm wurde übel, Schweiß bildete sich in seinen Handflächen. Ein Gefühl, als stürze er in einen Abgrund.

Er blickte sich um. Wo war er? Alles schien fremd. Eine Küche. Dahinter ein Wohnungsflur. Doch er kannte die Wohnung nicht, er war noch nie zuvor hier gewesen. Am Fenster schob er den Vorhang beiseite. Jenseits der Scheibe war der Kirchplatz von Marienbüren. Er befand sich also im Ortskern. Doch wie war er hier hereingekommen? Es war, als wäre er aus einem Traum erwacht.

Vor ihm lag eine Postkarte. Das Bild einer Rose. Seltsam. Er musste nach Hause, das wusste er. Sofort. Die Rose bedeutete Zuhause. Er konnte nicht anders. Alles, was er wollte war, nach Hause zu gehen, und zwar so schnell wie möglich.

Er trat in den Wohnungsflur. Mehrere Türen gingen ab. Die zweite, die er probierte, war offenbar die Tür zum Treppenhaus. Sie war verriegelt. Er prüfte die Schlösser. Alle ließen sich von innen öffnen. Sekunden später war er im Treppenhaus. Und draußen.

Auf dem Kirchplatz atmete er die feuchte Luft ein. Es war gut gewesen, die Wohnung zu verlassen. Jetzt fühlte er sich besser. Er orientierte sich. Überlegte, wie er am schnellsten zum Hof seines Vaters käme. Und setzte sich in Bewegung.

13

Beate Heitbrink wurde von zwei Uniformierten ins Vernehmungszimmer begleitet. Die Nacht in Gewahrsam war ihr nicht gut bekommen. Sie sah furchtbar aus. Die Schultern gebeugt, das Gesicht fahl und grau, den Blick stumpf aufs Linoleum gerichtet. Sie schien sich nur mit Mühe aufrecht halten zu können.

Hinter ihr auf dem Flur tauchte die Schulte auf. Sie folgte dem Grüppchen zum Vernehmungsraum. Ihr Gesicht war unbewegt. Als sie Böttger vor seiner Bürotür entdeckte, nickte sie ihm lediglich zu. Sie hatte es also geschafft: Beate Heitbrink war einverstanden damit, ohne Anwalt befragt zu werden. Eine kleine Sensation.

Die Tür öffnete sich und Beate Heitbrink wurde in den Vernehmungsraum geführt. Die Schulte schaltete das Licht ein, inspizierte kurz den Raum und trat wieder hinaus in den Flur.

»Es geht gleich los, Frau Heitbrink«, sagte sie mit einer Sanftheit in der Stimme, die Böttger niemals bei ihr vermutet hätte. »Einen Moment bitte, ich bin gleich wieder da.«

Beate Heitbrink nickte tapfer, dann sah sie sich zaghaft in dem Büroraum um, in den man sie gebracht hatte. Die Schulte trat auf Böttger zu.

»Wir haben sie«, stellte sie nüchtern fest. Alles Sanfte war aus ihrer Stimme verschwunden. »Wie wollen wir vorgehen?«

»Sie führen das Gespräch«, sagte er. »Ich halte mich zurück. Am besten, wir gehen vorsichtig mit ihr um. Empathisch. Ich glaube aber, mit verständnisvollen Männern kann sie nichts anfangen. Da weiß sie nicht, wie sie sich verhalten soll. Ich werde Ihnen also das Feld überlassen, so weit wir kommen.«

»Einverstanden. Ich hole schnell einen Kaffee. Möchten Sie auch einen?«

»Gerne. Einfach schwarz, wenn's geht.«

Sie nickte und steuerte die kleine Küche am Ende des Flurs an. Böttger betrachtete Beate Heitbrink durch die offene Tür. Sie starrte zu Boden und kaute an einem Fingernagel herum. Auf dem Stuhl gab sie ein seltsames Bild ab. Das Büro wurde selten genutzt. Es war schlicht und zweckmäßig eingerichtet. Weiß getünchte Wände, weiße Büromöbel, ein paar Drucke von Matisse über dem Schreibtisch und auf der Fensterbank eine Birkenfeige. Alles war neu und sauber und aufgeräumt. Beate Heitbrink wirkte wie ein Fremdkörper in dieser Umgebung.

Hinter ihm eine Stimme: »Was macht denn die Heitbrink da?«

Böttger drehte sich um. Kriminaloberrat Brüse war im Flur aufgetaucht. Neugierig spähte er in den Vernehmungsraum, dann wandte er sich an Böttger und schob den Krawattenknoten zurecht.

»Sie wird von uns befragt«, gab der zurück.

»Ohne ihren Anwalt?«

»Sie verzichtet darauf.«

Brüses Gesicht verdunkelte sich.

»Wie haben Sie das angestellt?«

»Wir haben Sie einfach gefragt.«

»Sie haben Druck ausgeübt. Sie manipuliert.«

»Nein. Wie gesagt: einfach gefragt.«

Er verschränkte die Arme. »Das glauben Sie doch selber nicht. Was denken Sie eigentlich, was los ist, wenn wir bei so was erwischt werden. Die Pressemeute da draußen wartet ja nur darauf. Denen gehen nämlich langsam die Schlagzeilen aus. Polizisten, die das Recht beugen, na klar, die sind hochwillkommen. Der kleinste Fehler, und hier rollen Köpfe, das schwöre ich Ihnen. Vielleicht sagen Sie also doch lieber dem Anwalt Bescheid, wenn Sie die Frau vernehmen wollen.«

Böttger verhärtete sich. »Sie wollte keinen Anwalt.«

Schweigen. Brüses Kiefer arbeitete.

Böttger fragte sich, wie es für einen Jungspund wie den Brüse sein musste, eine solche Position zu besetzen. Das war bestimmt nicht leicht. Weder Eitelkeit noch Gradlinigkeit konnten etwas daran ändern, dass er erst achtunddreißig war. Und natürlich umgeben von alten Hasen im Geschäft, von gestandenen Ermittlern, denen er niemals würde das Wasser reichen können. Ihn schützte nur die Hierarchie.

Er schien zu überlegen, ob er es darauf ankommen lassen sollte. Doch dann sagte er nur: »Wie Sie meinen. Wir werden ja sehen«, drehte sich um und ging.

Die Schulte kam mit dem Kaffee zurück, sah dem Kriminaloberrat mit gerunzelter Stirn hinterher und trat in den Vernehmungsraum. Sie setzte sich Beate Heitbrink gegenüber. Böttger nahm etwas seitlich Platz und schlug die Beine übereinander, als sei er nur ein unbeteiligter Zuhörer. Er schenkte Beate Heitbrink ein unbestimmtes Lächeln. Sie reagierte nicht darauf.

Er betrachtete sie aus dem Augenwinkel. Das billige Sweatshirt, das sie trug, war voller Flecken und spannte über ihrem massigen Körper. Ihr Gesicht war leichenblass, die Haut grau und teigig. In ihren verheulten Augen spiegelten sich ihre Gefühle: Schuld und Scham, Trauer und Verzweiflung. Ihre Nerven schienen am seidenen Faden zu hängen.

Wer hätte gedacht, dass Beate Heitbrink tatsächlich mit ihnen reden würde. Der Anwalt hatte das strikt verhindern wollen. Doch nun saß sie hier, und ihr Zustand sprach Bände. Die Schulte hatte unten in der Zelle zweifelsfrei gute Arbeit geleistet.

»Es ist richtig, was sie tun«, sagte sie zu Beate Heitbrink, wieder mit dieser Sanftheit in der Stimme, die ihm schon zuvor aufgefallen war. »Sie haben sich durchgerungen, mit uns zu reden. Das ist gut, glauben Sie mir.«

Beate Heitbrink blickte die Schulte mit kleinen Schweinsäuglein an. Als hoffte sie, von ihr gerettet zu werden, wovor auch immer.

»Das Mädchen, das wir am Hang gefunden haben«, sagte die Schulte und senkte ihre Stimme. »Frau Heitbrink ... das ist Ihr Kind.«

Beate Heitbrink schloss die Augen. Eine Träne rann über ihre Wange. Stille legte sich über den Raum.

»Das stimmt doch, oder? Es war Ihre Tochter.«

Ohne die Augen zu öffnen, flüsterte sie: »Ja. Maike.«

Die Schulte und Böttger wechselten einen Blick.

»Maike«, wiederholte die Schulte. »Der Zeichner vom LKA hat ein Bild von ihr gemalt. Da sieht man, wie sie ausgesehen hat. Sie war ein hübsches Mädchen.«

Die Heitbrink nickte. Sie schaffte es nicht, aufzusehen.

»Ich habe keine Kinder«, fuhr die Schulte fort. »Ich kann mir gar nicht vorstellen, was Sie gerade durchmachen.«

Wieder rann eine Träne über ihr Gesicht.

»Maike hat keinem was getan«, flüsterte sie.

»Was ist passiert, Frau Heitbrink?«

Sie schüttelte den Kopf. Fiel in Schweigen. Die Schulte wartete. Schließlich lächelte sie und sagte: »Maike. Was für ein schöner Name. Maikes Vater ist Volker Blank, richtig? Ihr Lebensgefährte.«

Sie nickte. Sah auf. Schon wirkte sie gefasster. Offenbar war das sicheres Terrain. Keine Fragen mehr nach dem Mord.

»Ja. Volker und ich sind zusammengezogen, als ich schwanger war.«

»Wie haben Sie ihn kennengelernt?«

»Im Internet. Da gibt's so Seiten.«

»Verstehe. Und dann sind Sie schwanger geworden.«

»Ja. Und Volker hat mich mit zu sich genommen. Auf den Hof, wo er und sein Vater wohnten.«

Böttger fragte sich, was diese Frau wohl gedacht hatte, als sie zum ersten Mal das düstere Gehöft der Blanks gesehen hatte. Aber wahrscheinlich war ihr Zuhause in Herford kaum besser gewesen.

»Sie und Volker, sie wollten zusammenleben, um

gemeinsam das Kind aufzuziehen?«, fragte die Schulte.

»Na ja. Nicht nur. Ich musste auch bei mir raus. Meine Schwester hatte einen neuen Freund. Da war kein Platz mehr für mich.«

»Sie wohnen bei den Blanks im Wohnwagen, ist das richtig?«

Das schien ihr peinlich zu sein. »Ich wollte nicht ins Haus. Opa Wolfgang ... Ich hab mich nicht wohlgefühlt. Außerdem war da kein Platz für ein großes Schlafzimmer. Volker hatte dann die Idee mit dem Wohnwagen.«

»Hat Maike auch im Wohnwagen gelebt?«

Beate Heitbrink sah ängstlich zu Böttger. Offenbar waren sie wieder auf ein heikles Thema gestoßen.

»Es gab ein Kinderzimmer im Haus«, sagte sie an Schulte gewandt. »Maike mochte ihren großen Bruder. Ich war ja auch nur ein paar Meter entfernt.«

Böttger wollte nachhaken, doch die Schulte warf ihm einen raschen Blick zu. Sie waren noch nicht so weit, Beate Heitbrink sollte sich weiterhin aufgehoben fühlen. Er würde später darauf zurückkommen müssen.

»Maike war eine Hausgeburt, nicht wahr?«, fragte sie.

»Ja. Als sie kam ... Ich wusste nicht, dass es schon so weit ist. Ich war ja vorher noch nie schwanger. Auf einmal ging das los. Ich hatte Bauchschmerzen, ganz schreckliche, und dann war das Kind auch schon da.«

»Haben Sie denn keinen Arzt gerufen?«, fragte die Schulte.

»Nein, es war ja nichts passiert. Volker meinte, ich solle mich ausruhen. Er hat die Nabelschnur durchgeschnitten.«

»Aber es hätte alles Mögliche passieren können. Haben Sie denn vorher mit keiner Hebamme gesprochen? Waren Sie in keinem Geburtsvorbereitungskurs?«

»Einem was?«, fragte sie verwundert.

»Also gut. Maike ist ohne Arzt und Hebamme zur Welt gekommen. Wieso haben Sie Maike nicht gemeldet?«

»Beim Amt? Weiß nicht. Ich mag keine Ämter. Volker hat gesagt, wir müssen nicht zum Amt.«

»Aber da gibt es doch Kindergeld. Und Maike wäre über Sie krankenversichert gewesen.« Schulte betrachtete sie eingehend. »Waren Sie mit Maike nie bei einem Arzt?«

»Volker meinte, das wäre nicht nötig. Maike war ja auch nie ernsthaft krank.«

»Hat Maike andere Kinder kennengelernt? Aus der Nachbarschaft? Oder aus Marienbüren?«

»Es kommt keiner zu uns. Die Nachbarn mögen uns nicht.«

»Aber sie muss doch Kontakt zu irgendwelchen anderen Kindern gehabt haben.«

»Maike hat sich gut mit Jakob verstanden.«

»Der war aber schon zwölf, als Maike geboren wurde.«

Beate Heitbrink zuckte mit den Schultern. Offenbar hatte sie über diese Fragen nie nachgedacht.

»Was ist mir Ihrer Schwester? Hat die Maike mal kennengelernt?«

»Volker meinte, es wäre das Beste, wenn keiner von Maike wüsste.«

»Aber wieso?«

Sie schwieg.

»Frau Heitbrink. Wieso wäre es das Beste?«

»Er sagte, die würden sie mir sonst wegnehmen.« Ihre Schultern begannen zu beben. Wieder flossen Tränen. »Ich sei keine gute Mutter. Maike würde in eine andere Familie gebracht werden.«

»Aber wieso sollte das passieren? Sie haben Maike doch geliebt, oder?«

»Ich ... vergesse oft Sachen. Mir wird schnell alles zu viel. Und dann schaff ich es nicht, mich um Maike zu kümmern.« Eilig fügte sie hinzu: »Aber sie hat ja noch ihren Opa. Und Volker. Und ...« Sie stockte. »*Hatte*«, korrigierte sie sich.

»Deshalb haben Sie Maikes Existenz verschwiegen?«, fragte die Schulte.

»Volker meinte, es wäre besser. Meine Schwester hat einen Jungen, den Kevin. Den hat ihr das Amt weggenommen. Weil sie ihn oft allein gelassen hat. Und weil sie nie aufräumt.«

Nie aufräumen, dachte Böttger. Wahrscheinlich war die Wohnung der Schwester völlig verwahrlost gewesen. Ohne gewichtigen Anlass wird kein Kind aus der Familie genommen.

»Ich wollte nicht, dass mir Maike weggenommen wird«, sagte die Heitbrink. »Und Volker wollte das auch nicht. Also haben wir sie auf dem Hof gelassen.«

Die Schulte betrachtete sie nachdenklich. Schließlich sagte sie: »Frau Heitbrink. Sie hätten ihrem Kind doch nichts angetan, oder?«

»Nein! Nein, natürlich nicht!«, rief sie aufgebracht. Böttger betrachtete sie. Die Empörung wirkte nicht gespielt.

»Ich weiß«, meinte die Schulte sanft. »Das glaub ich Ihnen.« Dann rückte sie näher und lächelte mitfühlend. »Was hat Volker getan?«

Ihre Augen flackerten. »Nichts.«

»Frau Heitbrink, bitte. Wir wissen, wer Maike getötet hat.«

»Nein, das stimmt nicht. Volker war das nicht. Er würde Maike nie etwas antun.« Die Stimme war ein wenig zu schrill. »Hören Sie nicht? Er war das nicht.«

»Sie müssen Ihren Freund nicht schützen, Frau Heitbrink. Er kann Ihnen nichts mehr tun. Sie sind in Sicherheit.«

»Nein, er hat Maike das nicht angetan.«

Böttgers Stimme donnerte ohne Vorwarnung durch den Raum.

»Frau Heitbrink! Wollen Sie uns für dumm verkaufen?«

Selbst die Schulte zuckte zusammen.

»Was ist mit Maike passiert? Sie wissen es doch! Jetzt sagen Sie es uns!«

Beate Heitbrink zog den Kopf ein. Ihre Hände zitterten. Sie begann zu wimmern.

»Volker hat das nicht getan«, stieß sie hervor.

Böttger hatte nicht den Eindruck, dass sie log. Aber das machte keinen Sinn. Wolfgang Blank war nicht auf dem Hof gewesen, und einer musste das Mädchen schließlich getötet haben.

»Frau Heitbrink! Wer hat Maike getötet?«

»Niemand, ich …«

Er sprang auf und warf seinen Stuhl zu Boden. Mit einem Satz war er am Tisch. Die Heitbrink stieß einen hellen, ängstlichen Laut aus. Doch er berührte sie nicht, natürlich nicht. Stellte sich nur drohend über sie.

»Verdammt noch mal! Jetzt hören Sie auf! Sagen Sie sofort, wer Ihre Tochter umgebracht hat!«

Sie ging in Deckung, wimmerte.

»Jakob war das«, heulte sie auf. »Jakob.«

Böttger sah zu der Schulte. Sie wirkte ebenfalls überrascht. Beate Heitbrink brach nun in unkontrolliertes Schluchzen aus.

»Jakob?«, fragte Böttger. »Sind Sie da ganz sicher?«

»Er war es«, stieß sie hervor. »Jakob hat Maike getötet. Ich weiß, er sieht aus wie ein harmloser Junge. Aber er ist ein Monster.«

Sanna jagte mit dem Smart über die schmale Bergstraße. Sie war nervös, wollte so schnell wie möglich zu Jakob. Etwas stimmte nicht. Tante Renate hatte seltsame Andeutungen gemacht. Und dann ihr plötzlicher Sinneswandel. Auf einmal wollte sie, dass Sanna Jakob half, zu verschwinden. So schnell wie möglich, hatte sie gesagt. Ihre Tante verschwieg ihr etwas. Davon war sie überzeugt. Sie hatte irgendetwas Wichtiges herausgefunden, das sie für sich behielt.

Nach dem Gespräch hatte Sanna keine Ruhe mehr gefunden. Die Kurse, die Bewohner, das Stift Marienbüren, alles hatte sich wie ein Gefängnis angefühlt. Sie war unkonzentriert gewesen, nicht richtig bei der Sache, und die Zeit war quälend langsam vergangen. Schließlich war es ihr zu viel geworden. Sie hatte den letzten Kurs einfach ausfallen lassen. Übelkeit, hatte sie in der Verwaltung gesagt, eine offensichtliche Ausrede. Sie würde später Ärger mit Erika Eckart bekommen. Aber das war nicht zu ändern. Zuerst musste sie nach Hause, um nach Jakob zu sehen.

Der Wagen schoss auf den Kirchplatz. Ein Schlagloch im Kopfsteinpflaster drückte sie in den Sitz. Ihre Wohnung rückte ins Blickfeld. Sie bremste ab. Die Haustür stand sperrangelweit offen. Da stimmte etwas nicht. Ohne zu überlegen, sprang sie aus dem Wagen und hastete auf das Fachwerkhäuschen zu. In dem engen Treppenhaus war kein Laut zu hören.

»Jakob? Bist du da?«

Sie lief hinauf. Ihre Wohnungstür war nur angelehnt. Ein kurzer Blick genügte, um festzustellen: Jakob war fort. Er musste freiwillig gegangen sein. Die Türriegel ließen sich nur von innen öffnen. Ratlos ging sie von Zimmer zu Zimmer. Sie waren in einer knappen Stunde verabredet gewesen, um nach Bielefeld zu fahren. Er hatte ihr versprochen, die Wohnung nicht zu verlassen. Und jetzt das.

Seine Reisetasche stand noch immer im Wohnzimmer. Ein Zettel lag oben auf der Tasche. Ein zusammengefaltetes Blatt Papier. Ihr Name stand darauf. Sie schnappte sich den Zettel und faltete ihn auseinander. Sie hatte mit einem Abschiedsbrief oder etwas in der Art gerechnet. Aber es war eine Liste. Sechs Namen, mit krakeliger Handschrift niedergeschrieben. Ohne irgendeine Erklärung.

Sanna studierte die Namen. Sie konnte wenig mit ihnen anfangen. Einer kam ihr vage bekannt vor: Gunther Dörrhoff. Es dauerte eine Weile, bis ihr wieder einfiel, weshalb: So hieß der Psychiater aus der Klinik, in der Jakob untergebracht war. Der Bekannte von Erika Eckart. Er hatte das Gutachten erstellt. War der etwa gemeint?

Sie ließ den Zettel sinken. Was wollte Jakob ihr damit sagen? Was sollte sie mit dieser Liste anfangen? Ihr Blick fiel durchs Fenster hinaus auf den Kirchplatz. Draußen schien alles verwaist.

Sie musste etwas tun. Eilig faltete sie den Zettel zusammen, steckte ihn in die Hosentasche und verließ die Wohnung. Jakob war wahrscheinlich zu Fuß unterwegs. Vielleicht war er noch nicht weit gekommen. Der Smart stand unten vor dem Haus. Sie setzte sich hinters Steuer und fuhr drauflos. Kurvte durch den Ortskern, an der Einkaufsstraße entlang, durch die Wohnviertel. Doch von Jakob keine Spur. Schließlich fuhr sie zum Bahnhof. Aber auch hier war er nicht zu sehen. An der Straße nach Bielefeld fuhr sie rechts ran und stellte den Motor ab.

Sie überlegte. Es schien ihn sinnlos, zu Hause auf ihn zu warten. Ein Gefühl sagte ihr, er würde nicht wiederkommen. Etwas war passiert, das alle Pläne durchkreuzt hatte. Und dann diese seltsame Liste, die er hinterlassen hatte.

Eine Möglichkeit blieb noch. Beherzt startete sie den Wagen und fuhr wieder los. Sie steuerte den Schleichweg zum Stift Marienbüren an. Auf halber Strecke lag das Gehöft der Blanks. Vielleicht war Jakob ja auf dem Weg dorthin.

Die schmale Straße machte eine Biegung, und Sanna konnte aus einer Senke heraus die umliegenden Hänge überblicken. Ein paar hundert Meter entfernt lag hinter einem Wäldchen das Gehöft, und tatsächlich entdeckte sie dort einen einsamen Wanderer, der gerade die Anhöhe erreicht hatte. Es war Jakob, sie erkannte ihn ganz deutlich am grünen T-Shirt.

Sanna hupte wild, doch er schien sie nicht einmal zu hören. Sie beschleunigte, aber es war zu spät. Jakob verschwand hinter einer Reihe Fichten aus ihrem Blickfeld. Er war nun auf dem Grundstück seiner Eltern. Damit war er aus ihrer Reichweite.

Nachdenklich blickte sie sich um. Da war ein Wirtschaftsweg, der von der Straße in den Wald führte. Waldarbeiter hatten mit Zugwagen und schwerem Gerät den Boden aufgerissen. Wasser sammelte sich in den Fahrrinnen. Sie zögerte. Dann bog sie ab, fuhr langsam mit dem Smart durch die tiefen Schlaglöcher und stellte den Wagen schließlich hinter einem Nussstrauch ab.

Sie stieg aus und warf die Tür zu. Dann sah sie sich um. Der kleine Smart war hinter dem Strauch quasi unsichtbar. Dort würde ihn niemand so schnell entdecken.

Sie kehrte zur Straße zurück und schlich bis zur Einfahrt der Blanks. Sie beglückwünschte sich dazu, heute Morgen den dunkelgrünen Trainingsanzug gewählt zu haben. Er war perfekt, wollte man sich hier draußen unauffällig bewegen. Sie verbarg sich hinter den Fichten und spähte den Schotterweg hinunter. Jakob schob sich gerade durchs Eisentor aufs

Grundstück. Ein Mann hatte ihm die Tür geöffnet und ließ ihn aufs Gelände. Jakob verschwand hinter dem hohen Zaun, und der Mann verriegelte das Tor.

Sanna überblickte das Grundstück. Hinter der Scheune stand ein weißer Lieferwagen. Sie hielt den Atem an. Sie kannte den Wagen bereits. Sofort war ihr klar, wer dieser Mann dort unten war. Der Einbrecher vom Stift Marienbüren.

Irgendwie war es ihm gelungen, Jakob nach Hause zu locken. Es war wie bei der Sache mit der Talbrücke. Sanna konnte sich nicht erklären wie, aber dieser Mann schaffte es offenbar, Jakob Dinge tun zu lassen, die er selbst gar nicht wollte. Sie vermutete stark, dass Jakob in Gefahr war. Vielleicht sollte jetzt zu Ende gebracht werden, was auf der Talbrücke missglückt war.

Die beiden gingen auf das Wohnhaus zu und verschwanden im Innern. Ruhe legte sich über das Gehöft. Sanna musste näher heran. Zwischen ihr und dem Hof lag ein abgeerntetes Weizenfeld, das keine Deckung bot. Da waren der Schotterweg, ein Straßengraben und der Eisenzaun. Sonst nichts. Etwas entfernt gab es eine Hecke, die das Feld von einer Kuhwiese trennte. Im Schutz der Hecke käme sie näher ans Gelände heran. Und den Rest der Strecke würde sie eben über den Boden robben. Auf der Wiese würde sie im grünen Trainingsanzug schon keiner bemerken, hoffte sie.

Sie machte sich auf den Weg. Schlich an den Fichten entlang zur Hecke. Dort kletterte sie ins Unterholz. Sie verfing sich sofort in Brombeerzweigen, deren Dornen an ihrer Trainingshose rissen. Ein Ast mit regennassen Blättern schlug ihr ins Gesicht, sie schob ihn zur Seite und stieg vorsichtig über einen Elektrozaun auf die Kuhwiese. Hier ging es besser voran, auch wenn es auf dem nassen Gras gefährlich glatt war. Auf dem letzten Stück bewegte sie sich auf allen vieren. Dabei hielt sie das Gehöft genau im Auge. Doch es schien zu funktionieren. Keiner entdeckte sie.

Sie erreichte die Streben des Eisenzauns und verbarg sich hinter einer aufgeschlagenen Eberesche. Sie hatte es geschafft. Durch zwei Streben blickte sie aufs Gelände. Da waren das Haus, eine Scheune und ein Wohnwagen. Ein altes Hollandrad lehnte an einem Baum. Totenstille lag über dem Gehöft. Jakob war nirgends zu sehen.

Sanna fragte sich, was sie als Nächstes tun sollte. Sie musste Jakob befreien, so viel stand fest. Doch sie wusste nicht, wie. Der Zaun war zu hoch, um einfach drüberzuklettern. Zudem würde man sie bei dem Versuch sofort entdecken. Sie wollte warten. Das Gelände beobachten. Vielleicht fiel ihr etwas ein. Zur Not könnte sie Hilfe holen.

Hinter ihr knackte ein Ast. Sie wirbelte herum. Doch es war zu spät. Ein dunkler Schatten näherte sich rasch, eine Gestalt, dann schlug etwas Schweres gegen ihren Kopf. Noch ehe sie den Schmerz spürte, lag sie am Boden. Sie konnte sich nicht bewegen. Die Gestalt hockte sich auf ihre Brust, legte die Hände um ihren Hals und begann sie zu würgen. Sanna stand unter Schock. Ihre Gedanken waren verlangsamt. Sie begriff nicht, was passierte. Sie bekam keine Luft mehr. Wand sich. Würgte. Doch vergebens.

Jetzt erkannte Sanna die Gestalt. Sie traute ihren Augen nicht.

»Jakob«, brachte sie hervor.

Er war es. Und doch war er es nicht. Seine Augen waren dunkel und leblos, ganz anders, als sie es kannte. Mitleidslos, kalt. Nein, das war nicht Jakob.

»Bitte, Jakob«, krächzte sie. »Ich bin's. Sanna.«

Sie bekam keine Luft mehr. Die Welt geriet ins Wanken. Schwarze Flecken tauchten am Himmel auf. Ihr Sichtfeld verengte sich.

Schließlich ließ er von ihr ab. Sie rang nach Luft.

Ein Mann mit Basecap tauchte hinter ihm auf. Es war der Einbrecher aus dem Stift, Sanna war sich ganz sicher. Er zeigte ein kaltes Lächeln.

»Gut gemacht«, sagte er zu Jakob.

Dann warf er ihm ein Seil zu, um Sanna zu fesseln.

14

Mittagstisch im Hotelrestaurant »Zur Linde«. Renate hatte es gerade noch rechtzeitig geschafft. Sie war mit Friedhelm Osthues verabredet, übergewichtiger Inhaber eines Großhandels für Sanitäranlagen und Vorsitzender des Marienbürener Gemeinderats. Es ging um die Einweihung des neuen Kreisverkehrs, über den Renate für die Zeitung schreiben sollte.

Lieber wäre sie ja bei Sanna geblieben. Oder hätte Jakob selbst nach Bielefeld gefahren und dort in den Zug gesetzt. Aber scheu, wie der Junge war, hätte das wahrscheinlich nicht funktioniert. Sie wollte sich nicht zu viele Sorgen machen. Es würde schon alles gut gehen.

Das Hotelrestaurant war ein rustikales Landgasthaus mit getäfelten Wänden und schweren Gardinen vor den Fenstern. Im Grunde alles sehr altmodisch, aber es war sauber und gepflegt, und außerdem hatten sie hier den besten Koch von Marienbüren. Die meisten lokalen Geschäftstreffen fanden hier beim Mittagstisch statt.

Friedhelm Osthues wartete bereits auf sie. Er stand umständlich auf, wobei er den Tisch mit seinem riesigen Bauch ein Stück vorschob.

»Renate! Schön, dich zu sehen. Es gibt heute Rumpsteak mit Rotwein-Zwiebel-Soße und grünen Bohnen im Angebot.«

»Bleib doch sitzen, Friedhelm. Ich bitte dich.«

Er gab ihr die Hand und ließ sich auf die Bank zurückfallen. Mit seiner Glatze, den schwulstigen Lippen und den großen blauen Augen sah er aus wie ein harmloses Riesenbaby. Doch hatte man einmal sein Verhandlungsgeschick kennengelernt, verlor sich alles Harmlose.

»Zweimal das Rumpsteak«, sagte er zu der Kellnerin.

»Für mich lieber den Salat mit den Pfifferlingen«, ging Renate dazwischen. »Vielen Dank.« Dann setzten sie sich.

»Ich hab gesehen, du schreibst jetzt für die Ostwestfalenseite. Geht es für dich nach Bielefeld? Du verlässt doch nicht etwa unser schönes Marienbüren?«

»Ach was. Das ist eine einmalige Sache mit dem Mordfall. Danach bin ich wieder ganz hier.«

Das entsprach sogar der Wahrheit. Seit dem Telefonat, das sie am gestrigen Abend geführt hatte, war alles anders. Renate würde die Sache nicht weiterverfolgen. Dies war nicht die Story, mit der sie sich zurückmelden würde. Ihr blieb jetzt nur noch die Hoffnung, dass sich eine andere Gelegenheit ergeben würde. Irgendwann. Sie spürte einen vagen Schmerz. Der Erfolg blieb aus. Wieder einmal. Sie musste auf Sanna Rücksicht nehmen. Auf ihre Familie. Es war wie damals in Frankfurt.

»Eine ernste Sache, das alles«, sagte Friedrich Osthues nachdenklich. »Weißt du mehr, als in der Zeitung steht?«

»Nein. Das Kind wurde erstickt. Einer von den Blanks war das, so viel steht fest. Aber es gibt noch kein Geständnis.«

»Überall diese Fernsehteams«, sagte er unzufrieden. »Ich meine, wir haben hier das Kartoffelfest und im Winter das Lyrikfest. Jetzt der neue Kreisverkehr. Dafür sollte Marienbüren stehen, nicht für so etwas. Man erkennt sein Dorf nicht wieder. Ich frage mich, wie das passieren konnte. Hat denn keiner was gemerkt?«

Draußen fuhr ein weißer Lieferwagen vor. Er hielt in einer Parkbucht vor dem Hotel. Renate betrachtete ihn nachdenklich. Dann fiel es ihr wieder ein. Sanna hatte einen weißen Lieferwagen gesehen, im Stift Marienbüren. Der Dieb aus dem Stift hatte einen solchen Wagen gefahren. Sofort fragte sie sich, wie viele solcher Autos wohl in der Gegend unterwegs waren. Bestimmt waren es unzählige.

Die Tür ging auf, und ein kompakter Geschäftsmann mit einem seltsam konturlosen Gesicht stieg aus. Das Alter war schwer zu schätzen, irgendetwas um die vierzig. Seine Statur war kräftig, Renate vermutete einen Sportler unter dem Anzug. Er steuerte auf den Eingang zu und trat aus ihrem Sichtfeld.

»... mit dem Jungen?«, hörte sie Friedhelm sagen.

»Entschuldige. Wie bitte?«

»Na, dieser Jakob. Hat denn in der Schule keiner gemerkt, dass bei dem zu Hause was nicht stimmt?«

»Die Lehrerin hat ein paarmal mit dem Vater geredet. Aber offenbar erfolglos.«

»Man hätte sich mehr kümmern müssen. Was soll denn aus solchen Jungs werden? Die Eltern bringen denen ja nichts bei. Der hätte einen besseren Lehrer gebraucht. Oder einen Fußballtrainer.«

Der Mann aus dem Lieferwagen tauchte an der

Rezeption auf. Renate rückte auf ihrem Stuhl ein Stück zur Seite, um einen Blick zum Hoteleingang werfen zu können. Sie konnte jedoch nur seinen Rücken sehen. Daniela Krüger stand hinterm Tresen. Sie lachte affektiert und schob sich eine Strähne hinters Ohr. Flirtete herum, als wäre sie Anfang zwanzig. Die arme Närrin. Wenn Renate eine letzte Bestätigung brauchte, dass mit diesem Mann etwas nicht stimmte, dann bekam sie die von Daniela Krüger. Einen schlechteren Männergeschmack konnte eine Frau nicht haben. Daran hatten bei ihr auch zwanzig Jahre schlechter Erfahrungen nichts ändern können.

Der Mann nahm seinen Schlüssel entgegen und verschwand im Fahrstuhl. Renate schob den Stuhl zurück.

»Ich bin sofort wieder da, Friedhelm«, sagte sie. »Ich will mich nur schnell frisch machen.«

»Aber natürlich, Renate. Natürlich.«

Sie ging zum Durchgang und weiter zur Rezeption. Im Vorbeigehen schenkte sie Daniela Krüger ein Lächeln. »Wo finde ich noch eure Toiletten, Dani?«

»Hinten durch. Und dann die Treppe runter.«

»Ach, richtig.« Sie hielt inne. Danielas Gesicht leuchtete. Renate vermutete, ihre Wangen waren unter der dicken Schicht Make-up gerötet. »Wer war eigentlich dieser gut aussehende Mann?«, fragte sie und lächelte wissend.

Daniela strahlte übers ganze Gesicht. »Peter Ranke. Ein Hotelgast.«

»Sieh an. Er scheint dich zu mögen.«

»Meinst du? Ich weiß nicht.«

»So sah es gerade aus. Ich habe euch beobachtet.« Renate stützte sich mit den Ellbogen auf dem Tresen ab. »Seit wann ist er denn hier in Marienbüren?«

»Seit Montag. Aber ich weiß gar nicht, ob er mich überhaupt ... ach egal.«

Montag. Der Tag, an dem im Stift Marienbüren eingebrochen wurde.

»Und was macht er hier? Ist er beruflich unterwegs?«

»Ja, er macht in Immobilien. Sucht Häuser für reiche Leute, die auf dem Land wohnen wollen. Aber mehr weiß ich auch nicht. Er ist einfach nur nett, glaub ich, mehr nicht.«

Renate stieß sich vom Tresen ab und lächelte.

»Na, da wär ich mir nicht so sicher«, sagte sie mit einem Zwinkern und steuerte die Toiletten an.

Als sie zu ihrem Tisch zurückkehrte, war das Essen bereits da. Friedhelm hatte sich offenbar nicht zurückhalten können. Er tunkte ein Stück Fleisch in die Rotweinsoße, schob es sich in den Mund und kaute genussvoll.

Renate nahm Platz. Friedhelm sah sie schuldbewusst an.

»Ich hätte auf dich gewartet, Renate. Ich wollte nur schon mal probieren.«

»Lass gut sein, Friedhelm. Guten Appetit.«

Sie aßen eine Weile schweigend. Dann legte Friedhelm die Serviette beiseite und sagte: »Sag mal, ich hab gehört, die Tochter von Klaus ist in Marienbüren? Stimmt das denn?«

Renate wäre lieber nicht darauf angesprochen worden.

»Ja, Sanna. Sie wohnt an der Kirche.«

»Und wieso sagst du das erst jetzt? Das ist doch eine Ehre für uns. Was hat sie hierher verschlagen?«

»Arbeit, würde ich sagen. Sie ist beim Stift angestellt. Außerdem wollte sie wohl aufs Land.«

»Du liebe Güte.« Sein Gesicht nahm einen weichen Zug an. »Die Tochter von Klaus Marquart. Der Mann war nicht verkehrt, sage ich dir. Ein Verlust für Marienbüren. Du musst stolz sein, ihn als Schwager zu haben.«

Renates Lächeln gefror ein wenig.

»Vielleicht kommt Klaus ja auch eines Tages zurück«, meinte er und grinste. »Ihr Marquarts wisst eben, wo ihr hingehört.«

»Ich bin keine Marquart. Und ich glaube auch nicht, dass Klaus zurückkommt.«

»Warten wir's ab«, sagte Friedhelm und stopfte sich ein Stück Rumpsteak in den Mund. Renate ging nicht genauer darauf ein, und sie aßen schweigend weiter. Nach dem Essen winkte Friedhelm die Kellnerin herbei.

»Noch einen Espresso für dich, Renate?«, fragte Friedhelm.

Sehr gern, lag ihr schon auf den Lippen. Doch da tauchte Peter Ranke an der Rezeption auf, der vermeintliche Immobilienmakler. Offenbar wollte er das Hotel verlassen. Renate durfte sich diese Chance nicht entgehen lassen.

»Du liebe Güte«, sagte sie mit Blick auf die Uhr. »So spät ist es schon? Ich habe einen Redaktionstermin. Ich werde das gar nicht mehr rechtzeitig schaffen.«

»Dann wird wohl nichts aus dem Espresso«, meinte er.

»Tut mir leid, Friedhelm. Beim nächsten Mal.«

Sie kramte das Portemonnaie aus der Handtasche hervor.

»Lass mal, Renate, ich mach das schon.«

»Ich bitte dich. Du kannst doch nicht jedes Mal für mich bezahlen.«

Er lächelte gönnerhaft und zog die Rechnung zu sich heran. Das übliche Ritual. Nur musste Renate das Ganze heute etwas abkürzen.

»Ich muss nun wirklich los, Friedhelm. Diesen blöden Termin hab ich total vergessen. Danke fürs Essen.«

»Geh nur. Ist schon gut. Bis bald.«

Sie verabschiedete sich und eilte hinaus ins Freie. Ihr Blick fiel auf die Parkbucht vor dem Hotel. Der weiße Lieferwagen stand noch dort, allerdings heulte gerade der Motor auf, und der Blinker wurde gesetzt. So schnell es ihre blöden Pumps zuließen, hastete sie zum Parkplatz hinter der Gaststätte, warf sich in ihren Mietwagen und startete den Motor. Der Lieferwagen war bereits auf der Straße, als sie die Ausfahrt erreichte. Renate wollte hinterher, doch eine lange Kette von Autos fuhr in unerträglicher Langsamkeit auf der Hauptstraße an ihr vorbei. Keiner ließ sie vom Parkplatz fahren.

»Verdammt noch mal!«, rief sie.

Der Lieferwagen hatte inzwischen die Umgehungsstraße erreicht und verschwand hinter einer

Kurve. Endlich blitzte eine Lichthupe auf, ein Fahrer ließ sie auf die Straße, und Renate nahm die Verfolgung auf. Mit etwas Glück holte sie den Wagen noch ein. Doch an der Kreuzung sprang die Ampel auf rot. Sie musste anhalten. Wieder ging wertvolle Zeit verloren. Sie spähte nach links und nach rechts, doch der Lieferwagen war nirgends mehr zu sehen. Sie würde geradeaus weiterfahren. Ungeduldig wartete sie auf Grün.

Eine Hupe ertönte. Auf dem Parkplatz vor dem Atatürk-Grill erblickte sie einen dunklen Passat. Ein Mann stand in der offenen Fahrertür, beugte sich übers Steuer und betätigte erneut die Hupe. Es war Jens Böttger. Als er bemerkte, dass Renate ihn entdeckt hatte, winkte er ihr zu.

Renate zögerte. Sie hielt nochmals in alle Richtungen Ausschau. Doch der Lieferwagen war weg. Es hatte keinen Sinn, sie war zu langsam gewesen. Also änderte sie ihren Plan und steuerte den Wagen kurzerhand auf den Parkplatz vor dem Grill. Im Rückspiegel überprüfte sie Make-up und Frisur. Hätte sie geahnt, dass sie Jens treffen würde, hätte sie sich heute Morgen etwas mehr Zeit genommen. Aber dafür war es nun zu spät. Sie stieg aus und stöckelte auf ihn zu.

Er betrachtete sie zufrieden. Es war offenkundig: Er freute sich, sie zu sehen. Wie's aussah, hatte er ihr die Sache mit der Berichterstattung bereits verziehen.

»Hallo Jens. Es tut mir wirklich leid. Ich hoffe, du bist nicht allzu sauer auf mich.«

»Wegen der Durchsuchung? Quatsch. Du gehörst

zur Presse, was hätte ich erwarten sollen? Ich muss in Zukunft eben besser aufpassen.«

»Aufpassen? Bei mir? Das hört sich vielleicht an. Harmlos, wie ich bin.«

Er schenkte ihr ein schiefes Lächeln. »Du bist ein wilder Hund, Renate. Das weißt du ebenso gut wie ich. Wehe dem, der sich nicht vor dir in Acht nimmt.«

Verlegen sah sie zu Boden. Jens wusste immer noch genau, wie er ihr schmeicheln konnte. Ein warmes Gefühl breitete sich in ihr aus.

»Nun ja«, sagte sie mit aufgesetzt verschämter Stimme. »Der Fall ist ohnehin so gut wie passé. Da kann ich dir nicht mehr viel entlocken. Ihr habt doch sicher schon ein Geständnis, oder?«

Er lachte. »Du versuchst es ja schon wieder.«

»Also gut, ich nehme die Frage zurück. Vergiss das alles. Ich hab ja gar nicht vor, Probleme zu machen. Ganz im Gegenteil. Wir haben uns so lange nicht gesehen. Ich freu mich doch, dass du zurückgekommen bist.«

Er schien zu erkennen, dass sie es ehrlich meinte. Mit einem jungenhaften Lächeln deutete er auf das leicht ramponierte Grillhäuschen. »Ich würd dich ja auf eine Pommes einladen«, meinte er. »Kein richtiges Rendezvous, aber immerhin.«

In dem engen Verkaufsraum der Hütte entdeckte Renate seinen Kollegen, den hochgewachsenen und gebeugten Mann mit der Hakennase. Er stand ganz hinten in der Schlange.

»Sehr verlockend, Jens, wirklich. Aber nein danke.«

Sie standen sich gegenüber. Keiner sagte etwas. Sie lächelten. Renate fühlte sich plötzlich wieder von ihm angezogen. Sie fragte sich unwillkürlich, wie es wohl wäre, mit Jens zu schlafen. Wie es sich anfühlen würde. Sie waren nicht mehr die Gleichen. Seit damals hatte sich viel verändert. Vor allem waren sie älter geworden. Trotzdem kam ihr der Gedanke, es einmal auszuprobieren.

»Wir fahnden nach Jakob«, sagte Jens und holte sie in die Realität zurück. »Ganz im Ernst, Renate: Wenn deine Nichte etwas weiß, sollte sie es besser sagen.«

»Das werde ich ihr ausrichten. Aber sie weiß sicher nichts. Soviel ich verstanden habe, wollte der Junge abhauen.«

»Renate ... Jakob ist gefährlich.« Er zögerte. Offenbar fragte er sich, wie viel er von den Ermittlungen preisgeben konnte. »Wir suchen ihn nicht einfach als Zeugen, verstehst du?«

»Ihr denkt, Jakob hat das Mädchen getötet?«

»Ich kann nichts Genaues sagen. Wenn du etwas davon ...«

»Mach dir mal keine Sorgen. Das kommt nicht in die Zeitung. Versprochen.«

»Bring deine Nichte einfach in Sicherheit. Sanna sollte sich von ihm fernhalten.«

»Gut, ich werde es ihr ausrichten.«

Aber Renate glaubte nicht, dass Jakob das Mädchen ermordet hatte. Ganz im Gegenteil.

Sie zögerte. Sie blickte nochmals zum Verkaufsraum des Grills. Ein halbes Dutzend Leute stand dort. Hinterm Tresen wurden Dönermesser geschwungen, Salatgurken geschnitten und Essen verpackt. Jens' Kollege deutete gerade auf die Verkaufstafel und gab die Bestellung auf. Es würde also noch ein bisschen dauern, bis er zurückkehrte.

»Pass auf, Jens«, sagte sie. »Ich bin da auf etwas gestoßen. Bei meinen Recherchen.«

»Und das willst du an die Polizei weitergeben? Einfach so?«

»Ich sag doch, ich schreibe nicht mehr darüber, aber du könntest mit der Information vielleicht etwas anfangen. Also, der Punkt ist folgender: Ich habe über Jakob recherchiert. Dass er psychische Probleme hat, weißt du ja längst. Ich glaube, das kommt daher, dass er schwer traumatisiert ist. Jakob könnte in seiner Kindheit misshandelt worden sein. Vielleicht auch missbraucht. Weiß der Himmel, was auf diesem Hof alles passiert ist. Sprich mal mit seiner alten Lehrerin. Jakob ist kein Täter. Er ist viel eher das Opfer. Du solltest dich besser fragen, wer Jakob das alles angetan hat.«

»In der Klinik sagen sie, er hat eine Borderline-Persönlichkeit. Er manipuliert Menschen. Und er soll gefährlich sein. Ich weiß, er wirkt nicht so. Aber das heißt längst nicht, dass er das auch nicht ist.«

»Das passt alles irgendwie nicht. Er ist kein Borderliner. Da ist mehr.« Renate wollte ihm lieber nicht von ihrer Vermutung erzählen, Jakob könnte eine gespaltene Persönlichkeit haben. Dann würde es Jens noch schwerer fallen, ihr zu glauben. »Jakob ist nicht gewalttätig«, sagte sie entschieden. »Es ist *ein* Gutachten. Er könnte auch unter posttraumatischen Belastungsstörungen leiden. So was in der Art. Und dann sähe alles sofort ganz anders aus.«

»Das Gutachten ist von einem sehr angesehenen Psychiater erstellt worden, Renate. Prof. Dr. Gunther Dörrhoff. Ich weiß nicht, ob du schon über ihn gelesen hast. Er ist ...«

»Ich kenne ihn, natürlich. Eine Koryphäe, schon klar. Trotzdem heißt das nicht, dass er unfehlbar ist. Außerdem war Jakob nicht lange bei ihm in der Klinik.«

»Das ist ja richtig. Und wir werden Jakob noch einmal untersuchen lassen, sobald wir ihn haben. Aber bis dahin können wir dieses Gutachten nicht einfach ignorieren.«

»Frag Sanna! Die hat Jakob kennengelernt. Was sie über ihn berichten kann, hört sich gar nicht unbedingt nach Borderline an. Sondern nach einem schwer traumatisierten Jungen. Sprich mit ihr.«

Sie zögerte. Eigentlich wollte sie die Sache mit der multiplen Persönlichkeit nicht ins Spiel bringen. Aber vielleicht könnte sie es mit einer Andeutung probieren.

»Er nimmt andere Identitäten an, wenn er sich bedrängt fühlt«, sagte sie. »Als wollte er sich schützen, verstehst du? Dann durchlebt er seltsame Wandel. Er benutzt verschiedene Namen. Eine seiner Persönlichkeiten heißt zum Beispiel Jannis.«

Jens blickte betreten. Dann senkte er die Stimme.

»Wie Sannas Bruder?«, fragte er.

Renate stutzte. »Du kennst die Geschichte?«

»Jannis ist vor drei Jahren gestorben. Bei einem epileptischen Anfall, wenn ich richtig informiert bin.«

»Schon. Aber das hat nichts mit Jakob zu tun. Was ich sagen will, ist …«

»Warte mal.« Er holte Luft. »Ich will ja gar nicht abstreiten, dass wir noch ein zweites Gutachten brauchen. Aber was Jannis betrifft, das ist interessant: Jakob kannte die Geschichte auch, wenn ich es richtig verstanden habe. Das hat mir Erika Eckart heute gesagt, die Leiterin vom Stift Marienbüren.«

»Wie bitte? Woher …?«

»Sie hat mich heute Morgen angerufen. Es gibt im Stift einen Computerraum, wo die Bewohner ins Internet gehen können. Die müssen sich in Listen eintragen. Man weiß immer genau, wer wann wo war. Jetzt kommt es: Nach dem ersten Treffen mit Sanna ist Jakob schnurstracks in diesen Computerraum gegangen. Sanna hat ihn offenbar ziemlich beeindruckt. Er hat stundenlang nach allem recherchiert, was er über sie finden konnte. Der Verlauf wurde vom Computer gespeichert, und Erika Eckart hat sich das später angesehen. Jakob hat alles über die Geschichte erfahren. Über Sanna und Jannis. All die Artikel in der *Bild*-Zeitung und aus dem Kreisblatt. Sannas Vater war ja mal so etwas wie eine Lokalberühmtheit.«

In ihrem Kopf rauschte es. Sie sagte nichts.

»Verstehst du, Renate? Er wusste, dass Sannas Bruder gestorben ist. Und er wollte ihre Aufmerksamkeit. Deshalb hat er sich Jannis genannt.«

Sie fühlte sich, als hätte sie einen Tritt bekommen. Sie war völlig durcheinander. Das ließ nur den Schluss zu, dass Jakob sie manipuliert hatte. Sie erinnerte sich an das, was Anne Feller gesagt hatte. Das

Krankheitsbild ist viel zu komplex für eine leichtfertige Diagnose.

»Tut mir leid, Renate«, sagte Jens mitfühlend. »Der Junge hat definitiv Probleme. Deshalb müssen wir ihn finden, bevor Schlimmeres passiert.«

»Ja, du hast recht. Ich … ich habe nur …«

Jemand näherte sich. Es war Jens' Kollege mit der Hakennase, in jeder Hand eine Dönertasche. Er erkannte Renate sofort. Misstrauen legte sich über sein Gesicht. Renate riss sich zusammen. Sie trat den Rückzug an.

»Ich will euch nicht beim Essen stören. Bis demnächst mal, Jens.«

Sie nickte den beiden Männern zum Abschied zu und drehte sich um. Jens rief ihr etwas nach, doch sie achtete nicht darauf. Verwirrt setzte sie sich hinters Steuer und startete den Motor. Diese Neuigkeit musste erst einmal verdaut werden. Sie wollte darüber nachdenken, was das zu bedeuten hatte.

Die Uhr auf dem Armaturenbrett zeigte kurz nach eins. In einer Stunde würde Sanna wieder zu Hause sein. Und dann mussten sie miteinander reden.

Harald drückte ihm eine Dönertasche in die Hand und lehnte sich gegen den Wagen. Nachdenklich blickte er Renate hinterher, die in ihren Wagen einstieg.

»Der scheint es zu gefallen, jemanden bei der Polizei zu kennen«, meinte er, und in Böttgers Ohren klang mit: Pass nur auf, was du der so alles sagst.

Dabei war es genau genommen Harald gewesen, der das mit der Durchsuchung in Renates Gegenwart ausgeplaudert hatte. Aber Böttger wollte nicht kleinlich werden.

»Wie gesagt, wir waren früher zusammen in einer Clique«, sagte er. »Kaum zu glauben, dass das schon mehr als fünfundzwanzig Jahre her ist. Ist schon seltsam, wie man sich im Leben so wiederbegegnet.«

Er biss in seinen Döner und dachte über Renate nach. Ihr Gang war unverändert. Die Art, wie sie ihre Hüften schwang. Man hätte sie auf den ersten Blick für eine Fünfunddreißigjährige halten können. Doch sie war kräftiger geworden. Und ihrem Gesicht sah man trotz Make-up die Niederlagen an, die sie hatte einstecken müssen. Sie hatte gelebt, das konnte er erkennen. Doch das machte sie in seinen Augen nur attraktiver.

Er ertappte sich bei der Überlegung, wie sein Leben verlaufen wäre, wenn sie damals ein Paar geblieben wären. Aber das war Unsinn. Es wäre nie gut gegangen. Renate war zu impulsiv. Zu extrem. Natürlich hatte es früher oder später zwischen ihnen zum großen Knall kommen müssen. Außerdem gab es nichts zu bereuen. Er hatte zwei wundervolle Kinder. Er schüttelte den Gedanken ab.

»Keine Sorge«, sagte er zu Harald. »Ein zweites Mal wird das nicht passieren.«

Harald gab ein Brummen von sich und biss in den Döner. Renate fuhr mit ihrem Wagen vom Parkplatz und verschwand aus seinem Blickfeld. Als sie fort war, aßen beide schweigend und hingen ihren Gedanken nach. Als sie die letzten Bissen verdrückt hatten, zerknüllte Böttger seine Papierserviette und meinte: »Sollen wir weiter?«

»Meinetwegen gern. Ich bin so weit.«

Harald nahm mit einem Ächzen auf dem Beifahrersitz Platz. Böttger startete den Wagen. Es ging zum Hof der Blanks. Die Fahrt dauerte keine Viertelstunde. Das Gehöft lag wie verlassen unter dem trüben Himmel. Nichts regte sich. Vorsichtig ließ er den Wagen auf dem Schotterweg zum Eisentor hinabrollen. Sie stiegen aus, und Böttger drückte die Klingel. Er spähte durch die Eisenstreben des Zauns auf das Gelände. Am Wohnhaus bewegte sich eine Gardine. Kurz darauf wurde der Summer betätigt. Das Tor öffnete sich, und sie traten hindurch.

Böttger ließ seinen Blick wandern. Da war der ramponierte Wohnwagen. An dem Zelt vorm Eingang hatte sich ein Stück Plane gelöst, das geräuschvoll im Wind flatterte. Doch sonst gab es am Wohnwagen keine Bewegung. Auch die Scheune lag scheinbar verlassen da. Eine halb verhungerte Katze mit struppigem Fell trat hinter dem Hühnerstall hervor, schlich am Gemäuer entlang und verschwand in einem Loch in der Wand. Hinter dem Gebäude wurde ein Gatter vom Wind mit lautem Quietschen aufgedrückt, dann knallte es zurück ins Schloss.

Sie steuerten das Wohnhaus an. Die Tür öffnete sich, und Wolfgang Blank trat ihnen entgegen, mit Gummistiefeln, Arbeitshosen und Tarnjacke. In seinem brutalen Altmännergesicht war keine Regung zu erkennen.

»Was wollen Sie hier?«, begrüßte er sie schroff.

»Mit Ihnen sprechen«, sagte Böttger.
»Ist mein Sohn immer noch im Knast?«
»Er ist in Untersuchungshaft, ja. Er redet nicht mit uns.«
»Er war das nicht. Mein Sohn hat das Kind nicht getötet. Weshalb auch?«
»Wie gesagt, er redet nicht mit uns. Nicht einmal so viel, um zu sagen, dass er unschuldig ist.«

In den Vernehmungen starrte Volker Blank lediglich auf einen imaginären Punkt an der Wand. Er reagierte auf gar nichts. Hockte da wie ein Zen-Meister in der Meditation. Er war nicht mal bereit, seinen Namen zu bestätigen. Alle bissen sich die Zähne an ihm aus. Natürlich schadete er sich damit nur selbst. Doch sprach man seinen Anwalt darauf an, zuckte der nur mit den Schultern. Offenbar konnte auch er an Volker Blanks Verhalten nichts ändern.

»Wir sind auf der Suche nach Jakob«, sagte Harald.
»Der ist hier nicht aufgetaucht.« Wolfgang Blank verschränkte die Arme. »Sie können gerne in seinem Zimmer nachsehen. Sie kennen den Weg ja.«
»Nicht nötig«, sagte Harald. »Haben Sie eine Ahnung, wo sich Ihr Enkel aufhalten könnte?«
»Nein. Der Junge hat schon immer gemacht, was er wollte. Strafe hat bei ihm nichts bewirkt, glauben Sie mir. Er kennt einfach keinen Gehorsam. An der Erziehung liegt das nicht.«
»Natürlich nicht«, meinte Harald. »Gibt es Freunde, bei denen Jakob unterkommen könnte?«
Wolfgang Blank schüttelte den Kopf. »Kann ich mir nicht vorstellen.«

»Vielleicht Verwandte? Es existiert noch Familie in der Gegend, richtig?«

»Nein, die hätten mir Bescheid gesagt.«

»Haben Sie eine andere Idee, wo er sich sonst verstecken könnte? Gibt es Orte, die er mag? Irgendeine alte Ruine vielleicht? Oder ein Jägerstand?«

»Nein, gar nichts. Sonst hätte ich ihn mir schon geschnappt.«

Hinter ihnen ein leises Rumpeln. Etwas ging klirrend zu Bruch. Böttger drehte sich um. Die Geräusche drangen aus der Scheune. Er versuchte, einen Blick ins Innere zu erhaschen. Ein altes Holztor, das dringend einen Anstrich benötigte, hing lose in den Scharnieren. Daneben gab es kleine Butzenfenster, die starr vor Dreck waren.

»Diese verfluchten Katzen«, meinte Wolfgang Blank. »Sie jagen wieder Ratten. Oder umgekehrt. So genau weiß das keiner. Ich sollte sie alle abknallen.«

Böttger fixierte das Gebäude. Er lauschte. Doch in der Scheune war jetzt wieder alles still.

»Wieso ist das denn so wichtig?«, fragte Wolfgang Blank. »Was wollen Sie von dem Jungen?«

Böttger riss sich los und wandte sich ihm zu.

»Wir verdächtigen ihn, Maike getötet zu haben. Die Freundin Ihres Sohns hat Jakob schwer beschuldigt.«

Böttger ließ ihn nicht aus den Augen. Achtete auf jede Regung. Wolfgangs Blanks Gesicht verdunkelte sich. Er ballte die Fäuste. »Dieses Ungeheuer«, stieß er aus. »Ich hätte es mir denken können. Na warte, Bürschchen. Wenn ich dich zu fassen kriege ...«

»Halten Sie es denn für denkbar, dass ihr Enkel seine Halbschwester getötet hat?«, fragte Harald.

»Der Junge ist eine hinterlistige, falsche Schlange. Dem würde ich eine Menge zutrauen.« Er kratzte sich am Hinterkopf. »Jetzt verstehe ich, warum Volker nicht mit Ihnen redet. Er will Jakob wohl nicht belasten.«

Böttger beobachtete ihn weiterhin genau. Er wollte dem alten Mann nicht abnehmen, dass er nicht wusste, was geschehen war. Auch wenn er auf der Jagd gewesen war, er steckte mit den anderen unter einer Decke, da war er sich sicher. Dieses Theater hier überzeugte ihn jedenfalls nicht. Wolfgang Blank wusste genau, wie das Kind zu Tode gekommen war.

»Ich werde herauskriegen, wo Jakob ist. Dann bekommen Sie ihn, versprochen.«

»Wie wollen Sie das machen? Wenn Sie doch gar keine Idee haben, bei wem er sich verstecken könnte.«

»Er wird früher oder später hier auftauchen. Und dann gnade ihm Gott.«

»Wenn er hier auftaucht, rufen Sie uns bitte sofort an«, sagte Böttger. »Jakob steht unter Verdacht, und wir möchten mit ihm reden. Sollte ihm etwas zustoßen, werden wir Sie zur Rechenschaft ziehen. Das meine ich wortwörtlich.«

Wolfgang Blank warf ihm einen vernichtenden Blick zu.

»Ich werde ihm kein Haar krümmen«, sagte er, doch es hörte sich an, als wollte er sich über Böttger lustig machen.

»Gut, dann haben wir uns ja verstanden.«

Auf dem Weg zurück zum Auto warf Böttger nochmals einen Blick zur Scheune. Er blieb stehen. Irgendetwas stimmte da nicht. Das sagte ihm sein Gefühl. Er fixierte die Dunkelheit hinter den Butzenscheiben. Ihm war, als bewegte sich dort etwas. Das war keine Katze.

Harald hatte das Eisentor erreicht. Er drückte es auf.

»Jetzt komm schon, Jens. Wo bleibst du?«

Böttger spürte die Blicke von Wolfgang Blank im Rücken. Er wandte sich schließlich von der Scheune ab und folgte seinem Kollegen nach draußen.

Der weiße Lieferwagen rollte den Schotterweg herunter. Ein dunkler Passat kam ihm entgegen. Er erkannte sofort, wer da hinterm Steuer saß. Es war der Leiter der Mordkommission. Die Polizei hatte dem alten Blank einen Besuch abgestattet. Doch offenbar hatten sie dabei nichts Auffälliges bemerkt.

Er zog sich das Basecap ins Gesicht und steuerte den Wagen auf die Rasenkante, um den Passat vorbeifahren zu lassen. Die Männer beäugten ihn neugierig. Sicher würde sich einer von ihnen das Nummernschild notieren. Sollte er ruhig. Das würde sie nicht weiterbringen. Der Wagen fuhr vorbei und bog oben auf die asphaltierte Straße. Er selbst rollte langsam den Hang hinab.

Wolfgang Blank stand auf dem Hof und sah ihm mit düsterem Gesicht entgegen. Dann setzte er sich in Bewegung, öffnete das Tor und ließ den Lieferwagen auf den Hof fahren. Er stellte ihn neben dem Wohnwagen ab und stieg aus.

Die Polizei war inzwischen fort. Schotterweg und Hügelkuppe waren verwaist. Wolfgang Blank stapfte auf ihn zu.

»Das war die Polizei«, sagte er. »Sie suchen Jakob.«

»Und? Haben Sie einen Verdacht?«

»Nein, ich glaube nicht. Aber wir müssen uns beeilen. Früher oder später werden sie zurückkommen.«

»Ja, das werden sie.«

Es gab jedoch nicht mehr viele Spuren zu verwischen. Die Polizei würde niemals genug haben, um auch nur einen Anfangsverdacht zu bekommen. Trotzdem durften sie jetzt nicht nachlässig werden. Die Zeit drängte, damit hatte der alte Mann recht.

»Heute Nacht ist es so weit«, sagte er.

Wolfgang Blank nickte. Er war einverstanden.

»Was ist mit der jungen Frau?«

Sanna Marquart. Sie war tatsächlich ein Problem.

»Sie weiß zu viel.«

Er holte den Zettel hervor, den er in Sannas Tasche gefunden hatte. Die Liste, die Jakob zusammengestellt hatte. Seine Freier. Jedenfalls die, an die er regelmäßig verkauft worden war. Gunther Dörrhoff stand ganz oben. Sanna kannte nun alle Namen. Wenn Sie damit zur Polizei gehen würde, ließe sich leicht ermitteln, in welchem Zusammenhang diese Namen zu dem Gehöft und Jakob Blank stünden. Zwei der Männer auf dieser Liste waren vorbestraft wegen des Besitzes von Kinderpornografie. Vor allem Dörrhoffs Name wäre schnell ein Problem. Alles drohte aufzufliegen wegen dieser neugierigen kleinen Schlampe.

Wolfgang Blank betrachtete den Zettel mit finsterem Blick. »Ich wusste nicht, dass Jakob die Nachnamen kennt.«

»Wie es aussieht, ist er klüger, als man denkt.«

»Wir dürfen kein Risiko eingehen.«

Wolfgang Blank knüllte die Liste zusammen und stopfte sie in seine Tasche.

Er deutete auf die Scheune. »Sind die beiden noch da drin?«

Wolfgang Blank nickte. »Ja. Sie stehen bereit.«

»Das ist gut. Ich kümmere mich um sie.«

Was er vorhatte, würde Ärger geben. Sanna Marquart sollte eigentlich verschont werden. Doch das Mädchen war zu neugierig gewesen. Das Risiko, sie am Leben zu lassen, war inzwischen einfach zu groß. Diese Liste durfte auf keinen Fall in die Hände der Polizei gelangen. Er würde das auf seine Kappe nehmen. Alle würden das verstehen. Sie wusste zu viel. Es ging nicht anders. Sie musste sterben, genau wie Jakob.

»Wir könnten einfach kurzen Prozess machen«, schlug Wolfgang Blank vor. »Jetzt und hier. Und danach verscharren wir die beiden im Wald.«

»Nein. Sie werden früh genug sterben. In ein paar Stunden ist alles vorbei.«

Er ließ seinen Blick über das Gelände schweifen. Dieser verfluchte Erdrutsch. Ohne ihn wären sie jetzt nicht hier. Dann wäre die Kleine niemals entdeckt worden. Aber daran ließ sich nichts mehr ändern.

Aus der Scheune drang kein Laut. Nichts deutete auf die Gefangenen hin. Das war gut.

»Trommeln wir die Leute zusammen«, sagte er und steuerte das Haus an. »Und diesmal, das schwöre ich, werden wir keine Spuren hinterlassen.«

15

Sanna hatte sich dagegen gewehrt, gefesselt zu werden. Aber es war zwecklos gewesen. Der fremde Mann mit dem Basecap hatte sie einfach mit einem gezielten Hieb bewusstlos geschlagen. Als sie wieder zu sich kam, war sie allein. Ein Holzbalken drückte hart in ihren Rücken. Ihre Hände waren hinter dem Balken aneinandergefesselt. Das Seil schnitt in ihre Gelenke. Mit jeder Bewegung flammten die Schmerzen auf.

In ihrem Mund steckte ein schmutziger, stinkender Lappen, der ihren Kiefer auseinanderdrückte und wie eine tote Fledermaus schmeckte. Sie kämpfte gegen das Gefühl an, zu ersticken. Langsam und gleichmäßig atmete sie durch die Nase. Konzentrierte sich auf ihren Körper. Sie sah sich um. Die kleinste Kopfbewegung reichte aus, um dumpfen Schmerz auszulösen. Schwindel erfasste sie, doch dann wurde ihr Blick klar.

Sie befand sich in einer leeren Halle. Dunkelheit herrschte. Da waren zwar kleine schmutzige Butzenfenster, doch die ließen kaum Tageslicht herein. Die Wände waren unverputzt. Sandsteinblöcke und rote Ziegelsteine. Das Dach wurde von mächtigen Holzbalken getragen. An einem von ihnen war Sanna festgebunden worden. Sie ahnte nun, wo sie sich befand: in der Scheune auf dem Hof der Blanks.

Seltsamerweise war der große Raum nahezu leer. Draußen lagen überall Müll und Gerümpel herum. Autowracks und Berge von alten Gummireifen. Doch hier drin herrschten Sauberkeit und gähnende Leere. Die Scheune diente einem bestimmten Zweck, so viel war sicher. Es musste einen Grund haben, dass sie nicht vollgestellt worden war.

Ihre Augen gewöhnten sich zunehmend an das dämmrige Licht. Sie blickte sich genauer um. In der Mitte des Raums war eine Feuerstelle. Ein rußgeschwärztes Eisengitter begrenzte sie. Schürhaken und lange Zangen lagen herum. Daneben Eisenketten. Lederschlaufen. Werkzeuge. Ein großes Stahlbett, das mit einem schwarzen Plastiküberzug bezogen war. Drumherum alte Sessel und Sofas. Und von den Querbalken hingen weitere Ketten herab.

Sie spürte, wie ihr Herzschlag sich beschleunigte. Sie wollte sich gar nicht ausmalen, wofür das ganze Zeug gut sein sollte. Sie musste weg von hier, und zwar schnell.

Sie versuchte sich zu bewegen. Die Seile schnitten schmerzhaft in ihre Handgelenke. Ihr Blick wanderte über den Betonboden, auf der Suche nach einem Messer oder einem Haken.

Da fiel ihr Blick auf ein regloses Bündel, das am gegenüberliegenden Balken festgebunden war. Jakob. Seine Nase schien gebrochen zu sein. Sie war schlimm geschwollen, und auf Oberlippe und Kinn klebte getrocknetes Blut.

Jakob rührte sich nicht, blickte apathisch auf den Boden. Sie versuchte, auf sich aufmerksam zu machen. Mit dem Knebel im Mund konnte sie zwar nur gedämpfte Laute von sich geben, trotzdem musste Jakob sie hören. Doch er starrte unbewegt auf das Blut, das aus seiner Nase auf den Boden getropft war. Als wäre Sanna gar nicht anwesend.

Es hatte keinen Zweck. Er hatte wieder einen dieser Stimmungswechsel. Eine dieser Phasen, in denen er wirkte, als wäre er ein ganz anderer Mensch. Aber selbst wenn Jakob ansprechbar wäre, hätte er ihr nicht helfen können. Er war ebenfalls gefesselt. Es gab nichts, das er tun könnte.

Sie überlegte. Es musste eine Möglichkeit geben, von hier zu fliehen. Sie wollte lieber nicht abwarten, um zu erfahren, was hier mit ihnen geschehen sollte.

Draußen auf dem Hof waren Geräusche. Sie hörte Stimmen. Hinter ihr die schmutzigen Butzenfenster. Sie reckte den Hals, um besser hinausblicken zu können. Sie traute ihren Augen nicht. Da draußen waren die beiden Kommissare von der Kriminalpolizei. Sie blickten sich neugierig um und gingen auf das Wohnhaus zu. Sanna erkannte ihre Chance. Sie musste irgendwie auf sich aufmerksam machen. Die Polizisten würden sie hier rausholen.

Sie wollte schreien, doch der Knebel machte das unmöglich. Hektisch wandte sie sich zu Jakob. Dabei schnitten sich ihre Fesseln tiefer ins Fleisch. Ein Gefühl, als würden ihre Hände abgerissen werden. Jakob war nicht geknebelt, er könnte schreien und die Polizisten so auf sie beide aufmerksam machen. Sie gab wilde Laute von sich, um Jakob klarzumachen, was er tun musste. Doch er starrte weiterhin apathisch auf den Boden.

Draußen sah sie die Polizisten mit Wolfgang Blank sprechen. Mit ihren Turnschuhen stampfte sie auf den Betonboden, doch auch das verursachte keinen Lärm. Auf dem steinernen Tisch stand ein Teller mit einer Kerze. Sie holte ein paarmal mit dem Bein aus, bis sie es schaffte, ihn vom Tisch zu fegen. Der Teller flog durch die Luft und zerbrach mit lautem Klirren auf dem Beton.

Einer der Polizisten blickte sich um. Er betrachtete nachdenklich die Scheune. Sanna gab würgende Laute von sich, doch die waren draußen nicht zu hören. Der Polizist verlor schließlich das Interesse und wandte sich wieder ab.

Es hatte keinen Sinn. Doch dann löste sich Jakob aus seiner Starre. Das Geräusch des zerspringenden Tellers hatte ihn offenbar aus der Trance erwachen lassen.

Jakob!, dachte Sanna aufgeregt. Komm zurück, wo immer du bist! Komm zu Verstand. Du musst schreien. Dann werden wir gerettet.

Er blickte auf. Doch er schien sie gar nicht zu erkennen. Seine Augen waren groß und ängstlich. Er zog einen Schmollmund.

»Wir dürfen keinen Lärm machen«, flüsterte er mit einem Kinderstimmchen. »Die wollen nicht, dass wir laut sind. Pst. Wir müssen ganz leise sein.«

Sanna spürte Verzweiflung in sich aufsteigen. Bitte, Jakob. Nicht jetzt. Komm zurück. Werde normal. Sie gab würgende Laute von sich, versuchte ihn irgendwie zu erreichen. Doch Jakob schien nur noch aus Kulleraugen zu bestehen.

»Sei doch leise«, flüsterte er. »Du musst leise sein. Das dürfen wir nicht. Wir müssen lieb sein.« Verschwörerisch fügte er hinzu: »Sonst werden wir bestraft.«

Draußen war das Gespräch offenbar beendet. Die Polizisten kehrten zum Ausgang zurück. Es war die letzte Chance, auf sich aufmerksam zu machen. Doch Jakob blickte Sanna an, als habe er lediglich Angst, sie könnte trotz des Knebels zu laut sein. Einer der Polizisten warf noch einen Blick zur Scheune, dann verschwanden die beiden hinter dem Eisentor. Bleierne Verzweiflung legte sich über Sanna. Es war zu spät. Tatenlos beobachtete sie, wie das Tor hinter den Männern geschlossen wurde und kurz darauf ihr Wagen den Schotterweg hinauffuhr.

Wolfgang Blank blieb allein auf dem Hof zurück, er sah zur Scheune herüber und steuerte schließlich das Haus an. Dann hielt er inne. Ein weiteres Auto tauchte auf. Er kehrte zum Tor zurück und ließ es auf den Hof. Es war ein weißer Lieferwagen.

Sanna spürte die Angst. Doch sie konnte nichts tun. Es gab keinen Ausweg. Sie hockte reglos da, mit schmerzenden Handgelenken, und war dazu verurteilt abzuwarten, was als Nächstes passierte.

Das Scheunentor wurde aufgezogen, grelles Licht fiel herein. Sanna blinzelte. Die Umrisse des Mannes zeichneten sich im Tor ab. Zuerst dachte sie, es wäre Jakobs Großvater, dieser Wolfgang Blank. Aber dann erkannte sie, wer dort aufgetaucht war. Es war der Typ mit dem Basecap. Der Typ, der im Stift eingebrochen war. Er war allein. Lautlos trat er näher. Er betrachtete zufrieden die beiden Gefangenen.

»Wir waren ganz leise«, sagte Jakob ängstlich, immer noch mit Kinderstimmchen. »Wir haben keinen Mucks gemacht.«

Ein kaltes Lächeln huschte über das Gesicht des Mannes. Er trat auf Jakob zu, beugte sich hinab und flüsterte ihm etwas ins Ohr. Daraufhin durchlebte Jakob wieder einen Wandel. Seine Augen verdunkelten sich, sein Blick wurde starr. Er ließ den Kopf hängen und wurde apathisch. Das kleine Kind war fort. Jakob wirkte jetzt, als wäre er gar nicht anwesend.

Der Mann bemerkte, wie Sanna Jakobs Wandel verstört beobachtete. Er trat auf sie zu. Seine Statur war kräftig, das Gesicht dabei seltsam charakterlos, die Augen kalt und mitleidlos.

»Es ist schon erstaunlich«, sagte er. »Wozu die menschliche Seele fähig ist.«

Sanna rührte sich nicht. Gleichmäßig atmete sie durch die Nase. Der Knebel schmerzte, doch sie ließ sich nichts anmerken.

»Sie wären erstaunt zu erfahren, wie weit sich der Mensch manipulieren lässt, Frau Marquart.«

Er kannte also ihren Namen. Sanna wusste nicht, was das zu bedeuten hatte. Sie fürchtete jedoch nichts Gutes.

»Jakob ist mir absolut hörig. Er hat keinen eigenen Willen. Keine eigene Persönlichkeit. Er ist, was ich will. Unmöglich, sagen Sie? Sie haben keine Ahnung.« Er hielt inne. »Das heißt, einen kleinen Eindruck haben Sie ja neulich bekommen. Jakob war bereit, sich von der Brücke in den Tod zu stürzen. Das haben Sie ja beobachtet. Sehen Sie, so groß ist mein Einfluss. Er hat das getan, weil ich es wollte.« Er verschränkte die Arme und betrachtete Jakob mit gekräuselten Lippen. »Etwas ist aber schiefgegangen. Irgendwie haben Sie es geschafft, ihn davon abzuhalten, Frau Marquart. Er ist nicht gesprungen.

Ein Fehler im Programm. Was ist da passiert? Das würde mich interessieren.«

Er betrachtete Sanna, die langsam und gleichmäßig am Knebel vorbeiatmete. Plötzlich trat er vor, packte ihren Kopf und befreite sie vom Knebel. Ein kurzer flammender Schmerz, dann konnte sie ihren Mund schließen. Die Zunge war geschwollen und staubtrocken, alles fühlte sich wund an. Trotzdem war es eine große Erleichterung, den Knebel endlich los zu sein.

»Schreien Sie ruhig, wenn Sie wollen«, sagte er. »Es wird sie keiner hören. Die Polizei ist weg. Und der nächste Hof ist weit entfernt.«

Sanna versuchte zu schlucken. Vorsichtig bewegte sie ihren Kiefer. Sie sehnte sich nach einem Glas Wasser, verbat sich aber, danach zu fragen.

»Jetzt sagen Sie schon«, hakte er nach. »Was ist auf der Brücke passiert?«

»Nichts.« Das Sprechen fiel ihr schwer. »Ich habe gesagt, er soll nicht springen. Das war alles.«

»Sie haben gesagt, er soll nicht springen?« Der Mann wirkte unzufrieden. »Er entgleitet mir. Eine Schande ist das. Wahrscheinlich liegt es am Alter.«

Ein schwerer Seufzer. »Sie hätten sich hier nicht einmischen sollen. Keiner wollte Ihnen je ein Haar krümmen, Frau Marquart.«

Sanna wich seinem Blick aus. Sie starrte zu Boden.

Er zog einen Zettel aus der Tasche und hielt ihn Sanna vors Gesicht. Er war die Liste, die Jakob für sie erstellt hatte.

»Sie wissen nun also, wer unsere treuesten Kunden sind. Jakobs Freier. Was hatten Sie mit der Liste vor? Wollten Sie damit zur Polizei?«

»Seine … *Freier*?« Ihr Blick wanderte erschrocken zu Jakob. »Sie … dann sind Sie ein Lude? Für Minderjährige?«

Er lachte. »Ein Lude. Wie hört sich das denn an? Ich bin Dienstleister. Meine Kunden haben eben einen exklusiven Geschmack. Und Jungen wie Jakob bringen viel Geld ein. Sie machen sich gar keine Vorstellung.« Er ließ seinen Blick ebenfalls über den apathischen Jakob schweifen. »Jedenfalls war das früher so. Er ist längst zu alt geworden. Bald wird er volljährig. Dann haben wir keine Verwendung mehr für ihn.«

Jakob. Sanna fragte sich, was für Martyrien er hinter sich haben mochte. Es war unvorstellbar. Der Typ mit dem Basecap rückte näher an sie heran.

»Jetzt haben Sie uns in eine schwierige Situation gebracht, Frau Marquart. Sie waren einfach zu neugierig.« Wieder dieses kalte Lächeln. »Ich wünschte, ich könnte Ihnen das ersparen, aber dafür ist es leider zu spät. Heute Abend geben wir eine kleine …« Er suchte nach dem richtigen Wort. »… eine kleine *Party*. Einige meiner Kunden werden mit Jakob zusammen feiern. Eine Abschiedsfeier sozusagen. Nun ja, und wenn diese Party vorbei ist, dann werden wir uns mal ein bisschen zusammensetzen. Ganz privat.«

Er betrachtete sie, ließ seine Worte wirken. »Ihr Tod wird tragisch erscheinen, Frau Marquart. Aber er wird keine Frage offenlassen.«

Sie sagte nichts, wollte sich nichts anmerken lassen.

»Ich will es Ihnen mal erklären«, fuhr er fort. »Sie wollten Jakob dabei helfen, nach London zu fliehen, nicht wahr? Dem *Mörder* der kleinen Maike, wohlgemerkt. Was haben Sie sich nur dabei gedacht? In Ihrem Idealismus haben Sie wohl beschlossen, Jakob nur als Opfer zu sehen. Sie sind Sozialarbeiterin, richtig? Wen wundert es also. Sie fahren also mit ihm nach Düsseldorf. Unterwegs kommt aber Jakobs mörderische Seite wieder zum Vorschein. Er ist geisteskrank, und Sie sind völlig wehrlos. Sie werden nicht in Düsseldorf ankommen. Den kleinen Smart vom Stift Marienbüren«, er deutete nach draußen, »der jetzt noch oben im Wald steht, der wird an einem abgelegenen Baggerloch im Ruhrgebiet gefunden werden. Nicht weit von dem verlassenen Wagen entfernt taucht dann Ihre Leiche auf. Jakob wird fort sein, aber seine Spuren sind überall. An der Tatwaffe, an Ihrer Kleidung, im Smart. Wie naiv Sie doch waren, Frau Marquart. Einem Mörder zu vertrauen. Das konnte doch nicht gut gehen. Was für ein Unglück!«

Sanna starrte ins Nichts. Ihr Herz raste. Sie wollte sich nicht vorstellen, was mit ihr in dieser Scheune passieren würde.

Sie würde fliehen. Es fehlte nur ein Plan. Sie musste diesem Wahnsinnigen entkommen. Die Polizei holen. Und Tante Renate. Dann würde dem Spuk ein Ende bereitet werden.

»Ich werde Sie jetzt alleine lassen«, sagte der Mann. »Es gibt noch ein paar Dinge vorzubereiten. Plaudern Sie ein wenig mit Jakob. Obwohl …« Er betrachtete dessen zusammengesunkene Gestalt. »… daraus wird heute wohl nichts mehr. Wie auch immer. Ich muss mich jetzt entschuldigen, Frau Marquart. Wir sehen uns später.«

Damit wandte er sich ab und trat wieder hinaus ins grelle Licht. Das Holztor fiel hinter ihm ins Schloss. Die Dunkelheit kehrte zurück. Sanna war durcheinander. Alles fühlte sich taub an. Ihre Gedanken rasten. Das durfte alles nicht wahr sein. Sie musste sich etwas einfallen lassen. Irgendwie musste sie hier herauskommen. Und Jakob mitnehmen.

Sie mussten von hier fliehen. Gemeinsam. Sanna brauchte nur noch eine zündende Idee. Sie und Jakob würden nicht auf diese Weise sterben. Nicht hier. Das würde sie nicht zulassen.

16

Im grauen Licht jenseits des Panoramafensters lag die Ortschaft Marienbüren. Renate stand in ihrem Arbeitszimmer und blickte hinaus. Sie machte sich Sorgen. Sanna hätte sich längst bei ihr melden müssen. Ihre Nichte ging nicht ans Telefon und antwortete auch nicht auf ihre zahlreichen Kurznachrichten. Das war äußerst untypisch für sie.

Vor einer Stunde war eine SMS angekommen: »zug in bielefeld verpasst, bringe jakob mit auto zum flughafen«. Renate hatte sofort darauf geantwortet und Sanna gebeten, sie anzurufen. Aber keine Reaktion. Und seit der Nachricht hatte sie auch nichts mehr von ihr gehört. Renate las die SMS wieder und wieder. Das klang überhaupt nicht nach Sanna, so knapp und unherzlich. Irgendetwas stimmte nicht. Oder bildete sie sich das nur ein?

Sie machte sich Sorgen. Immerzu dachte sie an das Telefonat, das sie neulich abends mit Berlin geführt hatte. Sanna durfte nicht zu tief in Jakobs Leben eindringen. Es war zu gefährlich. Sie sollte ihn einfach von hier fortbringen und ihn danach am besten vergessen. Der Junge brachte Unglück. Er war Teil einer Welt, von der sie alle besser nicht zu viel wussten. Das Beste wäre es, Abstand zu halten. Renate hoffte inständig, dass Sanna nicht dort hineingezogen worden war.

Sie nahm ihr Smartphone und versuchte es erneut. Doch wieder sprang nur die Mailbox an. Also tippte sie eine weitere SMS: »ruf mich bitte an. ich mach mir sorgen«. Dann drückte sie auf Senden und legte das Handy zurück auf den Tisch.

Ihr Blick wanderte wieder zur Ortschaft, die sich unterhalb des Fensters erstreckte. Wenn Sanna in Gefahr war, dann wäre es Renate sicherlich auch. Sie hätte ihrer Nichte einschärfen müssen, sich aus allem rauszuhalten. Niemals hätte sie zulassen dürfen, dass Sanna Jakob zum Bahnhof bringt. Vielleicht hätte Renate Jakob bei der Polizei verpfeifen sollen, so bitter das auch gewesen wäre. Aber dann würde sie sich jetzt immerhin weniger Sorgen machen.

Das Smartphone vibrierte. Renate schnappte es sich. Sie hatte eine neue Nachricht. Von Sanna: »wir sind gleich in ddorf müssen uns beeilen melde mich später.«

Renate betrachtete den Text. Sie hätte nicht genau sagen können, weshalb, aber sie wusste: Das war nicht ihre Nichte. Es passte nicht. Sanna hätte etwas anderes geschrieben, etwas Persönlicheres. Es war so ein Gefühl.

Sie musste etwas tun. Wenn sie noch länger hier herumhockte und darauf wartete, dass Sanna sich meldete, würde sie wahnsinnig werden. Ihre Nichte war in Gefahr, das stand inzwischen außer Frage. Sie steckte ihr Handy in die Handtasche, schlüpfte in den Wollmantel und schnappte sich die Autoschlüssel. Auf dem Weg nach unten hörte sie Geräusche: heulende Motoren, das Quietschen von Autoreifen, immer wieder kurz Musik. Aron war zu Hause, er saß im Wohnzimmer vor der Playstation und fuhr virtuelle Autorennen. Renate ging in die

Küche. Sie öffnete eine Lade, zog das Fleischmesser heraus und steckte es in die Handtasche. Nur für alle Fälle. Dann steckte sie den Kopf durch die Wohnzimmertür.

»Aron, ich bin weg. Es ist dringend.«

Er machte sich nicht einmal die Mühe, aufzusehen.

»Klar, Mum. Mach's gut.«

Renate betrachtete ihn. Sie spürte Beklemmung.

»Aron … Mir wäre es lieber, wenn du zu Justin rübergehst.«

»Wieso das denn?«, fragte er, ohne den Fernseher aus den Augen zu lassen. Ein Motor heulte auf, er packte das Joypad und legte seinen Oberkörper zur Seite. »Ich komm schon alleine klar.«

»Trotzdem, Aron. Ich möchte, dass du rübergehst.«

»Ich bin kein Kind mehr. Außerdem schreibt Justin morgen eine Matheklausur. Der muss lernen.«

»Bitte, Aron!«

Jetzt sah er auf. Er schien zu bemerken, wie wichtig es seiner Mutter war. Etwas stimmte nicht. Er drückte auf Pause.

»Alles in Ordnung, Mama?«

Vielleicht übertrieb sie ja fürchterlich, aber sie fühlte sich besser, wenn Aron in Sicherheit war.

»Ich möchte gerade einfach nicht, dass du alleine zu Hause bist. Frag nicht weiter nach. Versprichst du mir, dass du rübergehst und zum Abendessen bleibst? Ich hole dich dann später ab.«

»Wenn du unbedingt willst, natürlich.« Er blickte

sie unsicher an. Plötzlich wirkte er wieder wie der kleine Junge, der er einmal gewesen war. Der gar nicht genug davon bekommen konnte, mit seiner Mutter zu kuscheln.

»Heute Abend erzähl ich dir alles. Mach dir keine Sorgen, Schatz.«

Sie strich ihm durchs Gesicht und gab ihm einen Kuss. Dann wandte sie sich ab und verließ das Haus. Stieg in den Wagen und fuhr hinunter zum Kirchplatz. Sannas Wohnung wirkte verwaist. Renate klingelte Sturm, doch nichts regte sich. Sie hatte bereits damit gerechnet. Sanna war nicht zu Hause. Sie ging zurück zum Auto. Sie wollte nach Bielefeld weiterfahren. Jens würde ihr helfen, da war sie sich ganz sicher. Wenn nicht wegen der Ermittlungen, dann um der alten Zeiten willen. Er war ihre letzte Hoffnung.

Renate machte sich sofort auf den Weg nach Bielefeld. Sie parkte vor dem Polizeipräsidium, stöckelte hastig über den Vorplatz und betrat das Gebäude durch eine Glastür. Dahinter befand sich ein Vorraum, in dem die Pforte untergebracht war. Ein mürrisch aussehender Mittfünfziger saß hinter einer gläsernen Wand und unterhielt sich mit einem jungen Kollegen in Uniform, der an einem Schrank lehnte und Kaffee trank. Es dauerte, bis die beiden auf sie aufmerksam wurden. Sie warfen ihr vorwurfsvolle Blicke zu, offenbar weil Renate ihr Gespräch unterbrochen hatte. Der Pförtner beugte sich vor und drückte den Knopf der Sprechanlage.

»Ich möchte zu Jens Böttger«, sagte sie. »Es ist

dringend. Mein Name ist Renate Thun. Ist Herr Böttger im Haus?«

»Ich kenne Sie. Sie sind doch von der Zeitung, oder nicht? Da ist die Pressestelle zuständig.«

»Nein. Es geht um einen Hinweis. Herr Böttger kennt mich. Persönlich.«

Der Pförtner blickte skeptisch. Er zögerte, dann nahm er widerwillig den Hörer und gab eine Durchwahl ein.

»Hier ist eine Frau von der Zeitung, die Sie sprechen will«, sagte er in den Hörer.

»Sagen Sie ihm, ich bin Renate Thun!« In ihrer Unruhe sprach sie unnatürlich laut. »Sagen Sie ihm, ich muss ihn sprechen. Es geht um meine Nichte Sanna Marquart.«

Der Pförtner musste das gar nicht erst weitergeben. Offenbar hatte Jens alles gehört, denn er sagte etwas zum Pförtner, woraufhin der düster nickte und den Hörer schließlich wieder auf die Gabel legte.

»Sie können zu ihm«, stellte er fest.

Der junge Beamte stellte den Kaffeebecher ab. Er warf seinem Kollegen einen genervten Blick zu.

»Ich bringe Sie hoch«, sagte er zu Renate und trat aus dem Pförtnerhäuschen heraus. Sie folgte ihm durch die Halle zum Treppenhaus. Keiner von beiden sagte ein Wort. Im zweiten Stock führte er sie über einen leeren Korridor. Ihre Absätze klackerten auffällig. Schließlich blieb er vor einer Tür stehen, klopfte an und steckte den Kopf ins Innere. »Frau Thun«, sagte er.

Jens' Stimme drang heraus: »Ja, ist in Ordnung.«

Renate trat erleichtert durch die Tür. Dahinter lag ein Gruppenraum. Sie sah Stuhlreihen, eine breite Fensterfront, vorne standen Pinnwände und Flipcharts. Ein halbes Dutzend zivile Ermittler hockte am Rand einer Stuhlreihe und blickte neugierig. Mittendrin Jens Böttger, der aufstand und ihr entgegenging. Renate war offensichtlich mitten in eine Besprechung geplatzt.

»Komm herein, Renate«, sagte Jens und schloss die Tür. »Kann ich was für dich tun? Es hörte sich dringend an.«

Renate beäugte die anderen Polizisten. Schüchtern trat sie näher. Es wäre ihr lieber gewesen, mit Jens allein zu sprechen. Aber das durfte jetzt keine Rolle spielen.

»Sanna ist verschwunden«, sagte sie. »Jens, du musst mir helfen.«

»Was meinst du mit *verschwunden*? Was ist passiert?«

»Na ja … sie war mit Jakob unterwegs.«

Bei der Erwähnung von Jakobs Namen herrschte sofort Spannung im Raum. Alle starrten sie an.

»Sie wollte ihn nach Bielefeld zum Bahnhof bringen, damit er von hier verschwinden kann.«

Jens betrachtete sie kühl. »Du wusstest also doch, wo Jakob sich aufhält.«

»Ich habe das eben erst erfahren.« Eine kleine Lüge, um die Situation zu entschärfen. »Herrgott, Jens! Ich weiß, ich hätte dich sofort anrufen sollen. Aber jetzt bin ich ja hier. Ist doch auch egal. Sanna ist weg!«

»Sie wollte Jakob also zum Bahnhof bringen?«, fragte er. »Hierher nach Bielefeld?«

»Ja, genau. Aber dann hat sie mir eine SMS geschickt, dass sie den Zug verpasst hätte und Jakob nach Düsseldorf zum Flughafen fahren wollte. Aber irgendwas stimmt da nicht. Ich habe seitdem nichts mehr von ihr gehört. Das ist nicht typisch für sie.«

Die anderen Ermittler warfen sich vielsagende Blicke zu. Jens' Stimme war seltsam verändert. Renate hatte ihn noch nie so angespannt gesehen.

»Ist Sanna mit dem Smart aus dem Stift Marienbüren unterwegs?«, fragte er.

»Ja, ich denke schon.«

Er wandte sich zu einem der Ermittler, einem übergewichtigen Mittdreißiger. »Wir brauchen das Kennzeichen. Ruf im Stift an und finde das heraus. Dann geben wir die Fahndung raus.« Er sah wieder zu Renate. »Nach Düsseldorf, sagst du? Ist das sicher?«

»Ja, ich denke schon. Von dort geht Jakobs Flug nach London«, sagte sie. »Den hat Sanna im Internet gebucht.«

Jens nickte knapp. Zu den anderen sagte er: »Gebt allen Bescheid. Wir haben eine Spur. Der Junge ist mit Sanna Marquart unterwegs. Vielleicht kriegen wir sie auf der Autobahn.«

»Nein, Jens!«, ging Renate dazwischen. »Das ist falsch! Ich glaube ja gar nicht, dass die beiden tatsächlich nach Düsseldorf unterwegs sind. Ich glaube, sie sind noch in Marienbüren.«

»Das verstehe ich nicht.«

»Das waren bestimmt die Blanks! Die wollen Jakob in die Finger kriegen. Ihr müsst zum Hof der

Blanks und dort nachsehen. Bestimmt findet ihr da Sanna und Jakob. Die stecken dahinter, das schwöre ich.«

»Die Blanks sitzen in Untersuchungshaft. Alle bis auf den Großvater. Wie kommst du auf die Idee? Haben Sanna und Jakob denn gesagt, dass sie noch mal zum Hof fahren wollten, bevor es nach Düsseldorf gehen sollte?«

»Nein, das nicht. Aber ... Vielleicht sind sie dagegen ihren Willen hingebracht worden. Sie könnten entführt worden sein. Die Blanks sind Verbrecher, das ist doch offensichtlich. Auf die müsst ihr euch konzentrieren, nicht auf Jakob und Sanna.«

Jens betrachtete sie. Er schien mit sich zu ringen. Schließlich seufzte er.

»Macht schon mal weiter. Ich bin gleich wieder da«, sagte er zu den anderen und dann zu Renate: »Komm mit in mein Büro.«

Er ging voran. Renate stolperte hinterher. Sie folgte ihm quer durch den Korridor. Erst als sie in seinem Büro waren und er die Tür hinter sich geschlossen hatte, sagte er matt: »Weißt du etwas? Gibt es noch was, das du mir verschweigst?«

Renate wünschte, es wäre so. Doch im Grunde war es nur ein Verdacht. Oder weniger als das. Ein Gefühl.

»Du musst zu dem Hof, Jens, bitte. Mit einem Einsatzkommando. Ihr müsst das Gelände stürmen. Sanna und Jakob sind da, das sagt mir mein Bauchgefühl.«

»Ich soll das Gelände stürmen, weil du ein ›Bauchgefühl‹ hast?«

»Das dürft ihr doch, oder? Wenn ›Gefahr im Verzug‹ ist.«

»Schon. Aber so einfach ist das nicht. Wir bräuchten schon etwas mehr als ein Gefühl. Im Moment sieht es aus, als ob Jakob die kleine Maike ermordet hat. Warum sollte er zum Hof zurückgehen? Das macht doch keinen Sinn. Das beste wäre es, den nächsten Flieger zu nehmen. Was er ja auch vorhat.«

Renate sah ihre Felle davonschwimmen. Sie glaubte nicht, dass Sanna diese Kurznachrichten geschrieben hatte. Sie glaubte nicht, dass es ihrer Nichte gut ging. Aber sie hatte keinerlei Beweise.

»Und wenn du mal hinfährst und einfach so nachsiehst?«

»Das habe ich gerade getan. Wir waren vor einer guten Stunde da. Jakob war nirgends, leider.«

»Ihr müsst dahin. Ich meine es ernst!« Vor ihren Augen tauchten schwarze Punkte auf. »Sprich mit dem Staatsanwalt. Erkläre ihm alles. Bitte, Jens. Lass mich nicht hängen. Du musst mir helfen. Ich mach mir Sorgen um Sanna.«

»Ich mach mir doch auch Sorgen. Deshalb schreiben wir den Smart zur Fahndung aus. Mit etwas Glück haben wir sie in ein paar Stunden.«

Renate begriff plötzlich, dass sie hier nichts erreichen würde. Jens würde ihr nicht helfen. Sie verlor die Fassung.

»Du kannst mich nicht einfach so wegschicken! Du musst eingreifen! Ich gehe nicht eher weg, bis du Sanna rettest. Das musst du für mich tun.« Sie wusste, dass sie überreagierte, doch sie konnte nicht anders. »Ich bleibe so lange hier, bis du einen Durchsuchungsbefehl hast. Ich geh hier nicht weg!«

Jens packte sie an den Schultern. Sein Griff war fest, er blickte ihr eindringlich ins Gesicht.

»Renate! Beruhige dich! Hör mal zu …«

Er stockte. Die plötzliche Nähe zwischen ihnen brachte ihn aus dem Konzept. Auch Renate reagierte darauf. Alles fiel aus ihrem Kopf. Sie konnte nicht mehr denken. Plötzlich umschlangen sie sich. Küssten sich. Renate wollte nur noch Jens, alles andere war weit entfernt. Sie verlor jedes Gefühl für Zeit. Wie lange standen sie da? Fünf Sekunden? Fünf Minuten?

Ein Räuspern. »Herr Böttger?«

Einer der Ermittler tauchte im Türrahmen auf. Renate löste sich von Jens. Ihr Kopf rauschte. Sie begriff nicht, was gerade passiert war. Jens schien genauso perplex zu sein. Ganz anders als der Kollege, der sich ein anzügliches Grinsen nicht verkneifen konnte. »Wenn Sie kurz einen Moment hätten?«, meinte er.

Jens' Wangen begannen zu glühen. Renate zupfte sich hastig den Wollmantel zurecht.

»Warte bitte hier«, sagte er und verschwand nach draußen.

Renate atmete mehrmals durch. In ihrem Kopf drehte sich alles. Es war eine Extremsituation, sagte sie sich. Weil sie Angst um Sanna hatte. Das hatte sich in diesem Kuss entladen. Mehr nicht. Trotzdem spürte sie plötzlich unstillbare Sehnsucht nach Jens. Sie schlug sich das aus dem Kopf. Sie musste jetzt an Sanna denken. Ihre Nichte war in Gefahr.

Es dauerte nur wenige Minuten, dann kehrte Jens zurück. Renate nahm Haltung an. Sie wollte sich ihre Verwirrung nicht anmerken lassen. Diesmal ließ Jens die Tür zum Flur offen stehen. Er räusperte sich verlegen.

»Hör zu. Ich ... es tut mir leid, was gerade passiert ist.«

»Ja, schon gut. Ich meine ...«

»Es kommt nicht wieder vor. Am besten, wir vergessen das Ganze, okay? Es war ... eine Dummheit. Es war meine Schuld.«

Renate nickte nur. Er holte Luft.

»Ich habe Neuigkeiten«, sagte er. »Es geht um Sanna.«

»Sanna? Ist ihr was passiert? Geht es ihr gut?«

»Keine Sorge, es ist alles in Ordnung. Sie wurde an der A2 gesehen. An der Autobahnraststätte Rhynern, das ist in der Nähe von Hamm. Da war sie tanken. Eine Kamera hat sie dabei aufgenommen.«

»In Hamm?« Renate war nun völlig durcheinander. »Aber ...?«

»Sie ist mit dem Smart vom Stift Marienbüren unterwegs. Da gibt es keinen Zweifel. Es waren zwei Personen im Auto. Ich gehe mal davon aus, bei der zweiten Person handelt es sich um Jakob.« Er räusperte sich. »Du musst dir also keine Sorgen machen. Sie sind nicht auf dem Hof. Wir haben eine Spur. Sie wollen nach Düsseldorf. Bestimmt können wir sie bald stoppen, und dann hast du deine Nichte heute Abend wieder bei dir zu Hause.«

»Das ist ... danke, Jens. Ich ... Ich hätte geschworen, sie ist noch in Marienbüren. Da hab ich dir eine furchtbare Szene gemacht.«

»Du hast dir eben Sorgen gemacht, Renate. Das kann ich verstehen. Ich ruf dich an, sobald ich mehr weiß. Davon steht auch ganz sicher morgen nichts in der Zeitung?«

»Nein, du hast mein Wort.« Sie war immer noch verwirrt. Auch von der Tatsache, mit Jens allein in einem Raum zu sein. Sie wollte noch etwas zu dem Kuss sagen, doch sie musste zuerst ihre Gedanken sortieren.

»Dann werde ich jetzt mal los«, sagte sie.

Jens schien erleichtert. »Ja, also dann. Wir hören uns.«

Sie verließ das Präsidium und kehrte zu ihrem Auto zurück. Das Ganze war ihr ziemlich unangenehm. Sanna war also tatsächlich auf dem Weg nach Düsseldorf. Bestimmt gab es Gründe, weshalb ihre Kurznachrichten so einsilbig klangen. Renate war gleich vom Schlimmsten ausgegangen.

Eine halbe Stunde später erreichte sie Marienbüren. Sie fragte sich, was sie als Nächstes tun könnte. Einfach nach Hause zu fahren und Däumchen zu drehen, konnte sie sich nicht vorstellen. Sie blickte durch die Windschutzscheibe. Draußen war der Bahnhof Marienbüren, und ein Stück weiter das Hotel »Zur Linde«.

Sie ließ ihren Blick über den Hotelparkplatz schweifen. Der weiße Lieferwagen war nirgendwo zu sehen. Sie seufzte. Dieser Typ mit dem Lieferwagen spielte eine Rolle in dieser Geschichte. Renate wusste nur nicht, welche.

Plötzlich hatte sie eine Idee. Sie startete den Wagen und fuhr auf den Parkplatz. Dann kramte sie ein paar dünne Lederhandschuhe aus ihrer Handtasche hervor. Auf der Rückbank fand sie zwischen der Kamera und ein paar leeren Einkaufstaschen ihre große violette Stickmütze, in die sie ihre gesamte Mähne verschwinden lassen konnte, falls sie mal mit ungewaschenen Haaren zum Bäcker wollte. Sie setzte die Mütze auf und packte ihre Lederhandschuhe ein, die sie später überstreifen wollte, in der Hoffnung, dass es ausreichte, um keine Spuren zu hinterlassen. Dann verließ sie den Wagen und betrat das Hotel.

Daniela Krüger saß hinter dem Tresen der Rezeption und blätterte in einer Illustrieren. Erstaunt sah sie Renate entgegen.

»Grüß dich, Renate. Hast du etwas vergessen?«

»Meine Brieftasche! Die muss ich heute Mittag auf dem Tisch liegen gelassen haben.«

»Da lag keine Brieftasche. Das würde ich wissen.«

Renate setzte ein verzweifeltes Gesicht auf. »Bist du dir sicher? Vielleicht ja auf der Bank? Das kann nur hier gewesen sein. Da ist alles drin. Meine Karten, mein Perso, einfach alles.«

»Warte hier. Ich frag kurz nach. Vielleicht hat sie ja doch einer gefunden und mir nichts gesagt.«

»Das ist lieb von dir. Ich bin völlig durch den Wind deswegen.«

»Einen Moment. Ich bin gleich wieder da.«

Daniela Krüger verschwand im Durchgang zum Restaurant. Renate wartete, bis sie fort war, dann umrundete sie eilig den Tresen. Sie blätterte im Gästebuch, und schließlich fand sie den Eintrag: Peter Ranke. Daneben eine Bielefelder Adresse, die vermutlich falsch war, aber trotzdem notierte sie sich Straße und Telefonnummer. Dann öffnete sie das Schränkchen an der Wand, nahm Peter Rankes Zimmerschlüssel heraus und ließ ihn in ihre Jackentasche gleiten. Sie würde sich dort oben einmal umsehen. Wäre doch gelacht, wenn sie nicht etwas über diesen Mann herausfinden könnte.

Das Geräusch von Pfennigabsätzen näherte sich auf dem Gang. Daniela Krüger war im Anmarsch, um ihr zu sagen, dass keine Brieftasche gefunden worden war. Renate huschte eilig auf die andere Seite des Tresens. Sie setzte ein niedergeschlagenes Gesicht auf und machte sich auf schlechte Nachrichten gefasst. Sie würde dieses Schauspiel schnell hinter sich bringen, um danach zum Hintereingang des Hotels zu gehen.

Böttger saß in seinem Büro am Schreibtisch. Er versuchte sich auf seine Unterlagen zu konzentrieren, aber das war sinnlos. Er fühlte sich schuldig. Was da mit Renate passiert war, das war zwar nicht geplant gewesen. Trotzdem musste er sich eingestehen: Es war, wonach er sich gesehnt hatte. Irgendwas war da zwischen ihnen, das ihn Bärbel vergessen ließ. Doch das schlug er sich besser aus dem Kopf. Er hatte Bärbel noch niemals betrogen, und dabei sollte es auch bleiben.

Es klopfte an seiner Tür, und Harald steckte den Kopf herein. Er trug eine Regenjacke und hatte seinen Aktenkoffer unterm Arm.

»Gibt es Neuigkeiten von Jakob?«, fragte Böttger.

»Nein. Er und Frau Marquart sind abgetaucht. Auch am Flughafen sind sie nie angekommen. Der Flug ist längst weg.« Er bedachte Böttger mit einem langen Blick. »Als hätten sie einen Tipp bekommen.«

»Wenn du da an Renate Thun denkst, das ist Schwachsinn. Ohne sie hätten wir gar nicht gewusst, dass Jakob einen Flug nach London gebucht hatte.« Er trommelte mit den Fingern auf den Schreibtisch. »Wir müssen einfach warten. Irgendwo wird der Smart schon auftauchen. Und dann unterhalten wir uns mit den beiden.«

Harald blieb schweigend in der Tür stehen. Böttger fragte sich, ob er bereits den neuesten Tratsch gehört hatte, von dem Kollegen, der ihn und Renate überrascht hatte.

»Ist noch was?«, fragte er.

»Nein, nein. Ich mache jetzt Feierabend. Guck mal auf die Uhr. Vielleicht fährst du auch mal nach Hause. Wenn die beiden geschnappt werden, wirst du früh genug informiert.«

Harald verschwand im Flur. Nach Hause fahren. Das wäre wohl das Beste. Seine Frau bekam ihn ja kaum noch zu Gesicht.

Bärbel. Das schlechte Gewissen bedrückte ihn. Am besten vergaß er alles, was heute passiert war. Das war doch lächerlich. Er wünschte nur, seine Kollegen würden das auch vergessen können.

Er fuhr den Rechner herunter, packte die Unterlagen zusammen und nahm seine Jacke. Draußen auf dem Flur herrschte gähnende Leere. Die meisten Kollegen waren bereits fort. Böttger schlenderte den Korridor hinunter. Auf dem Weg zum Treppenhaus sah er eine Tür, die nur angelehnt war. Hinter dem Spalt brannte Licht. Es war der Gruppenraum. Böttger trat näher und stieß die Tür auf.

Vor der Pinnwand stand die Schulte. Sie war allein und offenbar völlig in der Betrachtung der Fotos, Karten und Notizen vertieft. Erst als Böttger sich räusperte, bemerkte sie ihn und drehte sich um.

»Frau Schulte! Ich hab Sie lange nicht gesehen.«

»Ich weiß, ich hab heute beide Besprechungen verpasst.«

»Nicht so schlimm. Viel Neues hat sich nicht ereignet. Volker Blank schweigt, seine Freundin beschuldigt Jakob und heult den ganzen Tag. Und Jakob, der ist abgetaucht.«

»Es läuft eine Fahndung, oder? Er wurde auf der A2 gesehen, an einer Raststätte.«

»Ja, aber das ist schon eine Weile her. Wir müssen warten. Und hoffen. Heute passiert hier jedenfalls nichts mehr. Warum gehen Sie nicht nach Hause?«

Sie betrachtete die Pinnwand. Schließlich schüttelte sie den Kopf. »Alle versteifen sich auf Jakob«, sagte sie.

»Er ist der Hauptverdächtige, nicht ohne Grund. Das heißt nicht, dass wir die anderen Fährten außer Acht lassen.«

»Ich glaube nicht, dass er's gewesen ist.«

»Was macht Sie da so sicher? Beate Heitbrinks Aussage belastet ihn schwer. Und das psychiatrische

Gutachten, das wir haben, bestätigt das nur. Außerdem ...«

»Ich glaube nicht, dass dieses psychiatrische Gutachten vor Gericht Bestand hat.«

Böttger sah sie verständnislos an.

»Warum denn nicht?«, fragte er.

»Ich war gerade in der Klinik, in der Jakob behandelt wurde. Da habe ich mit einer Stationsärztin gesprochen. Sie hat mir zu verstehen gegeben, dass der Chefarzt das Gutachten geschrieben hat, ohne Jakob näher zu untersuchen.«

»Prof. Dr. Gunther Dörrhoff?«

»Natürlich hat sie das vorsichtiger formuliert. Aber verstanden habe ich, dass sich dieser Typ wie ein Gott aufführt und keinen Widerspruch duldet. Das Gutachten ist wohl ziemlich willkürlich. Die Ärztin meinte, dieser Dörrhoff hätte Jakob auch völlig falsch eingestellt. Sie hätte ihm nie diese Medikamente gegeben. Dem Chefarzt wäre es wohl nur darum gegangen, ihn ruhigzustellen. Sie meinte auch, sie glaubt nicht, dass Jakob für andere gefährlich ist. Sie hatte vielmehr das Gefühl, dass er einfach schwer traumatisiert ist.«

Böttger wusste nicht, was er davon halten sollte.

»Die Aussagen waren mehr oder weniger informell«, sagte sie. »Ich glaube nicht, dass sie unter Eid gegen ihren Chef aussagt. Aber wenn die Verteidigung bei einer Verhandlung ein neues Gutachten in Auftrag gibt, dann könnten wir ziemlich alt aussehen.«

Er war sich der Brisanz bewusst. Das warf ein ganz neues Licht auf die Sache. Eine kleine Bombe.

»Und es geht ja auch nicht nur um die Verhandlung«, meinte die Schulte. »Es heißt ja auch …«

»Ich weiß. Es heißt, dass wir wohl aufs falsche Pferd gesetzt haben. Gut möglich, dass Jakob völlig unschuldig ist.«

17

Die Dämmerung legte sich über das Land. Im Innern der Scheune war es stockdunkel geworden. Nur die Butzenfenster leuchteten noch blau im Abendlicht. Sanna spürte ihre Hände nicht mehr. Sie versuchte erst gar nicht, sich zu bewegen. Das würde nur neue Schmerzen verursachen. Also blieb sie starr gegen den Balken gelehnt und wartete. Jakob war irgendwo in der Dunkelheit. Er gab keinen Laut von sich. Sanna hatte versucht, mit ihm zu sprechen. Aber ohne Erfolg. Er war apathisch. Es war ihr einfach nicht gelungen, zu ihm durchzudringen, und schließlich hatte sie es aufgegeben.

Schritte näherten sich, dann wurde das Scheunentor aufgezogen. Die stämmige Silhouette von Wolfgang Blank erschien. Unterm Arm trug er einen Handstrahler. Er betrat den Raum und schaltete ihn ein. Grelles Licht traf sie. Sanna blinzelte. Wolfgang Blank schwenkte den Strahler herum, wobei der Lichtkegel über Jakob glitt, der etwas entfernt an einen Balken gefesselt war. Seine weit aufgerissenen Augen reflektierten das Licht, was ihn aussehen ließ wie ein aufgeschrecktes Nachttier. Dann tauchte sein Gesicht wieder in der Dunkelheit ab.

Wolfgang Blank trat auf Sanna zu und stellte den Strahler seitlich auf den Betonboden, damit sie nur in indirektes Licht getaucht war. Dann hockte er sich neben sie.

»Du musst hier raus«, sagte er schroff. Sein Atem roch nach Alkohol und Zwiebeln. »Du kannst dir jetzt überlegen, ob mit oder ohne Knebel. Mir ist das egal. Hältst du also dein Maul oder willst du herumschreien?«

Sanna blickte schweigend zu Boden. Sollte er mit ihr machen, was er wollte. Sie würde ihn um nichts bitten.

Er grunzte und spuckte zu Boden. »Ich schätze, das heißt, du wirst dich benehmen.«

Er machte sich daran, ihre Handfesseln zu lösen. In den vermeintlich tauben Gelenken explodierten plötzlich die Schmerzen. Sanna biss die Zähne zusammen, um ja nicht zu schreien. Sie wollte keinesfalls Schwäche zeigen.

Plötzlich war sie frei. Das Blut pochte in den wunden Stellen. Wolfgang Blank stand auf, packte sie und zog sie auf die Beine.

»Wag es ja nicht, dich zu wehren, Mädchen«, sagte er. »Dann mache ich dich platt, das schwör ich dir.«

Alles fühlte sich steif an. Sie konnte sich kaum auf den Beinen halten. Schwindel erfasste sie. Sie überlegte erst gar nicht, ob sie eine Chance gegen ihn hätte, wenn sie sich losriss und weglief. Geschwächt wie sie war, schien ihr der Gedanke absurd zu sein.

Er nahm den Strahler und schleifte sie mit der freien Hand zum Ausgang. Sanna warf einen Blick zurück zu Jakob, doch der hockte unsichtbar in der Dunkelheit. Er gab keinen Laut von sich. Dann waren sie draußen auf dem Hof. Es hatte zu regnen begonnen. Wolfgang Blank ließ sie los, und sie stürzte. Kleine, weiche Tropfen fielen auf sie herab. Der Himmel über den Hügeln war grau und dunkel. Am Horizont türmten sich tiefschwarze Wolkenmassen.

Offenbar braute sich das nächste Unwetter zusammen.

Blank verschloss das Tor und zerrte sie weiter zu dem Zelt vor dem Wohnwagen. Im Zwielicht der Dämmerung standen Plastikstühle und ein schmutziger Tisch. Der Wohnwagen schien verwaist zu sein.

»Setz dich hin«, befahl er und drückte Sanna auf einen Plastikstuhl. Dann zog er Handschellen aus der Jackentasche, ließ ein Ende um Sannas Handgelenk schnappen und kettete sie mit dem anderen an die Tür des Wohnwagens. Er überprüfte, ob beide Enden fest eingerastet waren, dann drehte er sich um und stapfte ohne ein weiteres Wort davon. Sanna blieb allein zurück. Jenseits der durchsichtigen Zeltplane sah sie Wolfgang Blank zurück zur Scheune gehen. Sie hatte keine Ahnung, was als Nächstes passieren würde oder weshalb man sie aus der Scheune geschickt hatte.

Vor dem Holztor wartete der Typ mit dem Basecap auf Blank. Er sprach mit ihm, gestikulierte und erteilte offenbar Befehle. Wolfgang Blank nickte devot und ging mit dem Handstrahler zurück in die Scheune. Offenbar hatte dieser Fremde hier das Sagen, wer immer das war. Als hätte er Sannas Gedanken gehört, warf er einen finsteren Blick in Richtung Wohnwagen, bevor er sich umdrehte und zurück ins Haus ging.

Der Regen verstärkte sich. Leise trommelte er aufs Zeltdach und lief außen an der Zeltwand herab. Der Hof und die Scheune verschwammen zunehmend dahinter. Sanna blickte sich um, suchte nach irgendwas, das ihr die Flucht ermöglichen würde. Doch auch hier gab es nichts, das hilfreich wäre. Kälte zog von draußen herein. Sie fröstelte.

Die Zeit verging. Da war nur das monotone Geräusch des Regens auf dem Zeltdach, sonst nichts. Hoffnungslosigkeit überfiel sie. Es würde für sie keine Möglichkeit zur Flucht geben.

Draußen flackerten Lichter auf. Hinter der regennassen Plane konnte sie die Scheune erkennen. Die Butzenfenster leuchteten orange. Ebenso das Scheunentor. Offenbar war ein Feuer entfacht worden. Der Regen rauschte in ihren Ohren.

Am Hang tauchten Scheinwerfer auf. Autos fuhren den Schotterweg herab. Wolfgang Blank, der sich inzwischen ein Regencape übergeworfen hatte, lief zum Eisentor und zog es auf. Ein dunkler Mercedes rollte auf den Hof, gefolgt von einem Kleinbus. Blank winkte die Wagen am Wohnhaus vorbei zu der freien Fläche hinter der Scheune.

Zwischen Scheune und Parkfläche waren jetzt Gestalten zu erkennen. Vier oder fünf Männer, Sanna konnte jedoch keine Einzelheiten ausmachen, nur Umrisse. Regenschirme. Schließlich das offene Scheunentor und der Widerschein des Feuers. Der Mann mit dem Basecap, der hier offenbar alles organisierte, hatte von einer Party gesprochen. Sanna spürte einen schweren Knoten im Magen. Einem Reflex folgend zerrte sie an den Handschellen. Doch außer weiteren Schmerzen an den wunden Handgelenken erreichte sie damit nichts.

Die Gestalten verschwanden in der Scheune. Das Tor schloss sich, und gespenstische Ruhe legte sich über den Hof. Es wurde dunkel, die Dämmerung schluckte das letzte Licht am Himmel. Sanna blieb allein auf dem Hof zurück. Ein fernes Donnerrollen ertönte. Wetterleuchten flackerte am Horizont. Die dunklen bewaldeten Hänge zeichneten sich vor dem aufziehenden Gewitterhimmel ab.

Der Regen prasselte unvermindert auf sie herab. Pfützen sammelten sich auf dem Hof, und aus einem Leck im Zeltdach tropfte es auf den schmutzigen Tisch.

Sanna lauschte. Da war ein Trommeln in der Luft. Erst ganz leise, dann etwas lauter. Elektronische Musik, wie in einer Disko. Dazu derbes Lachen von Männern. Die Geräusche drangen aus der Scheune, sie mischten sich zunehmend in das Prasseln des Regens. Sie hörte einen Aufschrei, dann wieder das gräßliche Gelächter. Ein Schauer überfiel sie.

Lieber wollte sie sich nicht vorstellen, was da drinnen gerade passierte. Sie versuchte die Geräusche auszublenden. Ganz für sich zu sein. Sie ließ ihren Atem fließen. Versuchte, in sich hineinzuhören, auf ihren Herzschlag, das Blut in den Adern. Sie musste irgendwie zur Ruhe kommen. Die Angst besiegen.

Etwas veränderte sich. Sanna hielt die Luft an. Sie hob den Kopf. Lauschte. Um sie herum nur tropfende Dunkelheit, und draußen das Prasseln des Regens. Trotzdem. Sie fühlte sich nicht mehr allein hier draußen.

»Jannis«, flüsterte sie.

Doch nichts. Es war nur Einbildung, natürlich. Ein Blitz zuckte am Himmel. Das Zelt wurde in kaltes weißes Licht getaucht. Um sie herum nur leere Plastikstühle und der schmutzige Tisch. Dann kehrte die Dunkelheit zurück, und ein Donnerschlag folgte.

Irgendwann öffnete sich das Scheunentor. Flackernder Feuerschein fiel auf den Hof. Männer schlenderten heraus, es wurde gelacht. Kurz darauf fielen Autotüren ins Schloss, Scheinwerfer wurden eingeschaltet und Motoren heulten auf. Das Eisentor wurde zur Seite gezogen, und einige der Autos rollten vom Hof. Jedoch nicht alle, wie Sanna bemerkte. Sie versuchte, einen Blick ins Innere der Scheune zu erhaschen, aber da fiel die Tür schon wieder zu. Von Jakob keine Spur. Sie fragte sich, ob er überhaupt noch lebte.

Das Licht einer Taschenlampe hüpfte auf sie zu. Es war der Mann mit dem Basecap. Er trat in das Zelt, schüttelte den Regen ab und schenkte Sanna ein kaltes Lächeln.

»Ich hoffe, das Warten ist Ihnen nicht zu lang geworden, Frau Marquart.«

Er legte die Taschenlampe auf den Tisch und zog einen kleinen Schlüssel hervor. Der gehörte zu den Handschellen. Sanna dachte fiebrig über eine Flucht nach. Inzwischen war sie wieder einigermaßen bei Kräften. Ihre Beine fühlten sich nicht mehr taub an. Wenn sie ihn zur Seite stieß und lossprintete, hatte sie vielleicht eine Chance.

Doch als hätte er ihren Gedanken gelesen, zog der Mann eine Pistole aus seiner Robe hervor. Er entsicherte sie und hielt den Lauf auf ihren Oberkörper gerichtet.

»Ich weiß, Sie sind sehr sportlich«, sagte er, immer noch mit diesem kalten Lächeln im Gesicht. »Eine kleine und scheinbar wehrlose Frau. Das ist schon manchem zum Verhängnis geworden. Aber nicht mir.«

Er schloss die Handschellen auf, ohne sie aus den Augen zu lassen. Die Pistole blieb dabei auf ihre Brust gerichtet. Schließlich war Sanna frei. Er stand vorsichtig auf und trat einen Schritt zurück.

»Wenn ich Sie jetzt bitten dürfte.«

Sie blieb auf dem Plastikstuhl sitzen.

»Ist Jakob tot?«, fragte sie.

»Aber nein.«

»Was passiert mit mir?«

»Sie werden schon sehen. Ich will Ihnen nicht die Überraschung verderben. Kommen Sie.«

Aus der Scheune drang kein Laut. Jetzt war da nur noch das Prasseln des Regens auf dem Hof. Er bedeutete ihr, mit der Pistole aufzustehen. Ihr blieb keine Wahl. Sie erhob sich. Vor dem Ausgang blieb sie stehen. Der Wind zerrte an einem Stück loser Plane. Regen sprühte herein. Sie zögerte.

»Wieso sind die meisten weggefahren?«

»Die Party ist vorbei. Auch der schönste Abend geht einmal zu Ende.«

»Wer waren diese Leute?«

»Wollen Sie Namen hören?«

Sie wusste selbst nicht, was sie hören wollte.

»Prof. Dr. Gunther Dörrhoff zum Beispiel«, sagte der Mann. »Eine Koryphäe auf seinem Gebiet. Er ist einer von Jakobs Kunden, seit er vier Jahre alt ist. Aber den werden sie gleich noch kennenlernen.

Auch die anderen Gäste waren meist alte Kunden. Die Namen spielen keine Rolle, glaub ich. Die meisten von ihnen standen aber auf der Liste, die Jakob ihnen gegeben hat.«

»Das sind alles Pädophile?«, sagte Sanna ungläubig.

»Ich bevorzuge den Begriff *Kunden*. Sie haben der Familie Blank über die Jahre eine Menge Geld eingebracht.«

»Und vor allem Ihnen, oder?«

Er lachte. »Ganz schön vorlaut für jemanden, der gerade an einem Baggerloch ermordet wird.«

»Was sind Sie nur für ein Schwein«, sagte sie.

»Ich bitte Sie, Frau Marquart! Ich bin ein einfacher Dienstleister. Mein Job ist es, Kunden zufriedenzustellen. Mehr nicht. So, jetzt haben wir genug geplaudert. Es wird Zeit.« Er deutete hinaus in den Regen. »Nach Ihnen, Frau Marquart. Ich fürchte, Sie werden ein wenig nass werden. Leider lässt sich das nicht vermeiden.«

Sanna trat hinaus auf den Hof. Augenblicklich prasselten dicke Tropfen auf sie ein. Doch sie spürte es kaum. Hinter ihr war der Mann, der ihr die Pistole in den Rücken drückte. Er wich nicht von ihrer Seite. Es gab kein Entkommen. Jetzt war es offenbar so weit. Etwas Schreckliches würde passieren.

Der Mann zog das Scheunentor auf und stieß Sanna hinein. Im Innern waren die Überreste der Party zu sehen, die hier gefeiert worden war. In der Mitte brannte ein Feuer, schummrige Lampen erhellten den Rest. Sofas und alte Sessel standen herum. Überall leere Gläser. Sektflaschen und ein Kasten Bier. Drei Männer waren noch anwesend, sie lümmelten sich auf den Sesseln. Es roch nach Sex. Ihr wurde übel.

Die Männer unterhielten sich, sie lachten. Eine Bierflasche wurde weitergereicht. Als wären sie hier, um Doppelkopf zu spielen. Scheinbar ganz normale Typen, die aussahen wie Familienväter aus Tante Renates Nachbarschaft. Sanna wollte nicht glauben, wie banal das alles auf den ersten Blick wirkte. Als sie eintrat, verstummten die drei verbliebenen Männer. Neugierig betrachteten sie Sanna. Sie fragte sich, welcher von ihnen wohl Jakobs Psychiater war.

Sie blickte sich in der Scheune um. Jakob war nirgends zu sehen. Auf dem Metallbett lagen Ketten und Lederriemen. Da war auch Blut. Dunkelrote Feuchtigkeit leuchtete im Wiederschein des Feuers. Was hatte Jakob hier erleiden müssen? Und wo war er?

»Meine Herren? Jetzt, wo unsere Freunde weg sind, kommen wir zum gemütlichen Teil. Hier ist sie: Sanna Marquart.«

Der Mann hinter ihr stieß den Lauf der Pistole in ihren Rücken. Sanna stolperte weiter. Die Männer, die auf irritierende Weise gewöhnlich aussahen, folgten ihr mit interessierten Blicken. Sie hatte keine Ahnung, was mit ihr passieren würde. Sie musste sich etwas einfallen lassen. Sie durfte das nicht zulassen.

Da entdeckte sie Jakob. Er saß mit freiem Oberkörper auf dem Boden an einem Balken. Was sie auch immer mit ihm gemacht hatten, er lebte. Auf seiner Haut glänzten Schweiß und Blut. Er saß breitbeinig da, sein Gesicht war starr wie eine Maske.

»Heute wird seine Initiation stattfinden«, sagte der Mann hinter ihr. »Das wird die Krönung meiner Experimente mit ihm sein. Er wird vom Opfer zum Täter aufsteigen. Durch absolute Kontrolle. Ich werde ihn dazu bringen, einen Menschen zu töten.«

Sanna verstand, was er damit sagen wollte. Jakob war dazu abgerichtet worden, sie zu töten. Sie wäre das Opfer, das seine sogenannte Initiation darstellte.

»Sie werden erleben, wie viel Macht ich über ihn habe, Frau Marquart. Er wird Sie töten. Und zwar mit seinem rostigen Taschenmesser. Unschön, das Ganze, zugegeben. Aber Jakob besitzt dieses Messer schon, seit er ein kleiner Junge ist. Das verstehen Sie doch, oder? Es wird sich halt ziemlich gut neben ihrer Leiche am Baggerloch machen, das Messer. Das können wir Ihnen also leider nicht ersparen. Ein Gemetzel, ja. Aber alles voller Spuren von Jakob.«

Sanna blickte ängstlich zu Jakob, aber sein Gesicht befand sich im Schatten.

»Eine Schande, dass er danach selbst sterben muss«, meinte der Mann mit dem Basecap. »Wo er heute von mir zur Perfektion gebracht wird. Aber so ist es nun mal. Schließlich hat er nach dem Mord am Baggerloch Selbstmord begangen. Wie könnte er da noch hier in Marienbüren herumlaufen?«

Jakob stand auf. Er trat näher. Seine Augen waren dunkel und unergründlich. Die drei Männer betrachteten das Ganze. Sanna konnte es immer noch nicht glauben. Die Typen sahen aus wie ein Haufen ganz normaler Spießer. Hockten dort und schwiegen, als säßen sie im Kino. Als ginge sie das alles gar nichts an. Keiner von ihnen sagte etwas. Keiner würde ihr helfen.

Der Typ mit dem Basecap ließ die Pistole sinken. Sanna spürte einen eisernen Griff im Nacken. Dann drückte er sie zu Boden. Er zwang sie, vor Jakob niederzuknien.

18

An der Decke flackerten die Leuchtstoffröhren auf. Kaltes Licht flutete den Raum. Von draußen schlug Regen gegen die Fensterscheiben. Böttger trat an den Aktenschrank, zog den Schlüssel hervor und öffnete das Schloss. Dann griff er nach einer Flasche Wodka, die er für alle Fälle gebunkert hatte.

»Für Sie auch einen Schluck?«, fragte er.

Die Schulte schüttelte den Kopf. »Nein, danke.«

Sie stieß sich vom Türrahmen ab, trat ein und nahm an seinem Besuchertisch Platz. Sie betrachtete Böttger, der sich einen Schluck genehmigte.

»Diese Yoga-Lehrerin, die mit Jakob unterwegs ist«, begann sie. »Sanna Marquart. Sie und Jakob sind auf der A2 unterwegs, oder?«

»Nein, da sind sie längst runter. Seit ein paar Stunden haben wir keine Spur mehr von ihnen. Wir haben sie verloren. Frau Marquarts Handy ist ausgeschaltet, wir können sie also nicht orten. Sie sind wie vom Erdboden verschluckt. Als würden sie wissen, dass wir ihnen auf den Fersen sind.«

»Und könnte nicht die Tante von Sanna Marquart …?«

»Nein, das glaube ich nicht. Von ihr kam schließlich der Hinweis, dass die beiden auf dem Weg nach Düsseldorf sind. Ohne die Tante wären wir ihnen gar nicht auf die Spur gekommen.«

Renate war überzeugt gewesen, dass Jakobs psychische Auffälligkeiten die Folge von Traumatisierungen in seiner Kindheit waren. So wie es auch die

Psychologin vermutete, mit der die Schulte gesprochen hatte. Renate hatte zudem geglaubt, Sanna und Jakob wären noch in Marienbüren. Böttger hatte das für verrückt gehalten. Doch jetzt nagten Zweifel an ihm.

Er nahm das Telefon und wählte Renates Nummer. Wenn Sanna in der Zwischenzeit ein Lebenszeichen von sich gegeben hatte, dann am ehesten gegenüber ihrer Tante. Vielleicht wusste Renate ja längst, wo die beiden waren und ob es ihnen gut ging.

Das Freizeichen ertönte. Er wartete. Doch dann sprang die Mailbox an. Er beendete die Verbindung, ohne eine Nachricht zu hinterlassen. Nachdenklich betrachtete er seine Kollegin.

Die Schulte sagte: »Dann ist das Letzte, was wir von ihnen haben, das Bild aus der Überwachungskamera, richtig? Das von der Raststätte an der A2.«

»Ja, das stimmt«, meinte Böttger und fügte hinzu: »Falls sie das überhaupt waren.«

»Das Nummernschild war deutlich zu erkennen. Es gibt keinen Zweifel, würde ich sagen.«

»Das Auto war an der Raststätte, richtig. Da gibt es tatsächlich keinen Zweifel. Aber das muss nicht heißen, dass Jakob Blank oder Sanna Marquart auch da gewesen sind.«

»Sie meinen ... Aber wer sollte so etwas tun? Ergibt das irgendeinen Sinn?«

»Ehrlich gesagt: Ich habe keine Ahnung. Es ist nur so eine Idee.«

Er dachte an Renate. Sie war gekommen, um ihn um Hilfe zu bitten. Sie wollte, dass er den Hof der

Blanks durchsuchte, weil sie überzeugt war, die beiden würden von den Blanks gefangen gehalten. Das hatte sich wie ziemlicher Schwachsinn angehört. Aber jetzt war er sich da nicht mehr sicher.

Er fragte sich, ob sie vielleicht auf eigene Faust ermittelte, um ihre Nichte zu finden. Zuzutrauen wäre es ihr.

»Was haben Sie jetzt eigentlich vor?«, fragte er die Schulte.

»Keine Ahnung. Nach Hause fahren. Mir unterwegs was vom China-Imbiss holen und das Dortmund-Spiel gucken. Wieso fragen Sie?«

»Ich würd gern noch mal nach Marienbüren rausfahren.«

»Wollen Sie zum Hof der Blanks?«

Er nickte. »Ich möchte mich nur ein bisschen umsehen. Wie sieht's aus? Sind Sie dabei?«

Sie grinste. »Klar. Warum nicht?«

»Meinetwegen kann es sofort losgehen. Ich hole nur meine Sachen.«

Sie löschten das Licht und verließen den Raum. Die Schulte wartete im Flur, und Böttger ging eilig in sein Büro, um seine Jacke zu holen. Im Vorbeigehen warf er einen Blick auf sein Telefon. Er hoffte auf eine Nachricht von Renate. Aber da war nichts. Also nahm er seine Jacke und kehrte in den Flur zurück, wo die Schulte bereits auf ihn wartete.

»Sind Sie so weit?«, fragte sie.

»Ja, gehen wir.«

Gemeinsam marschierten sie zum Treppenhaus.

»Diese Psychologin«, wechselte er das Thema.

»Hat die eigentlich auch was zu Jakobs Erinnerungslücken gesagt? Zu dem seltsamen Verhalten, das er immer wieder zeigt?«

»Ja. Sie meinte, das könnte eine posttraumatische Belastungsstörung sein. Aber da wollte sie sich nicht festlegen. Sie meinte ...«

Die Schulte stockte. Vor ihnen stand eine Gestalt. Sie war wie aus dem Nichts aufgetaucht. Es war Kriminaloberrat Brüse. Beide hatten ihn nicht kommen sehen. Böttger wunderte sich, den Vorgesetzten überhaupt im Haus anzutreffen.

Brüse, der sofort erkannte, dass etwas im Busch war, stellte sich ihnen in den Weg.

»Was haben Sie vor?«, fragte er. »Wohin denn so eilig?«

Die Schulte sprang ein. »Wir wollen einfach nur Feierabend machen. Wir gehen noch zum China-Imbiss und ...« Sie sah zu Böttger auf. »... vielleicht trinken wir noch ein Bier?«

»Ja, mal sehen«, sagte er.

Die Antwort stellte Brüse nicht zufrieden. Er ahnte, dass sie nicht der Wahrheit entsprach, aber er konnte nichts machen.

»Wie auch immer«, meinte Böttger. »Schönen Feierabend, Herr Brüse.«

Er wandte sich bereits zum Treppenhaus, doch Brüse wollte sie offenbar nicht so einfach gehen lassen.

»Von welcher Psychologin war gerade die Rede?«, fragte er.

»Es ging um den Mordfall Blank«, sagte die Schulte.

»Das ist mir schon klar. Nur weiß ich gar nichts von einer Psychologin. Oder von einer posttraumatischen Belastungstörung, unter der Jakob Blank leiden soll.«

»Frau Schulte hat mit einer Mitarbeiterin der Klinik gesprochen«, erklärte Böttger. »Die hat das Gutachten infrage gestellt. Aber wir haben da nichts Handfestes. Ich denke nicht, dass sie eidesstattlich gegen ihren Chef aussagen würde.«

Brüse runzelte die Stirn. »Trotzdem verstehe ich nicht, warum ich nichts davon weiß. Es müsste doch einen Bericht geben, Frau Schulte. Oder etwa nicht?«

»Der Bericht ist noch in meinem Rechner. Morgen früh mach ich den fertig. Es ist erst ein paar Stunden her, dass ich in der Klinik war.«

Brüse schien darüber nachzudenken.

»Sie haben doch sicher noch einen Moment Zeit? Ich würde Sie gern in mein Büro bitten. Die Geschichte mit der Psychologin möchte ich doch hören, bevor Sie Feierabend machen. Ginge das?«, fragte er mit aufgesetzter Höflichkeit.

Böttger wechselte einen Blick mit der Schulte. Es machte keinen Sinn, ihm das auszuschlagen. Die Schulte sah das offenbar genauso. Sie rang sich ein Lächeln ab und sagte: »Also gut. Auf eine halbe Stunde kommt es nicht an. Nach Ihnen, Herr Brüse.«

Und gemeinsam machten sie sich auf den Weg ins Büro des Kriminaloberrats.

Sanna kniete auf dem harten Betonboden. Sie spürte die Hitze des Feuers. Glut und Flammen. Die Männer hockten auf dem Sofa, tranken Bier und sahen interessiert zu. Sie sah Jakob eindringlich an. Er musste sie doch erkennen.

»Jakob!«, flüsterte sie. »Wach auf!«

Doch Jakob starrte an ihr vorbei ins Nichts. Da war nur seine Hülle, mehr nicht. Er packte sie am Arm und zog sie zum Bett. Sein Griff war stählern. Sie versuchte sich zu wehren, doch einer dieser widerlichen Männer stand auf und half ihm, Sanna zum Bett zu stoßen. Er verdrehte ihr den Arm und trat ihr heftig in die Seite. Sanna blickte in sein Gesicht. Der Mann sah aus wie ihr alter Erdkundelehrer. Mit Kinnbart und Nickelbrille. Harmlos eigentlich, wäre da nicht der mörderische Blick. War das Jakobs Psychiater?

Er zerrte am Reißverschluss ihrer Trainingsjacke. Sie wand sich unter seinen Händen, doch es hatte keinen Zweck. Er riss ihr die Trainingsjacke vom Körper, und der Stoff landete auf dem Betonboden vor dem Feuer.

Dann blitzte ein langes Fleischermesser auf. Direkt vor ihrem Gesicht. Sanna stieß einen Schrei aus. Aber der Mann stach nicht zu. Er packte ihr T-Shirt, schnitt es auf und zerrte den Stoff von ihrem Körper.

Sie wollten sie nackt. Das war Teil der Demütigung. Sanna riss sich los und starrte die Männer an.

»Ihr seid doch keine Menschen!«, schrie sie. »Ihr seid krank! Völlig gestört! Ihr solltet ...«

Eine Faust traf sie ins Gesicht. Der Kopf riss herum, Haare flogen ihr ins Gesicht, der Mund füllte sich mit Blut. Sie fiel nach hinten. Der Schmerz betäubte sie. Jemand trat neben den Erdkundelehrer, Hände packten und fixierten sie auf dem Plastikbezug des Betts. Das Blut lief ihr in den Rachen. Sie bekam keine Luft mehr. Hustete und würgte. Der Erdkundelehrer drückte sie wieder nach unten. Sie versuchte sich zu wehren, doch es war zwecklos.

Jetzt traten die Männer zurück und machten den Weg frei für Jakob. Der nahm die Eisenketten, die von der Decke hingen und legte sie um ihren Körper. Das Eisen war eiskalt auf der Haut. Jakobs Augen wirkten wie die eines Fremden. Sanna hatte keine Kraft mehr, sich zu wehren.

Jakob war jetzt über ihr. Er befestigte eine Kette an ihrem Handgelenk. Sie drehte ihren Kopf, damit sie ihm ins Ohr flüstern konnte. Es war Wahnsinn, was sie da versuchte. Aber gleichzeitig war es ihre letzte Chance.

»Jannis! Hörst du mich? Kannst du mich hören?«

Jakob reagierte nicht. Er konzentrierte sich weiter auf die Ketten. Es war nicht wie auf der Brücke. Diesmal drang sie nicht zu ihm vor.

»Jannis, du bist da drin, das weiß ich. Wenn du mich hörst, hier ist Sanna. Du musst hierherkommen, verstehst du? Ganz dringend. Ich brauche dich hier.«

Nichts. Er hantierte einfach weiter, bis die Ketten angelegt waren. Dann trat er zurück und wandte sich zum Feuer. Dort wartete der Mann mit dem Basecap auf ihn. Er gab Jakob ein altes Taschenmesser. Sannas Atem ging schneller. Die stumpfe Klinge bedeutete Schmerzen, das war ihr klar. Die anderen Männer schienen fasziniert vom Geschehen. Sie folgten dem Ganzen mit gebannten Blicken.

Jakob rührte sich nicht. Er starrte auf die rostige Klinge. Der Mann mit dem Basecap sprach leise mit ihm, bis Jakob schließlich das Taschenmesser entschlossen an sich nahm und damit das Bett ansteuerte.

Sanna lag bewegungslos da. Sie spürte den kalten, feuchten Plastikbezug unter ihrer Haut. Atmete flach. Es gelang ihr nicht, den Blick von dem Messer abzuwenden. Sie musste sich irgendwie vorbereiten auf das, was folgen würde. Auf die Schmerzen. Auch wenn das unmöglich schien.

Jakob war jetzt über ihr. Das Messer hielt er wie ein kleines Schwert vor seiner Brust. Da bemerkte Sanna es. Seine Augen. Sie wirkten viel heller. Das vertraute Wasserblau war in ihnen zu erkennen. Jakob sah ihr direkt ins Gesicht. Seine Miene war unbewegt. Trotzdem. Sanna war ganz sicher. Er war es. Er war wieder zu sich gekommen. Er nahm das Messer in die Faust und streckte es in die Luft. Statt jedoch auf Sanna einzustechen, schwang er seinen Körper blitzschnell herum und stieß es mit aller Kraft einem der Männer auf dem Sofa in den Bauch. Ein abscheuliches Schmatzen, als die Klinge ins Fleisch drang, dann ein würgender Laut, der Mann sank zusammen, und plötzlich war alles erfüllt von durchdringenden Schmerzensschreien. Der Mann krümmte sich auf dem Boden.

Es folgte Totenstille. Alle schienen wie erstarrt. Als wäre die Zeit stehen geblieben. Sanna hielt die

Luft an. Dann brach Chaos aus. Hektisches Stimmengewirr, Männer sprangen auf, stürzten auf Jakob zu und umzingelten ihn. Das Taschenmesser fiel leise klirrend auf den Boden, und Jakob verschwand aus Sannas Blickfeld.

Sie riss instinktiv an ihren Ketten – und spürte keinen Widerstand. Die Kettenglieder rutschten mit leisem Rasseln über den Stein. Jakob hatte sie gar nicht festgebunden.

Sie setzte sich auf. Keiner achtete auf sie. Die Männer hatten sich allesamt auf Jakob gestürzt.

Sanna begriff. Jakob hatte das getan, um ihr die Flucht zu ermöglichen. Ganz egal, was nun mit ihm passieren würde.

Der Mann mit dem Basecap stellte sich über Jakob. Er zerrte die Pistole aus seinem Hosenbund hervor. Sanna sprang vom Bett. Sie musste handeln. Und zwar schnell. Sie ließ ihren Atem fließen. Sie visierte den Typen an. Er hatte recht gehabt mit dem, was er im Zelt über sie gesagt hatte. Ja, sie war sportlich. Und trainiert. Vor allem war sie schnell.

Sie sprintete auf ihn zu, holte mit dem Bein aus und trat zielgenau gegen sein Handgelenk. Er hatte sie nicht kommen sehen. Seine Reaktionen waren zu langsam. Die Pistole wurde aus seiner Hand in die Luft geschleudert. Nacktes Erstaunen in seinem Gesicht. Sanna nutze den Schwung des Tritts und preschte an ihm vorbei. Noch ehe er sie fassen konnte, war sie aus seiner Reichweite.

Die Pistole landete neben dem Scheunentor auf dem Betonboden. Sanna ließ sich fallen, rollte sich ab, schnappte nach der Waffe und umklammerte sie. Der Typ mit dem Basecap war ihr nicht gefolgt. Er stand einfach da und funkelte sie an. In seinen Augen spiegelte sich kalter Vernichtungswille. Sanna hatte ihn besiegt. Fürs Erste.

Jedoch hatte sie in ihrem ganzen Leben noch nie eine Waffe in der Hand gehalten. Sie wusste gar nicht, wie man damit umging. Die Pistole fühlte sich schwer und auf seltsame Weise widerspenstig an. Als würde sie ein Eigenleben führen. Sanna wollte dieses Ding nicht in der Hand halten, doch ihr blieb keine Wahl. Sie hoffte einfach, dass die Waffe entsichert war und sie nur abdrücken musste.

Sie richtete den Lauf über die Köpfe der Männer hinweg auf die gegenüberliegende Wand. Dann betätigte sie den Abzug. Ein kurzes heftiges Zucken in ihren Händen, ein ohrenbetäubender Lärm, dann war es vorbei. Augenblicklich wurde es still in der Scheune. Die Männer wandten sich ihr zu. Sie erkannten, was passiert war: Sanna hatte sich befreit und richtete eine Waffe auf sie.

Sie versuchte, ihre Stimme fest klingen zu lassen.

»Lasst Jakob los«, rief sie. »Sofort.«

Sie klammerte sich an die Waffe. Der Typ mit dem Basecap stand ihr gegenüber, jeder Muskel schien gespannt. Er wartete darauf, dass sie einen winzigen Fehler machte. Dann konnte er zuschlagen. Die anderen Männer rührten sich nicht. Jakob trat aus ihrer Mitte hervor. Er ging langsam auf Sanna zu. Er nahm ihre Trainingsjacke vom Boden auf und gab sie ihr.

»Das hättest du nicht tun dürfen«, flüsterte er. »Warum bist du nicht einfach weggelaufen?«

Sanna antwortete nicht. Sie hielt die Männer im Blick. Dieses kleine Ding in ihrer Hand würde diese Ungeheuer nicht lange in Schach halten, das ahnte sie. Jakob und sie mussten von hier verschwinden.

Sie machte ein paar Schritte rückwärts auf das Scheunentor zu. Jakob verstand. Er trat hinter sie und zog das Tor auf. Draußen prasselte lautstark der Regen herunter. Feuchte Kälte wehte in die Scheune herein. Noch zwei, drei Schritte, dann würden sie sich umdrehen und loslaufen. Sanna trat rückwärts in die Nacht hinaus, die Pistole auf die reglosen Männer gerichtet.

Draußen war es stockfinster. Noch ein Schritt. Jetzt fiel kalter Regen auf sie nieder. Der Hof hatte sich in ein Schlammfeld verwandelt. In der Scheune die Männer, die dastanden, als hätte jemand beim DVD-Player auf Pause gedrückt. Der Geruch von Zwiebeln und altem Schweiß mischte sich in die Nachtluft. Noch ehe Sanna begriff, was das zu bedeuten hatte, umklammerte sie Wolfgang Blank mit eisernem Griff.

Jakob schlug sofort auf ihn ein, doch der alte Mann war wie aus Stahl. Sanna wand sich erfolglos. Wolfgang Blank packte sie am Handgelenk. Er wollte ihr die Waffe abnehmen. Er war stark. Sanna hatte keine Chance. Im Augenwinkel sah sie Bewegungen in der Scheune. Die anderen lösten sich aus ihrer Starre. Sie rannten los, Mord in den Augen.

Ein wilder Schmerz durchfuhr ihren Körper. Sie schaffte es einfach nicht, sich gegen den alten Blank zur Wehr zu setzen. Wut durchströmte sie. Sie biss ihm in die Hand, zerrte an der Waffe, versuchte sich zu befreien. Doch alles war zwecklos.

Und dann, scheinbar ohne ihr Zutun, löste sich ein Schuss.

19

Regen fiel unentwegt auf sie nieder. Es waren kalte und schwere Tropfen, die erbarmungslos auf sie einschlugen. Tiefe Pfützen hatten sich überall auf dem Hof gebildet. Sanna lag auf der schlammigen Erde. Der Trainingsanzug sog das schmutzige Wasser auf. Sie rührte sich nicht. Der schwere Körper nahm ihr den Atem. Ein entfernter Donner war zu hören. Sie fragte sich, was passiert war.

Eine Hand packte ihren Arm. Zog sie unter dem leblosen Körper von Wolfgang Blank fort und half ihr auf die Beine. Es war Jakob. Die Männer aus der Scheune liefen ihnen entgegen. Auf Sanna wirkte es, als bewegten sie sich in Zeitlupe. Sie wischte sich das Regenwasser aus den Augen. Doch es war offenbar gar kein Regen in ihrem Gesicht, denn ihre Hand war plötzlich voller Blut. Sie hatte keine Zeit darüber nachzudenken. Jakob zog sie hinter sich her. Sannas Körper verselbständigte sich. Sie setzte zum Spurt an. Atmen. Laufen. Immer weiter. Sie blickte nicht zurück.

Langsam fand sie in die Realität zurück. Sie hatte Wolfgang Blank erschossen. Sie hatte einen Menschen getötet. Die Männer waren dicht hinter ihnen. Es waren drei, zählte man den Verletzten nicht dazu, der sicher noch in der Scheune lag. Sanna und Jakob umrundeten das Gebäude und stolperten augenblicklich in die undurchdringliche Dunkelheit. Sanna hielt sich an Jakob fest, der sie immer weiter zog. Sie betete, dass er sie sicher über das Gelände führte. Wenn sie jetzt ins Stolpern gerieten und stürzten, wäre alles vorbei. Hinter ihnen aufgeregte Stimmen. Motoren heulten auf. Scheinwerfer wurden eingeschaltet. Sie rannten unbeirrt weiter. Links und rechts wurden Autowracks und Sträucher in gleißendes Licht getaucht. Jakob packte Sanna unvermittelt und warf sie auf den Boden. Sie fiel der Länge nach ins nasse Gras. Er landete neben ihr und drückte ihren Kopf herunter. Einer der Scheinwerfer glitt über sie hinweg, ohne sie zu erfassen.

Sanna und Jakob waren sich ganz nah. Gesicht an Gesicht lagen sie auf dem durchweichten Rasen. Im Widerschein der Strahler konnte Sanna seine Züge sehen. Sie wusste nicht, wen sie vor sich hatte. Zwar war es nicht mehr der apathische Jakob, der er noch in der Scheune gewesen war. Aber etwas sagte ihr, dass es trotzdem nicht der Jakob war, den sie kannte.

»Jakob?«, fragte sie, als wolle sie sich vergewissern, ob er zu Hause war.

»Keine Angst, Sanna.« Er lächelte. »Ich bring dich von hier weg. Vertrau mir.«

Nein, das war definitiv nicht der schüchterne und scheue Jakob, der bei ihr untergetaucht war. Aber bevor sie Gelegenheit bekam nachzufragen, sprang er bereits wieder auf und zog sie hoch. Der Scheinwerfer tastete das Gelände hinter dem Wohnwagen ab. Jakob lief in die Dunkelheit hinein, und Sanna folgte ihm blind. Vor ihnen tauchte der hohe Eisenzaun auf. Die Zeit würde nicht reichen, um hinüberzuklettern. Aber dann sah sie einen Ahornbaum, dessen Äste über den Zaun ragten. Dort wollte Jakob also hin!

»Hier hoch!«, rief er. Er legte seine Hände ineinander, damit Sanna mit ihrem Fuß hineinsteigen konnte. Eine Räuberleiter. Sie zögerte nicht und schwang sich hoch. Ein dicker Ast ragte über den Zaun hinweg. Sie legte sich quer darüber und reichte Jakob die Hand.

Plötzlich wurden sie in grelles Licht getaucht.

»Da sind sie!«, rief jemand. »Wir haben sie!«

Jakob griff nicht nach ihrer Hand. Er blieb einfach stehen.

»Lauf, Sanna! Beeil dich!«

»Nein! Gib mir deine Hand!«

Er blickte sich hektisch um. Die Männer näherten sich.

»Komm schon!«, rief Sanna in den Regen.

Er zögerte, dann packte er ihre Hand. Sanna zog ihn zu sich hoch. Dürr wie er war, wog er kaum mehr als sie selbst. Er griff nach dem Ast, auf dem sie saß, und schwang sich hinauf. Ein Schuss ertönte. Holz splitterte aus dem Stamm, nur Zentimeter von Sannas Kopf entfernt. Sie robbte den Ast entlang und ließ sich auf der anderen Seite ins Gras fallen. Die wassergetränkte Wiese schmatzte unter ihrem Gewicht. Ein weiterer Schuss, und Jakob fiel neben ihr ins Gras. Einen furchtbaren Moment lang dachte Sanna, er wäre getroffen worden, doch dann war er schon auf allen vieren, nahm ihre Hand und robbte vom Zaun weg. Sie erreichten einen Strauch und gingen in Deckung.

Das Eisentor öffnete sich. Zwei Männer verließen das Gelände und umrundeten den Zaun, um die Verfolgung aufzunehmen. Ein Wagen rollte langsam auf den Schotterweg. Das musste der dritte Mann sein. Sanna starrte mit weit aufgerissenen Augen in die Dunkelheit vor sich. Ein Blitz zuckte am Himmel. Für eine Sekunde wurde die Kuhweide in ein gespenstisches weißes Licht getaucht. Eine weite Ebene, die sich bis zum Hang hinaufzog, wo der Wald begann. Es folgte ein Donnerrollen, und die Wiese tauchte wieder in Finsternis.

»Los, weiter!«, sagte Jakob.

Er nahm sie an die Hand und sprang auf. Sie liefen scheinbar ins Nichts. Sanna sah sich nicht um. Regen prasselte in ihr Gesicht. Einmal rutschte sie aus und fiel der Länge nach hin. Jakob half ihr auf, und es ging weiter. Hinter ihnen waren Lichter auf der Straße. Das Auto fuhr an der Wiese entlang. Es kam näher.

»Schneller, Sanna! Wir müssen in den Wald!«

Am Straßenrand wurde das Gatter geöffnet, und der Wagen steuerte jetzt direkt auf die Wiese zu. Sanna wurde von den Scheinwerfern geblendet und geriet ins Straucheln. Der Wagen hielt, und eine Silhouette trat ins Licht. Im nächsten Moment ertönte ein Schuss.

Eilig lief sie weiter. Vor ihnen begann der Wald, nur noch wenige Meter. Wieder ein Schuss. Sanna dachte nicht nach. Mit einem Satz schwang sie sich über den Elektrozaun und stolperte ins Unterholz. Zweige peitschten ihr ins Gesicht. Sie rutschte über eine moosbewachsene Wurzel und landete auf dem Bauch. Auf allen vieren kroch sie über das schlammige Laub. Jakob war direkt hinter ihr.

»Wir haben es geschafft!«, keuchte er. »Wir sind außer Schussweite.«

Sanna ließ sich mit dem Hintern auf den nassen Boden fallen. Sie atmete ein paarmal durch, gönnte sich eine Pause. Wolfgang Blank. Das Bild ging ihr nicht aus dem Kopf. Sie hatte ihn getötet.

»Komm, weiter«, sagte Jakob.

»Hier lang.«

Sanna stand auf. In der Dunkelheit suchte sie nach Jakobs Hand. Sie war nass und eiskalt. Wieder flackerte ein Blitz am Himmel. Der nächtliche Wald nahm für Sekunden sichtbare Gestalt an. Zwischen den Baumstämmen schwebte Regendunst. Farnkraut bedeckte den Waldboden. Darüber hingen schwere Zweige und moosbewachsene Äste. Ein Hang führte hinauf. Schotter und Felsbrocken waren sichtbar. Dazwischen Moos, Geröll und kleine Bächlein.

Der Blitz war erloschen. Alles verlor sich in der Dunkelheit. Ein lautes Donnern ertönte. Der Wind rauschte in den Baumkronen, überall fiel Wasser herab. Jakob ging voran, und Sanna folgte ihm. Es ging bergauf. Auf dem schlammigen Grund geriet sie ins Rutschen. Ein paarmal musste sie sich an Zweige klammern, um nicht den Halt zu verlieren. Doch schließlich erreichten sie einen Felsen, von dem aus sie die Umgebung einsehen konnten. Sanna blieb stehen und blickte sich um.

Der Hof war nur noch ein kleiner Fleck. Lichter brannten. Da waren die Scheune und das Wohnhaus. Kein einziges Auto. Sie ließ den Blick schweifen. Auch auf der Straße waren keine Schweinwerfer zu sehen.

»Glaubst du, sie haben aufgegeben?«, fragte sie.

»Nein. Bestimmt nicht. Besser, wir gehen weiter.«
Sie kletterten vorsichtig vom Felsen herunter.
»Wohin gehen wir?«, fragte sie.
»Nach Marienbüren. Wohin sonst?«
»Kennst du denn den Weg?«
»Das hoffe ich. Komm schon.«
Im stockfinsteren Wald ging es nur tastend voran. Rutschige Stämme, aufgeweichtes Moos, Dornenzweige, Farnkraut. Das Gewitter zog langsam ab, doch der Regen hielt unvermindert an. Überall im Wald rauschte und tropfte und plätscherte es. Ein entferntes Grollen war zu hören, dann wurde es ruhig.

Nach einer Weile erreichten sie eine Lichtung. Ein Wetterleuchten erhellte die Ebene vor ihnen. Gras und Wildblumen wucherten, eine einzelne Birke stand darauf.

»Ich weiß, wo wir sind«, sagte Jakob. »Jetzt ist es nicht mehr weit.«

Er ging voran, Sanna blieb dicht hinter ihm. Regen und Kälte störten sie nicht mehr. Wie es aussah, waren sie entkommen. Sobald sie in Marienbüren wären, würden sie die Polizei rufen. Alles würde gut werden.

Sanna ertastete Jakobs nassen und eiskalten Oberkörper. Von einem plötzlichen Glücksgefühl übermannt, umarmte sie ihn stürmisch. Sie spürte sein Lächeln in der Dunkelheit. Hand in Hand gingen sie weiter.

Ein Blitz flackerte auf, nicht mehr so stark wie zuvor, doch er reichte aus, um die Ebene in schwaches Licht zu tauchen. Da war der Umriss einer Gestalt.

Bevor das Licht erlosch, erkannte Sanna eine zweite. Und eine dritte. Sie waren hier. Bewegten sich wie Raubtiere, die ihre Beute einkreisten. Die Wiese tauchte wieder in Dunkelheit ab. Ein leises Grummeln ertönte, dann war da nur noch das Prasseln des Regens.

Sanna und Jakob erstarrten. Sie fixierten die sie umgebende Schwärze. Wasser rann an ihren Gesichtern herab. Doch da war nichts. Kein verdächtiges Geräusch. Trotzdem. Sie waren dort. Die Männer hatten sie gefunden. Es gab keinen Zweifel.

Jakob umklammerte Sannas Arm. Wie auf Kommando rannten sie los. Quer über die Lichtung. Regen schlug auf sie ein, der Boden federte unter ihren Tritten. Jakob stolperte über einen Stein, er fiel, rappelte sich auf und rannte weiter.

Sie erreichten den Wald. Liefen ins Dornengestrüpp. Irgendetwas zerriss den nassen Stoff von Sannas Trainingshose. Sie befreite sich und lief weiter.

Die Männer waren hinter ihnen. Die Dunkelheit war jetzt voller Geräusche. Da knackten Äste. Etwas platschte in eine Pfütze. Und wieder das Knacken von einem Ast, diesmal näher. Ein Zweig peitschte Sanna ins Gesicht. Sie ignorierte ihn und lief weiter, so schnell es eben ging.

Plötzlich waren da Lichter. Sie hörte Motorengeräusche. Ein Auto fuhr durch den Wald. Dort war eine Straße. Direkt vor ihnen. Das musste die kleine Landstraße nach Marienbüren sein, die Sanna jeden Morgen auf dem Weg zur Arbeit entlangfuhr. Das Auto näherte sich. Es blieb keine Zeit zu überlegen.

Sie mussten volles Risiko eingehen. Jakob sah das offenbar genauso, denn er rannte ebenfalls auf die Lichter zu.

Aus der Dunkelheit heraus griff jemand nach Sannas Trainingsjacke. Sie hörte keuchenden Atem hinter sich. Der Mann packte den Stoff, doch seine Finger rutschten an der glatten Oberfläche ab. Sanna duckte sich unter einem Ast hindurch und rannte weiter. Hinter sich hörte sie Zweige peitschen.

Jetzt hatten sie die Straße erreicht. Jakob sprang über den kleinen Wassergraben, der sich in einen reißenden Bach verwandelt hatte, und kletterte auf die Fahrbahn. Gerade noch rechtzeitig, denn das Auto raste bereits auf sie zu. Er stellte sich mitten auf die Straße und hob die Arme. Sanna sprang ebenfalls über den Graben. Sie rutschte am Ufer ab und geriet mit einem Bein ins eiskalte Wasser. Hinter ihr der dunkle Wald. Sie zog sich eilig an der Böschung hoch und stolperte zu Jakob auf die Straße.

Das Auto bremste ab. Schließlich blieb es vor ihnen auf der Straße stehen. Die Scheinwerfer blendeten sie. Sanna hielt sich die Hand schützend über die Augen. Sie konnte nicht erkennen, wer im Wagen saß. Die Scheibenwischer flatterten über die Windschutzscheibe, doch dahinter war alles dunkel.

Sie betete, dass es keiner der Männer war, die sie verfolgten. Langsam umrundete sie den Wagen und ging zur Fahrertür. Die Tür öffnete sich, und im Innern wurde es hell. Leise Musik drang aus dem warmen und trockenen Wagen. Es waren zwei Personen, die im Wagen saßen, ein Mann und eine Frau.

Sannas Herz setzte einen Schlag aus. Sie erkannte den Mann, der den Wagen steuerte. Es war einer der Polizisten, die sie befragt hatten. Sein Name war Jens Böttger.

20

Auf der Fensterbank stand ein altes Radio. Leise Popmusik erfüllte den Raum. Nebenan eine alte Kaffeemaschine, die lautstark Wasser aus dem Tank schlürfte. Das Aroma von frischem Kaffee zog herein. Es war stickig und warm in der Marienbürener Polizeiwache. Das war Böttger gleich als Erstes aufgefallen. Heinrichs, der Dienststellenleiter, hatte die Heizung aufgedreht, trotz der Jahreszeit. Er hatte sich offenbar seine ruhige und gemütliche Nachtschicht nicht vom Unwetter vermiesen lassen wollen.

Doch mit der Gemütlichkeit war es nun vorbei. Böttger und die Schulte hatten ordentlich Leben in die nächtliche Wache gebracht. Das begonnene Solitärspiel auf Heinrichs' Computerbildschirm war längst hinter dem Bildschirmschoner verschwunden. Er war nun damit beschäftigt, die Ereignisse zu sortieren. Böttger hatte mit seiner Hilfe die Straße zum Gehöft der Blanks absperren lassen. Ein Einsatzkommando war unterwegs. Er machte jetzt genau das, was Renate schon am Nachmittag von ihm verlangt hatte: den Hof der Blanks stürmen.

Nebenan saßen Jakob und Sanna in Decken gehüllt auf einer Bank. Heinrichs' Kollegin, eine junge Polizistin, die kaum älter war als Jakob, kümmerte sich um die beiden. Eine zupackende und gut gelaunte Blondine, die Scherze machte, dabei Tee kochte und Kekse organisierte. Sie strahlte so viel Sicherheit und Normalität aus, dagegen wirkten die beiden halb erfrorenen Gestalten auf der Bank beinahe unwirklich.

»Nicht zu glauben, das Ganze«, murmelte Heinrichs. Er saß an seinem Schreibtisch, vor ihm die aufgeschlagene *Bild*-Zeitung und eine Plastikdose mit Butterbroten. »Wenn das Mädchen nicht dabei gewesen wäre, würde ich sagen, der Junge hat zu viel Fantasie.«

Er sah zu Böttger und der Schulte auf, als überlegte er, ob diese Option nicht vielleicht doch das Naheliegenste wäre.

»Ist das denn die Wahrheit, was die beiden erzählen?«

Böttger hob die Schultern. »Abwarten. Der Einsatzleiter wird sich bei mir melden, wenn er mehr weiß. Ich denke aber, wir fahren gleich mal rüber und sehen uns die Sache an.«

Die junge Polizistin trat herein. Sie rückte sich die Hose ihrer Uniform zurecht und lächelte Böttger an.

»Schade«, sagte sie. »Da würde ich gerne mitfahren.«

»Das lässt du schön bleiben«, sagte Heinrichs in väterlichem Tonfall. »Wer weiß, was da draußen los ist. Dafür bilden wir extra Leute aus, damit die so was machen. Sag mir lieber, wie es den beiden nebenan geht. Die machen inzwischen schon einen besseren Eindruck, oder nicht?«

»Ich glaub schon. Ich habe Tee gekocht. Sie tauen langsam auf.«

»Tee allein wird sie nicht aufwärmen«, sagte Heinrichs, beugte sich vor und zog eine kleine Flasche Rum aus seinem Schreibtisch. Er stellte sie auf die Tischplatte.

»Gute Idee«, sagte sie und grinste. »Ihre Frau ist

übrigens unterwegs. Sie hat gerade angerufen. In fünf Minuten ist sie hier.«

Sie schnappte sich die Flasche und verließ das Büro. Böttger runzelte fragend die Stirn.

»Meine Frau bringt ein paar Sachen«, erklärte er. Das schien ihm etwas peinlich zu sein. »Unser Sohn studiert in Aachen. Seine Schränke sind voller Klamotten, die dem Herrn nicht mehr *trendig* genug sind. Von der Größe her müssten sie passen. Deswegen hab ich meine Frau angerufen.«

»Das ist sehr nett von Ihnen«, sagte die Schulte.

Böttger sah zu der Bank hinüber. Den ersten Schock hatten die beiden offenbar überwunden. Wie es aussah, gab es keine ernsthaften Verletzungen. Ein paar Schrammen und Schürfwunden, das war alles.

»Ich würde gern irgendwo ungestört telefonieren.«

»Natürlich«, sagte Heinrichs und stand auf. »Kommen Sie, nebenan ist ein freies Büro.«

Die Schulte sah ihn fragend an, doch er ignorierte sie. Heinrichs führte ihn in den Nebenraum und ließ die Leuchtstoffröhren aufflackern.

»Fühlen Sie sich wie zu Hause«, sagte er.

Böttger dankte, schloss die Tür und zog sein Handy hervor. Er wählte Renates Nummer. Diesmal sprang nicht ihre Mailbox an. Sie ging selber an den Apparat.

»Jens? Bist du das? Ist was passiert?«

»Nein, alles in Ordnung. Wir haben Sanna. Es geht ihr gut.«

»Gott sein Dank. Wo ist sie? In Düsseldorf?«

»Nein, sie ist nicht in Düsseldorf. Sie ist hier in Marienbüren.«

Erstauntes Schweigen am anderen Ende.

»Wie's aussieht, hast du wohl recht gehabt mit deiner Vermutung«, gestand er ein. »Sanna war die ganze Zeit in Marienbüren. Die Familie Blank hat sie festgehalten.«

»Die Familie Blank …?« Jetzt sprudelten die Fragen aus ihr heraus. »Und es geht ihr wirklich gut? Wo ist sie? Kann ich mit ihr sprechen? Ist sie bei dir?«

»Es geht ihr gut, Renate. Keine Sorge. Ihr ist nichts passiert. Dem Jungen auch nicht. Aber es wäre vielleicht besser, wenn du sie abholst. Damit sie heute Nacht nicht alleine ist.«

»Natürlich. Das mache ich. Wo seid ihr? Im Polizeipräsidium?«

»Nein, wir sind in der Wache in Marienbüren. Ganz bei dir in der Nähe.«

»Ich mach mich sofort auf den Weg.« Sie hielt inne. »Was heißt das eigentlich genau, sie ist von den Blanks festgehalten worden? Gegen ihren Willen?«

Böttger seufzte. Sie würde die Einzelheiten ohnehin in Kürze von Sanna erfahren.

»Sie ist Jakob zum Hof gefolgt«, sagte er. »Dann hat Wolfgang Blank sie in die Scheune gesperrt.«

Renate sog erschrocken die Luft ein.

»Sie hat nur ein paar blaue Flecken. Am besten kommst du vorbei und überzeugst dich selbst davon.«

»Ja, das mache ich. Ich bin schon auf dem Weg.«

»Ach, Renate? Wo warst du eigentlich heute Nachmittag? Ich hab's ein paarmal bei dir versucht.«

»Ach so. Ja, ich musste arbeiten. Ich hatte mein Handy nicht dabei.«

Böttger runzelte die Stirn. Während ihre Nichte mit einem mutmaßlichen Mörder unterwegs ist und von der Bildfläche verschwindet? Da ist sie ohne Handy unterwegs?

»Ich hatte schon den Verdacht, dass du etwas auf eigene Faust unternimmst«, sagte er.

»Was sollte ich denn unternehmen? So ein Unsinn.«

»War nur so ein Gedanke.« Vom Gegenteil hatte sie ihn jedenfalls nicht überzeugt. »Wie auch immer. Wir sehen uns gleich. Ich sage Sanna, dass du kommst.«

Er beendete das Gespräch und kehrte zurück in Heinrichs' Büro. Die Schulte stand auf, als er eintrat. Er nickte ihr zu und nahm seine Jacke.

»Wir fahren dann mal rüber zum Hof«, sagte er zu Heinrichs. »Die beiden sind ja hier gut aufgehoben. Die Tante der jungen Frau ist unterwegs, um ...«

»Renate?« Heinrichs strahlte. »Das freut mich. Ich werde mit ihr reden und ihr alles erklären.«

Böttger hatte für einen Moment vergessen, dass er in einem Dorf war. Natürlich kannte der Dienststellenleiter der Polizei die örtliche Lokalredakteurin.

Er und die Schulte verließen die Wache. Draußen hielt der Regen unvermindert an. Sie rannten zu ihrem Dienstwagen, sprangen hinein und zogen eilig die Türen zu. Böttger ließ den Motor aufheulen und fuhr los. Im Dorf war keine Menschenseele unterwegs. Der Wind peitschte den Regen gegen die Scheiben. Es dauerte nicht lange, da versperrte ein Streifenwagen mit eingeschaltetem Blaulicht den Weg. Ein Uniformierter erschien mit seiner tropfenden Schirmmütze am Fenster, beäugte Böttgers Ausweis und ließ ihn passieren.

Kurz darauf tauchte vor ihnen im Tal der Hof der Blanks auf. Überall standen Polizeifahrzeuge. Böttger fuhr den Schotterweg hinab. Am Eisentor wies er sich ein weiteres Mal aus, danach fuhr er auf den Hof.

Das Scheunentor stand offen. Im Innern brannte Licht. Auch das Haus war erleuchtet. Ein Mann mit einem Regencape kam ihm entgegen. Böttger hielt an, ließ sich von der Schulte einen Schirm geben und trat hinaus. Auch die Schulte verließ den Wagen. Ihr Schirm wurde jedoch augenblicklich von einer Windböe erfasst und umgestülpt. Ärgerlich warf sie ihn zurück ins Auto, eilte zu Böttger und stellte sich bei ihm unter. Viel nützte es aber nicht, der Regen schlug von allen Seiten auf sie ein.

»'n Abend«, sagte der Mann im Regencape. »Sie sind Jens Böttger, richtig? Markus Steeve.« Der Einsatzleiter. »Hier war ganz schön was los heute Abend. Auch wenn der Tatort ziemlich fluchtartig verlassen worden ist.«

»Ich hoffe, die haben was zurückgelassen.«

»Ja, eine ganze Menge. Zum Beispiel die Leiche von Wolfgang Blank. Aber kommen Sie doch erst mal rein. Dieses Scheißwetter.«

Sie traten unter das Vordach der Scheune. Wolfgang Blanks Leiche lag unter einer Folie, die sie vor dem Regen schützen sollte.

»Er wurde erschossen«, sagte Steeve, »aus nächster Nähe, wie Sie bereits wissen. In der Scheune lassen sich genügend Spuren finden, die auf den restlichen Bericht hindeuten. Blut, Sperma, alles mögliche. Da hatte offenbar keiner mehr Zeit, sauber zu machen.«

»Gut für uns«, sagte Böttger.

»Und das ist noch nicht alles. Sehen Sie, was wir bei der Leiche von Blank gefunden haben.« Steeve hielt ihm einen Beweisbeutel vors Gesicht. Ein Zettel lag darin. Ein Liste mit sechs Namen.

»Wer sind die Männer?«, fragte Böttger.

»Keine Ahnung, aber die werden wir uns wohl näher ansehen müssen.«

Ein Name fiel Böttger ins Auge: Gunther Dörrhoff. Das konnte kein Zufall sein.

»Dieser hier ist Jakobs Psychiater.« Was hatte das zu bedeuten?

»Dann sollten Sie sich den mal vornehmen«, sagte Steeve. »Und am besten gleich herausfinden, wer die anderen Leute auf der Liste sind.«

»Ja, das denke ich auch. Die haben was hiermit zu tun, da bin ich mir sicher.«

»Dann beeilen Sie sich besser. Bevor sich einer von denen absetzen kann.«

Böttger ließ seinen Blick über den dunklen Hof schweifen, auf den der Regen niederprasselte. Hier war alles voller Spuren. Und sie hatten diese Liste mit den Namen. Sie waren ganz nah dran, den Fall zu klären. Er durfte jetzt keinen Fehler machen.

»Geh schon mal durch und setz dich, ja?«, sagte Tante Renate. »Das Gästebett beziehe ich später. Zuerst mache ich uns eine Flasche Wein auf!«

Sie warf die Haustür hinter sich ins Schloss, stupste Sanna in Richtung Wohnzimmer und verschwand in der Küche, wo sie mit einem theatralischen Seufzer die Kühlschranktür aufriss. Sanna trat in Tante Renates Wohnzimmer, in dem sie sich schon als Kind immer wohl und geborgen gefühlt hatte. Eine Architektur, die in den späten 70ern modern gewesen war. Große Fenster, dunkle Wände, viel Platz. Draußen ging an der Terrassenüberdachung ein kleiner Sturzbach runter. Überall im Garten hatten sich Pfützen gebildet.

Sanna war plötzlich furchtbar müde. Sie ließ sich auf die Couch sinken. Sie trug Herrenjeans und einen dunkelgrünen Strickpullover, der ihr ein paar Nummern zu groß war. Die Sachen gehörten dem Sohn des Dorfsheriffs. Seine Frau hatte sie in die Wache gebracht, und Sanna war ihr furchtbar dankbar gewesen.

Sie hatte sich völlig benommen gefühlt nach den Ereignissen. Doch Jakob und sie hatten es geschafft, zu entkommen. Sie lebten. Das war das Wichtigste. Als Tante Renate die beiden dann jedoch nach Hause bringen wollte, da hatte es plötzlich geheißen: Jakob muss auf der Wache bleiben. Im Mordfall des kleinen Mädchens war er immer noch ein Verdächtiger. Er war zur Fahndung ausgeschrieben worden. Jetzt musste er in Gewahrsam bleiben, bis die Kollegen ihn ausführlich befragen würden.

Tante Renates Versuche, Heinrichs umzustimmen,

waren vergeblich gewesen. Jakob musste in die Zelle. Er hatte ganz hilflos auf der Bank gesessen und plötzlich furchtbar verloren gewirkt. Sanna hatte nicht gewusst, was sie tun sollte. War es richtig gewesen, Jakob alleine zu lassen? Was würde mit ihm passieren, wenn ihn die Polizisten unter Druck setzen?

Sanna erinnerte sich an die Nacht, in der sie Jakob so lange gedrängt hatte, ihr zu sagen, was mit Maike passiert war, bis er völlig durchgedreht war. Alles war zutage gekommen: Seine seltsamen Stimmungswandel, das verstörende Verhalten, das er manchmal zeigte, sein ganzer Wahnsinn. Sie fragte sich, was passierte, wenn er in einem Vernehmungsraum sitzen und von Profis in die Zange genommen werden würde. Bestimmt würde etwas Ähnliches passieren, und danach würde sich seine Hoffnung, nicht zurück in die Klinik zu müssen, in Luft auflösen.

In der Wache waren sie und Jakob einen kurzen Moment alleine gewesen. Die nette Polizistin hatte Tee gekocht, und alle anderen waren nebenan gewesen. Da hatten sie erstmals seit der Flucht in Ruhe miteinander reden können. Jakob war wieder sein schüchternes und ängstliches Selbst gewesen. Dazu ein Gesichtsausdruck, als würde er überhaupt nicht wissen, was passiert war und wer ihn hierher gebracht hatte. Er hatte Sanna von der Seite angesehen.

»Du blutest am Kopf, Sanna.«

»Ich weiß. Das ist nur ein Kratzer. Wie geht es *dir*?«

Es schien, als müsse er zunächst darüber nachdenken.

»Mir ist kalt. Aber sonst ist alles gut.« Es klang wie eine Frage.

»Ja, uns ist nichts passiert. Wir hatten Glück.«

Sie achtete darauf, dass keiner sie hören konnte.

»Jakob, weißt du, wo wir heute waren?«

Er zögerte. Dann ein Nicken. »Auf dem Hof.« Er schien darüber nachzudenken. »Wir waren in der Scheune.«

»Was weißt du sonst noch?«

Die Frage quälte ihn, das merkte sie.

»Ich hab immer diese Kopfschmerzen, weißt du?«

»Trotzdem. Denk nach, Jakob.«

Er grübelte. Es war, als würde er versuchen, sich an einen Traum zu erinnern. »Großvater. Er ist tot.«

Das war der Teil, den Sanna am liebsten verdrängen würde. Sie hatte einen Menschen getötet. Noch waren es die Geschehnisse in der Scheune und ihre abenteuerliche Flucht, die im Vordergrund standen. Doch tief in ihr drin gärte es bereits. Ein Mensch war durch ihre Hand gestorben. Das war etwas Großes, Schlimmes. Sie spürte, es würde sie verändern. Doch vorerst wollte sie das beiseiteschieben.

»Ja, er ist tot«, sagte sie. »Und das ist furchtbar.«

Jakob blickte auf. Seine wasserblauen Augen wirkten tief und unergründlich. »Wir sind geflohen. Durch den Wald.« Da war so etwas wie ein Lächeln. »Wir sind entkommen. Weil wir schneller waren.«

»Ja.« Sanna lächelte zurück. »Wir waren schneller.«

In diesem Moment war die junge Polizistin zurückgekehrt und ihr Gespräch war beendet gewesen. Sanna konnte nur hoffen, dass Jakob die Nacht in der Zelle und die Befragung durch die Polizisten gut überstehen würde.

»Liebes, nimm erst mal einen Schluck, dann geht es dir besser.«

Tante Renate stand mit einer Flasche Weißwein vor ihr. Sie goss großzügig ein und reichte Sanna das Glas. Dann leerte sie ihr eigenes Glas in einem Zug und schenkte sofort wieder nach. Irgendwie schaffte sie es, dabei geziert zu wirken.

»Was ist mit Aron?«, fragte Sanna.

»Der schläft bei einem Nachbarjungen. Ich dachte, das ist das Beste.« Sie ließ sich neben sie auf die Couch sinken. »Er reagiert sensibel, auch wenn er das nicht gerne hört. Er wäre am liebsten schon ein Mann, aber manchmal ist er noch ein kleiner Junge. Er wäre uns nicht mehr von der Pelle gerückt. Er hätte nämlich sofort gespürt, das irgendetwas los ist. Es ist besser so, glaub mir. Er soll sich keine Sorgen machen. Er soll Fußball spielen und Spaß haben.«

Sanna ließ sich ins Polster sinken. Sie nahm einen Schluck Wein. Der Alkohol brannte angenehm im Rachen. Sie schloss die Augen.

»Und jetzt erzähl mir in allen Einzelheiten, was passiert ist«, sagte Tante Renate. »Diese Monster haben dir doch nichts angetan, oder, mein Schatz?«

Sanna fühlte sich plötzlich furchtbar erschöpft. Sie wollte nur noch schlafen und diesen grauenhaften Tag hinter sich lassen. Aber das ging natürlich nicht. Ihre Tante hatte sich Sorgen gemacht. Sie wollte wissen, was passiert war. Also begann Sanna zu erzählen. Davon, wie sie in der Scheune gewesen war, gemeinsam mit Jakob. Wie sie dann in das Zelt vorm Wohnwagen gebracht wurde und was sie dort beobachtet hatte. Die Autos, die Männer, die geplante Sexparty in der Scheune. Den Teil der Geschichte, in dem sie in unmittelbarer Lebensgefahr gewesen war, ließ sie vorerst aus. Renate brauchte heute Nacht nicht unbedingt alles zu erfahren. Auch Jakobs aktive Rolle mit dem rostigen Taschenmesser wollte sie lieber verschweigen. Ihre Tante würde das kaum verstehen. Sie beschränkte sich also darauf, von ihrer gemeinsamen Flucht zu erzählen.

»Jakob und ich sollten in die Scheune gebracht werden«, sagte sie. »Zu diesen Männern. Da haben wir uns überlegt, es wäre besser, abzuhauen.«

Sanna hatte ein schlechtes Gewissen, weil sie nur die halbe Wahrheit erzählte. Doch wenn ihre Tante alles erfahren würde, dann würde sie ausflippen. Und dafür hatte Sanna keine Kraft mehr.

»Nicht vorzustellen, was sie mit euch angestellt hätten«, sagte Renate. »Diese Bestien! Ich bin so froh, dass du abgehauen bist. Was sind das nur für Menschen!«

Sie nippte an ihrem Weinglas und sah über den Rand hinweg in die Ferne. Schließlich wandte sie sich abrupt zu Sanna und fragte: »Und was war mit Wolfgang Blank?«

»Wolfgang Blank …« Sie spürte einen Druck auf der Brust. »Ich bin so müde, Tante Renate. Können wir morgen darüber sprechen? Ich möchte eigentlich nur noch ins Bett.«

Ihre Tante betrachtete sie nachdenklich. Dann legte sie ihr die Hand aufs Knie und lächelte voller

Zuneigung. »Natürlich, mein Engel. Entschuldige bitte. Du musst morgen früh raus, um mit der Polizei zu sprechen. Am besten gehen wir ins Bett.«

»Ja, ich glaube auch.«

Dennoch blieben beide auf der Couch sitzen. Sanna fehlte die Kraft aufzustehen. Draußen prasselte der Regen leise auf das Terrassenvordach.

»Muss mein Vater von der Sache erfahren?«, fragte Sanna.

»Ich fürchte, das lässt sich nicht vermeiden.«

Sie stöhnte. »Er wird alles tun, um mich zurück nach Berlin zu holen. Ihm hat das sowieso nie gefallen, dass ich hier in Marienbüren bin. Jetzt wird er ganz durchdrehen.«

»Du bist erwachsen, Sanna. Du triffst deine eigenen Entscheidungen.«

»Du weißt nicht, wie er sein kann. Außerdem hast du doch selbst gesagt, ich soll die Stelle in Potsdam annehmen.«

»Ach, Sanna. Ich weiß auch nicht, was richtig für dich ist. Das kannst nur du sagen. Du entscheidest selbst, was du aus deinem Leben machen willst. Dein Vater wird das schon begreifen.«

Sie verfielen wieder in Schweigen. Sanna leerte ihr Glas und richtete sich auf. Sie warf ihrer Tante einen Seitenblick zu.

»Sag mal, du und dieser Kriminalkommissar, ihr kennt euch doch irgendwoher, oder?«, fragte sie.

Ein Lächeln stahl sich aufs Gesicht ihrer Tante.

»Jens Böttger. Oh ja, wir kennen uns. Von früher. Er kommt ebenfalls aus der Gegend.«

Sanna runzelte die Stirn. Für dieses Lächeln gab

es nur eine Erklärung. »Hattet ihr mal was miteinander?«

»Ach herrje, die Antwort ist wohl Ja. Aber das ist so lange her, das ist schon nicht mehr wahr. Kannst du dir mich mit Leggins und toupierten Haaren vorstellen? David Bowie war da noch jung und total angesagt.«

»David Bowie ist doch immer noch angesagt. Irgendwie wenigstens.« Sie zögerte. »Aber zwischen euch ist jetzt nichts mehr?«

»Nein, natürlich nicht. Jens ist verheiratet. Außerdem sind wir dreißig Jahre älter geworden. Das ist doch totaler Unsinn.« Sie hielt abrupt inne. »Ich hab heute mit ihm geknutscht.«

»Nein! Du hast *was*?«

»In seinem Büro. Wir sind erwischt worden.«

Sanna suchte nach Worten, doch ihre Tante fing plötzlich an zu kichern. Es war so ansteckend, Sanna konnte sich gar nicht wehren. Es dauerte nicht lange, da lagen sich die beiden wie zwei Teenager kichernd und glucksend in den Armen.

Danach fühlte Sanna sich besser. Es tat gut, albern zu sein. Ihre Tante stand schließlich auf und sammelte die Weingläser ein.

»Am besten vergessen wir das. Ein verheirateter Mann. Was habe ich mir dabei nur gedacht.« Sie steuerte die Küche an. »So, und jetzt lass uns ins Bett. Morgen wird ein langer Tag für dich. Ich kann dich ins Präsidium fahren, bevor ich zur Arbeit gehe.«

Kurz darauf lag Sanna auf der Schlafcouch im Gästezimmer und lauschte auf den Regen. Laternenlicht fiel von draußen herein. Vor dem Fenster stand ein Apfelbaum mit dürren Zweigen, deren Schatten an der Decke lautlos aufeinander einpeitschten. Sie fühlte sich völlig leer. Die Augen fielen ihr zu. Es roch nach Zwiebeln und nach altem Männerschweiß. Da war der Blick von Wolfgang Blank. Er klammerte sich ans Leben, das konnte sie erkennen. Aber da war eine Kraft, die stärker war. Sanna spürte, wie er seinen Körper verließ. Sie wollte etwas tun, das Ganze irgendwie ungeschehen machen. Doch da zwang sie die Erschöpfung bereits in einen tiefen, traumlosen Schlaf.

21

Am nächsten Morgen fühlte sich Böttger viel besser als es mit nur drei Stunden Schlaf normal wäre. Es war viel passiert in der letzten Nacht. Diese Liste, die sie bei Wolfgang Blank gefunden hatten, hatte offenbar tatsächlich etwas mit den Geschehnissen in der Scheune zu tun. Zwei der Herren waren vorbestraft wegen des Besitzes von Kinderpornografie. Außerdem waren sie flüchtig. Drei andere waren noch in der Nacht gefasst worden. Einer davon mit einer schlimmen Bauchverletzung, was ebenfalls zu den Ereignissen in der Scheune passte. Und Böttger war sicher, dass Sanna die drei bei einer Gegenüberstellung als Täter identifizieren würde. Das wäre nur noch eine Formsache.

Auch Gunther Dörrhoff war gefasst worden. Eine kleine Sensation. Sie hatten ihn am Flughafen Paderborn abgefangen. Sobald der Durchsuchungsbefehl für seine Villa in Bielefeld da war, würden sie das Haus auf den Kopf stellen. Und Böttger spürte, da würde einiges zutage kommen.

Dörrhoff saß im Moment in Untersuchungshaft. Er hüllte sich in Schweigen, und seine Anwälte rannten ihnen bereits die Bude ein. Bis zur Gegenüberstellung konnte Böttger ihn aber problemlos in Gewahrsam halten, und wenn danach erst der Beschluss für die Hausdurchsuchung da war, dann würden sich die Anwälte mit ganz anderen Dingen beschäftigen müssen.

Sanna hatte ausgesagt, die Männer auf der Liste wären Jakobs Freier gewesen, schon seit Jahren.

Auch Dörrhoff gehörte zu diesen Freiern. Ein riesiger Skandal kündigte sich da an: Kinderprostitution und Missbrauch von Schutzbefohlenen. Und der hoch angesehene Psychiater Prof. Dr. Dörrhoff spielte eine tragende Rolle dabei. Das würde einen mächtigen Knall geben. Brüse könnte sich schon mal für die Pressekonferenz rausputzen.

Offenbar hatte Dörrhoff Jakob in der Klinik mundtot machen wollen. Sein sonderbares Gutachten und die Medikation mit übermäßig starken Psychopharmaka erklärten sich dadurch.

Als Böttger aus der Dusche trat, sah er in den Spiegel. Er sah grauenhaft aus. Trotzdem. Er hatte immer noch genug Adrenalin im Körper, um weiterzumachen. Gegenüberstellungen, Vernehmungen, Hausdurchsuchungen. Sie hatten heute eine Menge zu tun.

Zehn Minuten später saß er im Auto. Kaum hatte er den Motor gestartet, machte sich sein Handy bemerkbar. Er steckte es in die Freisprechanlage und nahm das Gespräch entgegen.

»Jens, hier ist Harald«, kam es aus dem Lautsprecher. »Bist du schon auf dem Weg hierher?«

»Ja, ich sitze im Auto.« Der Tonfall seines Kollegen gefiel ihm nicht. »Ist was passiert?«

»Ich fürchte, ja.« Er zögerte. »Dörrhoff ist in seiner Zelle tot aufgefunden worden.«

»Sag das noch mal.«

»Es ist wahr. Offenbar eine Kapsel mit Zyankali oder so etwas Ähnliches. Er war sofort tot. Die muss gestern Nacht bei den Kontrollen übersehen worden sein. Sieht alles nach Selbstmord aus.«

Ausgerechnet Dörrhoff. Er umklammerte das Lenkrad.

»Was ist mit den anderen?«, fragte er.

»Die schweigen. Die Herren Anwälte sind inzwischen eingetroffen. Versuchen zu retten, was zu retten ist. Aber für Dörrhoff ist es zu spät. Tut mir leid, Jens …«

»Wir machen trotzdem weiter. Die Sache ist noch nicht vorbei. Was ist mit dem Typen, der das alles organisiert hat? Sanna hat uns doch eine Personenbeschreibung gegeben. Der Mann mit dem Basecap.«

»Wie's aussieht, war der nicht auf der Liste. Aber wir sind dran. Die Spurensicherung sitzt immer noch in der Scheune. Da geht nichts verloren.«

»Scheinbar ist dieser Typ auch derjenige gewesen, der im Stift Marienbüren eingebrochen ist. Das haben ja die Kollegen vor Ort gemacht. Haben wir die Unterlagen darüber?«

»Ich habe mir alles kommen lassen. In ein paar Stunden wissen wir mehr. Aber Jens … was ist jetzt mit Maike? Wissen wir da mehr?«

In ihrem eigentlichen Mordfall waren sie kaum weitergekommen. Aber das musste zu diesem Zeitpunkt noch nichts heißen.

»Bisher noch nicht«, sagte Böttger. »Warten wir ab.«

Sie verabschiedeten sich und beendeten das Gespräch. Als er zwanzig Minuten später das Präsidium betrat, ging er zuerst zu Haralds Büro, doch es war verwaist. Harald musste im Haus unterwegs sein.

Auf dem Flur begegnete er einer Kollegin, die gerade aus ihrem Büro trat. Sie war gestern Nacht nicht dabei gewesen und wirkte im Gegensatz zu ihm frisch und ausgeschlafen. Als sie ihn entdeckte, steuerte sie direkt auf ihn zu.

»Morgen, Herr Böttger. Gut, dass sie kommen. Die Männer, die Sie gestern Nacht festgesetzt haben, werden gerade vernommen. Vielleicht möchten Sie dabei sein.«

»Wer führt denn die Vernehmungen? Frau Schulte?«

»Nein, nicht die Schulte. Die befragt gerade Jakob.«

»Jakob? Dann ist der inzwischen auch hier?«

Vielleicht kam ja nun doch etwas Licht in den Mordfall Maike. Die Heitbrink hatte Jakob schließlich schwer belastet. Da waren noch einige Fragen offen.

»Ja, ist er«, meinte die Kollegin. »Die sind im Vernehmungsraum hier auf dem Flur.«

Er bedankte sich und steuerte auf den Raum zu. Unterwegs besorgte er sich im Gruppenraum einen Kaffee. In einer Schachtel auf dem Tisch fand sich sogar noch ein Donut vom Vortag. Er schnappte sich ihn, ging weiter und öffnete zaghaft die Tür zum Vernehmungsraum.

Zuerst sah er nur die Schreibkraft, eine junge Verwaltungsangestellte mit einem rosigen Schweinsgesicht, die hinter ihrem Computer hockte und eifrig die Tastatur bearbeitete. Seitlich davon befand sich der Vernehmungstisch. Jakob Blank und die beiden Kommissare, die ihn befragten, saßen sich gegenüber: die Schulte, die offenbar die Fragen stellte, und daneben einer der älteren Kollegen, ein ruhiger und nachdenklicher Mann mit Vollbart.

Alle blickten zu Böttger auf, als er eintrat. Mit dem Donut in der Hand winkte er ab.

»Lassen Sie sich nicht stören. Weitermachen.«

Böttger setzte sich auf einen Stuhl an der Wand. Jakob sah ihn mit großen Augen an, bevor er sich wieder den Kollegen zuwandte. Dann ging die Befragung weiter.

»Fahren Sie ruhig fort«, sagte die Schulte.

»Maike und ich hatten jeder ein eigenes Zimmer. Wir haben im Haus gewohnt.«

Es ging also nicht um die vergangene Nacht. Die Schulte befragte ihn zu Maike. Gut so. Er war gespannt, was Jakob zu sagen hatte.

»Zusammen mit Ihrem Großvater, ja? Wie sind Sie mit ihm ausgekommen? Gab es Probleme?«

»Nein. Ganz gut. Er hat viel gearbeitet. Auf dem Hof und im Garten. Da war immer eine Menge zu tun.«

»Was ist mit Beate Heitbrink? Ihrer Stiefmutter.«

»Die war selten im Haus. Aber wir brauchten sie auch nicht. Wenn wir Hunger hatten, sind wir in die Küche gegangen.«

»Wie verstehen Sie sich mit Frau Heitbrink?«

»Mit Beate? Ganz gut. Aber die wohnt im Wohnwagen. Den verlässt sie nicht oft.«

»Wie war das, als Beate auf den Hof gezogen ist? Plötzlich waren Sie nicht mehr allein mit Ihrem Vater und Ihrem Großvater.«

»Ja, das stimmt.«

»Wie war das für Sie?«

»Ganz okay, glaub ich.«

»Glauben Sie?«

Er schien verunsichert. »Sie war nett.« Schweigen legte sich über den Raum. Schließlich fügte er hinzu: »Wir sehen uns nicht besonders viel. Ich bin ja den ganzen Tag in der Schule.«

»Und was ist mit Maike?«

»Die mochte ich.«

»Waren Sie nicht eifersüchtig auf sie?« Sie wollte offenbar auf ein mögliches Motiv hinaus. »Ein kleines Kind in der Familie«, fuhr sie fort. »Die beansprucht doch viel Aufmerksamkeit. Alle haben sich um sie gekümmert. Sie standen nicht mehr im Mittelpunkt.«

»Ach so. Nein, ich … ich hab sowieso immer eher mein Ding gemacht.«

»Trotzdem muss das eine Umgewöhnung gewesen sein. Sie hatten plötzlich eine Halbschwester, mit der Sie teilen mussten.«

»Maike und ich haben gar nicht so viel miteinander zu tun gehabt. Sie war ja auch ganz oft bei Beate. Ich musste nicht auf sie aufpassen oder so.«

»Wie würden Sie die Beziehung zu Ihrer Halbschwester beschreiben?«

»Ich mochte sie, na klar. Sie gehörte ja zur Familie.«

Die Schulte wirkte ein bisschen ratlos. Jakob schien die Wahrheit zu sagen. Er sah sie mit großen Augen an. Als könnte er keiner Fliege was zuleide tun.

»Kommen wir noch mal auf das zu sprechen, was gestern in der Scheune passiert ist«, sprang der Kollege ein.

Jakob wirkte jetzt beunruhigt. »Ich weiß nicht genau, was da passiert ist. Ich war im Haus, in meinem Zimmer.«

»Sie waren in Ihrem Zimmer?«, fragte der Kollege. »Waren Sie da eingesperrt?«

»Ja, ich glaub schon. Ich hab nicht gesehen, was draußen los war.«

»Was heißt das, Sie *glauben* schon? Waren Sie eingesperrt oder nicht?«

»Doch, ich war eingesperrt. Den ganzen Abend über.«

»Frau Marquart hat ausgesagt, Sie wären zusammen mit ihr in der Scheune gewesen.«

Jetzt machte er ein Gesicht, als wäre er beim Schummeln erwischt worden. »Ja, das waren wir auch. Zusammen in der Scheune. Hätte ich fast vergessen. Später. Da war ich nicht mehr in meinem Zimmer.«

Eine Falte tauchte auf der Stirn des Kollegen auf. »Wann denn, später?«

»Keine Ahnung. Es war auf jeden Fall schon dunkel.«

»Und da hat Sie jemand in die Scheune gebracht?«

»Ja, mein Großvater.«

»Und warum in die Scheune?«

»Da waren Freunde von meinem Großvater. Die haben Karten gespielt und getrunken.«

»Und da sind sie hingebracht worden, als es dunkel war?«

Er nickte.

Nun übernahm die Schulte wieder: »Frau Marquart sagt, sie wären den ganzen Nachmittag über in der Scheune gewesen. Ihr Großvater hat Sie an einen Balken gebunden.«

»Ich … ja, das kann sein. Ich kann mich nicht mehr so genau erinnern. Doch, das stimmt. Jetzt weiß ich es wieder. Wir waren den ganzen Nachmittag über in der Scheune.«

»Und die Männer, die später kamen, das waren Freunde von Ihrem Großvater?«

»Ja, genau. Jäger vielleicht. Ich kannte die nicht.«

»Erinnern Sie sich an den Einbrecher aus dem Stift Marienbüren?«

Er brauchte eine Sekunde, um dem Sprung zu folgen.

»Ich weiß nicht«, sagte er. »Ich habe ihn kurz gesehen, aber ich könnte ihn nicht beschreiben.«

»Würden Sie ihn erkennen, wenn er vor Ihnen steht?«

»Schon. Ich denke, ja.«

»War der gestern Abend in der Scheune?«

Er tat, als müsse er darüber nachdenken.

»Nein. Das wüsste ich«, sagte er.

»Frau Marquart sagt, er wäre dort gewesen. Lügt sie?«

»Nein. Doch, er war da. Jetzt fällt es mir wieder ein.«

Der Kollege verlor die Fassung. »Wollen Sie uns verarschen?«, herrschte er ihn an.

Jakob sah aus, als würde er gleich in Tränen ausbrechen. Die Schulte stieß einen schweren Seufzer aus. Sie warf ihrem Kollegen einen Blick zu. Der nickte und stand auf.

»Ich würde sagen, wir machen eine kurze Pause.«

Böttger klopfte die Donut-Krümel von den Händen, nahm seine leere Kaffeetasse und trat hinaus auf den Flur. Die beiden Kollegen folgten ihm. Die Tür ließen sie offen stehen. Jakob hockte mit hängenden Schultern da. Er sah elend aus. Als sie außer Hörweite waren, blies die Schulte die Wangen auf.

»So geht das die ganze Zeit«, meinte sie. »Ich glaub nicht mal, dass er uns was verschweigen will. Mir kommt es eher so vor, als könne er sich gar nicht mehr an gestern erinnern.«

»Wahrscheinlich ist er unter Drogen gesetzt worden«, meinte der Kollege. »Wir sollten ihn untersuchen lassen.«

»Und was ist mit Maike?«, fragte Böttger. »Glauben Sie, er hat das Mädchen getötet?«

»Keine Ahnung«, sagte die Schulte matt. »Es kommt mir vor, als ob man bei diesem Jungen gar nichts mit Sicherheit sagen könnte.«

»Aber er hat diese Liste erstellt. Für Sanna.«

»Auch davon weiß er nichts mehr. Der ist völlig gaga, ehrlich. Und es ist ja auch ganz egal, was er uns erzählt, vor Gericht ist das eh alles wertlos.«

»Wir brauchen ein neues psychologisches Gutachten«, meinte Böttger. »Diesmal eins, das Hand und Fuß hat.«

Harald tauchte im Flur auf. Er entdeckte das Grüppchen vor dem Vernehmungsraum und steuerte auf sie zu.

»Frau Marquart ist hier«, sagte er. »Sie wartet in der Kantine.«

Böttger ließ die beiden Kommissare stehen und trat auf Harald zu. Die Stunde der Wahrheit war gekommen.

»Ist alles vorbereitet für die Gegenüberstellung?«, fragte er. Harald nickte. »Gut. Holen wir die Männer aus ihren Zellen. Es geht los.«

»Ich schick gleich die Gewahrsamsbeamten.« Er zögerte. »Ach, und Jens ... Ich hab die Unterlagen vom Einbruch im Stift jetzt hier. Da ist von einem weißen Lieferwagen die Rede. Das hat mir Frau Marquart gerade bestätigt. Sie hat den Wagen gesehen, konnte aber das Nummernschild nicht erkennen.«

»Ein weißer Lieferwagen?«, meinte Böttger. »So einen haben wir gestern gesehen, auf dem Hof der Blanks. Der kam uns da entgegen.«

»Genauso ist es«, sagte Harald. »Nur dass *wir* das Kennzeichen notiert haben.«

»Hast du es schon überprüfen lassen?«

»Gerade eben. Negativ. Das muss eine Fälschung sein.«

»Trotzdem. Schreib den zur Fahndung aus. Wenn der noch mit dem gleichen Nummernschild in der Gegend ist, dann kriegen wir ihn vielleicht.« Böttger fuhr sich nervös mit der Hand durch die Haare. »Auf ihn kommt es an. Er hat die Fäden in der Hand.«

»Das denke ich auch«, meinte Harald.

»Sicher ist der Typ kein Einzeltäter. Wenn wir ihn kriegen, dann vielleicht auch die Leute, die hinter ihm stehen. Das könnten dicke Fische sein.«

Die Aufregung der vergangenen Nacht kehrte zurück.

»Wir müssen diesen Typen einfach zu fassen kriegen. Das ist jetzt das Wichtigste.«

Seine Anzüge waren eingepackt, der Koffer stand bereit, alles war vorbereitet. Er streifte die Plastikhandschuhe ab und steckte sie in die Tasche seines Jacketts. Wenn er fort war, würde in diesem Hotelzimmer nicht einmal ein Haar von ihm zu finden sein. Dafür hatte er gesorgt.

Sorgsam nahm er den Koffer und wandte sich zur Tür. Das Handy klingelte. Er ahnte schon, wer das war. Der Anruf war längst überfällig. Er stellte den Koffer wieder ab, nahm das Gerät und sah aufs Display. Er hatte recht behalten.

Der Anrufer schnaubte vor Wut. »Was ist denn bei Ihnen los, verdammt! Wollen Sie uns alle in Gefahr bringen?«

»Warten Sie doch erst einmal, was ich zu sagen habe. Ich weiß, es ist nicht alles nach Plan gelaufen. Aber jetzt können wir ...«

»*Nicht alles nach Plan gelaufen?* Es geht drunter und drüber! Dörrhoff ist festgenommen worden! Er weiß alles über die Organisation! Und er ist *festgenommen* worden!«

»Dörrhoff ist tot. Seine Frau hat es mir bestätigt.«

»Trotzdem. Es hätte nie so weit kommen dürfen. Und es ist nicht nur Dörrhoff. Auch Jakob ist wieder in Freiheit.«

»Das war ein Unfall«, sagte er. »Jakob wurde durch ...«

»Das war kein Unfall, verdammt noch mal! Sie persönlich sind dafür verantwortlich! Das wird ein Nachspiel haben, darauf können Sie sich verlassen. Das werden wir Ihnen nicht durchgehen lassen.«

Leere Drohungen. Sie waren auf ihn angewiesen, das wussten sie beide. Seine Auftraggeber würden eine Weile schmollen, und danach wäre alles beim Alten.

»Und was soll diese Sache mit Sanna Marquart?«, polterte er weiter. »Sie sollte unbehelligt bleiben. Und jetzt erfahre ich, dass sie beinahe getötet worden wäre. Sind Sie wahnsinnig geworden?«

»Das war leider nicht zu ändern. Die Frau ist zu neugierig geworden. Sie hatte die Namen aller Freier. Sie wusste, dass Dörrhoff dazugehörte. Was sollte ich denn sonst machen?«

»Es war Ihre Aufgabe, dafür zu sorgen, dass es erst gar nicht so weit kommt! Wir haben Ihnen vertraut! Und jetzt so was. Sie haben völlig die Kontrolle verloren!«

»Es ist alles in Ordnung. Dörrhoff ist tot. Die anderen Männer kennen nicht einmal meinen Namen. Sie wissen nichts über die Organisation.«

»Bleibt noch Jakob.«

Als ob Jakob eine Bedrohung wäre. In seinem Kopf herrschte Chaos. Sein Wissen über die Wahrheit war gefangen zwischen Träumen, Visionen und Erinnerungsfetzen. Selbst wenn Jakob alles über die Organisation wüsste, würde es niemals ans Licht kommen. Aber das wollte sein Auftraggeber jetzt sicher nicht hören.

»Keine Sorge. Ich kümmere mich um Jakob.«

»Und wie wollen Sie das machen?«, fragte er hitzig. »Er sitzt in Untersuchungshaft.«

»Wollen Sie das wirklich wissen?«

Schweigen am anderen Ende. »Bringen Sie's einfach in Ordnung«, sagte er schließlich. »Das ist Ihre letzte Chance, uns zufriedenzustellen.«

Damit legte er auf. Der Mann würde sich wieder beruhigen. Er nahm sein Handy und ließ es zurück ins Jackett gleiten. Gestern Nacht hatte es tatsächlich einen Moment lang so ausgesehen, als würden ihm die Dinge entgleiten. Doch das war vorbei. Er saß wieder fest im Sattel. Um Dörrhoff war es schade, doch die anderen Männer waren nur Kunden.

Er nahm den Koffer, trat hinaus in den Flur, zog die Tür hinter sich zu und wischte über den Türknauf. Dann steuerte er den Aufzug an. Er atmete erleichtert auf: Endlich konnte er dieses gottverdammte Marienbüren hinter sich lassen.

22

Renate fuhr am Polizeipräsidium rechts ran und ließ ihre Nichte aus dem Auto springen.

»Und ruf mich an, wenn du abgeholt werden willst«, rief sie ihr hinterher. »Ich hab heute frei, ich kann jederzeit kommen.«

»Ja, mach ich! Danke, Tante Renate. Bis später.«

Sanna warf die Tür ins Schloss und winkte ihr zu. Hinter ihnen hupte ein Auto, und Renate fuhr eilig weiter. Im Rückspiegel sah sie, wie ihre Nichte auf den Vorplatz des Präsidiums trat. Das Gespräch mit Jens und die Gegenüberstellung würden bestimmt einige Zeit in Anspruch nehmen. Das wäre also schon mal erledigt.

Sie fuhr bis zur nächsten Bushaltestelle und parkte den Wagen dort. Dann zog sie ihr Handy hervor und wählte die Nummer von Nils, dem Schüler, der ab und zu Termine für sie übernahm.

Er war ihr wieder in den Sinn gekommen, nachdem sie sich am Vortag im Hotelzimmer dieses dubiosen Peter Ranke umgeschaut hatte. Zuerst hatte es in dem Zimmer zwar so ausgesehen, als gäbe es nichts, das irgendetwas über diesen Mann aussagen konnte. Es wirkte beinahe klinisch rein. Seine Koffer waren mit Zahlenschlössern gesichert, im Schrank hingen drei Maßanzüge, und im Bad gab es eine Kulturtasche mit Rasierer, Zahnbürste und Haargel. Das war alles. Nichts Persönliches, keine Unterlagen, gar nichts. Erst als Renate sich die Maßanzüge näher angesehen hatte, war sie auf etwas gestoßen, das interessant schien. Es waren allesamt Sonderanfertigungen gewesen. Im Futter hatte sie ein Schild der Schneiderei gefunden: Meisterschneiderei Griesejohann. Ein uraltes Traditionsgeschäft in Bielefeld.

Renate hatte sich erinnert, dass Nils eine Freundin gehabt hatte, die kein Abitur, sondern stattdessen eine Lehre machen wollte. Anne oder Anja hatte dieses Mädchen geheißen. Es hatte eine Ausbildung als Schneiderin machen wollen, und zwar bei eben jenem Traditionsgeschäft, bei dem dieser Peter Ranke seine Anzüge hatte schneidern lassen. Nils und sie hatten sich im Guten getrennt, und soweit Renate wusste, waren beide immer noch in der gleichen Clique.

Sie war immer schon der Meinung gewesen, es ging nichts über ein gutes Netzwerk, und auch dieses Mal sollte sie recht behalten. Denn Nils' Exfreundin war noch immer in der Schneiderei beschäftigt, und er hatte versprochen, mit ihr zu sprechen.

Es dauerte nicht lange, da ging er ans Telefon.

»Hallo, Frau Thun! Ich wollte Sie auch gerade anrufen.«

»Das ist nett von dir, Nils! Dann hast du mit deiner Freundin gesprochen?«

»Meiner Exfreundin. Ja, und es geht alles in Ordnung. Anja ist heute Vormittag alleine im Laden. Der Chef muss zu einem Termin. Sie weiß Bescheid. Können Sie bis spätestens halb zwölf da sein?«

Renate spürte einen Hauch von schlechtem Gewissen. Vorbildliches Verhalten sah anders aus. Aber die beiden waren erwachsen, besser, sie dachte nicht zu gründlich darüber nach.

»Das schaffe ich. Ich mach mich gleich auf den Weg. Danke, Nils. Du hast bei mir was gut.«

»Ach was. Macht doch Spaß! Wenn dieser Mann tatsächlich ein Verbrecher ist, dann müssen Sie mir das unbedingt sagen.«

»Das mache ich, versprochen.«

Sie beendete das Gespräch, wendete den Wagen und fuhr zurück in Richtung Innenstadt. Die Meisterschneiderei Griesejohann war in einem Ladenlokal in der Obernstraße untergebracht. Eine riesige Schaufensterfront, und dahinter für jeden Passanten einsehbar die Arbeitsplätze der Mitarbeiter. Auf den ersten Blick eine einfache Werkstatt, die durch keinerlei Luxus auffiel. Es war Understatement pur, mit erstklassiger Ware.

Renate trat durch die Tür. Über ihrem Kopf bimmelte ein Glöckchen. Am Eingang stand ein Holztresen, dahinter Regale mit Hemden und Krawatten, Stoffballen und Kartons. Jenseits des Tresens waren die Arbeitstische mit den Nähmaschinen. Kleiderständer mit fertigen Anzügen, bodenlange Spiegel, Fächer mit Garnspulen, Bügeln und Maßbändern. Eine Wanduhr tickte leise.

»Einen schönen guten Tag!« Eine junge Frau trat in den Verkaufsraum. Sie war schlank und grazil und hätte ohne Weiteres als Model arbeiten können. Blasses Gesicht, blaue Augen und Bewegungen voller Anmut.

»Ich bin Renate Thun«, stellte Renate sich vor. »Sie wissen schon, wir kennen uns über Nils Bentrup.«

»Ja, ich weiß Bescheid.« Sie blickte eilig zur Straße,

dann schenkte sie ihr ein verstohlenes Lächeln und stöckelte auf den Tresen zu. »Sie kommen genau passend. Um diese Zeit sind selten Kunden da. Wie aufregend.«

Sie zog einen dicken Ordner hervor, legte ihn auf den Tresen und begann darin zu blättern.

»Nils meinte, der Typ, den Sie suchen, wäre Stammkunde hier. Dann wird es nicht schwer sein, ihn zu finden. Können Sie die Anzüge beschreiben?« Sie hob den Blick und strich sich geziert eine Strähne aus dem Gesicht. »Sie werden meinen Namen doch nicht erwähnen, oder? Nils meinte, ich könnte mich auf Sie verlassen.«

»Das können Sie auch, fest versprochen. Ich will nur seine Identität herausfinden. Und danach vergesse ich, dass ich überhaupt hier war.«

Es dauerte keine fünf Minuten, da war der Mann in der Kundenkartei gefunden. Sebastian Grund. Renate glaubte kaum, dass dies sein richtiger Name war. Wahrscheinlich ein weiterer Deckname. Doch sie hoffte, die Adresse würde ihr weiterhelfen, denn dorthin waren die Anzüge geliefert worden. Eine vielversprechende Spur also.

Sie verließ den Laden und machte sich direkt auf den Weg. Sie hoffte nur, dass Sanna noch eine Weile im Präsidium beschäftigt war. Die Adresse lag im Bielefelder Westen. Eine gute Gegend, beliebt bei Yuppies und Neureichen. Sie wollte sehen, ob sie dort mehr erfahren würde.

Renate hätte gar nicht sagen können, weshalb sie diese Nachforschungen anstellte. Es würde ohnehin keinen Artikel geben. Deshalb wäre es sinnvoller gewesen, gleich zu Jens zu gehen und ihm alles zu sagen. Doch etwas hielt sie ab. Es war wohl ihr journalistischer Jagdtrieb, der sich da meldete. Sie wollte zuerst selbst nachsehen, was es mit dieser Spur auf sich hatte.

An ihrem Ziel wartete eine Überraschung auf sie. Vor dem Haus, in dem Peter Ranke wohnte, stand ein gutes Dutzend Menschen. Sie schienen auf etwas zu warten, einige waren allein, andere zu zweit oder in kleinen Gruppen. Eine Mittvierzigerin in einem Businesskostüm spazierte auf die Gruppe zu. Ihr strahlendes Lächeln, die Aktentasche, ihr ganzer Habitus – für Renate war klar, die Frau war eine Maklerin.

Sie überquerte die Straße und ging auf diese Frau zu, die Renate bereits entdeckt hatte und ihr professionell entgegenlächelte.

»Kommen Sie auch wegen der Wohnung im Dachgeschoss?«

»Ja, das tue ich.« Das war das Stockwerk, in dem der Mann wohnte. Renate glaubte nicht an einen Zufall. »Es ist doch die Wohnung von Sebastian Grund, richtig?«

»Ja, ganz richtig. Freundlicherweise hat er uns erlaubt, die Wohnung anzusehen. Seine Möbel sind schon weg, und die Renovierungsarbeiten sind abgeschlossen. Sie werden also einen guten Eindruck von der Wohnung bekommen können.«

»Davon bin ich überzeugt. Ist denn Herr Grund schon weg?«

»Ich glaube, Sie können ihn oben antreffen. Kennen Sie ihn etwa, oder weshalb fragen Sie?«

»Nein, reines Interesse.«

Die Maklerin wandte sich mit stählernem Lächeln der Gruppe zu. Renate trat einen Schritt zurück. Peter Ranke oder Sebastian Grund oder wie immer er hieß, er drohte ihr durch die Lappen zu gehen. Noch war er dort oben in seiner Wohnung, aber sobald die Besichtigung vorbei war, würde er unter Umständen endgültig abtauchen. Sie musste Jens Bescheid geben, damit er die Sache übernahm.

Die Menschentraube folgte der Maklerin zum Eingang. Renate wandte sich ab und wählte Jens' Nummer im Präsidium. Doch am anderen Ende war nicht er, sondern eine Frau, die so sehr nuschelte, dass Renate nicht einmal ihren Namen verstehen konnte.

»Entschuldigung, ich dachte, dies wäre die Durchwahl von Herrn Böttger.«

»Ist es auch. Der ist nur momentan nicht zu sprechen.«

»Ich weiß. Er redet mit meiner Nichte, Sanna Marquart. Ich bin Renate Thun. Sagen Sie ihm bitte, dass ich am Telefon bin. Es ist dringend.«

»Nein, er ist nicht mehr im Gespräch. Er hat einen Außentermin. Ich weiß nicht, wann er wiederkommt. Soll ich Sie mit jemand anderem aus der Mordkommission verbinden?«

Renate war irritiert. Eine Sekunde lang wusste sie nicht, was sie machen sollte. »Nein, nein. Das ist nicht nötig«, stammelte sie. »Ich melde mich später wieder.«

Sie zögerte. Die Leute verschwanden im Haus. Die Tür fiel langsam zu. Renate war mit wenigen Schritten am Eingang und packte die Klinke, bevor die Tür ins Schloss einrasten konnte. Dann schlüpfte sie hindurch und folgte den anderen ins Treppenhaus.

Die Gegenüberstellung war erfolgreich gewesen. Sanna hatte alle Männer identifiziert. Böttger hatte daraufhin Durchsuchungsbeschlüsse erwirkt, und ein halbes Dutzend Hausdurchsuchungen waren nun im Gange. Er hoffte, dass die Tatwaffe dabei auftauchen würde, mit der Wolfgang Blank erschossen worden war. Sanna hatte in Notwehr gehandelt, davon war er überzeugt. Trotzdem würde auch gegen sie ermittelt werden.

Wahrscheinlich hatte der Mann mit dem weißen Lieferwagen die Waffe verschwinden lassen. Von ihm fehlte weiterhin jede Spur. Böttger wurde langsam unruhig. Der Typ durfte ihnen nicht durch die Lappen gehen. Er war die zentrale Figur in dem Spiel.

Nach dem Gespräch mit Sanna hatte sich Böttger kurz entschlossen auf den Weg gemacht, Beate Heitbrink zu treffen. Volker Blank zu befragen hatte wenig Sinn, aber vielleicht würde er von Beate Heitbrink etwas mehr über diesen Mann erfahren.

Die war vorerst wieder bei ihrer Schwester in Herford untergekommen. Als man sie aus der Untersuchungshaft entlassen hatte, wollte sie nicht zurück auf den Hof. Dabei sah das Haus ihrer Schwester kaum einladender aus als der Wohnwagen bei den Blanks, wie Böttger bald darauf feststellte. Es war ein kleines schmutziges Einfamilienhaus aus den 50ern, in dem die Familie Heitbrink wohnte, außerhalb der Stadt und direkt an der A2 gelegen. Böttger parkte in der Auffahrt und stieg aus. Das Donnern der vorbeijagenden Autos bot hier offenbar eine ständige Geräuschkulisse. Das Haus selbst, fand er, sah aus, als wäre es in einen Haufen Hundescheiße gefallen. Es hätte dringend einen neuen Anstrich gebraucht. Und neue Fenster. Und auch ein neues Dach, stellte er bei genauerem Betrachten fest. Je länger er darüber nachdachte, desto mehr kam er zu dem Schluss, es wäre wohl das Beste, das ganze Ding einfach abzureißen.

Immerhin war die Haustür anscheinend vor Kurzem ausgetauscht worden. Eine billige weiße Aluminiumtür, die, obwohl sie neu war, den schäbigen Eindruck des Hauses nur verstärkte. Böttger drückte die Klingel und wartete. Nach einer Weile wurde drinnen ein Schlüssel betätigt, und Beate Heitbrink steckte zaghaft ihren Kopf hindurch. Sie wirkte wie ein Kind, das einem Fremden die Tür geöffnet hatte, obwohl es allein zu Hause war.

»Guten Tag, Frau Heitbrink. Dürfte ich kurz mit Ihnen sprechen?«

»Ich ... ähm ... ich weiß nicht ...«

Sie blickte über die Schulter ins Innere des Hauses, als fände sie dort eine Antwort. Böttger wartete. Autos schossen donnernd über die Autobahn.

»Der Anwalt sagt, ich soll ihn anrufen, wenn die Polizei mit mir reden will.«

»Das steht Ihnen natürlich frei. Es geht aber nur um ein paar Fragen. Dauert höchstens fünf Minuten. Kein Grund, dafür extra den Anwalt aus Bielefeld herkommen zu lassen. Es ist wichtig.«

Beate Heitbrink tat, was sie wahrscheinlich ihr Leben lang getan hatte, wenn ein Mann etwas von ihr wollte. Sie stellte ihre eigenen Wünsche zurück und fügte sich.

»Kommen Sie rein. Ich habe aber nicht aufgeräumt.«

Böttger trat in einen engen und dunklen Flur. Es roch wie in einem Hamsterkäfig. Vor ihm der wuchtige Körper von Beate Heitbrink, die in einen Nebenraum humpelte. Böttger folgte ihr. Er trat in eine Küche. Abgeschlagene und vergilbte Einbauschränke bestimmten das Bild. Tisch und Anrichte waren völlig verdreckt. Auf dem Herd standen Töpfe mit angebrannten Essensresten, drumherum verschüttete Milch und eingetrocknete Tomatensoße. Die Spüle war voller dreckigem Geschirr. Leere Konserven türmten sich auf der Ablage. Durch ein schmutziges Fenster fiel graues Licht herein. Sein Blick wanderte nach draußen. Von hier ließ sich die Autobahn einsehen. Ein ständiges Geflitze.

»Setzen Sie sich doch«, sagte Beate Heitbrink und deutete auf einen wackeligen Stuhl. »Möchten Sie Kaffee?«

»Nein danke.« Er nahm Platz und schob eine halb volle Schale mit aufgequollenen Cornflakes zur Seite. Normalerweise war er nicht empfindlich, was Schmutz anging, trotzdem wollte er hier lieber auf Kaffee verzichten. »Wissen Sie schon, ob Sie nach Marienbüren zurückkehren werden?«

Sie hob die Schultern. »Vielleicht ist es besser, wenn ich hierbleibe. Ich weiß noch nicht.«

Das läge wohl an Volker Blank. Falls der vorgesehen hatte, dass Beate Heitbrink weiter auf dem Hof leben sollte, würde sie nach seiner Haftentlassung sicher zurückkehren. Falls er überhaupt in nächster Zeit entlassen werden würde.

Sie zündete sich eine Zigarette an und setzte sich auf einen alten Stuhl, der unter ihrem Gewicht ächzte.

»Frau Heitbrink, ich möchte Sie fragen, welchen Verwendungszweck die alte Scheune auf dem Hof der Blanks hat.«

Damit hatte sie nicht gerechnet. Ein dunkler Schatten legte sich über ihr Gesicht. Und da war noch etwas. Angst.

»Ich weiß nicht, was Sie meinen«, sagte sie.

»Die Scheune. Die kennen Sie doch. Weshalb steht die leer? Das muss einen Grund haben.«

»Ich war nie in der Scheune. Mich interessiert das nicht. Ich will damit nichts zu tun haben.«

»Womit wollen Sie nichts zu tun haben?«

Sie schwieg.

»Da werden Partys veranstaltet, nicht wahr? Was wissen Sie darüber?«

»Gar nichts! Bitte gehen Sie jetzt.« Sie drückte die Zigarette hastig in ein angebissenes Nutellabrot. »Ich will mit dem Anwalt sprechen.«

»Frau Heitbrink!« Böttgers Stimme wurde laut. »Schluss mit dem Unsinn! Sie sagen mir jetzt, was es damit auf sich hat! Was soll dieses Versteckspiel? Ich will wissen, was in der Scheune passiert ist.«

»Ich weiß das nicht«, heulte sie auf. »Bitte. Ich weiß es wirklich nicht. Da hat nie jemand drüber gesprochen. Und ich habe nicht gefragt. Ich wollte das auch gar nicht wissen. Es war besser so. Für mich.«

»Aber sie lebten auf dem Hof! Sie haben Augen und Ohren. Sie müssen etwas mitbekommen haben. Raus damit: Was wissen Sie? Was ist da passiert?«

Sie sackte in sich zusammen. Tränen liefen an ihren Wangen herab. Böttger schwieg. Er wartete. Früher oder später würde sie antworten, das war sicher. Sie hatte nicht die Kraft, sich ihm zu widersetzen.

»Ich habe immer versucht zu ignorieren, was da vor sich geht«, sagte sie leise. »Es war besser, nicht nachzufragen. Ich wusste, ich würde keine Antworten bekommen. Volker hat mir gesagt, ich soll im Wohnwagen bleiben. Und das hab ich dann auch getan. Wenn da was los war, hab ich immer den Fernseher laut aufgedreht, dann habe ich nichts gehört.«

»Aber Sie müssen sich das Ganze doch irgendwie erklärt haben. Das fand schließlich regelmäßig statt, nicht wahr? Was dachten Sie, was da vor sich geht?«

»Ich weiß nicht. Aber ich hatte Angst davor. Das waren keine normalen Partys. Und diese Leute, die da kamen … Keiner von denen wollte gesehen werden. Volker war vorher immer ganz angespannt. Er hat mich geschlagen. Wenn es so weit war, hab ich im Wohnwagen die Vorhänge zugezogen. Die Tür abgeschlossen. Und wenn ich doch mal was gehört habe, dann hab ich den Fernseher lauter gestellt.«

»Wo waren Jakob und Maike an diesen Abenden?«

Ihr Blick wurde leer. »In ihren Betten.«

»Sind Sie ganz sicher?«

Sie nickte. »Volker hat sie ins Bett gebracht. Es war ja immer spät. Die mussten längst schlafen, wenn das losging.«

Böttger spürte die unsichtbare Barriere. Hier würde er nicht weiterkommen. Beate Heitbrink war entschlossen, an dieser Wahrheit festzuhalten, koste es, was es wolle.

Er dachte an das, was sie über den Tod ihrer Tochter gesagt hatte. Jakob hätte sie während einer seiner sonderbaren Zustände erstickt. Jede Hilfe wäre zu spät gekommen, als sie Maike gefunden hätte. Volker Blank hätte danach entschieden, die Leiche zu verscharren. Keiner sollte erfahren, was auf dem Hof passiert war.

Mehr denn je zweifelte er jetzt an dieser Aussage.

»Sie sagen, Jakob hätte Maike getötet«, begann er.

Beate Heitbrink zuckte beinahe unmerklich zusammen.

»Was mir immer noch nicht ganz klar ist«, fuhr Böttger fort. »Was war sein Motiv? Weshalb hat er Maike getötet? Die beiden mochten sich doch.«

»Er ist böse!«, ereiferte sie sich. »Glauben Sie mir das doch! Ich weiß, er sieht immer so unschuldig aus. Aber das ist er nicht. Er lügt. Er betrügt. Er ist durchtrieben. Ein Schandfleck.«

»Aber *weshalb* hat er sie getötet?«

»Er braucht keinen Grund dafür. Das liegt in seiner Natur. Vielleicht hat Maike ihn geärgert.« Sie blickte sich wild um, als suche sie in der Küche nach weiteren Erklärungen. »Als ich in Maikes Zimmer kam und sie tot auf dem Teppich lag, da stand er daneben. Er hat mich ganz böse angesehen. Er wollte mich auch töten.«

»Aber Sie sagten doch, Maike wäre in Jakobs Zimmer getötet worden.«

Sie stockte. Sah Böttger mit großen Augen an.

»Ähm ... ja, natürlich. In Jakobs Zimmer. Das meine ich doch. Da war das.«

Böttger bedachte sie mit einem langen Blick. Im Grunde war es das Gleiche wie bei Jakob. Ihre Aussage hätte vor Gericht keinen Bestand. Sie würde von Richter und Verteidigung in der Luft zerpflückt werden.

»Er hat Maike getötet! Sie müssen mir das glauben!«

Es hatte keinen Sinn, darauf einzugehen. Jedenfalls nicht heute. Er war aus einem anderen Grund hier.

»Frau Heitbrink, ich habe noch eine weitere Frage. Es gibt einen Mann, der in den letzten Tagen auf dem Hof ein und ausgegangen ist. Vielleicht ein Freund von Wolfgang Blank.«

Sie wischte sich die Tränen aus dem Gesicht, offensichtlich erleichtert über den Themenwechsel.

»Die meisten von Wolfgangs Freunden kenne ich nicht.«

»Dieser Mann ist etwa vierzig Jahre alt. Einsachtzig groß und muskulös. Hat eine stämmige Figur. Dunkelblond, graue Augen. Ein unauffälliges Äußeres.«

»Kann sein, dass ich den kenne. Da war ein Typ, der immer zu Besuch kam. Der hatte mit den Dingen in der Scheune zu tun. War so etwas wie ein Organisator. Peter hieß der, aber wie weiter, das kann ich nicht sagen.«

»Peter also. Was wissen Sie sonst noch über ihn?«

»Ich glaub, der kommt aus Bielefeld.«

»Und weiter?«
»Sonst weiß ich nichts. Tut mir leid.«
»Vielleicht das Auto, das er fährt?«
Doch Beate Heitbrink sah ihn nur mit leeren Augen an. Dieser Peter gehörte in die Kategorie der Dinge, die sie auf dem Hof lieber ausgeblendet hatte. Es hatte keinen Sinn, hier weiterzumachen.

Böttger stand auf und verabschiedete sich. Draußen vor dem Haus dröhnte der Verkehr. Er sah zurück zu dem schmutzigen Haus. Ein Peter aus Bielefeld. Damit ließ sich nicht besonders viel anfangen. Der Ausflug hatte nichts gebracht. Im Wagen steckte er sein Handy in die Freisprechanlage und wählte Haralds Nummer, in der Hoffnung, dass der Lieferwagen in der Zwischenzeit aufgetaucht wäre. Ohne sich umzusehen, bog er auf die Straße und fuhr davon.

23

In der Polizeikantine herrschte wenig Betrieb. Hinterm Verkaufstresen stand das Personal herum, und es wurde munter geplaudert. An einem Tisch neben dem Eingang hockten ein paar Männer im mittleren Alter vor Kaffee und Kuchen, offenbar Polizisten in Zivil, die eine Pause machten. Doch sonst waren alle Tische verwaist. Sanna saß abseits an einem kleinen Tisch in einer Ecke und wärmte sich die Hände an einer Tasse Pfefferminztee. Sie hatte die Gegenüberstellung hinter sich gebracht, ihre Befragung war beendet, und sie hätte jetzt jederzeit nach Hause fahren können. Doch etwas hielt sie zurück. Sie wollte einfach noch nicht gehen.

Sie hatte einen Menschen getötet. Das musste doch irgendwelche Konsequenzen haben. Alle machten weiter, als wäre nichts gewesen. Jens Böttger hatte ihre Aussage aufgenommen und gesagt, es wäre Notwehr gewesen. Es würden noch Befragungen auf sie zukommen, und sie sollte sich von Tante Renate einen Anwalt empfehlen lassen. Doch das war vorerst alles gewesen.

Sie nahm einen tiefen Schluck vom wärmenden Tee. In ihrer Tasche vibrierte das Handy. Sie zog es heraus und blickte aufs Display. Es war ihr Vater. Wieder einmal. Er hatte schon ein paarmal auf ihre Mailbox gesprochen. Geschrien, wäre wohl das richtige Wort, aufgebracht wie er gewesen war. Anscheinend machte er sich wirklich Sorgen um sie. Trotzdem fühlte sich Sanna einem Gespräch mit ihm noch nicht gewachsen. Er würde wollen, dass sie sofort nach Berlin käme, und sie fühlte sich nicht stark genug, um sich ihm zu widersetzen. Erst einmal wollte sie alles, was passiert war, soweit es ging, verarbeiten. Danach wäre immer noch genügend Zeit, ihm gegenüberzutreten.

Sie wartete, bis das Vibrieren erstarb. Dann schrieb sie ihm eine Kurznachricht: »lieber papa, mach dir keine gedanken, mir geht's gut. ich werde gerade von der polizei befragt, aber ich melde mich, sobald es geht.« Sie schickte die Nachricht ab und steckte das Handy zurück in die Tasche.

Über die leeren Tische hinweg sah sie nach draußen. Die Sonne war hervorgebrochen. In den Anlagen rund um das Präsidium leuchtete alles in sattem Grün. Ein Hochdruckgebiet war im Anmarsch, zumindest hatte der Sprecher im Radio das gesagt. Sie dachte an Vincent. Er hatte ebenfalls auf ihre Mailbox gesprochen. Er war nicht laut und aufgebracht gewesen, so wie ihr Vater. Im Gegenteil. Seine Stimme war ganz ruhig gewesen, beinahe verängstigt. Angeblich wollte er nach Marienbüren kommen. Er war bereit, alles stehen und liegen zu lassen und sich sofort auf den Weg zu machen. »Bitte vergiss das, was ich über Potsdam gesagt habe, Sanna«, hatte er gemeint. »Das war total blöd von mir. Ich will dir gar nicht in deine Entscheidungen reinreden. Ich will nur für dich da sein.«

Sanna hatte bislang noch nicht geantwortet. Sie war wütend auf ihn gewesen, natürlich. Trotzdem. Insgeheim sehnte sie sich nach seiner Nähe. Er war für sie da gewesen in den letzten Jahren, ganz egal, wie es ihr ergangen war. Das wollte sie nun doch nicht leichtfertig wegwerfen, nicht nach allem, was passiert war. Vielleicht war Vincent ja doch der Richtige für sie. Im Moment war sie so durcheinander, dass sie das nicht ausschließen wollte. Also packte sie ihren Stolz beiseite und schickte ihm eine Kurznachricht: »bitte komm.«

Danach ging es ihr schon viel besser. Sie leerte ihren Tee, stand auf und stellte die Tasse in die Geschirrrückgabe. Im Treppenhaus wählte sie die Nummer ihrer Tante. Sie wollte jetzt nur noch nach Hause. Doch Renates Handy war ausgeschaltet. Mit einem Stirnrunzeln steckte Sanna das Gerät wieder weg. Bei ihrer Tante war sicher mal wieder der Akku leer. Dann würde sie eben mit dem Bus fahren. Das war nicht weiter schlimm. In ein paar Stunden war Vincent da, und dann würde sie in Ruhe über alles reden können.

Auf dem Weg nach draußen machte sie einen Umweg und ging zum Büro von Jens Böttger, um ihm zu sagen, dass sie den Bus nach Marienbüren nehmen würde, falls Tante Renate auftauchte, um sie abzuholen. Doch der Kommissar war gar nicht in seinem Büro. Die Tür war abgeschlossen. Enttäuscht ging sie weiter. Als sie im Korridor um eine Ecke ging, sah sie plötzlich Jakob. Er saß auf einer schmalen Holzbank zwischen zwei Bürotüren. Als er Sanna entdeckte, begannen seine Augen zu leuchten.

»Sanna! Was machst du denn hier?«

»Ich bin eben befragt worden, wegen gestern Nacht.«

»Und was hast du gesagt?«

»Ich habe ihnen alles erzählt.«

Er nickte vage, als ob diese Antwort ein Rätsel beinhaltete. Sanna blickte sich um. Sie waren allein in dem Korridor. Sie setzte sich kurzerhand zu Jakob auf die Bank.

»Wie war die Nacht in der Zelle?«, fragte sie.

»Ganz okay. Ich hatte meine Ruhe.«

Sanna hatte bereits befürchtet, Jakob würde durchdrehen, wenn man ihn einsperrte, doch offenbar war das nicht der Fall gewesen.

»Dann hat dich das gar nicht gestört?«, fragte sie.

»Nein. Es war total ruhig in der Zelle, das war schön. Und ich hab mich sicher gefühlt.«

»Und wie war die Befragung? Ich meine, du bist doch auch befragt worden, oder?«

»Ja, die Befragung … Ich glaube, ich war eine ziemliche Enttäuschung für die Leute hier. Die wollten lauter Dinge von mir hören, die ich überhaupt gar nicht wusste. Ich bin … ich meine …« Er sah betrübt zu Boden. »Ich hätte gerne mehr gesagt, weißt du. Denen irgendwie geholfen. Deinetwegen. Aber ich habe schon wieder solche Kopfschmerzen. Ich kann mich gar nicht mehr an alles erinnern.«

»Bleibst du denn in Untersuchungshaft?«

»Nein. Ich hab ja nichts gemacht. Gerade kam eine Frau und meinte, dass später noch mal jemand mit mir sprechen will, eine Psychologin. Aber das ist alles.«

»Und … wo gehst du jetzt hin?«

»Nirgendwohin. Die wollen mich zum Jugendnotdienst bringen. Weil ich ja nicht volljährig bin. Da wird dann ein Heimplatz gesucht oder eine betreute WG.«

»Kannst du nicht zu mir? Du könntest doch auf dem Sofa schlafen.«

Er wirkte betreten. »Das wird kein normales Heim sein, sondern eins für Psychos.«

Sie hätte ihn gern bei sich aufgenommen, egal ob er nun achtzehn war oder nicht. Sie betrachtete ihn. Die dunklen Haare, seine blasse Haut, die wasserblauen Augen. Da war noch etwas anderes, das sie ansprechen musste.

»Du, Jakob«, begann sie vorsichtig. »Ich habe ja vorhin mit Jens Böttger gesprochen. Du weißt schon, der Kommissar, der gestern mit dem Auto aufgetaucht ist.«

»Ja, und weiter?«

»Er hat gesagt … nun ja. Die haben mit Erika Eckart gesprochen. Die Leiterin vom Stift. Im Computerzimmer wird alles gespeichert, weißt du, und Frau Eckart hat gesehen, was du recherchiert hast, an dem Tag, an dem wir uns kennengelernt haben.«

Jakob sah beschämt zu Boden. Er schien sich plötzlich sehr unwohl in seiner Haut zu fühlen.

»Du hast erfahren, wie mein Bruder heißt. Und was mit ihm passiert ist.«

»Das tut mir leid. Ich hätte dir das sagen müssen.«

»Warum hast du das getan?«

»Ich weiß nicht. Irgendwie hatte ich das Gefühl, dass wir uns ähnlich sind. Ich kann das nicht besser erklären. Deshalb wollte ich mehr über dich wissen.«

»Aber weshalb hast du dich Jannis genannt? Das war überhaupt nicht okay, Jakob.«

»Entschuldige. Ich weiß, das ist total schräg. Aber …« Er schien nach Worten zu ringen. »Ich hab überall im Netz Fotos von dir gefunden aus der Zeit. Vom Flughafen. Du im Blumenkleidchen, obwohl es viel zu kalt war. Dein Gesicht. Die Augen. Das alles hat mich total umgehauen. Du warst so verzweifelt. Das konnte man richtig sehen. Du hattest deinen Bruder verloren, er war am Strand gestorben. Du …« Er zögerte. »Du hast deinen Bruder sehr lieb gehabt, nicht wahr?«

Obwohl das doch so lange her war, spürte Sanna sofort wieder einen Kloß im Hals. »Ja, das habe ich.«

»Das hat man gesehen. Irgendetwas Besonderes war zwischen euch beiden, oder? Es muss ganz schlimm gewesen sein, als er gestorben ist. Ich wollte alles über dich und deinen Bruder wissen. Und irgendwie konnte ich mir deine Fotos stundenlang ansehen.«

»Weil ich so unglücklich war?«, fragte sie.

Er schüttelte den Kopf. »Ich …« Es schien ihm peinlich zu sein. »Ach, egal.«

»Nein, sag ruhig. Ich möchte es wissen.«

»Ich habe mir vorgestellt, du wärst meine Schwester. Ich habe mir vorgestellt, wie es wäre, wenn jemand so um mich trauern würde. Wenn sich mal jemand um mich kümmern würde. Dem nicht egal ist, was mit mir geschieht. Es war irgendwie schön, sich das vorzustellen. Ich … ich hab mich da wohl reingesteigert.«

Sanna hätte Jakob am liebsten umarmt, aber sie wusste nicht, ob er das wollte. Trotzdem fühlte sie sich ihm näher denn je.

»Ich kann deine Schwester sein, wenn du möchtest«, sagte sie, und in diesem Moment meinte sie das wortwörtlich.

Er sah überrascht auf. Sie lächelte. Ihm schienen die Worte zu fehlen. Bevor Sanna etwas sagen konnte, wurden sie von Jens Böttger unterbrochen, der im Flur aufgetaucht war.

»Frau Marquart und Herr Blank! Das ist ja eine Überraschung«, sagte er und trat auf sie zu. »Was machen Sie beide hier?«

»Ich hab Jakob zufällig getroffen, als ich zu Ihnen wollte. Wir reden nur ein bisschen. Das ist doch hoffentlich in Ordnung?«

»Warum sollte das nicht in Ordnung sein?« Er wandte sich an Jakob. »Sie werden gleich zum Jugendnotdienst gebracht, hat mir meine Kollegin gesagt. Sobald ein Streifenwagen frei ist, kommt er hierher, und wir fahren Sie rüber. Das kann nicht mehr lange dauern.«

Jakob nickte matt. Jens Böttger wandte sich an Sanna.

»Was wollten Sie denn von mir?«, fragte er.

»Ich wollte nur sagen, dass ich mit dem Bus nach Marienbüren fahre, falls meine Tante danach fragt. Ich erreiche sie nicht.«

»Falls sie auftaucht, sage ich es ihr gerne.« Er blickte sich um. »Kommen Sie mit. Das ist doch ziemlich ungemütlich hier draußen. Sie sind doch keine Gefangenen bei uns! Sie können sich in den kleinen Gruppenraum setzen und da warten.«

Er ging zu einer Tür und öffnete sie. Sanna und Jakob traten in einen hellen Raum, in dem ein paar

Tische zusammengestellt waren. In der Ecke war ein Kühlschrank, auf dem eine Kaffeemaschine stand.

»Hier ist es bestimmt gemütlicher«, sagte Böttger. »Ich sage den anderen Bescheid, dass Sie hier sind.«

»Ach, Herr Böttger«, begann Sanna. »Ich hätte noch eine Frage.«

»Immer raus damit.«

»Wäre es nicht möglich, dass Jakob bei mir bleibt? Ich hätte in meiner Wohnung Platz für ihn. Dann müsste er nicht in ein Heim. Es dauert doch nur noch ein paar Monate, bis er volljährig ist.«

»Ich fürchte, das ist nicht so einfach. Die rechtliche Lage, verstehen Sie? Er ist noch keine achtzehn.« Er sah, wie enttäuscht Sanna war. »Aber ich werde sehen, was ich tun kann.«

Ein alter hagerer Mann mit Hakennase tauchte in der Tür auf. Auch ihn kannte Sanna bereits. Es war einer der Kollegen von Jens Böttger. Argwöhnisch betrachtete er die Runde, die am Tisch Platz genommen hatte.

»Jens, hier bist du also. Ich habe dich gesucht. Die Schulte sagte schon, du wärst aus Herford zurück.«

»Ja, wie du siehst. Ist was?«

Der Mann warf einen kritischen Blick auf Jakob. Offensichtlich war er nicht damit einverstanden, dass er und Sanna sich hier aufhielten.

»Ich habe gerade mit der Frau telefoniert«, sagte er etwas rätselhaft. »Du weißt schon, über die wir vorhin gesprochen haben.« Er senkte die Stimme. »Die Psychologin aus Bielefeld. Sie hat jetzt Zeit, um mit dir zu sprechen. Du könntest direkt rüberfahren und sie treffen, wenn das geht.«

»Ich verstehe«, sagte er und stand auf. »Ich muss Sie beide leider alleine lassen. Machen Sie es sich gemütlich.«

Und damit verschwand er im Korridor. Der ältere Polizist blieb in der Tür stehen.

»Fassen Sie hier nichts an«, sagte er. »Und die Tür bleibt offen. Mein Büro ist gegenüber, da kann ich Sie im Auge behalten.« Er verschränkte die Arme. »Herr Blank, Ihre Chauffeure kommen gleich. Höchstens zehn Minuten dauert das noch. Und Frau Marquart, Sie können jederzeit gehen, wenn Sie möchten. Wir melden uns dann bei Ihnen.«

Er bedachte beide mit einem langen Blick, dann wandte er sich ab und ging in sein Büro.

Es dauerte dann doch länger als zehn Minuten. Nichts passierte. Auch Jens Böttger kehrte nicht zurück. Eine Zeit lang hockten Sanna und Jakob herum und warteten. Dann stand Sanna auf, um zur Toilette zu gehen. Sie verließ den Gruppenraum und sah sich um. Eine Frau mit kurzen dunklen Haaren kam ihr entgegen. Es war die Polizistin, die mit Jens Böttger im Auto gesessen hatte, als sie ihnen gestern Nacht vor die Motorhaube gelaufen waren.

»Was machen Sie denn noch hier, Frau Marquart?«, fragte sie.

»Ich warte mit Jakob darauf, dass er abgeholt wird.« Sie blickte sich in dem Korridor um. »Wo finde ich denn hier die Toilette?«, fragte sie.

»Hinten links. Die letzte Tür vorm Treppenhaus.«

Die Frau verabschiedete sich und ging weiter. Sanna steuerte die Toilettentür an. Da öffnete sich die Glastür zum Treppenhaus, und ein gut aussehender Mann mit Anzug und Krawatte trat in den Flur. Sanna kannte ihn aus dem Fernsehen. Es war der Chef von Jens Böttger. Er musterte Sanna von oben bis unten. Sie schenkte ihm ein schüchternes Lächeln. Doch er reagierte nicht, ging an ihr vorbei und drehte sich nicht mehr um. Jetzt hatte sie die Tür erreicht. Sie sah dem seltsamen Mann hinterher, dann drückte sie die Tür auf und betrat den Raum.

Jakob blieb allein zurück. Er lauschte. Draußen im Korridor war kein Geräusch. Der alte Mann mit der Hakennase hatte vor ein paar Minuten sein Büro verlassen, auch sonst war keine Menschenseele zu sehen. Er fragte sich, wann Sanna zurückkehren würde.

Ein schrilles Geräusch ließ ihn aufschrecken. Da stand ein Telefon auf einem Sideboard neben dem Kühlschrank. Ein riesiges graues Ungetüm, das aussah, als wäre es schon vor Jahren ausgemustert worden. Es klingelte wieder, laut und fordernd.

Jakob blickte sich um. Der Flur war verwaist. Er stand auf und steckte den Kopf hinaus. Doch nichts. Kein Mensch weit und breit. Nur das Klingeln, das penetrant die Stille durchschnitt. Er wandte sich dem Telefon zu. Näherte sich vorsichtig. Auf dem altmodischen grauen Display war keine Nummer angezeigt.

Er wartete. Doch das durchdringende Geräusch wollte nicht enden. Schließlich ertrug er es nicht länger. Er nahm den Hörer ab. Am anderen Ende war eine Stimme. Jakob hörte ihr aufmerksam zu. Sein Brustkorb verengte sich. Die Schultern zogen sich zusammen. Er wusste jetzt, was er tun musste. Es gab keine Alternative.

Das Telefonat war beendet. Jakob legte den Hörer zurück auf die Gabel. Er sah sich um. Der Flur war immer noch verwaist. Er trat hinaus und steuerte das Treppenhaus an. Hier drinnen bekam er keine Luft mehr. Er würde nach draußen gehen. Und dann über seine nächsten Schritte nachdenken. Keiner beobachtete, wie er durch die Glastür schlüpfte und verschwand.

24

Renate hatte sich in ein kleines Stehcafé begeben. Vom Fenster aus konnte sie das Mietshaus erkennen, in dem Peter Ranke wohnte. Es schien ihr am unauffälligsten, das Haus von hier aus zu beobachten. Sie bestellte einen Kaffee, nahm ihr Handy und versuchte es noch einmal bei Jens. Zu Hause hatte sie zwischendurch den Akku aufladen müssen, bei der ganzen Aufregung hätte sie das fast vergessen. Wieder nichts. Diesmal nahm nicht einmal jemand ab, offenbar hatte er seine Rufumleitung deaktiviert.

Unruhig blickte sie hinaus. Peter Ranke, oder wie immer der Mann auch heißen mochte, war oben in seiner Wohnung. Renate hatte ihn kurz zu Gesicht bekommen, als sie mit den anderen Interessenten durch die Räume gegangen war. Ein altes Mietshaus aus dem 19. Jahrhundert mit schlichten Stuckverzierungen, dann die aufwendig sanierte Wohnung im ausgebauten Dachgeschoss, das war bestimmt nicht billig gewesen. Ranke hatte den perfekten Gastgeber gemimt. Ein Junggeselle, den es aus beruflichen Gründen aus Bielefeld wegzog. Die Wohnung war bereits ausgeräumt gewesen, also wohnte Ranke gar nicht mehr dort. Die Besichtigung war vorbei. Sicher würde er jeden Moment von hier verschwinden, unter Umständen ohne eine Spur zu hinterlassen.

Sie beschloss, nicht länger auf Jens zu warten. Sie tippte die Nummer der Zentrale des Polizeipräsidiums ein und wartete auf ein Freizeichen. Irgendjemand würde ihr schon helfen. In diesem Moment öffnete sich gegenüber die schwere Eingangstür, und Peter Ranke trat hinaus. Renate steckte das Handy eilig weg. Sie wusste nicht, wie sie reagieren sollte. Sie zahlte den Kaffee und betrat die Straße. Doch Ranke ging nur ein paar Meter zu einem dunklen Mercedes, öffnete die Hintertür und hängte sein Jackett hinein. Dann öffnete er die Tür an der Beifahrerseite, nahm einen kleinen Koffer vom Sitz, verriegelte das Auto wieder und kehrte zurück. Renate drehte sich eilig um, bedeckte ihr Gesicht und schlenderte möglichst unauffällig die Straße entlang. Den Lieferwagen war er also bereits losgeworden, stellte sie fest. Ohne Notiz von ihr zu nehmen, verschwand Ranke wieder im Haus. Renate versuchte es wieder in der Zentrale. Ein Gefühl sagte ihr, es zählte jede Sekunde.

Eine dunkle Männerstimme meldete sich.

»Guten Tag«, sagte sie. »Mein Name ist Renate Thun. Ich erreiche Jens Böttger nicht in seinem Büro. Ist er im Haus?«

»Nein, er ist gerade durch die Tür. Keine Ahnung, wann er wiederkommt.«

»Können Sie mir bitte jemand anderes aus der Mordkommission geben? Es ist dringend. Es geht um den Mordfall Maike Blank.«

»Ich versuch's mal bei Frau Schulte. Einen Augenblick.«

Eine metallische Melodie erklang, dann meldete sich eine dunkle Stimme zu Wort, die gar nicht so sehr nach einer Frau klang: »Schulte.«

»Guten Tag, Frau Schulte. Hier ist Renate Thun. Sie wissen, wer ich bin?«

»Natürlich. Geht's um Ihre Nichte? Die wollte mit dem Bus zurück nach Marienbüren fahren.«

»Nein, es geht nicht um Sanna. Ich ... Sie suchen doch nach dem Mann mit dem weißen Lieferwagen, richtig? Der Typ, der im Stift eingebrochen ist.«

»Ja, das stimmt. Allerdings ...«

»Ich hab ihn!«, stieß Renate hervor.

Schweigen am anderen Ende.

»Er ist hier, in der Stadt! In seiner Wohnung im Bielefelder Westen. Ich hab die Adresse ausfindig gemacht und stehe jetzt vor dem Haus. Die Wohnung ist bereits gekündigt, er hat alles ausgeräumt. Er will abhauen, verstehen Sie? Jeden Moment. Also ... wie schnell können Sie hier sein?«

»Sind Sie sicher, dass es sich um denselben Mann handelt?«, fragte sie voller Skepsis.

Renate hätte das alles lieber für sich behalten, trotzdem erzählte sie ihr eilig von dem Hotelzimmer und der Schneiderei. Dies war nicht der Zeitpunkt, seine Trümpfe in der Hinterhand zu behalten. Diese Frau musste handeln, und zwar so schnell wie möglich.

»Also gut«, sagte Frau Schulte schließlich. Sollte sie von Renates Recherchen beeindruckt sein, behielt sie das für sich. »Wir sind gleich da. Bitte unternehmen Sie nichts. Der Mann ist gefährlich, aber das wissen Sie ja.«

Dann legte sie auf. Renate steckte das Handy in die Handtasche und stöckelte die Straße hinunter. Sie ging zurück ins Stehcafé. Die türkische Frau hinterm Tresen runzelte zwar verwundert die Stirn, aber es ging Renate ja lediglich darum, nicht Peter

Rankes Aufmerksamkeit zu erregen. Sie lächelte, bestellte noch einen Kaffee und stellte sich wieder an ihren Stehtisch am Fenster.

Draußen war alles ruhig. Hinter den Fenstern von Peter Ranke tat sich nichts. Zeit verging. Renate wurde langsam unruhig. Jede Sekunde konnte die Haustür aufgehen, Ranke konnte herauskommen, sich ins Auto setzen und für immer verschwinden. Das Warten fiel ihr zunehmend schwer. Sie überlegte gerade, im Präsidium anzurufen und nachzufragen, da war die Straße plötzlich voller Autos. Die Invasion war lautlos und dauerte nur Sekunden. Ein Kleinbus, ein paar dunkle Limousinen, schließlich Streifenwagen. Die Straße war an beiden Enden abgesperrt, nirgends gab es mehr ein Durchkommen. Eine Rolltür flog auf, und schwer bewaffnete Männer und Frauen in gepanzerten Uniformen strömten ins Freie. Dann war da eine Frau mit kurzen Haaren und einer Sportjacke, die Renate bereits bei Pressekonferenzen im Polizeipräsidium gesehen hatte. Das musste Frau Schulte sein. Die Kommissarin folgte den Leuten vom Einsatzkommando durch die Haustür ins Gebäude. Dann waren sie fort. Die Tür fiel ins Schloss, und auf der Straße kehrte angespannte Ruhe ein.

Die türkische Verkäuferin war mit großen Augen ans Fenster getreten. Renate achtete nicht weiter auf sie, legte ein paar Münzen auf den Tisch und lief hinaus auf den Bürgersteig. Sofort wurde sie von einem Uniformierten abgefangen. Ein Mittvierziger mit Schnauzer und überheblicher Miene.

»Tut mir leid, aber ich muss Sie auffordern, in das

Café zurückzugehen. Wir haben hier einen Polizeieinsatz.«

»Ich muss zu Frau Schulte. Die leitet den Einsatz. Ich habe sie gerufen, verstehen Sie? Frau Schulte wird mich ...«

»Ich sage es noch einmal. Bitte gehen Sie zurück!«

Er legte die Hand auf seinen Schlagstock. Renate machte missmutig einen Schritt zurück. Auf der Türschwelle blieb sie stehen. Der Polizist warf ihr noch einen warnenden Blick zu, dann ging er weiter.

Sie wartete. Ein paar Minuten passierte nichts. Dann öffnete sich gegenüber die Haustür. Peter Ranke tauchte auf, flankiert von zwei Uniformierten. Sie hatten ihn. Renate triumphierte innerlich. Weitere Beamte folgten, dann erschien auch Frau Schulte wieder. Sie hob den Kopf, blickte über die Polizisten hinweg zur Straße und entdeckte Renate in der offenen Tür des Stehcafés. Sie hob die Hand und schenkte ihr ein Lächeln. Renate ignorierte jetzt den Streifenpolizisten und lief einfach drauflos.

»Ich habe gesagt, Sie sollen im Café bleiben!«, donnerte es hinter ihr. »Bleiben Sie stehen!«

Bevor der Mann sie packen konnte, schlüpfte Renate blitzschnell zwischen weiteren Beamten hindurch und steuerte auf Frau Schulte zu. Der Blick von Peter Ranke traf sie. Hass lag in seinen Augen. Wären da nicht die Polizisten und die Handschellen, würde er zweifelsfrei auf sie losstürmen. Renate rückte sich geziert die Bluse zurecht, senkte den Blick und ging weiter.

»Sie sind Frau Thun, richtig?«, sagte Frau Schulte

und reichte ihr die Hand. »Ich kenne Sie aus den Pressekonferenzen. Ich muss sagen, ich hätte nicht gedacht, dass ...«

Ein Knall unterbrach sie. Peter Ranke wurde mitsamt den ihn flankierenden Beamten nach hinten gerissen. Ein Schuss. Renate stolperte zurück. Dann war da Frau Schulte, die sie packte und hinter einen Steifenwagen zerrte. Renate rutschte aus. Einer ihrer Pumps blieb am Bordstein hängen, und sie fiel in die Arme der Kommissarin.

Rundherum stürzten die Beamten hinter ihren Autos in Sicherheit. Wie Kakerlaken im Badezimmer, nachdem das Licht angeschaltet wurde. Peter Ranke wurde hinter den Bus gezogen. Er bewegte sich nicht mehr. Auf seiner Stirn war ein kreisrundes dunkles Loch zu sehen.

Frau Schulte versicherte sich kurz, dass Renate unverletzt war. Dann wandte sie sich ab und verständigte sich mit dem Leiter des Einsatzkommandos. Sie gestikulierten wild herum. Der Schuss war offenbar von einem der Altbauten auf der gegenüberliegenden Straßenseite abgegeben worden. Die beiden schmiedeten eilig Pläne, es wurden Befehle über Funkgeräte weitergegeben, dann verteilten sich die Einsatzkräfte in der Straße, offenbar, um die Jagd auf den Täter aufzunehmen.

Renate spürte ihr Herz klopfen. Sie blickte zur Rückseite des Busses, wo Peter Ranke abgelegt worden war. Sein Blick richtete sich starr in den Himmel. Einer der uniformierten Männer beugte sich über ihn und tastete nach seiner Halsschlagader. Seine Mimik war eindeutig: Peter Ranke war tot.

Sanna verließ die Toiletten und kehrte zu dem kleinen Gruppenraum zurück. Doch Jakob war nicht mehr da. Der Raum war leer. Verwundert blickte sie sich um. Sie fragte sich, ob er möglicherweise abgeholt worden war, ohne dass man ihr Bescheid gegeben hatte. Und ob Jakob das überhaupt zugelassen hätte. Gegenüber war das Büro dieses Kommissars mit der Hakennase. Doch auf ihr Klopfen erhielt sie keine Antwort. Sie drückte die Klinke, aber die Tür war versperrt.

Ein ungutes Gefühl überkam sie. Hier stimmte etwas nicht. Sie steuerte das Treppenhaus an. Mit jedem Schritt bewegte sie sich schneller. Unten angekommen, durchquerte sie im Laufschritt die Halle. An der Pforte hockte hinter der Glaswand ein gelangweilter Mittfünfziger, der in der *Neuen Westfälischen* blätterte. Sannas Eiltempo und ihre drängende Art lösten sichtbaren Widerwillen bei ihm aus. Es schien, als würde er sich absichtlich Zeit damit lassen, den Knopf der Gegensprechanlage zu bedienen.

»Ich suche Jakob Blank«, sagte sie. »Siebzehn Jahre, schmale Schultern und dunkle Haare. Er sollte mit einem Streifenwagen zum Jugendnotdienst gebracht werden.«

»Hier ist keiner vorbeigekommen«, sagte er unbeeindruckt und wandte sich wieder seiner Zeitung zu.

Sanna ging zur gläsernen Tür. Vor ihr lagen der Vorplatz, die Rasenflächen, dahinter eine Reihe mit Sträuchern und der Parkplatz. Streifenbeamte, die Jakob zu ihrem Auto führten, waren nirgends zu sehen.

Doch an den Sträuchern war eine Bewegung

wahrzunehmen. Eine Gestalt drückte sich da entlang. Im Erdgeschoss hinter den Sträuchern stand ein Fenster auf. Es war Jakob. Er war durch das Fenster geklettert.

Sie zog rasch die Tür auf, um hinauszulaufen. Da drückte der Pförtner nochmals auf die Taste der Gegensprechanlage.

»Fräulein!«, rief er. »Nicht so schnell. Ihren Besucherausweis.«

Sanna riss die Plastikkarte samt Klammer von ihrem Sweatshirt und legte sie ihm in die Durchreiche. Dann machte sie auf dem Absatz kehrt und rannte hinaus ins Freie.

Jakob hatte bereits die Hauptstraße erreicht. Er stand an der großen Verkehrsampel und sah ratlos in alle Richtungen. In diesem Moment bog ein Taxi um die Ecke. Jakob winkte es heran. Er stieg ein, doch die Ampel sprang auf Rot und das Taxi musste warten. Sanna hatte noch eine Chance. Sie beschleunigte. Sprintete über den Platz, ließ ihren Atem fließen, fixierte das Taxi an der Ampel. Gleich hatte sie es erreicht. Noch zehn Meter.

Da sprang die Ampel auf Grün.

»Jakob!«, schrie sie.

Doch das Heck des Taxis entfernte sich bereits. Sanna fluchte lautstark. Sie sah sich um. Sie musste etwas tun. Ihn einholen. Verkehr donnerte über die Kreuzung. Rote, grüne, schwarze Autos, dann ein schwerer Lastzug. Plötzlich tauchte ein weiteres Taxi auf. Sanna unterdrückte den Impuls, direkt auf die Straße zu laufen, dem nächstbesten Auto vor die Motorhaube. Sie ruderte wild mit den Armen, und tatsächlich fuhr das Taxi rechts ran. Es hatte noch nicht gehalten, da schwang sie sich bereits auf die Rückbank.

»Schnell! Geradeaus weiter!«

Der Taxifahrer, ein behäbiger Mann mit Kinnbart und Halbglatze, warf ihr im Rückspiegel einen trägen Blick zu. Dann fädelte er sich in den Verkehr ein und beschleunigte.

»Einfach nur geradeaus?«, fragte er. »Oder haben wir ein Ziel?«

»Überholen Sie den Lkw da vorne. Da muss ein Taxi sein. Das hat nur ein paar hundert Meter Vorsprung. Wir müssen es erwischen.«

»Eine Verfolgungsjagd?«, fragte er tonlos.

»Bitte! Mein Bruder sitzt da vorne in dem Taxi. Er ist psychisch krank. Ich habe einen Moment nicht auf ihn aufgepasst. Und jetzt ...«

Sie kämpfte mit den Tränen. Beim letzten Mal war er zum Hof der Blanks gefahren. Das war eine ganz ähnliche Situation gewesen. Wusste der Himmel, wem er sich diesmal übergeben wollte.

»Keine Sorge«, sagte der Fahrer. Das klang bereits mitfühlender. »Wir holen Ihren Bruder schon ein.«

Er überholte mit einer unvermutet rasanten Aktion den Lkw und anschließend weitere Autos. Da tauchte das andere Taxi vor ihnen auf.

»Das muss er sein«, sagte der Mann.

»Ja! Das ist er!«

Sie folgten dem Wagen in Richtung Bahnhof. Sanna fragte sich, ob Jakob vielleicht mit dem Zug abhauen wollte. Doch sie wollte nicht glauben, dass er so etwas tun würde, ohne sich von ihr zu verabschieden.

Der Wagen vor ihnen änderte die Richtung, und es ging stadtauswärts weiter. Also doch nicht zum Bahnhof. Beinahe war sie erleichtert. Sie verließen über eine Ausfallstraße die Stadt. Es ging immer weiter, scheinbar ohne Ziel.

»Passen Sie auf, junge Frau«, sagte ihr Fahrer. »Das Taxi da gehört zwar zur Konkurrenz, aber ich könnte versuchen, über die Zentrale an den Fahrer ranzukommen. Vielleicht bekommen wir ihn an die Strippe.«

Doch Sanna zögerte. Sie betrachtete die Straßenschilder. Sie glaubte nun zu wissen, wohin sie unterwegs waren.

»Das wird nicht nötig sein«, sagte sie. »Ich weiß jetzt, wo er hinwill.«

Nach Herford. Dies war nämlich die Strecke zu Beate Heitbrink, der Freundin seines Vaters. Jens Böttger hatte erwähnt, dass sie zurück zu ihrer Schwester gezogen sei. Sanna hatte zwar keine Idee, was er dort suchte. Aber es waren nur noch wenige Kilometer bis dahin.

»Wir fahren einfach hinterher«, sagte sie dem Taxifahrer. »Es geht nach Herford.«

Doch dann, gerade als sie die Stadt hinter sich gelassen hatten, bog das Taxi plötzlich von der Hauptstraße ab.

»Das ist aber nicht der Weg nach Herford«, stellte ihr Fahrer fest.

Sanna blickte sich erstaunt um. »Wohin geht es da?«

»Zum Obersee.«

Sie sagte nichts.

»Kennen Sie den nicht? Ist eine Parklandschaft. Ein Stausee mit Wanderwegen und Wiesen drumherum.«

Sanna war nun völlig irritiert. »Könnten Sie's jetzt vielleicht doch über die Zentrale versuchen?«

Da hielt das Taxi vor ihnen, und Jakob stieg aus. Sanna sah sich um. Neben der Straße begann der Park. Davor lag ein Besucherparkplatz, und Wanderwege führten zum See hinunter. Zwischen den Bäumen schimmerte das Wasser hindurch. Jakob verließ das Auto und überquerte mit mechanischen Bewegungen den Parkplatz. Der Fahrer seines Taxis, ein junger dunkelhäutiger Mann mit Turnschuhen und Baseballjacke, sprang aus dem Wagen und rief ihm hinterher.

»Hey! Bleib stehen! Du hast noch nicht bezahlt!«

Sanna warf einen Blick auf ihr Taxameter. Knapp fünfzehn Euro. Sie drückte dem Fahrer einen Zwanzigeuroschein in die Hand. »Stimmt so«, sagte sie und verließ eilig den Wagen.

Jakob hatte bereits den Wanderweg erreicht. Der dunkelhäutige Mann nahm die Verfolgung auf.

»Jakob!«, rief Sanna über den Parkplatz. »Jakob, warte doch! Was hast du vor?«

Sie lief auf den Parkplatz. Jakobs Fahrer wurde auf sie aufmerksam. Er stellte sich ihr in den Weg.

»Kennen Sie diesen Typen? Er schuldet mir das Fahrgeld.«

Natürlich hatte Jakob kein Geld bei sich. Sanna kramte in den Taschen ihrer Jeans. Sie fand einen

Zehner. Und dann noch einen Fünfer. Sie reichte ihm die Scheine.

»Reicht das?«, fragte sie.

Er stieß ein missmutiges Brummen aus, nahm ihr die fünfzehn Euro ab und kehrte zu seinem Taxi zurück. Sanna blickte sich um. Jakob war verschwunden.

Sie lief zum Wanderweg, blickte in alle Richtungen. Doch von Jakob keine Spur. Ein Jogger lief an ihr vorbei. Da waren Spaziergänger und etwas entfernt zwei Angler. Das Sonnenlicht glitzerte auf der Wasseroberfläche. Sie blinzelte.

Ein Rattern war zu hören. Es kam von einem Viadukt, das über das Tal und den See führte. Dann sah sie einen Regionalzug über die steinernen Bögen fahren. Sie begann zu laufen. Ihr Blick suchte dabei die Parklandschaft ab. Jakob konnte schließlich noch nicht weit sein. Sie würde ihn finden.

Sie lief unter der Brücke hindurch. Auf der anderen Seite plätscherte das Wasser an der Staumauer. Von Jakob fehlte weiterhin jede Spur. Sie hielt inne und holte Luft. Vor ihr der See, die Wiesen, das steinerne Viadukt. Ein paar Enten landeten flatternd und mit lautem Quaken im Wasser. Sanna wusste nicht, was sie tun sollte. Ihr blieb nichts übrig, als weiterzulaufen und Ausschau zu halten.

Doch dann sah sie ihn. Jakob war oben auf der Brücke. Er musste an der Böschung hochgelaufen und über die Absperrung geklettert sein. Er balancierte am Geländer entlang, blieb stehen und sah hinab. Sanna begriff sofort, was er vorhatte. Er wollte springen.

Sie rannte los. Rief seinen Namen, so laut sie konnte. Sie musste ihn erreichen, so wie beim letzten Mal. Auf der Talbrücke hinterm Stift Marienbüren war es ihr schließlich auch gelungen. Immer wieder rief sie seinen Namen, und tatsächlich sah er schließlich zu ihr herunter. Ihre Blicke trafen sich. Und plötzlich hatte Sanna das Gefühl, er würde sie erkennen. Er war nicht mehr fremdgesteuert. Sie waren sich nah, sahen sich direkt in die Augen. Sie waren Bruder und Schwester.

Ein Zug fuhr hinter ihm über die Brücke. Das Rattern erfüllte die Luft. Jakob ließ seinen Blick auf Sanna ruhen. Sie glaubte, ein Lächeln auf seinem Gesicht zu erkennen. Dann löste sich sein Körper vom Brückengeländer. Für einen Moment war es, als würde die Zeit stillstehen. Er schwebte einfach in der Luft. Dann siegte die Schwerkraft, und er stürzte kopfüber in die Tiefe.

25

Ein kalter Wind fegte über den Parkplatz des Polizeipräsidiums. Der Herbst machte sich langsam bemerkbar. Böttger blickte zum Himmel. Diese eine sonnige Woche im Mai wäre dann wohl alles gewesen, womit der Sommer in diesem Jahr aufwarten würde. Missmutig zog er die Schultern hoch.

Er war der Held des Tages, zumindest wenn man den Zeitungen Glauben schenkte. Ein Pädophilenring war gesprengt worden. Gegen sämtliche Mitglieder der Gruppe würde Anklage erhoben werden. Dörrhoff war offenbar so etwas wie der Kopf des Rings gewesen, und besonders auf ihn stürzte sich die Presse. Ein angesehener Psychiater mit einem düsteren Doppelleben. Das taugte für Schlagzeilen, insbesondere, weil Dörrhoff sich selbst gerichtet hatte, um der Justiz zu entgehen.

Für Böttger fühlte sich das alles aber nicht wie ein Sieg an. Peter Ranke war ebenfalls tot. Er fiel als Zeuge und Verdächtiger aus. Auch Dörrhoff hatte seine Geheimnisse mit ins Grab genommen. Und der Mord an Maike Blank war weiterhin unaufgeklärt.

Er trat durch die Glastür und nickte dem Pförtner zu. Dann warf er einen Blick auf die Uhr. Noch eine halbe Stunde bis zur morgendlichen Besprechung.

Jakobs Sprung vom Viadukt, das war etwas gewesen, das Böttger kalt erwischt hatte. Damit hatte er nicht gerechnet. Der Junge schien ein neues Leben anfangen zu wollen. Er hatte endlich alles hinter sich gebracht. Und dann so etwas. Die Sache war ihm mächtig an die Nieren gegangen.

In seinem Büro ließ er sich auf den Schreibtischstuhl fallen. In seinem Kopf rauschte es.

»Morgen, Herr Böttger.« Die Schulte stand plötzlich in der Tür. »Brüse will Sie sehen. Ich soll Ihnen Bescheid sagen.«

»Hat er gesagt, weshalb?«

Wenn es um die verfluchte Pressekonferenz ging, dann würde sich Böttger am besten gleich krankmelden.

»Nein. Nur, dass Sie sofort kommen sollen.«

Er seufzte. Es hatte wohl keinen Zweck. Dabei hätte er sich Brüse an diesem Morgen wirklich gern erspart.

»Gibt es Neuigkeiten aus dem Krankenhaus?«, fragte er.

»Nein. Jakobs Zustand ist unverändert. Er liegt im Koma. Die können im Moment nicht viel sagen. Nur, dass seine Chancen schlecht stehen.«

»Verstehe.« Er seufzte. »Im Mordfall Maike kommt er als Täter wohl sowieso nicht infrage. Nach allem, was wir jetzt wissen.«

»Es bleibt noch Volker Blank. Wir könnten seine Anklage vorbereiten. Ich meine, so beharrlich, wie der schweigt. Das ist fast so was wie ein Schuldeingeständnis. Ein Richter könnte das genauso sehen.«

Böttger hatte bereits darüber nachgedacht. »Mal abwarten, was die Staatsanwaltschaft dazu sagt. Eine schöne Lösung ist es aber nicht.«

Er lehnte sich zurück und stieß die Luft aus. »Was

ist mit dem anderen Toten? Peter Ranke. Wissen wir was über den?«

»Seine Fingerabdrücke sind im System. Peter Ranke war nur sein Deckname, genau wie Sebastian Grund. Sein richtiger Name ist Falko Herbst.«

»Also war er vorbestraft«, sagte Böttger.

»Ja. Ein paar Gewaltdelikte, nicht weiter dramatisch. Aber dann war da noch was wegen *Menschenhandel zum Zweck der sexuellen Ausbeutung*, also Zwangsprostitution. Er war nur eine kleine Nummer. Trotzdem. Da saß er ein paar Jahre im Knast. Nach seiner Entlassung ist er dann nicht mehr auffällig geworden.«

»Falko Herbst.« Er dachte kurz nach. »Weiß man was über den Todesschützen?«

»Nein. Er hat vom Dach des Nachbarhauses aus geschossen. Keine Spuren, gar nichts. Die Sache ist jetzt in der Ballistik, mal sehen, was die dazu sagen. Aber hier glaubt keiner so richtig daran, dass etwas dabei rauskommt.«

»Das war ein Profi, richtig?«

»Davon sind alle überzeugt.«

Er stand auf. »Also gut. Dann werde ich mich mal auf den Weg zum Chef machen.«

Als die Schulte wieder verschwunden war, schloss er jedoch noch mal die Tür. Er wollte zunächst ein Telefonat führen. Ein Mitarbeiter der Buchhaltung, mit dem er vertraulich gesprochen hatte. Da gab es nämlich eine Sache, die Böttger nicht losließ: Jakob war aus dem Präsidium abgehauen. Das hätte nicht passieren dürfen.

Ein Gespräch, das er mit Sanna geführt hatte,

ging ihm dabei nicht aus dem Kopf. Es handelte von psychischer Manipulation. Dieser Falko Herbst hatte großen Einfluss auf Jakob gehabt. Offenbar hatte er ihn dazu gebracht, am Stift Marienbüren von der Autobahnbrücke springen zu wollen. Sanna hatte Jakob im letzten Moment aufhalten können. Und sie war überzeugt gewesen, dass Jakob auch dieses Mal von Falko Herbst dazu gebracht worden, sich vom Viadukt zu stürzen.

Das Problem dabei war nur: Dieses Mal war Jakob im Präsidium gewesen. Und Herbst hatte zu dem Zeitpunkt in seiner Wohnung in Bielefeld gesessen. Kurz bevor das Einsatzkommando dort aufgetaucht war. Das machte die Sache komplizierter. Aber Böttger hatte eine Idee gehabt und sich an den Kollegen aus der Buchhaltung gewandt.

»Hallo, Herr Böttger«, meldete der sich. »Ich wollte sie gerade anrufen.«

»Dann haben Sie Zeit gehabt, die Telefonlisten zu checken?«

»Ja, natürlich. Das ist keine große Sache. Es geht um den Anschluss im kleinen Gruppenraum auf Ihrer Etage, richtig?«

»Genauso ist es. Können Sie sagen, ob da gestern Mittag ein Anruf eingegangen ist?«

»Ja, da gab es einen Anruf. Um zwölf Uhr siebzehn. Das Gespräch dauerte sechsundzwanzig Sekunden.«

Also doch. »Und von wo kam der Anruf?«

»Die Nummer war verborgen. Aber das muss von draußen gekommen sein, also nicht aus dem Haus.«

Damit hatte Böttger seine Bestätigung. Jemand

hatte mit Jakob gesprochen, während er allein im Gruppenraum gewesen war. Er hatte ihn dazu gebracht, zum Viadukt zu fahren und sich in die Tiefe zu stürzen. Das konnte nur Falko Herbst gewesen sein. Und noch was: Herbst hatte den Moment abgepasst, in dem Jakob allein gewesen war. Da war nur eine Erklärung möglich. Jemand aus dem Präsidium musste ihm einen Tipp gegeben haben.

Nach dem Gespräch ging Böttger zu seinem Chef. Im Vorraum saß Brüses Sekretärin. Sie bat ihn, einfach hineinzugehen. Der Kriminaloberrat stand am Fenster und blickte hinaus.

»Morgen, Herr Böttger. Es gibt was zu feiern, nicht wahr? Ich wollte uns gerade eine Flasche Sekt aufmachen.«

»Was gibt es denn zu feiern?«, fragte er trocken. »Meinen Sie die Toten?«

Brüse betrachtete ihn amüsiert. »Sie sind ja ein Zyniker. Haben Sie heute nicht die Zeitung gelesen? Ich sollte Ihnen gratulieren.«

»Es ist doch kaum etwas aufgeklärt. Alles heiße Luft.«

»Das sehe ich aber anders. Wir haben diese Pädophilen drangekriegt. Daran ändert auch Dörrhoffs Selbstmord nichts. Es gibt massenhaft Beweise. Und die Durchsuchungen sind noch nicht mal abgeschlossen. Das wird alles wasserdicht.«

»Die einzig interessante Person war Falko Herbst. Er war kein Einzeltäter. Es muss Hintermänner gegeben haben. Da sind irgendwo noch die großen Fische unterwegs.«

Brüse bedachte ihn mit einem langen Blick. »Falls

tatsächlich noch andere beteiligt waren, dann sind die uns durch die Lappen gegangen. Dieses Mal. Man kann nicht alles haben. Beim nächsten Mal sieht's anders aus. Feiern Sie das, was Sie haben. Es ist eine ganze Menge.«

Böttger sagte nichts dazu.

»Was ist mit dem Mordfall Maike?«, fragte Brüse. »Das ist für mich das Einzige, wo es noch offene Fragen gibt.«

»Ich werde mir noch mal Volker Blank vornehmen. Und mit der Staatsanwaltschaft sprechen, falls er weiter schweigt. Vielleicht kann man eine Anklage gegen ihn vorbereiten.«

»Machen Sie das. Und ganz egal, was die Kollegen von der Staatsanwaltschaft sagen, bringen Sie den Mordfall Maike irgendwie zu Ende. Dann ist alles sauber.«

»Das habe ich vor«, sagte er, drehte sich um und verließ das Büro.

Den Fall zu Ende bringen. Auf dem Weg zu seinem Büro traf er auf Harald, der einen Stapel Akten vor sich her trug. Böttger betrachtete ihn. Irgendjemand aus dem Präsidium musste Falko Herbst geholfen haben. Aber was hieß das schon? Da kam jeder infrage.

»Harald, ich brauche für den Mordfall Maike noch mal alles, was wir über Volker Blank haben. Kannst du mir das zusammenstellen?«

»Natürlich. Das wird nicht lange dauern.«

»Gut. Leg es einfach auf meinen Schreibtisch.«

Für den Rest des Vormittags zog Böttger sich in sein Büro zurück und vertiefte sich in die Akten.

Schließlich war das Einzige, was sie noch tun konnten, eine Anklage gegen Volker Blank vorzubereiten. Als er fertig war, fuhr er seinen Computer herunter, ging hinüber ins Büro der Schulte und fragte sie: »Wie sieht's aus? Haben Sie Lust auf einen kleinen Ausflug?«

»Immer«, meinte die und schnappte sich ihre Jacke. »Wo soll's denn hingehen?«

»Nach Herford. Zu Beate Heitbrink.«

»Wie soll die uns denn noch helfen?«

»Ich hab da so eine Idee. Ich erklär's Ihnen unterwegs.«

Sie nahmen den Weg über die Bundesstraße. Die Wolkendecke riss weiter auf, immer größere Flecken blauer Himmel waren zu sehen. Ein sonniger Spätsommertag hielt Einzug. Das Haus der Heitbrinks sah bei Sonnenschein betrachtet noch trostloser aus. Die Wasserflecken an der Fassade, der schmutzige Putz, die Risse in der Wand, all das war nun erbarmungslos ausgeleuchtet. Von der Autobahn drang das Geräusch vorbeischießender Wagen herüber. Im Garten wucherte das Unkraut.

»Hübsches Zuhause«, murmelte die Schulte, bevor sie die Klingel drückte.

An der Tür erschien eine große und dürre Frau in einem fleckigen Trainingsanzug. Eine Vogelscheuche: hohlwangig, hager, mit struppigen Haaren und hervortretenden Augen. Hinter ihr Lärm aus dem Wohnzimmer. Der Fernseher lief, Werbejingles und aufgeregte Sprecher waren zu hören. Sie machte sich erst gar nicht die Mühe, höflich zu den Kommissaren zu sein. Wahrscheinlich tauchten hier selten Besucher auf, die einen höflichen Umgang verdient hatten. Sie betrachtete die beiden von oben bis unten.

»Was wollen *Sie* denn hier?«, bellte sie.

»Wir möchten mit Beate Heitbrink sprechen«, sagte Böttger. »Ihre Schwester, nehme ich an?«

»Was geht Sie an, wer meine Schwester ist? Beate ist nicht da.«

»Frau Heitbrink, bitte. Wo soll sie denn sonst sein, wenn nicht hier? Wir sind von der Polizei. Sagen Sie ihr Bescheid. Wir möchten nur kurz mit ihr reden.«

Sie betrachtete die beiden voller Misstrauen, dann drehte sie sich um und schrie den Namen ihrer Schwester ins Haus. Dabei hielt sie die Klinke fest umklammert, als wolle sie sicherstellen, die Tür im Zweifelsfall sofort zuschlagen zu können.

Beate Heitbrink tauchte hinter ihr auf.

»Kennst du die beiden?«, fragte die Vogelscheuche.

Beate blickte unglücklich heraus. Sie nickte scheu. Ihre Schwester verstand das offenbar als Aufforderung, zu gehen. Ohne sich noch mal zu den Kommissaren umzudrehen, verschwand sie wieder im Haus. Beate trat näher an die offene Tür heran.

»Was wollen Sie jetzt noch von mir?« An Böttger gewandt fügte sie hinzu: »Ich hab dem Anwalt davon erzählt, dass Sie hier waren. Er war richtig wütend. Er meinte, Sie dürfen das gar nicht. Und das soll nicht noch mal passieren. Ich muss nämlich nicht mit Ihnen sprechen.«

Sie sagte es, als hätte sie es mühsam auswendig gelernt. Das war also, was der Anwalt ihr eingebläut hatte. Doch Böttger wusste, sie würde trotzdem mit ihnen sprechen. Einfach, weil sie sich nicht wehren konnte, wenn man sie bedrängte. So gut kannte er sie inzwischen, und Beate Heitbrink machte ein Gesicht, als wüsste sie das auch.

»Ich möchte, dass Sie meinen Anwalt anrufen, wenn Sie mit mir reden wollen«, versuchte sie es dennoch. »Ich will ihn dabeihaben.«

»Frau Heitbrink«, sagte die Schulte mit ihrer sanften Stimme. »Wir haben leider schlechte Nachrichten. Jakob hat versucht, sich das Leben zu nehmen. Er ist in Bielefeld von einer Eisenbahnbrücke gesprungen.«

»Jakob? Wie geht es ihm?«

Sie wirkte nicht überrascht, das zu hören. Eher, als wäre es ganz natürlich, dass er sich das Leben nehmen wollte.

»Er liegt auf der Intensivstation. Im Koma. Die Verletzungen sind sehr schwer. Die Ärzte können im Moment noch nichts sagen. Sie sollten sich aber nicht zu viele Hoffnungen machen. Es sieht nicht gut aus.«

Ihre Züge waren schwer zu deuten. Böttger hätte nicht sagen können, was diese Neuigkeit mit ihr machte.

»Es war nicht der erste Selbstmordversuch, haben wir erfahren«, stellte er fest.

»Ja, ich weiß. Er hat früher schon versucht, sich umzubringen.« Ihr Gesicht wurde hart. »Jakob ist eben total kaputt.«

»Aber das hat doch einen Grund, weshalb er so kaputt ist, oder? Können Sie sich das erklären?«

Sie sagte nichts. »Die von der Klinik meinten«, fuhr er fort, »Jakob könnte diese Selbstmordversuche unternommen haben, weil er unter einer posttraumatischen Belastungsstörung litt.«

Ihr Blick war völlig leer.

»Das sind Störungen, die entstehen, weil etwas Schlimmes passiert ist. Wenn das von der betreffenden Person nicht verarbeitet werden kann. Die Folge sind Depressionen und Todessehnsucht.«

Sie senkte den Blick. Offenbar war das keine Theorie, die sie überraschte.

»Könnten wir kurz reinkommen, Frau Heitbrink?«, fragte die Schulte sanft. »Es dauert auch nur einen Moment.«

Beate Heitbrink zögerte. Doch Böttger glaubte plötzlich zu erkennen: Im Grunde wollte sie gar keinen Anwalt. Es war beinahe, als würde sie sich wünschen, nicht geschützt zu sein, wenn sie mit der Polizei sprach. Doch vielleicht irrte er sich, und sie konnte einfach nicht Nein sagen. Jedenfalls schenkte sie den beiden ein schüchternes Nicken, schob die Tür auf und trat beiseite.

Die beiden Kommissare traten ein. Beate Heitbrink wuchtete ihren massigen Körper durch den Hausflur. Der Fernseher dröhnte aus dem Wohnzimmer, irgendeine Talkshow lief. Dann war da die Stimme ihrer Schwester, die laut krähte: »Kommen die jetzt etwa rein? Muss das sein?«

Beate Heitbrink verdrehte die Augen. Ihre Schüchternheit war verflogen. »Wir sind in der Küche«, brüllte sie zurück. »Mach doch die Tür zu, wenn dir das nicht passt.«

»Mach doch selber die Tür zu! Wenn mein Freund nach Hause kommt, sind die weg. Haben wir uns verstanden?«

»Ach, leck mich!«

Dann knallte die Wohnzimmertür ins Schloss. Beate führte die beiden in die Küche. Die Geräusche des Fernsehers wurden leiser. Böttger sah sich um. Es sah nicht viel besser aus als bei seinem letzten Besuch. Alles war starr vor Dreck. Der Küchentisch übersät mit Essensresten und schmutzigem Geschirr.

»Setzen Sie sich doch«, sagte Beate Heitbrink.

Die Schulte ließ sich nichts anmerken. Sie dankte und nahm auf einem Küchenstuhl Platz. Diesmal bot Beate Heitbrink keinen Kaffee an, sondern hockte sich einfach schweigend hin. Der Stuhl ächzte leise unter ihrem Gewicht.

»Wo waren wir stehen geblieben?«, nahm Böttger den Faden wieder auf. »Ach ja: Jakobs traumatische Erlebnisse. Ich habe mich gefragt, was ihm passiert sein kann? Was hat ihn so gequält, dass er sich umbringen wollte, Frau Heitbrink?«

Ihre Stimme wurde wieder schwach. »Ich weiß nicht.«

Böttger lächelte. »Ja, woher sollten Sie auch? Sie sind erst seit wenigen Jahren auf dem Hof. Da können Sie natürlich nicht sagen, was früher war.«

Sie legte die Hände übereinander und nickte.

»Ich möchte Ihnen ein Foto zeigen«, sagte er und zog eine Aufnahme aus der Innentasche seines Jacketts.

Er legte sie vor sie auf den Küchentisch. Sie zeigte Falko Herbst. Die Aufnahme war bereits ein paar Jahre alt, sah ihm aber immer noch ähnlich.

»Kennen Sie diesen Mann?«, fragte er.

»Ja, natürlich. Das haben Sie mich schon mal gefragt.«

Böttger tat, als müsse er sich das Foto ansehen, um sicherzugehen. »Dann ist das der Freund von Volker, von dem Sie gesprochen haben?«

»Na ja. Wohl eher Geschäftspartner. Das hat Volker jedenfalls immer gesagt: Das ist mein Geschäftspartner. Er heißt Peter. Mehr weiß ich nicht.«

»Peter Ranke?«

»Ja, ich glaub schon.«

»Was für eine Art Geschäftspartner war er?«

»Ich weiß nicht. Da hat Volker nie drüber gesprochen.«

»Waren das legale Geschäfte?«

Sie senkte den Blick. »Ich glaub nicht.«

»Wissen Sie, dass dieser Mann schon mal im Gefängnis war? Wegen Zwangsprostitution?«

Beate Heitbrink blickte schuldbewusst. Sie schwieg. Die Schulte, die bislang kaum etwas gesagt hatte, schenkte ihr ein mitfühlendes Lächeln.

»Und das ist nicht alles«, sagte Böttger. »Vor ein paar Jahren wurde in Bonn wegen Zwangsprostitution gegen ihn ermittelt. Falko Herbst, so sein richtiger Name, wurde der Zuhälterei verdächtigt, es ging sogar um Kinderprostitution, aber da konnte man ihm nichts nachweisen.«

Ein Schatten fiel über ihr Gesicht. Das war offenbar eine Richtung, von der sie lieber nichts hören wollte. Trotzdem. Böttger spürte genau, dass auch dies keine Neuigkeiten für sie waren. Irgendetwas wusste sie bereits davon.

»Die Sache hat uns nachdenklich gemacht«, sagte die Schulte. Wie sanft ihre Stimme plötzlich sein konnte. Böttger musste unbedingt herausfinden, wie sie das machte.

»Wir versuchen herauszufinden, ob er auch hier in diesem Bereich gearbeitet hat«, fuhr sie fort. »Hier in Ostwestfalen. Wäre das nicht furchtbar?«

Beate Heitbrink schwieg.

»Kinderprostitution«, meinte Böttger. »Wissen Sie, Frau Heitbrink, ich habe mich gefragt, ob ich vielleicht ein Kinderfoto von Jakob zum LKA schicken soll. Die haben da Computerprogramme, mit denen sie Fotos abgleichen. Diese armen Kinder werden nämlich oft bei den sexuellen Handlungen fotografiert. Kinderpornografie, verstehen Sie? Und im LKA werden alle Bilder gesammelt, die beschlagnahmt worden sind. Was meinen Sie, Frau Heitbrink? Würde ich da fündig werden? Könnte das ein Grund für Jakobs Probleme sein?«

Sie antwortete nicht. Böttger sah jedoch, wie ihr Atem schneller ging. Die Brust hob und senkte sich. Nur ihr Gesicht blieb unbewegt.

»Können Sie sich vorstellen, dass Volker mit Jakob Geld verdient hat?«, fragte er. »Dass er ihn an Freier verkauft hat? An Männer, die viel Geld dafür zahlen, um mit Kindern Sex zu haben? Oder an Pornoringe, die frisches Bildmaterial brauchen? Oder an …?«

»Ich weiß es nicht«, ging sie gequält dazwischen. »Hören Sie auf.«

»Das kann man sich gar nicht vorstellen, oder?«, meinte die Schulte. »Eltern, die ihre Kinder verkaufen. Das ist doch schrecklich. Wer tut so etwas?«

»Peter«, fuhr Böttger fort, »alias Falko Herbst, der war für so was verantwortlich. Das war seine Arbeit. Er suchte nach solchen Eltern. Er hatte Auftraggeber, die ihn dafür bezahlten. Und die Eltern waren seine sogenannten Geschäftspartner.«

»Er ist tot«, sagte die Schulte. »Wussten Sie das?«

Jetzt sah Beate Heitbrink auf. Ihre Augen waren vor Erstaunen geweitet. »Tot?«

»Er wurde bei seiner Festnahme getötet«, sagte Böttger. »Ein Schuss hat sich gelöst.«

Sie sah die beiden Kommissare lange an. Dann folgte ein bedächtiges Nicken. Eine kleine Geste, die viel bedeutete. Das ist gut, sagte dieses Nicken.

»Er hat jetzt keine Macht mehr«, fügte die Schulte hinzu. »Er kann keinem mehr Leid antun.«

Der Blick von Beate Heitbrink senkte sich wieder.

»Leute wie Falko Herbst«, sagte Böttger, »sie sind immer auf der Suche nach Kindern, die besondere Eltern haben. Eltern nämlich, die für ein bisschen Geld ihre Kinder anderen zur Verfügung stellen. Die sie wegbringen und wieder abholen, ihre Wunden versorgen, sie zum Schweigen bringen und notfalls Dinge vertuschen. Manche dieser Eltern sind selbst Täter. Sie stehen zum Beispiel mit den Kindern vor der Kamera und missbrauchen sie. Und Leute wie Falko Herbst verdienen damit Geld.«

Er holte zum nächsten Schlag aus. »Und wissen

Sie, was die wertvollsten Kinder sind, Frau Heitbrink? Das sind die, die keiner vermisst. Die keine Schule und keinen Kindergarten besuchen. Die nirgendwo integriert sind. Die vielleicht nicht einmal gemeldet sind. Diese Kinder sind nämlich völlig schutzlos. Man kann sie einfach verschwinden lassen. Mit ihnen lässt sich alles anstellen. Jede Fantasie kann ausgelebt werden. Denn sie müssen das, was ihnen angetan wird, nicht überleben. Keiner wird nach ihnen fragen. Keiner wird sie vermissen. Diese Kinder bringen am meisten Geld.«

Beate Heitbrink war wie zu Stein erstarrt. Sie waren ganz nah dran. Noch ein winziger Stoß, und sie würde ihnen sagen, was sie wusste.

»Wissen Sie, was mich nachdenklich gemacht hat, Frau Heitbrink?«, sagte er. »Maike hatte keinerlei Verletzungen. Keine Hämatome, keine Wunden, keine analen oder vaginalen Spuren von Misshandlungen. Da waren auch keine inneren Verletzungen. Nichts, was auf Gewalteinwirkung hindeutete.«

»Wir haben nämlich schon vermutet, ein Freier hätte sie getötet«, sagte die Schulte so vorsichtig, wie es nur möglich war. »Aber inzwischen glauben wir das nicht mehr.«

Beate Heitbrink schien nicht einmal mehr zu atmen. Eine Träne rann über ihre Wange. Böttger und die Schulte wechselten einen Blick. Sie würden ihre letzte Karte ausspielen.

»Wir haben die Wohnung von Falko Herbst durchsucht«, sagte die Schulte. »Dabei haben wir etwas gefunden. Ein Foto von Maike.« Eine kleine Notlüge, doch das spielte keine Rolle. »Das wurde auf dem Hof geschossen. Maike sitzt da vorm Wohnwagen. Sie lacht in die Kamera. Wir haben uns gefragt, wozu Falko Herbst dieses Foto benötigt hat. Kann es sein, habe ich mich gefragt ...« Sie holte Luft. »Kann es sein, dass er es seinen Kunden zeigen wollte? Damit sie sagen konnten, ob Maike ihnen gefällt?«

Weitere Tränen liefen an ihren Wangen herunter. Und dann war es so weit. Beate Heitbrink begann zu sprechen. Zuerst so leise, dass kaum ein Wort zu verstehen war.

»Er hat versprochen, dass Maike nichts passiert«, sagte sie. »Bei ihr sollte es nicht wie bei Jakob laufen. Volker hat gesagt, sie bleibt bei mir.«

»Aber dann hat er es sich anders überlegt?«

Beate Heitbrink brachte nur ein Nicken zustande. Jetzt ließ sie die Tränen laufen.

»Sie sollte verkauft werden, richtig?«, fragte die Schulte. »An jemanden, der bereit war, sehr viel Geld für sie zu bezahlen.«

Beate Heitbrink sah verloren zu ihr auf. »Ich konnte sie doch nicht einfach gehen lassen«, flüsterte sie. »Ich war ihre Mama. Das ist doch was Wichtiges. Ich musste sie beschützen.«

Die Schulte lächelte mitfühlend. Dann fuhr Beate Heitbrink fort. »Ich habe gesagt, wenn du ein braves Mädchen bist, darfst du heute Nacht bei mir im Wohnwagen schlafen.« Sie lächelte. »Das hat sie immer so gern gemacht, wissen Sie. Sie mochte das Haus nicht. Sie hatte Angst vor dem Opa, und ein bisschen auch vor Jakob. Aber im Haus war eben ihr Zimmer, deshalb hat sie da geschlafen. Der Wohnwagen war ja nur für Volker und mich. Ich habe gesagt: Heute Nacht ist der Papa nicht da. Wenn du lieb bist, darfst du bei der Mama im Bett schlafen.«

Sie drohte ihre Beherrschung zu verlieren. Die Schultern begannen zu beben, ein leises Schluchzen war zu hören. Doch dann nahm sie sich wieder zusammen. Sie wollte dies hier hinter sich bringen, das spürte Böttger genau. Sie wollte stark sein. Und ihre Beichte ablegen.

»Wir waren in dieser Nacht ganz alleine. Volker und Wolfgang waren unterwegs, die hatten wieder irgendwelche Geschäfte zu erledigen. Ich habe Maikes Lieblingsessen gemacht. Fischstäbchen und Kartoffelbrei. Wir haben zusammen gegessen, im Wohnwagen auf dem Bett. Das hatte sie sich so gewünscht. Sie hat gesagt: Ich habe die liebste Mama der Welt. Und dann hat sie mir mit dem Finger Ketchup auf die Nasenspitze gemalt und sich halb totgelacht darüber. Sie war so glücklich an diesem Abend. Am liebsten hätte ich die Zeit angehalten. Wir zwei im Wohnwagen, und kein anderer Mensch auf der ganzen Welt.«

Keiner sagte etwas. Schwere lag über der Küche. Weder Böttger noch Schulte wollten die Frage stellen, die greifbar in der Luft lag. Warum sind Sie nicht abgehauen? Warum haben Sie nicht einfach Ihre Tochter genommen und sind zur nächsten Polizeistation? Sie wussten nämlich, darauf hätte es keine Antwort gegeben. Beate Heitbrink hatte niemals darüber nachgedacht, sich gegen die Männer in ihrem Leben zur Wehr zu setzen. Das war gar keine Option gewesen.

»Nach dem Essen haben wir gekuschelt, bis sie eingeschlafen ist«, sagte sie. »Ich habe sie ganz lange angesehen. Sie sah so hübsch aus. So glücklich. Es war gut, dass sie noch einmal glücklich sein konnte. Und dann … dann habe ich das Kissen genommen. Ich habe …«

Sie brach ab, verzweifelt. Böttger dachte an die halb verweste Leiche auf dem Tisch der Rechtsmedizin. Ein kleines, kurzes Leben, das keine Chance auf Rettung gehabt hatte.

»Ich habe getan, was ich tun musste«, sagte Beate Heitbrink. »Was jede Mutter tun muss. Ich habe mein Kind beschützt.«

26

Der Aufenthaltsraum war in warmen Farben gehalten. Es gab gemütliche Sitzecken mit bequemen Polstergarnituren, große Blumenbilder an den Wänden, und vor den Fenstern hingen hübsch geraffte ockerfarbene Vorhänge. Sonnenlicht fiel von draußen herein. Der Raum lud dazu ein, sich niederzulassen, Tee zu trinken und gemütlich zu plaudern. Selten hatte sich Sanna irgendwo so fehl am Platz gefühlt.

Ein paar Meter von hier entfernt lag Jakob auf einem Operationstisch und kämpfte um sein Leben. Er hatte schwere innere Verletzungen. Keiner der Ärzte mochte eine positive Prognose abgeben. Da wirkte die freundliche Behaglichkeit dieses Raums, als wäre sie in ein Paralleluniversum gestolpert. Zum Glück war sie allein. Andere Besucher, die hier übers Wetter oder das Krankenhausessen redeten, hätte sie nicht ertragen.

Sie sah das eine Bild immer wieder vor sich: Jakob, der oben auf dem Viadukt steht, ihr scheinbar zulächelt, sich nach vorn beugt, kurz in der Luft zu schweben scheint und dann nach unten stürzt. Es hatte sich angefühlt, als würde sie ebenfalls abstürzen, ins Nichts.

Ein Holunderstrauch hatte seinen Sturz abgebremst. Sonst wäre er wohl auf der Stelle tot gewesen. Die Zweige hatten ihm das Gesicht zerschnitten, und als Sanna die Stelle erreichte, an der er lag, war er blutüberströmt gewesen. Die Beine standen in einem unnatürlichen Winkel vom Rumpf ab und sein Blick war starr in den Himmel gerichtet.

Sie war dort stehen geblieben wie in Trance. Alles wiederholte sich, war ihr erster Gedanke gewesen. Jakob würde in ihren Armen sterben. Genau wie Jannis. Sie hätte es nicht geschafft, ihn zu retten. Es war zu spät. Sie hatte wieder versagt.

Hinter ihr eine aufgeregte Stimme. »Er lebt noch, oder?«

Sie wandte sich um. Ein Jogger stand auf dem Rasen. »Ich habe den Notarzt gerufen. Der Rettungswagen ist unterwegs.« Er hielt sein Handy in die Luft. »Sie sagen, es dauert nicht lange. Wir sollen ihn auf keinen Fall bewegen.«

Sanna kniete sich neben Jakob auf den Boden. Sie nahm seine Hand. Sie war eiskalt. Er reagierte nicht.

»Halte durch, Jakob. Hilfe ist unterwegs. Bitte halte durch.«

Es dauerte tatsächlich nur wenige Minuten, da näherte sich ein Unfallwagen mit Blaulicht und Martinshorn. Rettungskräfte schoben Sanna sanft beiseite, untersuchten Jakob und verfrachteten ihn schließlich auf eine Liege. Einer der Männer in den Rotkreuzjacken, ein junger bärtiger Schwarzer, schenkte Sanna ein mitleidiges Lächeln.

»Bist du seine Freundin?«, fragte er.

Ohne nachzudenken, erwiderte sie: »Ich bin seine Schwester.«

»Er schafft es schon. Ganz sicher.«

Er sagte ihr, in welches Krankenhaus sie ihn brachten. Dann sprang er zu dem anderen in den Unfallwagen, die Türen wurden zugezogen, und sie fuhren mit Blaulicht davon.

Er würde es schon schaffen. Sanna sah auf die

Uhr. Seit über einer Stunde wurde Jakob jetzt operiert. Die Operation würde entscheidend sein. Doch sie konnte nichts tun. Nur warten.

»Bitte stirb nicht«, flüsterte sie in den leeren Raum hinein. »Bitte nicht.«

Sie schloss die Augen. Ließ ihren Atem fließen. Versuchte sich auf ihren Körper zu fokussieren. Auf ihre Trauer. Plötzlich hatte sie ein seltsames Gefühl. Sie war nicht mehr allein im Raum. Eilig öffnete sie die Augen.

Ihr Vater stand in der Tür. Dunkle Stoffhosen, ein Poloshirt, darüber ein Jerseypullover. Sanna traute ihren Augen nicht. Das musste eine Erscheinung sein.

»Sanna!«, sagte er. »Da bist du ja!«

Sie war völlig perplex. Es dauerte eine Weile, bis sie ihre Sprache fand.

»Papa? Was machst du denn hier?«

»Was kann ich hier schon machen? Nach dir sehen!«

Er trat näher. Sanna erhob sich. Da war ein kurzer Moment, in dem sie ihm um den Hals fallen wollte. Doch Umarmungen hatte es bei ihnen nie gegeben, auch nicht, als sie noch ein Kind gewesen war. Sie spürte, wie sie sich versteifte, und gab ihm die Hand.

»Und da bist du extra nach Bielefeld gefahren?«

»Natürlich. Was denkst du? Nach allem, was passiert ist. Das war doch das Mindeste.«

»Aber deine Praxis. Du kannst doch nicht einfach so weg.«

»Es ist nur für ein paar Stunden. Ich muss auch gleich zurück. Trotzdem wollte ich sehen, wie es dir geht. Mit dem Zug ist man ja in zweieinhalb Stunden hier. Ich habe gedacht, für einen halben Tag kann ich die Praxis schon mal dichtmachen.«

Er war den weiten Weg von Berlin hergekommen, nur um sie zu sehen. Um sicherzugehen, dass es ihr gut ging. Sie war so gerührt, beinahe wären ihr die Tränen gekommen.

»Es ist ja eine Menge passiert«, sagte er. »Mein Gott, Sanna. Wo bist du da nur reingeraten?«

»Mir geht's gut. Wirklich. Es ist nur …« Sie sah hinüber zu den Operationsräumen. Sofort spürte sie wieder die Beklemmung. »Das mit Jakob ist ziemlich schlimm.«

Er musterte sie. Es sah aus, als wolle er ihr etwas Wichtiges sagen. Doch dann lächelte er nur und meinte: »Gehen wir ein bisschen spazieren?«

»Ja, sehr gern«, sagte sie. »Ich kann hier eh nichts tun. Und keiner weiß, wie lange es noch dauert.«

Sie verließen das Krankenhaus. Draußen erhob sich der Sparrenberg, auf dessen Spitze die alte Burg thronte. Mitten in der Stadt gelegen, überragten der Berg und das Gemäuer alles andere in der Umgebung. Hochhäuser, Kirchtürme und natürlich das Krankenhaus. Der stolze Bergfried leuchtete im Sonnenlicht. Darunter die Burgmauern, die alten Festungsanlagen und der bewaldete Berg. Sanna und ihr Vater spazierten am Hang entlang und machten sich daran, den Burgsteig zu erklimmen.

Ihr Vater warf einen Blick zurück zum Krankenhaus.

»Wer ist der Junge eigentlich?«, fragte er.

Jannis, hätte sie beinahe gesagt. Aber dann hätte

er sie endgültig für verrückt erklärt. Wahrscheinlich zu recht.

»Ich habe mich um ihn gekümmert«, sagte sie. »Er ist im Stift Marienbüren aufgetaucht. Ich wollte ihm helfen.«

»Du hattest schon immer ein großes Herz. So bist du nun mal. Deshalb hat es mich nicht überrascht, als du unbedingt Sozialpädagogik studieren wolltest.« Er lächelte. »Ganz ehrlich, Sanna: Ich hätte mir gewünscht, du hättest Medizin oder Jura studiert. Aber du hast eben deinen eigenen Kopf.«

»Ach, Papa …«, begann sie. Wieder dieses alte Thema.

»Nein, schon gut. Ich will ja gar nichts sagen. Es ist dein Leben. Du entscheidest. Jetzt also Feldenkrais. Ich werde damit leben können.«

Sie gingen schweigend weiter. Es war ungewohnt, neben ihm zu gehen. Ganz allein in einem Park, ohne den Rest der Familie. Dennoch spürte Sanna eine sonderbare Vertrautheit zwischen ihnen. Aber vielleicht bildete sie sich das auch nur ein.

»Warum kommst du nicht nach Berlin zurück?«, fragte er.

»Es gefällt mir hier«, sagte sie knapp. »Deshalb.«

»Nach allem, was in den letzten Wochen passiert ist? Was genau gefällt dir bitte daran?«

Sie schwieg. Da war wirklich nicht viel Schönes gewesen. Er hatte ja recht. Im Grunde wäre es das Vernünftigste, wieder zu gehen.

»Ich verstehe immer noch nicht: Was willst du hier eigentlich, Sanna? Warum musste es Marienbüren sein?«

»Ich wollte einfach aus Berlin weg. Ich hab's da nicht mehr ausgehalten. Die Stadt, der Lärm, das alles eben. Und hier ist Tante Renate. Außerdem bin ich hier geboren. Deshalb eben Marienbüren. Das ist doch naheliegend.«

Ihr Vater schien darüber nachzudenken. Spaziergänger kamen ihnen entgegen. Sonnenflecken tanzten auf dem Gehweg unter den Bäumen. Plötzlich zeigte sich der Sommer von seiner besten Seite.

»Es ist wegen Jannis, nicht wahr?«, meinte er.

»Ich weiß nicht, was du meinst«, sagte sie. Doch sie hörte selbst, wie lahm das klang.

»Wir haben wohl versagt. Wir alle, als Familie. Deine Mutter und ich, wir hätten damals mehr für dich da sein müssen. Aber so sind wir eben, die Marquarts. Jeder von uns macht die Dinge lieber mit sich allein aus. Und dabei vergessen wir, dass es manchmal besser ist, sich gegenseitig zu stützen.«

Sanna sagte nichts. Der Wehrturm der Burg rückte ins Blickfeld. Stolz ragte er in den Himmel. Eine Flagge ging steil im Wind. Wie viel Sicherheit diese alte Festung ausstrahlte.

»Vielleicht kamen wir dir herzlos vor, nach allem, was in Kroatien passiert ist«, sagte er. »Wir hätten uns um dich kümmern müssen. Deine Mutter und ich ... jeder war so sehr mit seiner Trauer beschäftigt, dass wir gar nicht gemerkt haben, wie verletzt du warst. Ich mache mir große Vorwürfe deswegen.«

»Ach, Papa ...«

»Nein, sag jetzt nichts. Ich will dir ja nur sagen, wie sehr ich mich freuen würde, wenn du nach Berlin zurückkommen würdest. Meinetwegen als Feldenkrais-

Lehrerin. Nur eben in unserer Nähe. Damit wir über die Vergangenheit sprechen können.«

»Du hast deine Beziehungen spielen lassen, um mir eine Stelle in Potsdam zu besorgen«, sagte sie. Es hatte nach einem Vorwurf klingen sollen, aber ihre Stimme war dünn und wackelig.

»Ich wollte dich damit nicht überrennen. Es ist nur ein Angebot. Du kannst es dir ja mal ansehen, ganz unverfänglich. Und dann kannst du immer noch entscheiden.«

Plötzlich hielt sie es gar nicht mehr für so abwegig. Sie fragte sich, was so falsch daran wäre, wenn ihr Vater ihr eine Stelle besorgte. Dafür war eine Familie doch da.

»Ich denk mal darüber nach, Papa«, sagte sie. »Ich will das aber nicht heute entscheiden.«

»Du musst heute gar nichts entscheiden. Aber ich freue mich, wenn du es überhaupt in Erwägung ziehst.«

Er blickte sie von der Seite an. »Vincent ist auf dem Weg hierher. Er ist mit dem Auto gefahren und steckt im Stau. Ich hab ihm gesagt, er soll den Zug nehmen, so wie ich. Aber er wollte nicht.«

»Er ist eben in sein Auto verliebt«, sagte sie. »Selber schuld.«

Er lächelte. »Er ist ein guter Junge. Es freut mich, dass ihr euch gefunden habt.«

Sanna sagte nichts dazu. Ihr Vater sah auf die Uhr.

»Ich muss langsam zurück zum Bahnhof. Zu blöd, dass ich nicht mehr Zeit habe.«

»Ach was. Das ist schon in Ordnung. Du hättest gar nicht extra herkommen müssen.«

»Doch, das musste ich. Ich wollte unbedingt sehen, dass es dir gut geht. Dafür hat es sich schon gelohnt. Du denkst über Potsdam nach, Sanna?«

»Ja, das tue ich. Versprochen.«

Sie kehrten zum Krankenhaus zurück. Ihr Vater nahm dort ein Taxi, das ihn zum Bahnhof brachte. Sanna betrat das Gebäude. Die Beklemmung kehrte zurück. Sie fragte sich, ob Jakob immer noch auf dem Operationstisch lag.

Auf dem Weg zum Aufenthaltsraum kam ihr ein bekanntes Gesicht entgegen. Frau Schulte, die Kollegin von Jens Böttger, eilte durch den Korridor.

»Frau Marquart! Das sind Sie ja. Ich habe Sie schon gesucht.«

»Ist was passiert? Wie geht es Jakob?«

Ihr Lächeln sagte bereits alles, was Sanna wissen musste. »Er hat die Operation gut überstanden.« »Sie haben ihn in ein künstliches Koma versetzt, um sein Gehirn zu schützen. Doch das Ärgste ist vorbei.«

»Dann heißt das, er wird überleben?«, fragte Sanna.

»Das kann man zwar noch nicht mit Sicherheit sagen.« Ihr Lächeln wurde zu einem breiten Grinsen. »Aber ja. Es sieht so aus, als würde er überleben.«

In den folgenden Tagen kehrte der Sommer zurück. Die Nächte waren zwar bereits empfindlich kühl und ließen den nahen Herbst spüren. Doch am Tage brannte die Sonne von einem wolkenlosen Himmel, und überall waren die Straßen voller Menschen. Das Eiscafé am Markt platzte regelmäßig aus den Nähten, am Brunnen hockten Teenager, alberten stundenlang herum und zeigten dabei furchtbar viel Haut, und junge Eltern waren mit ihren Kindern auf Fahrrädern unterwegs, um das Freibad zu erobern. Draußen war ein Lebenshunger zu spüren, wie er sich nur durch diesen ewig tristen und verregneten Sommer erklären ließ.

Sanna, die sich am Morgen noch eilig ein schwarzes T-Shirt gekauft hatte, stieg in ihre dunkle Stoffhose und machte sich auf den Weg zu der Beerdigung. Vincent hatte angeboten, sie zu begleiten, doch Sanna wollte lieber alleine gehen. Der Friedhof von Marienbüren lag ein wenig außerhalb des Orts. Eine alte Backsteinkapelle, eine steinerne Friedhofsmauer und rundherum die Wälder, die bis zum Höhenzug hinaufreichten. Da draußen war der Himmel voller Vogelgeschrei, überall blühten Gräser und Wildblumen, und Insekten surrten durch die Luft. Die Natur explodierte regelrecht, alles war feucht und satt und überschwänglich. Wie seltsam es war, einen Menschen zu Grabe zu tragen, während die Natur solch ein Schauspiel bot.

Tante Renate wartete am Friedhofstor auf Sanna. Auch sie war ganz in schwarz gekleidet, trug einen schlichten Rock und eine unauffällige schwarze Bluse. Sanna hatte nur mit einer kleinen traurigen Prozession gerechnet, die unter Umständen nur aus ihr, ihrer Tante und Jens Böttger bestehen würde. Doch nun stellte sie fest, dass sie sich getäuscht hatte. Der Friedhof war voller Menschen. Trotz des schönen Wetters waren sie alle gekommen. Es waren Marienbürener, die Abschied nehmen wollten. Keiner von ihnen hatte Maike zu Lebzeiten gekannt, trotzdem hatte das Mädchen in ihren Augen zur Gemeinschaft gehört. Sie fühlten sich mitverantwortlich für das, was geschehen war.

Auch Jens Böttger entdeckte sie, gemeinsam mit Frau Schulte, die schwarze Jeans und einen dunklen Blazer trug. Der Kommissar wirkte aufrichtig und ernst. Als er Sanna und Renate entdeckte, nickte er ihnen knapp zu und wandte sich sofort wieder zur Trauergemeinde.

Sanna und ihre Tante verfolgten das Geschehen aus der hintersten Reihe heraus. Ein kleiner weißer Kindersarg wurde von ehrenamtlichen Trägern zum Grab gebracht. Beerdigung und Grabstelle waren mit Spendengeldern finanziert worden. Die Kirchengemeinde hatte dazu aufgerufen, und eine Menge Leute waren diesem Aufruf gefolgt. Der Pfarrer hielt eine Ansprache, und der Sarg verschwand langsam in der Erde. Sanna versuchte sich die Kinderleiche vorzustellen, die sie am Hang gefunden hatte. Die schwarzen Augen, die sie tagelang verfolgt hatten. Doch sie merkte, das Bild war nun verblasst. Es hatte nichts Furchteinflößendes mehr.

Nach der Beerdigung folgten Sanna und Renate der Trauergemeinde hinaus auf die Straße. Sanna entdeckte Vincent, der abseits unter einem Baum stand und dort auf sie wartete. Er hatte sich kurzerhand die Woche freigenommen, auch wenn das in seiner Firma Ärger gegeben hatte. Sie verbrachten jetzt viel Zeit miteinander, lagen den halben Tag im Bett, frühstückten im Café und unternahmen Ausflüge in die Umgebung. Sanna erzählte ihm nach und nach alles, was in den vergangenen Wochen passiert war. Und er hörte zu, ganz ohne belehrende Kommentare abzugeben. Es lief gut zwischen ihnen, Sanna war gespannt, wie lange noch.

Tante Renate hatte Vincent ebenfalls bemerkt.

»Geh ruhig, Liebes, ich werde alleine zurückfahren.«

Ihre Tante wirkte ein bisschen angeschlagen. Beerdigungen brachten sie aus dem Konzept, das war schon immer so gewesen.

»Hast du nicht Lust mitzukommen, Tante Renate? Wir könnten irgendwohin fahren, zu einem Ausflugslokal, und einen Kaffee trinken.«

»Nein, nein. Unternehmt ihr beiden Turteltäubchen lieber was alleine. Ich muss noch arbeiten.«

Sie gab Sanna einen Kuss auf die Wange, dann drehte sie sich um und stöckelte davon. Jens Böttger verließ gerade mit Frau Schulte den Friedhof. Sanna bemerkte, wie er und seine Tante einen Blick wechselten. Sie nickten sich förmlich zu, dann ging Renate weiter und steuerte ihren Wagen an.

Vincent empfing sie mit einer langen Umarmung. Sanna atmete seinen Duft ein. Sie war ihm dankbar für seine Anwesenheit. Dafür, dass er ihr half, alles hinter sich zu lassen.

»Gehen wir ein bisschen spazieren?«, fragte sie. »Ich muss dir was sagen.«

»Natürlich.« Er legte die Stirn in Falten. »Ist was passiert?«

»Nein. Aber ich habe eine Entscheidung getroffen. Gehen wir da hoch.«

Sie deutete auf einen Wanderweg, der zum Höhenzug über dem Friedhof hinaufführte. Von dort oben würden sie einen großartigen Blick auf Marienbüren haben.

»Jetzt sag schon«, meinte Vincent, als sie den ersten Aussichtspunkt erreicht hatten. »Was für eine Entscheidung?«

Sanna setzte sich auf eine Steinmauer und holte Luft. Da stand eine Reihe von Fichten, darunter begann der Mischwald, und weiter unten war er bereits zu erkennen, der Kirchturm von Marienbüren.

»Ich werde hierbleiben«, sagte sie. »In Marienbüren.«

Vincent lächelte. Er setzte sich neben sie.

»Das habe ich mir schon gedacht.«

Jakob war am Vortag aus seinem Koma erwacht. Die Ärzte konnten noch nicht abschätzen, welche bleibenden Schäden er davontragen würde. Aber er würde leben, das war inzwischen sicher. Er hatte den Sturz überlebt.

Sanna konnte Marienbüren einfach nicht verlassen. Nicht, solange Jakob hier war. Sie wollte für ihn da sein. Er hatte so viel Schlimmes erlebt, und sie war der einzige Mensch, dem er vertraute. Da konnte sie nicht einfach alles hinter sich lassen. Sie war für ihn verantwortlich.

Vincent hatte das irgendwie begriffen. Deshalb war er wohl nicht überrascht, von ihrer Entscheidung zu hören.

»Aber das ist noch nicht alles«, sagte sie.

»Was kommt denn noch?«

Sie lächelte. »Tante Renate hat mir erzählt, dass beim Allgemeinen Sozialen Dienst eine Stelle als Sozialarbeiterin frei geworden ist. Hier in Marienbüren. Sie hat schon mit dem Leiter gesprochen, und der ist ganz interessiert. Ich soll meine Bewerbung vorbereiten.«

»Du willst als Sozialarbeiterin arbeiten? Jetzt hast du es doch geschafft, mich zu überraschen.«

»Ja. Ich glaube, es ist so weit. Es ist so ein Gefühl, ich kann es nicht erklären.«

Vincent legte den Arm um sie und lächelte. Er verstand genau, was sie damit sagen wollte. Sie blickte jetzt nach vorn. Was in Kroatien passiert war, sollte nicht länger ihr ganzes Leben bestimmen.

»Das ist gut«, sagte er. »Wirklich, das ist gut.«

Sanna legte den Kopf an seine Schulter. Sie wandten sich dem Tal zu. Da war Marienbüren, das sich mit seinen alten Fachwerkhäusern und der Sandsteinkirche an den Hang des Teutoburger Walds schmiegte. Ein gutes Gefühl breitete sich in ihr aus. Sie würde in ihren Job zurückgehen. Mit der Vergangenheit abschließen. Ein neuer Lebensabschnitt würde beginnen.

In seiner Berliner Praxis saß Klaus Marquart an seinem Schreibtisch und blickte mit düsterem Gesicht in den Raum. Sanna wollte also in Marienbüren bleiben. Er hätte es sich denken können. Sie war sturköpfig, so war sie schon immer gewesen. Wenn sie eines schon als Kind verstanden hatte, dann, ihm das Leben schwer zu machen.

Doch ausgerechnet Marienbüren. Sie hätte sich

wahrlich keinen schlechteren Ort aussuchen können. Er stieß einen schweren Seufzer aus.

Sanna hatte ihr Herz an diesen Jungen gehängt. Auch das war typisch für sie. Jakob. Dieser arme Teufel. Er hatte den Sprung überlebt. Dabei wäre der Tod eine Erlösung für ihn gewesen. Für Menschen wie Jakob war das Leben eine Strafe, nicht der Tod. Doch das sah Sanna natürlich anders.

Sein Handy klingelte. Er warf einen Blick aufs Display. Das wurde auch Zeit, dachte er und nahm das Gespräch entgegen.

»Gibt es Neuigkeiten aus Bielefeld?«, fragte er.

»Die Ermittlungen sind abgeschlossen«, sagte der Mann am anderen Ende. »Da kommt nichts mehr hinterher.«

»Was ist mit Falko Herbst? Lassen die das auf sich beruhen?«

»Es gibt keine Spuren. Sie müssen sich mit dem zufriedengeben, was sie haben. Was für die ja auch eine ganze Menge ist. Mein Informant sagt, da kommt nichts mehr hinterher.«

»Gut. Dann weiß ich Bescheid. Ich kann nicht sagen, dass es mir leidtut.«

Sein Gegenüber erwiderte darauf nichts. Er wechselte das Thema. »Was ist mit deiner Tochter?«

»Sanna. Sie will unbedingt in Marienbüren bleiben. Sie ist dickköpfig. Das hat sie von mir.«

»Das gefällt mir nicht. Aber du wirst schon das Richtige tun.«

»Das kann ich dir versichern. Sie wird nach Berlin zurückkommen. Am Ende hat sie noch immer auf mich gehört.«

Nach dem Telefonat saß er eine Weile da und blickte ins Nichts. Sein nächster Schritt war bereits geplant. Jemand würde ein Auge auf Sanna werfen. Ein Nachbar aus dem Ort, der sich mit ihr anfreunden würde. Er hatte bereits die passende Person dafür ausgesucht. Er kannte Sanna gut genug, um zu wissen, wer für diesen Job infrage kam. Fürs Erste musste das reichen. Bis ihm eine bessere Lösung einfallen würde.

Auf Dauer jedoch musste Sanna von dort weg. So viel war klar. Sonst drohten Dinge ans Licht zu kommen, die besser im Verborgenen blieben. Die gefährlich waren, nicht nur für Sanna, sondern für die ganze Familie.

Er würde seine Tochter schon zur Vernunft bringen. Es war nur eine Frage der Zeit. Er würde sich durchsetzen.

Es klopfte an der Tür. Seine Arzthelferin tauchte auf.

»Dr. Marquart? Der nächste Patient wartet draußen. Sind Sie so weit?«

Er wandte sich ihr zu und setzte sein Patientenlächeln auf. »Ja, ich bin so weit. Er soll hereinkommen.«

Pekka Hiltunen

Der neue Krimi-Star aus Finnland!

Pekka Hiltunen
Die Frau ohne Gesicht

Als die Grafikerin Lia morgens im Bus zur Arbeit fährt, wird sie Zeugin eines grauenhaften Fundes: Eine Leiche, bis zur Unkenntlichkeit entstellt, wird im Kofferraum eines Autos entdeckt - die Nachrichten berichten vom brutalen Mord an einer Prostituierten. Am gleichen Tag lernt sie Mari kennen, eine schöne junge Frau mit einer ungewöhnlichen Fähigkeit: Sie kann Menschen »lesen«. Schneller, als sie sich wünscht, findet Lia sich in Maris mysteriösem Team wieder, auf der Jagd nach brutalen Menschenhändlern und korrupten Politikern. Bis sie plötzlich in eine hochgefährliche Situation geraten ...

»Ein mutiger, einzigartiger und fesselnder Thriller.« *Kaleva*

Weitere Informationen: www.berlinverlag.de